你的样子

魏昌敏◎著

南京出版传媒集团
南京出版社

图书在版编目（CIP）数据

你的样子 / 魏昌敏著. -- 南京：南京出版社，
2021.5

ISBN 978-7-5533-3148-5

Ⅰ. ①你… Ⅱ. ①魏… Ⅲ. ①随笔—作品集—中国—
当代 Ⅳ. ①I267.1

中国版本图书馆 CIP 数据核字 (2021) 第 038914 号

书　　名 你的样子
作　　者 魏昌敏
出版发行 南京出版传媒集团
南 京 出 版 社
社址：南京市太平门街53号　　邮编：210016
网址：http：//www.jsmscbs.com.cn　电子信箱：njcbs1988@163.com
联系电话：025-83283893、83283864（营销） 025-83112257（编务）

出 版 人 项晓宁
出 品 人 卢海鸣
责任编辑 潘　珂
封面设计 石　慧
责任印制 杨福彬

印　　刷 南京鸿图印务有限公司
开　　本 787毫米×1092毫米　1/16
印　　张 23
字　　数 360千字
版　　次 2021年5月第1版
印　　次 2021年5月第1次印刷
书　　号 ISBN 978-7-5533-3148-5
定　　价 58.00元

上架建议：文学·教育

用微信或京东
APP扫码购书

用淘宝APP
扫码购书

序

我和昌敏是发小。当我拿到这本书时，三分惊讶、三分为难。惊讶的是，这个自上小学就相识相知，曾一起撒过欢、斗过嘴的兄弟，居然写了一本厚厚的书；为难的是，我已习惯了写“官样”文章，担心把序写成领导讲话，扫了读者兴致、拂了作者美意。除此之外，四分更是敬佩，全民手机时代，愿意捧着一本纸质书的人本就稀少，更何谈耐下性子写书的人。这是一份喧嚣中的沉静、一份浮躁中的执着，让我不能不带着虔诚认真拜读。

翻看的时候，我脑海里一直交织回荡着罗大佑的那首歌，也叫《你的样子》，不知道昌敏取的书名是不是来于此。岁月如歌，醉书流年。他笔耕不辍，记述遇到的人、经历的事，或留恋或感动，或悲悯或愤懑，描绘出他也包括我们这一代人的风采。读罢，让我原本依稀的往日记忆越发清晰起来，忍不住回望，那些江湖故人、那般红尘万象。

对于工作，我们是热爱的。昌敏是老师，教书育人。曾有人戏言，这个世界上最难的事情，就是把自己的思想装进别人的脑袋、把别人的钱装进自己的口袋。相较之下，前者更难。昌敏的工作就是要把思想装进别人的脑袋。作为一个语文老师，他细腻善感的气质，让他在教学中游刃有余。他笔下的学生，有的调皮顽劣但真诚热心，有的身材瘦小但从容稳重，有的静默美好但老成周全，那些有着小晒斑、大门牙的孩子一个个跃然纸上，仿佛就围绕在身边。昌敏更像个耐心的家长，盘着自家孩子那样，即使数落都有满满的怜惜感。他对学生有着天然的同理心，能从沉静的表情中看到手足无措的张皇和自卑，能从洁净的白衬衫里看到家教和修养，能从大大咧咧、邋邋遢遢的孩子身上看到不在乎背后的敏感和自尊，似乎他刚刚从少年时代走过来，转个身就能重回到 40 年前，对学生有着小伙伴一样的共性情。德国哲学家雅斯贝尔斯说过，“教育意味着，一棵树摇动另一棵树，一朵云推动另一朵云，一个灵魂唤醒另一个灵魂”。如何教好语文，昌敏自有他的理解——语文教学是在做关于美的启蒙。“走进教材”这一章节中，有仿写有延伸有拓展，他眼里的教材不是一篇文章、几个知识点，而是流动的景、生动的人，离人心上愁，回首几度秋……文字的美是字里行间流淌出来的，他所传授的，正是文字背后承载的文明和思想、蕴含的韵律和节奏。

说到童年，我们是柔软的。幸福的人用童年治愈一生，不幸的人用一生治愈童年。对于“走进童年”这一章节的着墨，昌敏很慷慨，用了很多很美好的词汇。这是我比较沉醉的一个章节。从一年级开始，我俩一起读小学、初中，朝夕相处、喜乐相伴，邻居家的土墙头、村口的洋槐、塘里的泥藕，还有那些陪我们长大最后进了肚子的四季鹅、油汪汪的炒茭白丝……一下子把我拉回了那个无忧无虑的年代。回忆是甜蜜的，但也是残忍的。因为我们再也无法重头来过，因为那个曾经教我们数学的老师自高中毕业后再也没见过，因为拆迁后的物是人非再也找不到老房屋原来的位置，留下的，只有这本书中的文字描述和我抽屉里保存的几张泛黄照片。岁月无声，真情不老。我们跨过世纪交替，见证沧桑巨变，无论有怎样的感慨，毕竟日子越来越好了，也感谢昌敏用笔端真实记录下了我们共同的童年、我们所处的这个时代。我相信，在向幸福飞奔的路上，我们都会遇见更好的自己。

直面现实，我们是克制的。人到中年，很多时候，像是踏上了加速的跑步机，步子跟不上履带的速度。中年人的力不从心，多是踉跄之间的反思。白岩松在《痛并快乐着》里面写过，“一群人急匆匆地赶路，突然，一个人停了下来。旁边的人很奇怪：为什么不走了？停下的人一笑：走得太快，灵魂落在了后面，我要等等它。是啊，我们都走得太快。然而，如果走得太远，会不会忘了当初为什么出发？”在“关于生活”这个章节，昌敏写了很多对人生、对社会的思考，谈舍与得、真与假、爱与恨，情绪更加理性平和，措辞更加冷静内敛，给人以启迪和回味。我揣测，他想说的“你的样子”，是“本该”，教育本该的样子、孩子本该的样子、生活本该的样子。“本该”，还有一个说法，叫“初心”。

“风尘刻画了你的样子，但不变的你依旧伫立在茫茫的尘世中”——这就是我们这一代人，对生活最高的献礼和最深的敬意。

潦草为序。

杨花伟

目录

一、走进学生

二、走进教材

三、走进童年

四、走进生活

让我们都能记住对方最美的样子。

走进学生

工作二十多年来，遇到过许许多多的学生，大多已经淡忘，有的还有模糊的影子。忘记不是因为他们调皮，而是没有特点；记住不是因为他们优秀，而是需要爱护。2014 年秋接手的三年级八班有 56 位同学，当时答应为每个人写一篇属于他们自己的文章，可因为疏懒，只完成了一部分。这些天整理这些文字时，已过了四年了，他们已然到了中学，在各自的生活里快乐或痛苦地行走着。偶尔还能遇见在本校初中上学的三二个，见着我，没有小学时那样躲着，而是像遇着亲人一样地微笑，他们说非常怀念那时的生活。我的心中不免生出一阵莫名的酸楚，早已没有了课堂上老师的威严，满是怜爱，一时觉着他们无依无靠，好在还有这些文字，记录着他们的样子，仿佛耳语在昨天。

时间会消磨一切，唯有文字是永恒的。

沉默的“60”后

我的班级中有一个小男孩叫浩。他身材瘦小，比其他男生要矮一个头，与二年级的孩子站在一起，都不会排到队伍的最末一个。按理他应该坐在第一排，因为他比较听话，十分安静，老师把他安排在小组的中间，前后都有成绩优秀的同学可以帮助他。满头的黑发长时间没有认真打理，蓬蓬松松的，但还算面目清秀。只是小脸上那一双过大的眼睛让人印象深刻，有些像前些年希望小学的一幅公益广告里的那双眼睛，只不过那双眼睛充满了求识的渴望，而浩的眼睛是空洞的，没有内容的。

学生作业完不成，经常会被老师留校。大家都走了，只有两三个孩子在补写作业，浩总是一声不吭地握着笔，有时无奈地咬着笔头，眉头紧锁，总也迟迟不能完成课堂上老师布置的作业。每次语文测试他应是最紧张的，两节课的时间，其他同学奋笔疾书，在打铃之前完成作文，满满当当的，有一种胜利者的喜悦。看看浩，四页勉强完成两页，短文和习作只字未动，要求背诵的试题也尽是错别字。不过，字迹倒也工整、方正，只可惜“草盛豆苗稀”。每次他倒严格遵守考试时间，不用老师催促，杂在同学之中交了试卷，交得从从容容、安安静静。因为总是有几个孩子不懂得珍惜考试时间，每次铃声响起，就要不停地催，这几个孩子就像生了根一样任你怎么说，总是磨磨蹭蹭的，情急之下写出来的文字可想而知是一番什么模样。有的孩子从一开始就走题了，写人的文章成了写事的，还浑然不知，看着他们奋笔疾书的紧张样子，我真有些不忍心收他们的试卷。有的小家伙还真是蛮坚强的，铃声响，老师催，还有课间的喧哗，却根本没有能干扰他们。在这么一小段时间里，他们是多么专心啊，比任何时候都要心无旁骛，也难为他们心绪还能稳得住，写得也算和前文一脉相承。如换作是我，一定不会如此镇定，估计脑子里会一片空白，一急就什么也想不起来了。

浩绝对是不用着急赶忙的，能完成多少就多少。这些试题对他来说真的很难，他的小脑袋里根本就没有这么多有意义的语言，他也不知道这些堆积在一起的文字到底要表达什么意义。看着他那一脸茫然的样子，我心里升起的怒火一下子化成了一股无力回天的悲凉。想想孩子一天一天到校上学，一节一节安静地坐着，从不惹别人，也从来不让老师们担心，就像一滴水融入了大海，如果不是作业考试还真想不起浩的存在。与孩子们相处一年多了，我从来没有见过浩的笑容，他总是淡淡的、拘谨的、收着的，如时刻紧张着的笼中小兔一样，随时准备着被唤到办公室，这种担惊受怕是一般成人无法忍受的。每次语文测试对他来说是一种煎熬，每次发试卷时同学们都猜到不及格的一定又是他。60分，这个数字像一堵坚硬的墙让他无法逾越。这个分数对其他孩子来说是一种落后和耻辱，而对于浩来说就是一座丰碑。刚接手这个班时，浩完全没有学习语文的信心，作业不完成就偷偷地笨笨地溜走，书写东倒西歪，平时课堂上还有一些小小的坏。妈妈雨天来接过孩子一次，也是一样的娇小，声音低柔，一脸浅浅的笑，更多的是一种歉意。可能在过去的日子里，老师们没少找过她，孩子的表现让她忧虑得很。自己的孩子自己一定很清楚，平时浩是校外教育机构的老师来接的。妈妈偶尔来一次，小小的浩有了笑意，小酒窝里盛满了依恋的孩子气。

有一个成绩不及格的孩子，一位母亲承受的其实不比孩子少，每次测试对他们来说也无疑是另一种煎熬。家庭的希望、学业的成绩几乎不能指望了。孩子的记忆力不如他人，总是记不住文字，前面读了后面忘。写字的速度似打太极，绵绵柔柔。但他自己没有放弃，一直努力地做着，尽管不能达到60分，但他小小的脚步没有停止，尤其到了四年级，大了一岁，这种坚持让人心里暖暖的。浩作业书写得方方正正、漂漂亮亮，字虽有些傻傻笨笨的，且小小的手写的字把田字格撑得满满的，那一丝不苟地向前，默默地，从来没有向老师说过什么困难，每次做不完，也从来不解释什么，像一只驮着沉重的壳的小小蜗牛，让我这个语文老师有些心痛。他的改变让人欣慰，不知他的家人有没有发现孩子有了可喜的变化，虽然这只是一小步，只是不再拒绝语文，觉得语文课上有点可学的东西、好玩的东西。他的字还经常得到老师的表扬，小小的脸上坚硬的紧张有了暖阳后的解冻，我似乎觉察到了如水底鱼儿春草间游动的小小快乐。

浩，这条为“60”而奋斗的鱼儿，大胆地和“80、90”交流吧，他们也是你荷塘中的伙伴，记住，不要被忧愁污浊了透亮的清澈，不要忘了沿途美丽的风景，寒暑易节，花开花谢，都是我们童年的所有。

记住，成功不只是冲过红线的一刹那的辉煌，更多的是日复一日过往中的坚守，记得有许多人一段一段陪伴在你的风景里。

我的坚强的“60”后，努力向前，不要停留！

“倒溜……”

驾校场地训练坡道起步。挂一档，左脚压离合，右脚踩刹车，手闸拉死。起步时，松手闸，轻抬离合，待车头有轻微抖动，松刹车，右脚轻点油门，车辆起动。初学者因技术不够娴熟，常因离合松得过快，导致车辆熄火。更为严重的是因车辆发动机停止工作造成倒溜，大凡出现这种情况，考试直接“下课”。我学习驾驶时两项大考都因车辆倒溜而被判过“死刑”，最终在第二次机会中惊险过关，在教练的心中，会倒溜的我可能就是一个差生。

“倒溜”不仅是驾驶车辆的专业术语，用在学习上也十分有趣，是指那些行动迟缓，学科成绩不理想但特别真诚的孩子。我是小学教师，常常会遇到这样的学生，文文便是这样的一个。

文文十岁左右，长相有些喜庆。小小的个头，藏头缩脑，有些调皮的孩子在背后坏坏地给她起了个“土行孙”的绰号。因为个头小，每次排队她都是第一个，安安静静的，从来不多言多语。上课也极少发言，偶尔被点到，也不愿大大方方地站起来爽快地作答。屁股上似乎有黏胶，慢慢地从座位升起来，支支吾吾地不知所云，或根本就没有听清问题。她眯缝着眼睛，一副半睡半醒的样子，低着头，悄悄地从厚厚的镜片后抬头瞄一眼，似过去的账房先生半架着老花镜低头算账时冷不丁地抬眼逡巡一般。与账房不同的是，她的眼珠没有狡黠的骨碌碌地乱转，而是木木地一直就那么僵着，小脸上肌肉是松弛的，整个人风平浪静，镜片后的眼神绝对是真诚的，让人怎么也生气不得。

文文的小牙生得很稀，说话不关风，经常把“老师”说成“老私”，“柿子”说成“四子”。在背诵课文时，我总是不经意地纠正，有时说多了，她蹦着小身体，假装生气地辩解：老私，人家说话漏风嘛！看她着急的样子，有时忍不住想逗逗她——文文你把这首顺口溜练一练：“四是四，十是十。十四是十四，四十是四十。”瞧她急的：“是是是，是是是……”常常引得同学们抿口窃笑，有的忍不住，把刚喝下去的水喷了一地，捂着肚子从后门跑了出去。

文文是个小女孩子，她不像班上的宁宁、小羽她们，每天把小马尾辫收拾得顺顺当当、一丝不苟，留出光溜溜的额头，加上扑闪扑闪的大眼睛，真是惹人怜爱。文文似乎不太爱捯饬她那一头乱蓬蓬的头发，每天都是枯草似的堆着，那一副眼镜和那一张木瓜样的小脸永远藏在里面，隐隐约约的，好像这些头发不是她的一样。一天的课程对于她这样的"倒溜族"来说够忙活的了。文文写字的速度特别慢，握笔的姿势好似老太太拿毛笔，食指和中指紧紧包着大拇指，长长的指甲扎得食指与中指的指肚一条痕迹深深浅浅的。写出来的字大的大，小的小，高的高，低的低，根本就不受控制，有时难免要重新写。因为速度慢，所以每天她都是忙忙碌碌的。有时被组长班干部催得没办法，着急了，那一头乱发便成了她拉扯的对象，一天下来，早晨自然的蓬松成了下午彻底的零乱，似乎学习上的困难都是它们造成的。

文文凌乱的头发，皱巴巴的小身体，半拉的眼镜，不转动的眼珠，加上她那乾坤袋一样硕大的书包，地地道道是一个从漫画书里走出来的人物。

文文的家住得比其他同学要远一些，每天早晨到校也迟一些。大家正在早读，文文来了，大大的书包像一座小山似的压在她小小的背上，也不知里面乱成什么样。书书本本、文具盒、吃的水果、喝的水、两三条皱巴巴的红领巾、老师发下去的讲义、要读的课外书、给家长签字的一封信……这些东西都不分类，一股脑儿都是，塞得满满当当、深不见底。想从里面一下子找个什么东西还真的不简单。她像只蜗牛一样慢慢地从讲台前经过，因为个头小，常常被讲台遮挡住了，小小的脚步声也被此起彼伏的读书声给淹没了。她悄无声息地回到自己的座位——这块属于她的天地。我经常坐在前面批作业，见惯了这道缓慢移动的风景，见惯了她的大书包。这个大书包经常藏着没有完成的语文作业，有时是几天前的作业，一页一页地空着。她的小脑袋里乱乱的，一如她的大书包。她也许并不知道作业没有交，只是本子很多，无法盘算。就这样，等到下一次作业发本子时，发现没有自己的，开始还理直气壮地说"奇怪"甚至气愤，继而急急地在"乾坤袋"里一通乱翻。找到了，缩回身体，老老实实，像只小乌龟，如果有细软的沙子，恨不得刨个洞把自己盖起来，这时她是万万不敢抬眼从镜片后瞄老师的。

每个孩子都有自己的长处和闪光点，有自己的风采。你别看文文这样，可她站在讲台上演讲时却大大方方，与平时判如两人。在课外阅读汇报会上，她从不看稿子，说话清清楚楚，语言表达完整有序。整个人精精神神的，小身板挺得直直的，特别自信。她对书中的内容记得特别清晰，就好像书的作者一样，说起来如数家珍，听得大家一愣一愣的——这还是那个在学习上处处“倒溜”的文文吗，怎么这么顺溜？掌声响起，她昂着头，大大方方地微笑着回到座位上。这时候的文文真精彩。她那样喜爱阅读，那么享受阅读带来的快乐，真好啊！

文文就是这样一个慢慢的小女孩，时时会“倒溜”的小女孩，童话里的小女孩。

"好东西"

"好东西"是我班一个男生的绰号，同学们都说"好东西"是个"坏东西"：长得"坏坏"的，虽身材高大，却身板瘫软，无玉树临风之像。他如果坐直了，比同桌要高出一些的，可他上课时总是蜷着身体，像只树袋熊似的整天趴在课桌上，高度调整得恰到好处——和同桌一样高，就怕被老师发现。每天七八节课，一直这么窝着，也真是难为了他的小腰。课上他总是安安静静，老师也很少惩罚性地指名要他回答问题。俗话说树欲静而风不止，其实他憋坏了。一双小眼睛看似无精打采，眼皮也总是耷拉着，其实一刻也没有闲着，一直用余光悄悄地注视着老师。他并不像其他孩子做得假，突然直直的，像一名军人，两只大眼睛炯炯有神地盯着老师看，闪烁着智慧的光芒、求知的渴望。俗话说得好，家门口的塘谁不知道深浅。和这些孩子日日朝夕相处，谁是什么样的秉性早已一清二楚。这些孩子也真可爱，他们认为这样一个认真的变化，老师会很欣慰，他们这是醉翁之意不在酒，而在于课本之外。而"好东西"潜伏得就很特别，不变得很积极，也不出头，也不太改变自己，他知道一切的假装在老师的眼里只是徒劳，只有把自己埋藏得深一些，不弄出水花，自己就相对安全。他是这么想的也是这么做的，不像有的同学无论上课下课，一直不安稳，那个大嘴巴就知道叽里呱啦说个不停，像个黑乌鸦，每天被老师批得可惨了，几乎每个老师都要被他们点燃。上学迟到，书写潦草，作业不签字，上课讲小话，和老师讨价还价，有错题不及时订正，只玩而不按时完成作业，放学老师黑着脸清点作业他们不承认，看看，每一条都是"死罪"，所以每一天他们这几个小蛋蛋都是一身的债务，每一天都在风里雨里过得惊心动魄，我如果是他们的家长一定会气出心脏毛病的。"好东西"每天看在眼里，笑在心里——这几个大白菜，拿鸡蛋碰石头，活该倒霉。每次脸都笑成了一幅简笔画，几根线条的那种。他整天琢磨着老师，以为自己安全了，有时竟有些得意忘形，竟悄无声息地和邻座在桌肚里玩起了袖里乾坤。这哪能逃出老师的专业眼神，被批是免不了的。

如果不谈学习，他的日子过得比其他同学要轻松许多，爸爸妈妈也很少细细地察看他的作业。完没完成，认不认真，好长时间，大人是不知道的。“好东西”也因此感到庆幸，日子过得倒也安安稳稳。老师的电话很少打到家里，他也决不知道父母的电话，知道了不好。所以老师生气要家长电话时，他声泪俱下地咬定牙关说不知道，心里也是很坦诚的，真的不知道，不是有意隐瞒，心里有了小小的退路，小小的窃喜。

其实，“好东西”是粘老师的。外出游玩时，总是时不时地憨憨地蹭过，踮着脚举着手挤在人群外，一脸的笑意，像天上一弯新月，人虽靠不了身，声音却细细地在嘈杂中一下子能分辨出来，有些像李玉刚唱《贵妃醉酒》的调。假期里，他总爱骑着自行车在小区里优哉游哉，偶尔看到老师，隔着十来米就急急地停下车子大声地喊着“老师、老师”，就像见到了久违的亲人，一脸的真诚和汗水，和暖暖的冬阳一样让人心头舒坦，熨帖。我想，生活中老师给他的感觉是亲切的，也和爸爸妈妈一样，也是要买菜做饭的，这时的老师远比课堂上亲切了许多，笑容也多了许多。

可这个“好东西”有个毛病，这个毛病无人能治。犯了病的“好东西”真叫人生气。当他小心翼翼地讲小话被发现时，老师板着脸大声地叫着他的名字，要他立即到讲台前面来。他一下子愣住了，翻江倒海，想着一定没有好果子吃，上了讲台就是赴了“刑场”，一定不能去，无论如何也不能去。他半耷拉着脑袋反着眼委屈地默不作声，身子硬硬的，固定着一个姿势，牢牢地钉在座位上，一动不动。老师爆炸了，叫科代表去传达，不动；叫组长去拉，不动；叫四个同学去劝，不动。越拉越硬，眼泪出来了，顺着同学们的劲一屁股坐在了地上，任谁来都不好使。铃声响了，上另外一节课了，老师也没办法，只好悻悻地走了。老师把自己给气炸了。据说，“好东西”就这么雕塑一样整整上了两节课，直到要放学了，老师免了他的罚写作业，才被几个同学勉强拉回了座位。这场斗争他赢了，赢在了坚持，赢在了保持一个优美可怜的姿势。他不怕丢人，不怕同学们嘲笑，胜利比什么都重要。到底是谁赢了，只有天知道。

“好东西”在老师的眼里是被挂念的学生，在组长眼里是不能忘记的同学，在家长眼里是会引来老师电话的人，在同学们眼里是会坚持不动的人。

就是这样一个人，让人欢喜让人忧！

忘忧草

萱草，开橘红或橘黄色的花，十分艳丽。传说食之可以忘记一切忧愁与烦苦，所以世人又称之忘忧草。世间本没有这样的奇花异草，只不过是人们想摆脱愁苦的一种天真烂漫的想法。

很多女孩子的名字中有“萱”字，父母大概是希望自己的女儿能如花般的清秀而美丽，在成长的过程中能快快乐乐，无忧无虑。我们班也有这样一个女孩子。

女孩还小，未到开花的风华，看不出日后如花的艳丽。长得干瘦干瘦的，就如友人从云南带回来的一束脱了水的勿忘我，有隐隐的色泽，但不丰润油亮。脸色灰白瘦削，皮肤有孩子特有的皱巴巴的紧，似乎没有完全长开、长圆，不像几个小女胖子，圆嘟嘟的脸弹性好极了，似成熟的葡萄，手指轻轻一点就是一个柔柔的小肉窝。萱如果和她们比，那就是一个是素描，一个是油画；一个墨线勾勒，一个浓墨重彩。

萱的语文成绩全班最好，但看上去没有一双扑闪扑闪的大眼睛，渴望知识的智慧的双眸。她的眼睛和她的人很协调，身子动得少，眼睛也动得少，没有书上所说的小姑娘聪明伶俐，眼睛会说话。她的眼睛总是静静的，如曲径通幽的后院里那一湾水，清明、干净，少有风起，平和恬淡，无争无怒，无喜无忧，如果证严法师看到，一定会收她为徒的。这样的眼神是与生俱来的，还是温柔的书本熏陶的，真是不得而知。这双眼睛异于常人，对萱来说，似乎这双眼睛只是用来感受白天和黑夜，喜怒哀乐悲愁苦从里面是看不出的，就连脸上的表情也不那么鲜活。而这些小孩子该有的情绪在哪儿呢？我想问问她，我想它们应该在她小小的心里，秀气的脑壳里，真所谓树欲静而风不止，平静的水面暗流涌动。

静默，少言寡语，是她的招牌。一点声音都没有，似乎连呼吸都比别人轻许多。身体也轻飘飘的，我有时真担心，如果一阵大风，就像刘邦所说的“大风起兮云飞扬”的场景出现，她会不会“刷”的一下不见了。如果不是每次考试都得高分，她是不会引人注意的。如果不是语文科代表，天天要收发作业，她是不会离开她的座位的。抽屉里永远有一本让她喜爱的课外书，课间没有任务的时间里，她总是在默默地低头看书，教室里同学们的追追打打、嘈杂喧闹似乎和她没有半毛钱关系。她沉浸在书本里，经常忘了课前发作业本，为此，没少被语文老师批评。有时，老师真的不忍心去打扰她，不忍心去批评她。为什么成绩这么优秀的孩子做不好班级的工作呢？我们应不应该推荐她做这样繁重的学业管理工作呢？我们从来也没有听过萱自己的想法。孩子很听话，你说什么她都无争无辩的，就像一泓水，温温柔柔的，从不会有涟漪泛起，更不会有波涛汹涌。不像石与鱼两人，总是会有很多的理由回应老师的要求，如果实在熬不过去就两个字："拖""逃"。而萱是科代表，几乎每天都要陪然、旭、东、石、鱼他们一干"小老鼠"们留下来补作业。只有在这时，她才会活泼起来。每天我这个老师也是陪着他们一起受苦的，直到然反反复复地订正完作业，或者背完课文、补完小册或大册。

这时候的萱是会笑的，但笑起来总是浅浅的，似墙角开放的蔷薇，有着淡淡的清香。她平时从不开口大笑，右手轻轻地捂着，怕被同学们看见那一口不太好的牙。这孩子，从来没有穿过颜色光鲜艳亮的衣服，永远是一身浅色的衣服，特别爱那一件米色的小风衣。这些经常被留班的"小老鼠"们既恨她又离不开她。如果老师有事不能陪到最后，萱就会代替老师决定他们的去留，所以被恨；很多题目不会做，只有求她解答，所以又离不开她。"小老鼠"们对于萱的成绩是打心底服气的，在他们心中萱考得好是应该的，考得不好才是不正常的。偶尔有机会考低了，乐坏了一大班人。

别看平时萱温温柔柔，安安静静，可男孩子们都称她为"暴烈女"。课间，老师不在时，萱经常追着"小老鼠"们打。小小子们似乎爱招惹她，大多数是为了报"私仇"——经常被记名字，经常被写在小纸条上。他们的苦直接来源于老师，间接来源于萱。但"小鼠"们也不是真心和她做对，只有故意小小地捉弄一下。萱也不是真的生气，对于那么多调皮蛋，连老师都没有办法，对她来说，只能以武力对付。小学的女孩子大多是要强的，男孩子们被追得东躲西藏，一点儿都不生气，开心着哩。到底是孩子，如果是大人们，那可有架要劝了，也许因此种下的果要深深地埋藏很多年。

日子就这么不咸不淡地过着，萱依然安静地坐着，课间依然“仗义行侠”，成绩依然是那么优秀，依然会因忘了发作业本或上课不带头举手而被批评。

萱，别名忘忧草，花开艳丽。

等着风儿，幽香一阵。

“蜇”的力量

海蜇，生活在海洋中的一种软体动物，形状如伞，下有许多须状触手，整天优哉游哉地飘浮在海面上，无所事事。它们有一种特殊的避险功能，能敏锐地感受到海浪和空气摩擦产生的细微声音，在风暴来临之前的十几个小时就能得到信息，从海面一下子全部消失了。

我们班的哲可不是软体动物，他个头虽小，可身体却硬邦邦的，整天挺着，就像充满了电，一天到晚都是精精神神的。一双大眼珠瞪得溜圆，那表情就是一本《十万个为什么》，充满了问题，也好像总是在寻找着什么或遗忘了什么。如果小鼻梁不架着一副眼镜，他那神态就是一只愤怒的大青蛙。这小小子挺阳光的，皮肤白皙、细皮嫩肉，如果和同学羽与伟站一块，那黑白太分明了，就好像全副武装的特战队员在脸上抹了油彩，羽与伟就是那油彩永远也无法洗干净的模样。不过小孩子们可不愿被大家称为“小白脸”，大家都知道那不是真正的男人。这个小男人精力旺盛，课上课间从来也没闲过，课上回答问题总是最多，小手一直举着，很执着，说得也精彩，声音饱满清晰，字正腔圆，有条有理，神态自若，很是自信，让人听着舒服，让人喜欢，是老师特别信赖的“非官方发言人”。特别在课堂沉闷、大家都答不上来时，他的铿锵有力让课堂有了振奋的力量，就像一块石头扔进了死水的潭里，会激起一大片涟漪，让水面有了鲜活的风景。为此，“小海蜇”经常被老师表扬：如果你们都能像他一样，那语文课该是多么的生动有趣，思考能力将会大大地提高。随之老师总是一声叹息，那几个优秀的但总也不举手，被叫起来也声音细弱的班干部们总是不好意思地低下头，变得更沉默了，而哲却越发满面红光，神采奕奕了。

因为哲的音量大，所以晨读总是他领着。这小子挺有能力的，只要他站在讲台上，早读就会整齐有模样。大人们可不知道，小学生晨读前班级里是什么状况，两个字“乱、吵”。早上驮着沉重的书包，拐九个弯八十八级台阶呼哧呼哧地爬上五楼，在五月这样初夏的天气里已是汗水津津、呼吸不匀了。还有的心里在打着小九九，因为家庭作业没完成，小小的心里满是忐忑，一边哟哟地爬着，一边在心里盘算着如何过关。楼道上满是上上下下的人，叽叽喳喳的，很多小屁孩子三五成群的总是不管不顾地横着并排走，把道路给挡住了。还有的拖着拉杆书包，上楼梯时就要收起拉杆。那拖架挺沉的，小孩子们吃力地拽着，往往上两级停一下，有的就硬拉着一级一级地往上用力拖。拖架与台阶发出嗒——嗒的声音，闷闷的，在杂乱的上学变奏曲中几乎被淹没了。上楼时还会遇到追逐奔跑的，大呼小叫的，在楼道口打扫卫生做值日的，热热闹闹，只有早晨菜市场会如此充满生活的气息。到了班级，也静不下来，交作业的，补作业的，打扫卫生的，收作业本的，还有什么也不干聊着天的，闹得让人热。每次早读进教室，看到这无序的样子，心里就有了一些烦躁，想想一天的工作该从何开始，大册、小册、习作、日记、重写、背诵、新课、听课、教研、开会、阅读课、集体备课、价值观课……一件件，一桩桩，那一瞬会如炽热的阳光一般炙烤着老师们的心，火气一下子会被点燃，说不上两句额头就会出汗。早读真是一个容易"着火"的时间，而孩子们却沉浸其中，谈笑风生。哲有方法管住这些乱孩子们。"读书了、读书了，翻到 43 页第 8 课《三顾茅庐》三四小节读一遍，背一遍。"早到的二三十个同学稀稀拉拉哼着，大部分还在做着自己的事。哲加大音量站在讲台上领读着，瞪着两只大眼睛注视着台下那一班乱糟糟的同学，他的血压也在上升。边读边急急地冲下去大声呵斥那个还没有拿出书的"老油条"。一边读着，一边逡巡着和嘈杂做着斗争。可摁住了这个，又起来那个，有些忙乱，但哲乐此不疲，"啪啪啪"合起书本重重地拍打着桌子："重读一遍、重读一遍！"这么喊着，声音没有安闲时那么淡定了，尖细、焦躁，好在老师总是及时赶到。孩子们似乎一下子没有了斗争的乐趣，安静了许多，个个捧起书本，有模有样，书声琅琅。

其实，哲在早读时也经常被批评，因为他经常来得不是很早，或是来了，笑眯眯地和同座聊天，忘了"一天之际在于晨"这句话，也忘了自己的责任。有时，老师都来了半天了，他才慢慢悠悠地进来。进来了，看到老师站着生气了，也不马上领读，还跟没事儿人一样忙着自己的小事，老师气不打一处来，你说能不批评吗？那几个声音细小管不住早读的女生哪一次不挨批？她们性格温和，只有孩子们说的"暴烈女"才管用。有的女生是被逼成那样的，像英这样的小女生站在讲台上只能自己生自己的气，只有一遍遍地说着“再读一遍”，有时都不愿抬头看下面的世界，只管自己读完。哲被批了，他每次是要和老师说上两句解释的话的，找一找理由。可能他的心里对早读是有些想法的，可能在他心里，早到校的时间就是交作业，做好上课前的准备，其他的事情做不来，而且时间很短。7:30—7:50，只有 20 分钟时间，迟的同学交了作业，上个厕所，差不多就要上课了，早读实在有些赶。其实，老师们只是需要一个相对安静的环境能尽快批完家庭作业，时间也很紧，不能有一丁点干扰。所以管理早读的同学对老师来说特别重要。在老师的心目中，哲有能力却没有尽力，有责任却没有“尽到责任”，这正是他的可爱之处。天真，本性，总是在努力着，没有退却。

哲说自己练过书法，而且考过五级，很高了。他的字单个看有棱有角，笔画硬朗，有自己的特点，但大量书写，成行成段，字过大过刺，不似超的字方正规范；稍快一些，就会相貌狰狞，让人心里堵得慌。也许语文老师的要求有些高了，每天会有书写不好的同学重写，哲也是。他自己倒有些不服气，经常不解地拿着他的作业要和老师说道说道。在他心里，自己的字怎么能和班级中那些“小乌龟”的字一样，他的字是有级别的。我也理解他的不快，但坚持要求他的字能保持整齐美观，否则考试要扣书写分的。有时，哲说得理直气壮的，我也就悄悄地退让了。

阳光下，蜇在海水里舒舒服服地飘着，如伞如盖；哲每天精精神神，充满了能量。我不喜欢没有骨头的软体海蜇，但从心里喜欢阳光帅气的哲。

“班级秘书长”

“秘书长”一般指一些政府机构的主要行政官员，主要事务是保障政府党、政一把手的日常工作。任此职务，要有很强的综合协调能力，考虑问题要面面俱到，事事通达，处处周全。我非政府中人，只是一名工作了二十几年的小学语文教师，平时也无从真切地了解政府工作的枝枝蔓蔓、繁繁杂杂。因为想了解，所以偶尔也喜欢阅读这一类的文字，洪放先生的三部反腐力作《秘书长》写得真真切切，程一路的娴熟巧妙与平衡令人叹服，正应了一句话，“适应才是硬道理”。

我的工作在学校，要说的也是孩子们的事，只是班里的一个孩子让我想起了“秘书长”这个词。

孩子们的学习生活紧紧张张，一点儿也不比大人们轻松，全是脑力劳动。从早到晚，从周一到周五，还有双休的提优补差。从春到夏，从年初到年末，从第一次背起书包奔赴美丽校园充满无限向往的蓬头稚子，到十数载寒窗苦读后瘦削的髭须少年，这上学的万里长征才算走到了尽头，其中的艰辛与忍耐也是以前的学生、现在的成年人无法体会到的。孩子们的心在一次又一次测试排名中磨出了老茧，成绩稍弱的孩子干脆让自己的心生出厚厚的肉痂，免得一次一次地受到伤害。孩子们大多少年老成，用他们的话说：“为什么受伤的总是我，变成大人就好了。”

作为一个有良知的老师，对学生的爱虽不能如亲生，但时时刻刻都会把他们装在心里。梦里经常会出现班级里孩子的追跑打闹、喜怒哀乐。可以说教书时间越长，老师的心变得越发安静，如处深山幽谷，心中有长空流云，而世俗的飞短流长、社会的日新月异如风过林梢，悄无声息。那一颗咚咚跳动的心里的角角落落都住满了一届一届的学生。高矮肥瘦、优劣美丑、哭哭笑笑、快乐忧伤，都一年一年在记忆的岩层里累积堆砌，厚厚实实，不容忘却。时间静静流淌，孩子们的姓名已渐渐模糊，但记忆的沟沟坎坎里他们的模样还是那样的清晰如昨：那个特别爱在队伍后面踩前面同学的鞋子的、那个模仿爸爸签名的、那个不肯写作业却坐在地上两节课和老师抗争的、那个整天头发乱蓬蓬走路似蜗牛的，一个一个都成为老师回忆的财富，在这一个一个的记忆里有老师们岁月的流逝，青春的不在。

随着年岁的增长，越来越记不住人和事了，但那些日子里的校园、班级里孩子们的童年又是那么清澈，像一湾浅浅的溪流，涓涓而来；似高山融雪，泠泠亮亮，让人忍不住掬一捧在口，穿喉入肚，无比舒畅。因为不愿轻易遗忘，所以经常拿起笔，把孩子们一个一个地变成跳动的文字，好好地保护在心里。每写完一个，我的心就少了一份牵挂，一份念想。

最近我的脑海里总是被一个孩子占据着，他与其他孩子一样，日日在我身边跟随着，在我的眼前晃悠着，可这个十岁的小男孩不时默默地让我的心温暖着。他叫创。因为姓金，我在心里叫他“金刀公子”。

这孩子天生异样，肤色白皙纯净，细细端详，一颗雀斑也没有，即便多日不清不洗，也一样细腻无尘。不像杰，肥嘟嘟的巴掌脸上撒满了雀斑，仿佛哪个小顽皮用笔乱点过一般。特别耐看的是创的大脑壳、大脸庞、大眼睛、大牙齿。说他的脑袋大，全班 56 位同学无人能和他相比，其实他的个头不是很高，在班级里充其量只能算中等。你想想看，全班中等的个头顶着个全班第一的大脑袋，而且是白白净净的大脑袋，那一晃眼，一定让你忘不了。和他皮肤一样好的哲就是个小脑袋，这两个是好朋友，又都是语文组长，他俩站一块儿，如果说个相声，演个小品什么的，一定是大小互补的，让人看了舒坦。脑壳大，脸的面积就不小。好在脸的线条轮廓清晰，方正有致，不似国字脸那般过于方正刚硬，也不似蛋蛋脸那么妖娆轻柔。颧骨至下颚收发有度，增一分则嫌多，减一分则嫌少。相貌清清朗朗，有男孩的刚毅又不乏适度的柔和，似传说中的宋玉和潘安。若那两只铜铃似的大眼睛能小一丁点，那该多完美啊！创的这双大眼睛呀，不管什么时候出现，都瞪得大大的，而且是能睁多大睁多大，很容易使人想起张飞张翼德，恰似两只 200 瓦的大灯泡，日夜不停地亮着。所以无论什么时候看到他，总是精精神神的，毫无倦态，老师们都说这孩子态度真好，瞧两只眼睛多有神。

脸的面积大就是任性，创的鼻和口长得也很豪华。标准的山峰鼻，坚挺有形。一张嘴包着一口大牙，整齐雪白。

创平时穿着也很清朗，大多以浅色亮白为主。白人着白衣，衣服与人浑然一体，清清爽爽、宽宽松松，在人群中不能一眼就能认出来，恬淡从容，不招人注意。其实，皮肤好的人，穿深色衣服越发显得白净，在人群中一眼就能找得到，很扎眼，招人注目。从他的穿着上似乎也能看出孩子的父母谦逊有礼的样子，他们生活得一定很从容，从日子里收获的幸福一定比别人多。

外形俊朗，跳起舞来一定是很美的。创学拉丁也有些年头了，我在班庆、校庆里也欣赏过他盛装的小模样。绅士般昂着亮晶晶的头颅，带着舞伴有节奏地前进着、旋转着，动作潇洒大方，有模有样、从从容容，让老师和家长们心生怜爱。

现在的孩子大多是独生子女，平日里都是父母、长辈们照应着，呵护着，除了学习、作业，其他一概不管，也不需要他们亲自动手，真如古人所说的“四体不勤，五谷不分”了。他们很少能考虑别人的感受，即使是一些学习上的优等生，也是被动地为班级为老师做一些力所能及的事情，因为他们是班干部，是组长，要收发作业本的。有很多好孩子还是做不好这些班级公共事务，班、组长撤了又换，换了又撤，都是因为做不好自己分内的那一点点事情，总是不能处理好个人与班级的事务。而创则大不一样，工作非常主动、细致，往往能想老师所想，做老师未做之事，许多事情做在了老师的前头，成了老师的得力助手。每天早晨，从班主任那里取来钥匙，打开电脑，清点人数，报缺勤情况。上语文课前，熟练地上网搜索甄别课件，请我前去检查，看是否合适，因为早读时间老师们都在抢时间把家庭作业批阅出来，好让孩子们早些订正，创的主动行为帮我节省了大量的时间。这个孩子做事持之以恒，一个学期下来了，几乎每次新课他都会把这件事放在心上，在我印象中没有缺过一次。

这真的不简单，能把小事做到这样的人真的不多，更何况他还是个十岁左右的学生。他的责任心让我感动，教书几十年了，这样主动为他人着想，为老师分忧的学生只有他一个。这样的孩子长大以后，一定会为家人，为他人所喜爱的，面对生活也一定会心平气和的。孩子与孩子相比，其实就是家长与家长相比，什么样的教育，就有什么样的性格。写到这里，我真想去了解创的父母了，俊俊的相貌，体贴的心肠，真好！

创办事灵活，观察仔细。平日里唤他到办公室取一些书本、讲义之类的物什，他每次都能办得妥妥的。如在众多的文件中找到老师的备课本；拿着老师的钥匙到办公室右边第二个抽屉里找一只黑色的投影笔；特别是到资料室帮老师复印同学们的讲义或试卷（油印室的老师很忙，一般的孩子印不到的）。可以想象，他是如何让陌生的油印老师高兴地帮忙的。满面笑容，说话得体。大多数孩子则不然，一般都会说“我们老师叫我来印试卷的”，然后就站着不走，“我们老师说马上要用的”。本来油印工作就多，孩子还在盯着，这能让人高兴吗？创可能不止跑了一次，他说的话可能要有礼貌许多，而且会选择合适的机会去，如果机会不好，老师正在忙着，就灵活一些，抽时间再来。难能可贵的是他一直把这件事记在心里，一定要办好。有时候，我自己都忘了，因为我有些生气，总是那几个学生把发下去的复习资料弄丢了，自己还没心没肺地只管叫喊“老师，我没有资料”，也不想办法解决，就只是等着；实在没有，个别孩子还会偷着乐，“反正我没有资料，作业不会做不能怪我”。他的心里总会自己找到一个小小的理由，尽管他自己也知道，这个理由是站不住脚的，他也不管，日子就这样过得糊里糊涂的，整日里一半清醒一半醉。创办完这些事，总是平静地告诉我一声，似乎对他来说，这些事就是他应该做的。

也许，多年以后，创长大了，进了单位，进了政府，他会做什么工作呢？

我想有一个职务一定非常适合他——“秘书长”，综合协调各类事务，思虑周全，办事得体。如果是这样，我相信他一定会干得很出色，我只是心痛孩子的身体，别太累着！

2015 年 6 月 20 日星期六端午于教导处

蓝色诗人

送走了一届毕业生，整整用了四年的时间。孩子们长大了，他们进入了不同的中学。坐在办公室常常想起他们的好，他们的笑，竟有些似想念自己孩子一样。正如一个孩子在《毕业离歌》中所写的那样：“你打我一拳，我还你一脚，到现在，都成了幸福的回忆。离歌起，莫回头，以后的前程各自走，加油。”

来不及抒情与不舍，铁打的营盘流水的兵，学生也一样。老师负责收，负责养，负责送，没有回头路，教育的路就像一串没有尽头的省略号。

新的学期，我接手了现在的三年级八班。“三八”这个数字在中国有着隐晦的贬义，不知怎么有些孩子竟对此很是介意。平时听不得别的班的孩子说“三八”，应该完整地说三年级八班，否则跟你急——“你才三八”。一个泱泱大班，人数全校之冠。全班五十六个孩子，正如一首歌里唱的：五十六个民族五十六朵花。五十六个孩子，一个鲜活的集体。从这个酷热的苦夏开始，我们要在一起共同度过未来四年的时光。想想这一天一天的日子，想想这一千多个如河流一样的日子，我的心中竟有些莫名的激动。这些日子里，我将带给孩子们什么呢？孩子们会因为我在他们生命中四年的存在而有什么样的成长呢？一如儿童阅读群点灯人所言，我们所能做的就是一路地指引，默默地呵护，在不经意间给他们以鼓励与搀扶，尽力发现他们所长，让他们如花一样都有开放的时候。在这样的日子里，磨砺和挫败是免不了的，但绝不允许给他们伤害，心灵的与肢体的伤害。

约定

在这个泱泱班级中，鲜花不少，但也有几朵奇葩，“奇葩”在成人的用语中属于黑色词语，贬义是不言而喻的。而在我眼里，他们都是那么纯朴、真实，只是有着一般小顽皮常有的小毛病。亮便是其中鲜明的一个，小个子，大脑壳，阔嘴巴，稀黄的短发。那双眼睛满是平和与微笑，好像于悲于喜都不曾让他有大的变化。开学才一周，他的名字就屡屡出现在组长的记录本上。我心中有些奇怪，什么样的人物，见识见识，于是有了几次单独的交流。每次家庭作业不做，我都不曾打电话给他的妈妈，怕挫了妈妈和孩子的进取之心。只是略有些“生气”地告诉他，完成作业是学生一定要做的事情。每次亮都抬起头望着我：老师，忘记了。他说得很慢，我知道，除了教育，就是等待，所以每次都不为难他。数学、英语补写的名单中不时有他的名字出现，每次老师的训斥少不了，和家长联系也是少不了的。很多在校的日子里他总是比别人忙，做得比别人多。面对老师的诘问，亮不得不低头不语，而眼睛里满是迟钝与怠慢，那种眼神有经验的老师一看就懂。没有喜怒表示，没有孩子应有的激动与紧张。每次看到上交的空白的作业本，我都劝自己平复心情，在心中默默地追问：孩子不做作业的原因是什么，是不会，是不愿，还是没有兴趣？

“我不想抄词语，经常这样。”

“你会写吗？”

“不知道，大部分会写。”

我也知道，亮为自己的错误找了一个不错的借口，但不否认，孩子说得也有一些道理。亮这种不完成作业的毛病也不是一天两天的了。为了对付老师，也不知找了多少个理由，有些是真的，但大多是借口，怎么办？既不能伤害了孩子的自尊，但也不能任这种想法在班级漫延。从内心里，我愿意相信这么一个纯真的孩子，如果他真的会了，这样的作业到真的可以不写。于是我和他来了个约定：“如果课堂上听写过关了，抄写的作业回家可以不写，以后把作业单独交给老师，行吗？”亮听到这，抬起了头：“真的吗？”他疲惫的眼神里似乎有了光芒。“老师还能骗你？”我这个四十多岁的语文老师竟像孩子一样与亮拉起了手指，说定了。以后的日子，亮虽然也偶尔达不到要求，但这个约定一直悄悄地进行着。课堂上听写词语时亮表现得很认真，我们都能读懂对方会心的眼神，就连课文的背诵也不能难倒亮。其实，他的记忆力还真的不错。渐渐地，亮的作业有了起色，虽然他的字还是大大小小，大的如土豆，小的细如蚁，但正确率明显提高了，而且习作中语言也越来越通顺了，不似以前一样少胳膊断腿的。看着记录本上亮的名字被记录的次数越来越少，亮似乎慢慢地喜欢上了语文课，人也活泼了许多，课间还会冷不丁地跑到我的跟前告诉我同学间的那些事。仍是突兀的微笑的眼睛，仍是两颗小虎牙支棱着，但我能感觉到语文带给他的快乐。

教育，有些时候是多么单纯，走进他们，尊重他们，倾听他们的心声，做他们的知心朋友，你就会被他们的幸福包裹着，与他们一同成长。

课堂晴雨表

亮在课堂是坐不住的，他只对感兴趣的方法和内容投入。有时他就是我语文课上一位特殊的评委，专管课堂的情绪和味道。如果课没有生趣，乏味了，他第一个不愿意老老实实地坐下去，他可不像那些听话的优秀学生，任何时候都会两臂抱紧，双眼盯着老师转，一字一句也不会落下。于是他的小动作就成了语文课优劣的晴雨表，在课堂上无意间也成了对我的提醒。上课过程中，我会有意无意地朝亮的座位看上几眼，及时地调整，让课堂变得生动起来，轻松起来。看到亮睁大眼睛侧耳倾听的样子，我心中满是成功与收获。可亮不知道他还有这么一个作用。

诗　人

亮的成绩中等，但他的文字表达却与众不同，有着一股原创的质朴，有孩子这个年岁特有的纯净与憨实，我很喜欢。比起那些按流水线或优秀作文选固化出来的文字多了些特别的味道，真的是“我手写我心”。讲究套路的文字像样板，过于生硬木讷，哪里似亮的文字有活力，有气息。虽然亮的文字有这样那样的毛病，有时只有短短的三二句，但却抓住人物的特点，外貌被清晰地勾勒出来。亮本学期的几篇文章都有上佳的表现，我把它们都录成了电子文本，保存在电脑里，一有机会就向校刊或其他报刊推荐。亮也屡屡在语文习作讲评中被表扬，他的文章被投影放大，作为优秀作品向全班宣读，可以看到亮心里被点亮时的那越来越灿烂的笑容和那两颗小虎牙。是呀，尽心地呵护他们还显稚嫩的表达，我一直相信他们的纯真文字会开出绚丽的花朵。

一如他的文章，亮的诗也写得与众不同，直抒胸臆，切中同龄人感情的内核，说出了同龄人想说而没有说出的东西。如参评省诗歌大赛的小诗《我真烦啊》就很有味道，在班级评比中是第一名。

童年是那样无忧无虑，天真烂漫；
童年是那样五彩缤纷，如诗如画。
幼儿园时我像小燕子一样叽叽喳喳。
在操场上奔跑，玩耍。
不知道什么时候，快乐的时光悄悄离去了。
背起那“重量级”书包，整天像只乌龟。
我真烦啊！
像个“机器人”，被大人呼来唤去。
我真烦啊！
刚想打开电视，“监工”妈妈“神兵天降”。
我真烦啊！
老师的作文题目，我开动脑筋，还是“了无头绪”。
我真烦啊！
年龄如期而来，我的烦恼不请自来。
我真烦啊！

他对生活的感受特别真实，难得的是他能用直白、天真又富有表现力的语言表达出来，丝毫没有雕饰的痕迹。我在班级中大力推荐他的诗歌，同学们都十分羡慕他，那段时间都笑着“诗人诗人”地叫着他，他也没有反对，似乎乐呵呵地接受了。

蓝色手掌

亮不听课的时候不会打扰课堂，他会专心做一件事，悄悄地。一节语文课下了，课间班主任老师拉着亮不停地说着什么，一副惊讶的表情。原来亮整节语文课四十分钟，用尽了两支笔，把芯里蓝色的笔油倒出来尽情地涂抹在两只手上，手心与手背、每根手指、每块指甲无一幸免，都要成了“蓝色幽灵”。亮静静地站着，两只手平伸着，让老师们一一观看着，他自己看不出什么表情，有些放松，似乎狡黠的目光里还忽闪出一丝不易察觉的笑意。看着那一双“灵手”，我竟无法生气，只是一个劲地想喷笑，压抑着、配合着班主任的教育。我还在看着那双手，颜色均匀，像一幅画，我想象着上课的每一分钟的过往，当笔尖划过肌肤的一瞬间，看着自己的手慢慢变成了幅图，他该是怎样一种愉悦的心情。也试着揣测孩子的心理，等这幅作品完成后，他将如何珍藏，如何向同座述说。每每想到这里我竟忍不住哑然失笑，这是一节多么有趣的语文美术课啊，对亮来说，可能六年中只能成功一两次，成长中的记忆，孩子的手掌彩绘。

午后，我与亮在操场边的樱花树下谈心，他说自己特喜欢涂涂画画，逮什么画什么，好不好只是凭高兴，心里想什么就画什么。

“老师想请你帮忙，以后课文中画画的内容能请你完成吗？”我轻轻地握着亮那双如何搓洗也不净的手，语气中满是商量。

“我画不好，我是瞎画。”亮用脚尖来回摩挲着地上的小石子。

“老师相信你，课前在家先画画，做好准备。”我望着他的眼睛，尽力鼓励着。

“那，好吧。”

上课的铃声响了，亮一转身跑开了。看得出他内心是高兴的，我心里多了一份期待，更多的是欣慰。望着亮慢慢远去的背影，暗自庆幸，自己没有扼杀孩子快乐的梦想和快乐的涂鸦，也许日后他成不了画家，但又有谁能体会这个年岁时信手涂鸦的快乐呢！

每一个孩子都是一朵花，都有开放的时候，只是开放的时间不同，但开放时同样有着醉人的芬芳。

亮，老师的蓝色小诗人，愿你能在这块乐土里自由呼吸，快乐生长。

2014 年 4 月 11 日星期五晚于学校

宁静的夏天

每每听到梁静茹的歌声“宁静的夏天，天空中繁星点点，心里头有些思念，思念着你的脸……”心中总是盈满了儿时夏夜凉风吹拂的美好和惬意。想象中，故事的主角应该是位恬静的女孩，眼睛忽闪如夜空中的星星，不曾想我的三年级八班有一位“傻乎乎”的男生竟与这样的夜晚有着千缕万丝的联系。

记得刚接手这个班，面对着一屋子叽叽喳喳的孩子，我还来不及把他们的样子放入心中。夏，这个圆头圆脑的男孩，没有给我留下任何印象，以至于过了月余，还会把他与邻桌的安搞错。低哑的嗓音，鹅卵石一样圆润的外形，略显鼓胀的身体，很普通的身高，一看就能判断得出这是10岁应有的标准。一双眼睛挺不给力，面积挺大，却一直没有丰富的内容，从中我看不出渴望、悲伤和激愤。在特色鲜明的集体中，他有着与众不同的淡定，如白水和着的面团，似沸腾凉尽的温吞之水，沉入泱泱班级里，不容易被一眼发现，但在时间的洗礼下，夏却越发得耐看，似乎很有内涵。

有“座”无“位”

五十六个孩子两两而坐，不大的教室已是满满的，喧嚣起来，杂乱炫目。大人是一分一秒也不想在这样的喧嚣里待着。课间，教室里如同节日时的农贸市场，春运前后的站台或广场，也不知道孩子们日日身在这样的杂乱中如何还能怡然自得。在这样的“自然”中你是无法一下子寻到夏的。他平时缓缓地，好像在给蜗牛、乌龟做裁判。下课铃声一响，夏就闪没了，没有同学知道他确切的地方。他的位子大多数时候是空着的，课桌上，只有被主人冷落的笔和书横七竖八地占满了属于他的位置。那支笔，帽子也没有，原来已滚落到了别人的座位下，粗心的小主人可能再也不愿寻回它。文具盒大开着，尺子刚被扔下，曾经被弹得弓腰曲背，耷拉在桌角边缘，仿佛一阵风来，便会站不稳而纵身坠落。那不曾被小孩仔细摩挲过的文字，只能孤寂地躺在被胡乱涂抹的书本里。

其实，课间夏是忙碌的，办公室是他常去而又最不愿去的地方，可偏偏那里却成了他的另一间教室，一个只有“站位”的教室。半站伏案补写作业成了夏课间的全部。在这样的地儿，到处都有老师威严的气场，在这样的环境下解决难题是对一个人极大的考验。日子久了（准备随时被检查，随时接受批评和指责）课间的夏终于不再被找到了，他也就逃脱了课间的“禁锢”。不是每次都能消失，这需要方案、设计、速度和合理的解释，也成了夏课堂上一道永恒的思考题。课堂里的夏总是执着于给思想放假，给肢体放松，长年保持不影响他人，独立玩耍的方针。不喜欢铿锵作答，琅琅读书，热切交流，勤勉作业 。一双手总是沉在下面，大海捞针似的经营着自己的小世界，书经常静静地合着，忘了翻开——课桌里的世界好精彩。一双手忙活着，心里满是生动的趣味，如嚼炸鸡腿、大口咕咚咕咚喝可乐一般，有一种悄悄繁盛、壮大，和不被发现的窃喜，而面容却是松弛的，熟面一样的平滑，没有褶皱。老式钟摆一样的节奏，不哐当作响，引人注意，难得早上风生水起，而脸上却装着波澜不惊，竟然在很长一段时间，没被智慧的老师发现。后来老师规定双手统统上桌，夏像被桎梏了，再也无法随时取乐。他便瞄准时机，用他那土豆似的短手戳一下邻桌，迅速端坐，挺胸举手，抢答问题，无论对错，只要脱离被怀疑。一次、二次，邻桌俊左右逡巡，小眼瞪得溜圆，也曾在夏的脸上停留，终因查无可疑而作罢，但警惕了许多。终于，一次故伎重演被俊撞个正着，夏被告发、处理，被罚只身坐末一排 ，做旁听状。这样夏似蒙了眼的驴，滚了灰的鳝，枯了水的鱼，再也无法创造地下的生动了。对这种境状，夏似乎也很坦然，一切如旧，因端坐于小组之间，一抬眼便能看见，“光大化日”里夏没了遮掩，只好抬眼进入课堂。语文课，夏是有“座位”的，不过也不是熟悉的老地方，是邻近讲台新增的一张“VIP”课桌。夏傻傻地露出笑容，对有完整的安身处所很是满足，对语文也有了些许的兴趣，这两日的词语听写正确率很高。

“宁静的夏天，天空中繁星点点，心里面有些思念，思念着你的脸……”若干年后，老师一定还会记得你，记住你的脸。

2014 年 4 月 22 日 夜于家中

“乔老爷”

乔是我班一个特别的男孩子，他在课堂上很忙碌，不是专心于听课和作业，而是专心于各种可以玩的形状——手枪、机器人或不知形状的玩意儿。所有的笔也派上了用场，大都成了各种武器和机甲的射击枪、炮管、胸甲装饰。语文课上，我常常悄悄走到他身旁，低头忙碌的乔竟没有发现。为了不打扰其他同学，我只是拿起他的作品不经意地揣在自己的衣袋里，乔自然舍不得，眼巴巴地看着我的示意认真读书的眼神。一节课不止一次这样地来回，收了一次，下一次等我来到他的身旁时，桌上却又多了另一种自制的“玩具”，几块黑色的橡皮，如同胞兄弟，黑的、新的，连中间的腰帖也没有褪去，两只尺子又被捆在了一起，成了一根扁担，担在乔的右手食指间，乔小心翼翼，用力保持平稳。冷不丁我从背后轻轻地将玩具提走了，放入口袋，之后我仍领着孩子们读课文“红领巾迎着太阳，阳光洒在海面上，水中的鱼儿望着我们，听我们愉快的歌唱”，没有回头关注乔，可我似乎感受到了乔一脸惊讶愣在那儿的样子。他一定在想下次要小心了。第三次，我收走了他抽屉里的两只小弹球。至此，乔“一无所有”。书和本他不愿看，只有玩自己的手呢！他的邻桌亮不一会儿也成了他的地下“同志”，交头接耳，扁平灰黑的小脸泛着傻傻的笑意，外界的声音不能吸引他们的注意，喋喋不休的老师成了他故事世界里的配角，他沉浸在自己编织的多彩童年里。为此事，我们和乔的母亲谈过几次，还专门召开过“VIP”班家长会（几个孩子，都有一些小毛病，改不掉），妈妈也束手无策。

乔上课天马行空，课后做作业迷迷糊糊，大多数题目如浮云，领导签字般点到为止。课堂上不读书，回到家更不愿背文。由于午后放学得经常被留下来写作业，在空空落落的教室里，乔仍然满面春风，谈笑风生，就是不动手写。问其原因，答曰没有笔，打开笔袋一探，原来所有笔芯被抽出，用在了组装的玩具上。望着满袋的空笔套，竟没有一支笔可以用，作为一个学生，真的太“穷”了。就是这些空笔壳竟也能玩起有趣的游戏。乔把它们一根根涂成满满的蓝色，放在临桌后窗台吹干了，再一根根缚在自己的十根手指上，这是《穿越火线CF》游戏中“异型终结者”的手指，无比锋利，攻击力极强。课间，乔被几个小伙伴围着，手舞足蹈面对墙壁有力地划动着，一下、两下……想象着游戏中的威武，孩子们也跟着乔“哇呀！嚯嚯哈哈”地叫着，喊着，乔成了他们快乐的使者，成绩的好坏根本算不了什么。再看看那些优秀的学生安安静静地坐着，小声地交谈着，不太会玩，反而没有众多的“粉丝”，有时，他们是孤独的！在学校，乔有众多的小伙伴，这些快乐让他很期待每一天的开始。不完成作业，上课捣蛋，经常被批评，忘记了学业和与这个年龄应有的责任。学业严重缺失，想重新找到原有的位置那得需要克服多大的困难，孩子抗压力强，没有前进的动力，在校园里他唯一爱的、期待的，是满脑子的“奇思妙想”和“专心地创造”。

我看到孩子这样沉迷，忽视了学业，心是被揪住的痛。小小年龄就放弃被教育的权利，而且他自己是没有知觉的，等日后，唉，童年是不能重来的，我的孩子！不知道我能让你转变多少，但肯定的是我会一直在你的生活里学习里，不会走远。我想，我会看到花开的那一天。

曲项向天歌

要说全班之中和老师关系最亲密的、能把批评置之度外的、最坚强不屈的，那一定是他——项，项羽的“项”，英雄气概，千年流传。说关系亲密是因为语文、数学、英语三位老师因学习、生活、课堂上各种问题和他面对面交流的机会最多；说能淡然地置打击和挫败于外，是因为他的思想如茫茫沙漠能抗拒一切自然的力量，老师们唐僧般的说教如杨柳风、桃花雨滋润不了孩子内心的瀚浩，反而使其产生了抗体因子；说他坚强是因为日日伤后却总能瞬间甩甩头颅，抖落一身的尘埃，作业考试均能达到、超出老师的预期，且对成绩有热切的期盼，每次几乎都是他第一个跟到办公室，往往刚考完，第二节课就迫不及待地追问。

“哪有那么快，老师正在批呢！”

看着他那略有些失落的眼神，似乎觉得老师太慢了。我知道，大凡对自己分数有信心的学生一定会期待一个好的结果，因为他之前一定努力过，他一定也渴望用成绩来证明自己，作为老师我真的希望他那热切的期待不是空欢喜，可大多数时候项的热切变成了一种失落。我不曾细细观察过项失落的眼神，有些不忍心，也多么不想让孩子那纠结略有些无助的脸庞牵痛我的心。

办公室里常常说起项，老师们一肚子话，就连实习老师也是一脸无奈。其实对于项，我不愿说他的不是。每一次遇到他母亲，总是鼓励多于建议。

项让人无法忘却，最神的就是顺溜地插话。无论什么场合、什么时间、什么境遇（有时被发配一个人独坐，有时刚从办公室被暂时“释放”），那张嘴像失修的水龙头，一直汩汩地冒着水泡泡。课堂的船只总是在漏水，而且总也堵不住，作为舵手的老师一定不会淡定怡然的。面对自说自话的项，那么投入，那么积极，开始，老师不愿打击，不愿停下来说他，他的声音表明他听课的状态，比那些把小差开到爪哇国的皮猴要好得多。但随着课堂学习的深入，项有些心不在焉了。没有说话的舞台，他就开始和邻居搭讪起来，即使一人面墙独坐，他亦不顾环境之不堪，不断地用眼神或轻声传达着有话要说的信号。孩子的心就那么点大，眼前的就是全部，想表达不能沉淀。到了可以举手说话的时候，他自然奋勇向前，是那种毫无目标的，听了风就是雨的。因为听课的缺失，只有说的欲望而无前进的航向，话语的搁浅和触礁是必然的。次数多了，那高高举起的手也就被遗忘了。

“项，坐好。”课又进行了。“项，不要回头！”“项，不要插嘴！”

多少次课上，项的名字都以这种方式被提起，每一次，他都坚强没放在心上；每一次，老师的气越来越鼓胀。只要有项在，老师的耳边总是得不到清静，那“项式”的聒噪总也不停歇，那时的老师有一种悲凉的挫败感，甚至近乎“绝望”。老师的尊严不容我们败在一个黄口小儿的手里，但我们的确被“这只鹅打败了”，项就是一只高歌的大白鹅——“鹅鹅鹅，曲项向天歌，白毛浮绿水，红掌拨清波。”有时课后聊天，我问项：“你属鹅的吧？”项不明就里，豌豆般的眼睛满是疑惑与猜测，不知老师何意，但猜想那一定不是什么表扬的好话：“我属鸡，离鹅不远。”见他一脸真诚，我便叫身边的几个小调皮背起了《鹅》那首诗。项听后，一脸惊讶，可能他没想到自己和那只唐代的大白鹅有关。我真的不愿千年前那只引吭高歌的美丽天鹅蜕变成一只只会聒噪的乌鸦，项的声音一定比不上白鹅的悦耳动听，也不及鹅的雄浑厚重，他的声音略有沙哑，像是声道不畅，如白乐天所说的“幽咽泉流冰下难”。语速快时，项会梗着脖颈，双眼却耷拉着，极少鼓起眼珠配合，消瘦的脸庞略带着笑意。这种笑意经常挂在他的脸上，如果单纯地不看学业，他的笑有点女孩的娇嫩羞涩、文弱，会让人喜爱的。可配上了课堂上不合时宜的插嘴，还有那鳝鱼一样软溜的身体，就显得不那么可爱了，而且有些“哀其不幸，怒其不争”了。

不知道项这只大白鹅如何理解“向天歌”的意气风发，了不了解老师对他的期待。我教语文，很多时候，我是欣赏项的语文素养的。他的回答往往有“柳暗花明又一村”的点拨和独到，他对语言文字的理解是优秀的，和班级中最好的萱和超一样，还多了些灵活和创意。

要尊重孩子的个性，只要他是向上的、积极的，也许项执着独特的上课听课方式从根本上没有改变或很难改变，只要他找到成功和快乐就好，真诚地希望项能经营好属于自己的高效轻松的“项式”学习法。

我相信，只要有一方池塘，这只“大白鹅”一定会学会高歌，唱出天籁：

鹅鹅鹅，
曲项向天歌。
白毛浮绿水，
红掌拨清波。

人与自然

要说八班中生活得最自由、很舒适的学生，非然莫属。初次见到然竟没有什么特别的印象，就发现教室里末一排空了一个座位，同学们说那是然的，听说请假与妈妈去云南旅游去了。虽有些不相信，但也没往心里去。从老师的描述中能感受到这个家庭有些与众不同，一个浅浅的印迹如涟漪样在我心里扩散开去。

一个有“思想”的妈妈

东西方的文化有很大的差异，东西方的家庭育子观也大相径庭。我们紧，西方宽；我们把孩子细心地揽在怀里，西方人远远地看着任其奔跑；我们自小教育孩子不能输在起跑线上，西方的家长从不强制他去做不愿意做的事。两种教育方法并行数百年，很难说孰优孰劣。这是一个国家一个民族文化的传承与积淀。一切都是习惯与制度使然，也没有对错之分。我们能理解两种文化的不同，但心底却从来没有认同过。自己也一直认为，天底下不会有家长对孩子的学业任其自然的，能侃侃而谈的未必真心放手，毕竟不能视孩子的未来和前途为儿戏，而然的母亲却让人眼前一亮，她是这么想，淡定地这么说的，也是不折不扣地从容地这么去践行的。

开学第一周，然遵从妈妈的教诲：听不懂也不要勉强，可以不听；不会做的不要勉强，可以不做。刚接手这个班，对然的情况不太了解，作业坚持堂堂清，日日清，清干净，我回了家心里才不会有牵绊。完成不了免不了就要留校迟走，磨“蹭”的孩子可能会被警示。

一日放学后，然留下来补作业，教室里只剩下他和浩两人。深秋的午后就要落雨，喧嚣一天的地儿终于归于平静，花木繁茂的校园里弥散着丝丝金桂的幽香，四季常绿的樟树挨挨挤挤，繁繁密密地、忠实地立在平日孩子自由奔跑的路边，默默地顶着清亮平滑的新叶，微风过处，沙沙作响，声响自然而柔润，没有一丝做作的痕迹，一串串摇过心田，特别的舒适，似月下清溪缓缓流淌。然只是悠悠地坐着，似乎也融了进去，不能专心作业，一头蓬松而有秩序的黑发微微立着，方正柔和的脸庞轮廓分明，眉宇间隐隐显示一方大家之气，直入人心。那一款阔鼻和厚唇将脸的中下部装饰得饱满而有质感。身体就这么松松垮垮微微前倾，丝毫没有局促与紧张的样子。或低头凝思，或粲然一笑，只是一直在写着。与坐立不安的浩完全不一样，小家伙总是不停地偷偷抬头向走廊尽头张望，希望妈妈早一些来接自己。

讲过的习题浩大部分不明白，一题一题的像敌人，也不知从哪下手，也不敢反复地请教老师，因为自己的弱听，会让自己难堪，所以宁愿死扛着，与时间相拼，起码等日暮天黑，老师会可怜他，一定会无奈地挥挥手——回家好好写，明天交！然却不一样，胸中似乎笃定，云淡风轻，一直流流畅畅落着笔，没有停顿或不顺。

孩子补齐了作业，落雨了，然一个人走了，和老师道了声再见，没见着妈妈来接过他，然说自己还有一个刚会走路的弟弟，妈妈要在家照顾他，所以无论如何也不能来接他的。看着然消失的身影我不禁有些欣慰，孩子说到妈妈时没有抱怨，知道她在忙碌着，他的脑海中一定有小弟弟那灿烂的笑脸和“哥哥、哥哥”的咿呀声，孩子是理解和心疼妈妈的。

这是怎样一个母亲，给了然这样一个淡定阳光的性格，给了然一个独立自由的成长。而老师们对然的妈妈有另外的看法，有些观点还截然不同，我越发想见见这一位不一样的母亲。

一个忙碌的午后，然的妈妈主动找到了我，向我这个新老师交流了她的想法和对教育的坚持与理解。一头栗色的波浪卷，大身量，阔脸，一架粉色的女式眼镜，一双眼睛闪烁着不吐不快的欲望，没有内敛，少了平静，眼里没有阳光，多是秋霜。看得出来，她有教养，有克制，剑出鞘但不见血，说完了大段很有个性的独立的见解，一再表示只是个人观点，希望老师能尊重她的个人育子观念：孩子的成绩不是最重要的，重要的是一定要尊重孩子的意愿。学业知识并不能代表一个人的学习能力，基础知识只是基础，希望老师多留心然，不要过多违背孩子的意愿。我知道，是因为昨日然调皮，挨了训斥。这是我从教 20 年来第一次被谈话，事后回想然的妈妈说过的话，竟十分清晰，掷地有声。

这以后真的特别留心然，他依然坐在末一排，每天还是保证充足的睡眠，总是早操铃声响起时，在同学们排列的队伍中穿过，老师同学们也已习惯，不责备，没有指指点点，也没有追随的眼神，不一会儿，然悠悠地追上来，依然一脸的正常，没有迟到的窘迫。每天看到然坚持最末一个到校进班，看着他的从容和心无旁骛，我竟有些佩服这个小家伙。几年来，学校的教育没有让他改变多少，妈妈的话一直在他心里，妈妈不追究学业的优劣、奖状的有无，没有惩罚和压力，只有愿意与不愿意。老师也似乎有意无意地放松着要求，家校配合默契。然喜欢学校，更依赖妈妈的话，然一天天和同伴一起成长，离学业的优秀依然有距离。纵然妈妈宽容，只要快乐，可是我仍然有一丝丝的担心，在现行的体制下，然中学后将何去何从？同伴们都升入大学，他自己却因过多地享受自由的童年而与大学无缘，不知他彼时有何感想，也不知妈妈如何坚持自己的教育观。转念想，如果妈妈普通，那然一定是另外一种学习的模样，有辛苦，有压力，有成绩。然是个孩子，在学业上，特别是在国内的教育模式下，辛苦是必然的，逃避也是必然的，不能坚持、浅尝辄止是大多数孩子的正常反应，一味地自由而没有一定的约束，这不是从一种极端走向另一种极端吗？但愿然在其他方面有自己的特长与爱好，并为之坚持向专业发展。

一个有“行动”的孩子

每年的节假日是外出旅游的大好时光，也是最让人后怕的闹心的幸福时光，光累没有快乐。孩子们也在这支旅游大军中放松着一学期的紧张和辛劳，开阔了眼界，提高了境界。然不是此时出行，他避开高峰，停下课业，随父母去外面的世界，从从容容地走进祖国名山大川，体味领略风土人情。于是，不定期的小假就出现在然的日子里了。然平时安安静静，不是班级的名人也不是老师盯防的重点，所以短暂的离开也没引起大伙儿的怀念。四五月份，他到了如诗如画的云南，尽情饱览。回来时也是静静的，人性化补课，没有心急火燎的辛苦。然也不曾觉得落下的有多难，于是，也习惯了妈妈的安排，外出学习两不误。“然，什么时候把云南的照片传给我们欣赏。”看着气呼呼的其他老师，我都淡定了许多，不纠结。

他和妈妈既然选择了这个方向，不能说错，我们只有祝福他，不能让其改变些什么，这是尊重。

“好，我让妈妈传！”

然见我没责备他，也没赶着催讨作业，一脸幸福样，他已经觉得这样做是对的，妈妈也从不过多说补作业的事，也不曾到校向老师们说明外出的事和补功课的事。

很多人和我一样，不会打高尔夫，也许终其一生，我们都不曾有机会碰过，而然 10 岁时已开始学习打高尔夫球。请假外出学习打球，让人羡慕，天鹅绒般的沟谷草地上，草皮被修剪得整齐划一，阳光下银色的球杆熠熠生辉，一少年站定，挥杆，“啪”的一声，脆生生的，划过一道优美的弧线，落下。泥土包容了球的跳动，一切都那么安闲。

教室里，孩子们一节一节永不停息地上着课，永不停息地写着作业，永不停息地被批评着，很辛苦，多么想听然说说高尔夫，说说自己这几天的经历，也说说没有学习的担心。可不成行，只一个念头一闪而过，然的生活与现实格格不入，不是正能量，怎可宣讲。

近几日，然又缺课了，一周了。这次不是去玩，是去治病，发烧，感冒。

这几日里总是发现然的鼻子有红肿，不过，作业也写得越来越快了，课文背诵也越发流畅了。

这就是然，三年级八班的自然人。

2014 年 5 月 27 日于家中

走进教材

从 2004 年秋天接手班级开始，我就着手为孩子写习作“下水文”，四年来几乎没有间断。那几年，很多夜晚都是一个人徜徉在文字的海洋里，体会着学生们习作时的阵痛，抒写着一个成人世界里的小学习作。那时候，作文课是我和孩子们最快乐的时光。第一时间给同学们读我写的文字，讲自己从构思到创作，从无到有，从难到易的故事，讲述着写作过程中那些辗转与喜悦。让孩子们真切地感受着一篇篇美妙文字诞生的完整过程。让孩子们感受着一个人思想流淌的痕迹，感受着零散变成永恒的神奇。

孩子们听得静乎无声，忘记了下课和交谈。我与孩子们互相鼓励着，完成这四年所有大小习作的“下水文”，感谢孩子们几年来的聆听，让我成长！不知道离开了母校的孩子们如今是否还记得那些或激昂或感叹的文字？

我永远不会忘记！

厦门记忆

厦门素有中国“海上花园”的美称。这座海滨城市不仅风光旖旎，而且还是美食者的天堂。因为环海，生鲜自然少不了。这里的老字号很多，许多都集中在主要商业街——中山路及临近的小巷内，需要有一份闲情和浪漫去慢慢地寻觅和细细地品味，对于来自美食古都南京的我来说算是找到了知音。

与其他临海城市不同，如海南、大连、青岛、日照……大街小巷都是鱼虾生鲜，好像这就是人们生活和饮食的全部。真的难以想象，你的胃一年所有的日子里都与它们为伍，那就真成了“鱼囊”了。这些城市空气湿漉漉的，有的甚至能拧出水来，虽不断有清新的风从海上吹来，但总也少不了或淡或浓的鱼腥味儿，没有其他色彩和调味，想来这里的猫是日日高兴的。

厦门的美食能做到雅俗共赏，集南北名点小吃于大成。学着小孩子们的馋样，每每溜进小巷，寻觅品味，不用担心迷路。厦门不大，没有诗人戴望舒《雨巷》的幽深，几天逛下来，亦记得不少味道：什么“西门土冻笋”“吴再添虾面”“厦门蚵蛎煎”“上品花生汤”“美味油葱果”“沙茶烤肉串”“清淡鸭肉粥”“名菜炒面线”……真让人大饱口福啊！

七八月份的厦门，游人众多。我们去的那几日又逢台风过境。几天里，大雨滂沱，衣裤尽湿，却也消减了夏日的褥热，多了些清凉。其实，厦门是安逸的，节奏是舒适的。如果在平常的日子里，可以想象厦门人日日枕着轻柔的浪涛沉浸在甜美的梦中。说起厦门的闲适，不仅是因为宽广的大海开阔了人们的胸怀，让像我这样一个外乡人依恋的却是她的精致玲珑。中国是大国，有许多大城市，单单面积过一万平方公里的就不下十个，而厦门只是他们的十分之一。正是因为她别样的小，才没有了北上广的眩目与迷惘。高架桥、霓虹灯、群楼广厦，游走在其间，竟有不知今夕何夕的错觉，不知道家在璀璨灯火的哪一方。而生活在厦门，特别是内岛，有一种世外桃源的轻松与自由，心里特别安静。

厦门的城市味道已没有了过浓的海腥味，街头巷尾飘散着一丝丝清香之气，那是刚上市的青芒成熟的气息。青芒的个头较一般的芒果大，外形胖乎乎的，挺招人喜爱。周身泛着略显老成的鲜绿色，蒂部四周稍许的橙色，橙中带青。大大的个头像个硕大的有色水滴，圆圆的大肚皮，十分饱满，摸上去柔软而不乏滑润，不似葡萄那样软，也不似苹果那么硬，软硬恰到好处，像个水果宠物，我特别喜欢摩挲它。说到吃，谈不上切，就像调理白玉豆腐一般，只需刀片薄薄地划开，横竖三两下，便“井”字似分开。对于果肉，一时还舍不得含它们入口，那香香甜甜的有些糯糯的，但却不是腻腻的，几乎不用牙齿，只要抿一口就能化了，似乎贴着舌尖和腔壁顺“流”而下，一时不知就里，绵软的果肉已下到了腹中，这种感觉真的别有一番滋味。

厦门的味道哟！

父母节

生儿方知父母难，尤其是现在的父母，尤其是中国的父母，从为人父母的第一天开始，就有操不完的心，受不尽的累。

甜蜜的恋爱总是短暂的，从相约跨进婚姻殿堂的那一刻始，更多的是责任和承诺。生活中零零碎碎杂七杂八的柴米油盐酱醋茶裹挟其中，岁月河流里演不完的喜怒哀乐悲苦愁。所有的父母都视自己孩子为掌上明珠、夜空星辰，一辈子就从有了孩子才真正开始，一辈子就为了孩子活着，一辈子就活在了孩子的世界里。俗话说“狗不嫌家贫，子不嫌母丑”，父母更是如此，有哪一个父母会嫌弃自己孩子的容貌美丑，有哪一个父母不包容自己孩子的错败祸坏。正因为这样，我们的父母这一辈子已没有了自己，活得伟大，活得无私，也活得悲壮。

我是一名小学教师，从业二十多年来，遇到的辛苦的父母太多太多，有些特别让人动容。孩子患了自闭症，家长很痛苦，为了让孩子健康成长，妈妈毅然辞了工作，从小学一年级陪读。一同上课、作业、跑步、吃饭、放学……无论风雨，寒暑易节，妈妈脸上苍老了许多，她多么希望自己的孩子也能像同学那样天真欢笑，奔跑流汗。孩子肢体残疾，手脚不协调，手指畸形，右腿乏力，行动困难，妈妈辞了工作，每天背着孩子上下学，午间天天做好了饭菜在校园里一角的樱花树下静静地候着。在孩子面前，妈妈总是浅浅地微笑着。有时看着母子相依而行的背影，心里总不觉泛起酸酸的味道：他们是多么羡慕别人家孩子健康的模样，只要健康，再无奢求。他们觉着自己赋予了孩子生命，但却不健全，亏欠了孩子，他们的心中多了一份悲凉与坚强，又是一辈子。

生易长难，更多的父母是在孩子成长的过程中付出了一生的心血，时时刻刻，日日月月，岁岁年年，从无停息，形影不离。自呱呱坠地到长牙学步到幼儿园，孩子的吃喝拉撒睡，行走坐卧躺，都得事事亲为，劳心劳力，纵使你大罗神仙，也会被“小鬼”磨得眼皮打架，脑筋滑丝。没有一天是悠悠闲闲，家中是安安静静，心里是轻轻松松。有时候就想，哪一天孩子不在家多好啊，一起约三五个朋友打半天的球，流一身汗，或结伴外出野游，放松身心。

好不容易盼到了孩子能说会跑，读小学了。读书识字，总认为苦累会少些，哪知麻烦更大，日日的功课和学业，无穷无尽的学科签字和检查，无穷无尽的测试后的喜怒哀乐。双休与假期里课外的补习与拓展，让快乐和自由变成了忙碌和拼搏。不知何时，你没跟紧，孩子的成绩起起落落，烦恼随之而生，比班级佼佼者，星夜兼程追不上，心中恼恨自己，情绪会迁怒孩子。看班级后进，越看越担心，自己孩子身上似乎有他们的缺点，难道自己的孩子已经变坏？到哪儿都会谈起孩子的那些事，若不优秀，有何颜面，这是父母那一点可怜的自尊。有时想，哪一天孩子被集中到了一个快乐的地方，有人管束，有学有乐，有吃有穿，给我放了一周“丁克式”的假期，我一定要和妻子结伴外出，寻觅一方世外桃源，山水城林，听溪水涓涓，看红霞满天，那真是四大皆空，无烦无恼无忧愁。

如果我是国家假日办，我要为父母们，特别是家有孩子的父母亲设立一个节日，节日里没有孩子的顽皮和吵闹，只有自己和自由，让他们在这样的节日里找回年轻，找回自己，找回青春。

父母节万岁！

黄焖鸡米饭

第一次吃黄焖鸡米饭是在夫子庙的一爿小店里。说店小，是因为在一个城市里很少见到那么狭窄的一方地，面墙的单人塑料桌椅收拾得倒也干净。一对小夫妻经营，带着一个三四岁的小男孩。经营应有些年头了，门头上横七竖八挤在一起的几个字颜色有些斑驳，黄色褪了些。男人在后厨忙活着，炉火烧得旺，蓝色的火苗像个顽皮的孩子一样不安分，六七分钟菜便上来了。

砂锅小心翼翼地端上来，蒸腾着热气，汤汁汩汩地弥漫在一块一块肉之间，极力地翻滚着，似烈日下的急雨猛然泻在路面浅浅的积水里。些许的酱色似有若无，好像不经意间融化在润润的每一块肉和汁的细胞里，有如身体健硕的人刚晒成的二三成的古铜色，让肉质看上去有了些许的厚实感和存在感，一块一块的在浓汤里热热地炖着，饱饱满满的。锅里的鸡肉极少骨头，即便有，也早就失去了闭上眼睛用力咬的那种硬，细嫩松软，吃在口里，满满的肉的卤香。一口下去，腔壁内全是舒适，很特别。肯德基的炸鸡腿外皮过于干脆，里面过于细嫩，没有品味过程中的质感，适合小孩子们。而卤鸡腿酱料过重，地方味过重，肉质过于紧和老，稍用力，肉屑就会卡于齿间，鼓胀难受，且味重不宜多食。

孩子吃食也是挑剔。吃鱼怕刺，吃肉嫌腻，吃叶菜又觉寡淡，啃爪子嫌手油，吃精肉嫌塞牙，而吃吃黄焖鸡米饭他总是满心欢喜。一菜一饭一小桌，简简单单、安安静静，注意力全都在一口一口地品味。吃了第一口，还想吃第二口，一口一口有着强烈的食欲，就如读了好书，秉烛也要夜读；也如看了大片不能轻易断掉；亦如在沙漠干渴遇到清泉想咕咚咕咚灌个足。每到周末，妻加班，家中饭食无人料理，我便和孩子到岔路口街边的小店去饱口福，那里的味道最为纯正。每次孩子吃得都认认真真，经常用小勺小心翼翼地从滚热的砂锅里挑出些浓的汁，均匀地布在香喷喷的米饭上，不用菜就很享受。也不说话，一口一口地吃，就像完成一道挺有趣的数学题，也如在进行一场精彩的游戏，顾不上那咝咝冒着烟火味的烫。吃着吃着脸上脖子里就会汗津津的了，满口从里到外松香软嫩而又不乏质感的鸡腿肉裹着浓郁的汤汁，这醇正的味道一次又一次地冲击着味蕾，就如融化的巧克力在齿间流淌。锅里再配上些切得方正的嫩绿的青椒，还有些许裹在鸡汁里的切细的香菇。有想吃辣的，就断开几根干椒炖在肉里，一边吃一边抹汗，间或一定要喝上一口清凉的水，正如夏天烈日下走久了，吹上一阵浓荫下的凉风，让满口的浓香随着清凉的水一丝不留地流淌进你的食管，然后顺到你的胃，一路舒畅。

经常去吃，老板与我们熟了，不用问就知道：一大份，不加辣，两碗米饭，一瓶水。老板，中年，瘦削干黑，架一副眼镜，斯斯文文的，又是老板，又是跑堂，少言少话的。闲里聊起他的店和他的鸡米饭，方知一二。原来这种名吃源于济南府，加工有秘方，味道独特。据说当时的山东省主席韩复榘吃后大喜，特赏银三十两，从此，小小一菜一饭便流传下来了。

真好！黄焖鸡米饭，我的周末小饭桌。

细“水”长流

三年前，我身体出现了病症，血压升高，常犯头痛，胃也不行，这才想起医生的忠言，于是找体育老师买了第一只球拍，维克多的，全碳的，重量不到 95 克，握在手里，感觉没什么分量，真好。180 元一只，内行说不贵，但这对于没打过球的我来说多少还是有些小意外。一只拍子几百元，我记得以前在超市为孩子买过一副才不到百元 。

学打羽毛球也就是那时的事儿。学校有场地，也有一群爱好运动的老师。因为喜欢那份校园的安宁，更因为喜欢挥汗如雨的快乐，我们一同坚持了下来。就连长长短短、大大小小的假和节都舍不得放下。从盛夏炎炎烈日汤汤到北风凛冽冬雨潇潇，一群人热闹着花木扶疏的校园。场馆内羽球飞扬，噗噗有声。这里，不再有课堂上恨铁不成钢的隐隐的痛，没有那苦口婆心劝导的无奈的苦，没有昨夜不能入眠的工作的焦虑，没有了在外奔波的仆仆风尘，也没有父母老人的叨唠，更没有孩子日日跟随的缠扰。这里，只有球和汗水。单纯就是快乐，自我释放自由。

别看打羽毛球只是挥挥拍，抬抬手，真正到了场地，和高手过招才知什么是差距。刚开始，没有章法，胡乱奔跑。下了场还不觉得，等夜深人静，浑身就像散了架的机器，腰腿有无尽的酸痛，似乎那跟随了自己四十年的双腿一时间成了别家的了，连走路都很艰难，每走一步肌肉像被满坛老醋浸了些时日，酸痛一次又一次扯牵着你的某根神经，我想当时自己一定是咧嘴龇牙齿，咂口唏嘘，步履也似伤兵般狼狈了吧。

和羽毛球结缘一开始是为了战胜病痛，经年后已觉着喜欢上了它。只要有时间，都会让汗水尽情流淌。渐渐地身体变得轻盈了，步伐变得迅捷了。球场上千万次前跨、后撤，奋力救球，大力扣杀，跃起扑球……球用完了一筒又一筒，网线也不知换了多少根，上好的球鞋也已跑烂了几双。打羽毛球已然成了我简单生活中一件有意义的事，一件重要的事，如果没有它，我竟不知道还能到哪里寻找运动的快乐。

三年了，过去的痛换来了现在的快乐。

累，一种漫天黑地的累，不是走出场馆的那一刻随之而来的，而是同黑暗与这宁静一同降临的。满身的疲乏，彻彻底底、通通透透、舒舒适适，一种从筋筋骨骨里抽出来的叫气力的东西，一丝一丝地毫不保留地，随着汗水从体内蒸发升腾。所有的劳与累、困与乏、病与痛、烦与恼，都随着那密密的汗水，滚滚而出，不曾有一刻的停留。记得哲人苏格拉底说过，除去心灵上的杂草最好的方法是用美德占据它。而生活告诉我们，真正消除疲劳最好的方法不是休息，而是用另一种疲劳去代替它。一如躺在阳光四溢的草地上，呼吸着旷野里的花草气息，伸展四肢，放松全身。此时，阳光从你的肩头慢慢地温暖着你的胸怀，慢慢地温暖着你的双膝，最后温暖了你的全身，敞亮着你的内心。

入夜，躺在床上，放平四肢，一股痛楚后的舒适不经意间悄然而至，它就是那么自然，那么微风细柳，那个叫心的地方满满都是麻苏苏的、酸胀胀的东西，就如坐久之后木木的腿，口里哟哟地哭笑不得地咬着牙哼着，双手小心地托着放在一处，纵谁也不能动一下。此时，身体没有一丝空闲之地可以盛下喜怒哀乐愁等其他物什。颈脖以下腰腿处皆精疲力竭了，等待着一股一股的倦意大海一样涌来，霎时漫过所有。这种释放后抽空的感受不是酷刑加身的皮肉之痛，也不是悠闲散漫养成的周身的胀痛，而是一种美滋滋的快乐！只觉着丝丝的气力在骨骼肌肉间悄悄地生长着，回转，平时里一些小的病症已难寻踪迹。

我喜欢这种运动后的痛且快的感受。

学校的同事都很熟，彼此的球路都心中有数。没有专业的指导，都是在实战中点滴积累，虽进步缓慢，动作不是那么漂亮，但已是无师自通，就连学校羽毛球专业毕业的体育教师都感叹——再不练就打不过我们了，真的很不容易。大家的球各有特点，杨老师的球势大力沉，千钧一发；陈老师的球耐力绵长；女教师中杨老师的网前小球防不胜防；贺老师的球平抽迅猛。

我喜欢研究球的线路，找到最好的落点，打球有自己的想法，有较成熟的控制力和稳健的心理，平时和老师对决，取胜的概率特别大。同事们都说我球打得好，动作快，球路灵活，落点变化多。

球场上整个人的肢体特别舒展，侧身观察挥拍击球，迅速移动到中场回球，这一连串的动作一气呵成。越来越觉得动作从从容容，力量收发于心、自自如如，人越来越松弛，我知道自己找到了运动的节奏，找到了“前赴后继”“闪转腾挪”中的平衡点，对球的来去不再是未知的不安与惶恐，更多的是自信。

虽然喜欢，但并非痴迷，工作忙碌，亦多日无暇顾及，一旦有闲，便蠢蠢欲动，这种感觉很甜蜜，隐隐有种期待，如影随形，我爱这种感觉。我不是球迷，正儿八经的大赛没看过几场，只是这两年孩子在秦淮体育中心学围棋，在等候的三两个小时里会呆呆地立在楼上球场里看球。场内球友打球的水平参差不齐，遇到水平高的，则会倚着墙壁看个够，步伐的进退、侧身回球、网前勾对角、边线找落点、扣杀下角度，每每能从中得到一些启发，在实战中努力变成自己的技术，每次学会或练熟一个动作，内心充盈的喜悦是满满的、窃窃的。没有刻意去学，没有刻意地让自己接近专业，这只是让我们在日常的喧嚣中找到一种健康快乐的运动方式。难得学校有像样的场馆，难得身边有一群坚持流汗的老师，一定得珍惜，且行且珍惜。

汗，细水长流！

有球，

有你，

真好……

一年好景君须记

今天孩子们要集体外出，参加一学期一次的综合实践活动。这本是孩子们期盼已久的日子，早自习时孩子们已是一团兴奋，叽叽喳喳的，早已不能专心手中的课本了。几个“小油条”倒格外安静，偷偷地藏着那份即将出行的快乐，收敛了平日的“坏”，就怕在这样的特殊日子里一不小心犯了纪律而不能外出。

孩子们对出行的目的地倒没有多大的兴趣，每个学期大多都是那么几个地方，什么雨花台、科技馆、莫愁湖公园、中山陵游乐场、国防园等。假期或节日里也不知被领着跑过多少次，他们需要的是一整天没有课业，大家都没有——教师、家长，这一整天不会有头痛的唠叨，不会有严厉的说教，耳根清静。最重要的是能与同学们一同外出，无论去哪里，都会像过节似的，特别轻松愉快。

一路上，孩子们倒没有兴奋得压抑不住自己的情绪，几个孩子悄悄地问回来要不要与作文。其实，近几年孩子们集体外出，无论哪一届，作为语文老师的我都不再布置这样的作业，不让孩子们在这样一个快乐的时光里再背上负担。

其实这一路下来，时间短暂，匆匆忙忙，孩子们的脑袋里也不会留下什么有意义的景和事，倒是满包的吃食成了心底甜甜的秘密。

列队到了渡江胜利纪念馆，曲曲折折，穿堂过室，那个年代的帧帧黑白照片给我留下了印象。感慨于我们的先辈为南京这座城市付出的激情与生命，一路走来惊叹于纪念馆里不计其数的真实的黑白照片，这些照片把历史的血与火定格在永恒。向那些历史背后默默的战地记者致敬，是他们让那场伟大的战斗有了鲜活的生动，有了震撼人心的力量。孩子们心中对这场六十五前的战争是空白的，匆匆而过，会被那些斑驳静默陈列于展柜里面的枪支吸引目光，而发出一声声的惊叹。

若在平日，两节正课，孩子们会全神贯注，忙于听说读写，生活得紧紧张张而又充实疲惫。而秋阳暖暖的今日，孩子们不时思念着背包里的美味，越是想念越是觉得饥饿难耐，心里揣着自己的，口里还惦记着好朋友的：浩的水果沙拉，然的爱心寿司，蒙的泡椒凤爪，哲的香脆鸡腿，有荤有素，想着就让人眼馋。就连辽阔的江水，平日活泼的小孩子们都了无兴趣；连修葺整洁的江堤栈道都让他们脚步沉重，无力前行。只是在高大鲜红的船帆广场留念合影时，孩子们脸上才有了如初阳一样娇嫩的笑意。

和孩子们相处是松弛的、简单的，他们可不会隐藏什么。他们说集体外出，不为玩，就是为了吃，集体吃。为了能在一起分享，吃自己的，也吃别人的。

饕餮盛宴，终于开始了！

南京科技馆，宽敞、安静、洁净。一个班独占一大片，55位同学分成6个组，牵开餐布，取出食物。有的同学性急，索性兜底一股脑儿倒空背包，琳琅满目、堆积如山、花花绿绿：面包、小包装豆干、鸡腿、牛肉干、真空包装的翅膀、洗净的小黄瓜、寿司、圣女果、薯片、海苔、猪蹄、巧克力……数不胜数，都是小孩子的家常系列。别小看这些，这可是55位妈妈精心准备的，55位妈妈对孩子的体贴，真是可敬天下父母心。也不知要准备多少，孩子吃的，同学共用的，还有垃圾袋、餐布垫、口香糖、手纸、湿巾、各种饮品，一样一样的要思虑周全，甚至还得在孩子背包的里袋里放些小钱，叮嘱孩子不要丢了，不要乱用，因为有些项目是自费的。

女生文静，几个围坐一处，嗡嗡嘤嘤，不时嗤嗤地小笑；男生则放肆了许多，大口咀嚼着。看着一片小吃客，我心里满是平和与幸福。多么好啊，不用作业，都在吃，无一不专心致志，没有一个“学困生”需要“指导订正”。你看，“小蜗牛”浩神情专注，像个童话里的孩子，做着水果沙拉，浓浓的奶油融入切好洗净的果肉。只是没有牙签，只有用手指搅拌了，不过，味道很特别。那边，苏的身边围了一圈人，原来提前在苏家私人订制的寿司，孩子们品尝后回到家一定会和妈妈喋喋不休这样的味道。

和孩子们在一起真幸福。你瞧，平日上课蔫头耷脑的博正在努力地大口啃一个硕大的砀山梨，“咯吱、咯吱”，一大口一大口，每下一口，就如崩山裂石，口张得极大，挤得本来就不大的小眼睛都眯成了一条缝。丰润的梨水分十足，牙齿落处，“银花”四溅，凉凉的、细细的，还和着博的口津落在周围人的脸上，不时让人经不住地眨巴眼睛，而他却傻傻地不管不顾地哑哑地问：老师，你在看什么书？一个字一个字的，像刚学会说话，还有一股梨子味。

午后的时光如4D幻影转瞬即逝，回程的车上，孩子们和以前一样有些不舍，但并不决绝。每次都知道，欢娱苦短。是啊，每次的集体外出多么地不容易，对成人来说这只不过是一次陪同，可我们不曾想想这对孩子来说是多么地盼望，接下来日复一日的功课和学业该是多么的忧心，彼时又该是多么怀念秋阳中的这一次出行。我故作轻松："同学们，愉快吗？"哲推了推眼镜眨巴着小眼睛说：老师，没有鱼（愉），只剩下"快"了。哦，这孩子，反应够快的啊，可谁说不是了，活泼的话语中透着淡淡的无奈。

一年好景君须记，最是集体外出时。孩子们，下学期我们如约出行！

心中的声音

这个世界有声有色，目之所及，不仅有春华秋实的绚丽与厚实，山岳江河的巍峨与澎湃，更少不了耳之所闻各种美妙的天籁。总是想象着鸟鸣山涧、竹杖芒鞋徜徉自由时自己的样子，这一切因空山鸟鸣而让人沉醉不已。

春雨绵绵，温暖中丝丝缕缕，润物无声——沙沙沙；炎炎夏日，忽地风起云涌，白雨跳珠，雷鸣霹雳——咔嚓咔嚓；秋雨潇潇，如泣如诉——淅沥淅沥；冬雪漫漫，寒风凛冽——呼呼啦啦。此皆自然之声响，四季流转，寒来暑往，它们从来没有改变过自己的容颜与模样，改变的是沧海桑田中人的过往。夜静春山，溪水潺潺，木秀于林，夏草疯长，一鹤排云，独钓寒江，声也静谧，景也清幽。美好的声音总能让人安静，能思考，能享受。最惬意的还是温暖的居室，悠悠醒来，“夜阑卧听风吹雨”，深沉雨幕淹没了所有的记忆，那一刻真的是有了真正的自由，心的自由。天地苍茫，方显茅室烛火的温暖。

这是多么美好的自然界的声音，也是人们心底最想听到的声音。

此时，耳畔传来了市井的争论。

“你们这算什么好声音，我的琴声能退万马千军，看诸葛武侯城楼焚香抚琴，城门洞开，司马懿驻马不前，继而挥师退却。”

“琴声退敌，那是因为丞相的一颗大心脏。和丞相相比，我左迁的江州司马汗颜呐，但我的《琵琶行》也隐隐有着铿锵的男儿气，‘银瓶乍破水浆迸，铁骑突出刀枪鸣’，那可不是吴侬软语，闺闱嫠妇，而是一支支利箭，如果在战场上也是能鼓舞士气的。”

“我是北归人辛弃疾，看百姓南望王师又一年，多么想率军杀敌，收复故土，‘八百里分麾下炙，五十弦翻塞外声，沙场秋点兵’。保家卫国，抗击外侮，匹夫有责，家中尽孝，儿女情长都应在民族大义之后，没有国哪有家。”

“最好的声音我知道，好男儿志在四方，你看我黄河的声音‘风在吼，马在叫，黄河在咆哮，黄河在咆哮，河西山岗万丈高’……这声音在火红的革命年代曾让多少热血男儿心潮澎湃，投身到革命的伟大事业中来。”

“我赞同，我是来自波兰的声音，一首激昂坚韧的《革命进行曲》雨点一般地从琴键上泻出，让人的心也被扯着一起跟着跳动，难道这不是世界好声音。”

“你们都不要从历史的故堆中跳出来，听我说的这种声音，那才叫神奇。能叫冲出去的立即定住，不管有多急，就如点穴功，那就是每一个中国人心中的最强音——《义勇军进行曲》，新中国的国歌：‘起来，不愿做奴隶的人们，把我们的血肉筑成我们新的长城！’”

这些啊，战斗的声音。

“你们听听我一个民间艺人的二胡曲，保证会感动地哭泣。”悠扬悲切的《二泉映月》似一根细细的钢丝线把你的心尖尖拴住，扯住，一下一下地痛。

这是一种思念师父家人，感叹生活不易的自述，一种坎坷的声音。

“我们为爱至死不渝化身为蝶让人扼腕。”千百年来，一首《梁祝》让无数人感受到爱的铭心刻骨，至死不渝，这也是最悲壮、最圣洁的为爱抗争的声音。没有爱，毋宁死，没有爱情，人来到这世界白走一回，还有什么意义？美丽的爱情永远花开心底。

这是爱情的声音，是对生命的滋养，至真至美。

器乐的演奏固然有其独特的曼妙，但如果再加上语言的表达，成了“人”的音乐，那一定能淋漓尽致地表达人世间复杂缠绵的情怀。《我爱你中国》的深沉激越，表达的是对祖国的情怀；《在那遥远的地方》《因为爱情》表达了爱情的温婉与甜蜜；清新美丽的《北国风光》《蒙古人》表达了对家乡的热爱；奋发立志的《信仰之名》《光辉岁月》感人至深，这是人世间创造的音乐，不乏美好。

我是农民的孩子，从小长在农村，在心底有一种声音最美好——劳动的声音，乡民在田间劳作时韵味十足的号子声。在挑重担时为了给自己提气，田畴上的一溜叔伯们大步流星，口中“哎哟”有声，或长或短，或急或缓，往往根据道路的平坦与崎岖走得快或慢，随时改变号子的叫法，一二百斤的重担压在肩上，如果一路闷闷急走，一天下来准会吃不消的。看着父亲一趟一趟从田地里挑着沉重的稻谷，还能自由地左右肩互换，那一声声简单神奇的号子深深地印在我幼小的心里。

儿时在家乡还时常听到筑屋打地基时整齐的劳动号子，也叫夯号，往往是有经验的老农现场编，第二句总是要加上一些语气词的，歌词只是短短的几句话，一人领头喊，其余的人只是有节奏地应和，至今我还记得一些："同志们加把油哟，哎哟哎哟。地基要打牢哟，哎哟哎哟。"铁制的长方体的夯底部四角拴着绳，由四个壮劳力各持一角，随着那简单有力的节奏，四人动作一致，整整齐齐一上一下，那场景热闹，也提精神。

家乡虽临长江，但不在江边，也听老人说过拉纤的那沉重的号子声，听李双江的《船工号子》："穿恶浪哦，嗨嗨踏险滩呐闯漩涡哟，嗨嗨迎激流嘀，嗨嗨！"在艰苦的劳动中用这样的声音来调节生活，缓解疲乏，更重要的是力量拧成一股绳，大大提高劳动的效率。我们这几千年的农耕国家所特有的一种美好的声音，朴实的声音，来自乡间泥土的声音，支撑我们走过几千年劳作的声音，还有哪一种声音能比它们更具有生命力呢?

也许还有很多美妙的声音我们不应忘却。

有人说母亲的声音最让人牵挂，有首歌唱得好："有个声音在向我呼唤，归来吧，归来哟，浪迹天涯的游子。"是啊，母亲的声音一直在儿女的心底珍藏。

年轻的母亲对于孩子的第一声啼哭记忆犹深，这是一个新的生命来到这个世界的第一种声音，些许的感动，些许的不易，一起在那一声啼叫中得到了健康的释放，真好。

黎明到来，雄鸡报晓，歌声嘹亮，划破苍穹，迎接光明的声音也是这个世界最让人期待的声音。

……

如今的现代文明早已远离山林，带来不一样的声音，日日喧腾、无休无止。地下铁、高架桥、立体路，川流不息，奔驰呼啸。路通往哪里，喧嚣亦如影随形，日夜不停，硬生生让脑子日益变得衰弱，让敏感的心变得躁动和麻木，车轮与引擎使城市在高速的发展中与声的美妙越来越远。璀璨的城市有着无限的诱惑，而它的周身密布纵横交错的路网，网里无休无止的隆隆的蠕虫般的声响潮水一般麻木了人们对美妙声音的向往，我从心里不喜欢这样的杂乱，让心无处安放。这是最不能让人或者有生命的物种容忍的声音，这也是现代文明的糟粕。

好大的世界，有声音真好！

让我们去回忆、寻觅那些美好声音，把它们深深地埋在心底吧，让我们静静聆听那曼妙的天籁吧！

温暖的冬眠

门前的银杏树已日渐枯萎调零，蔓延着亮丽的黄，先是叶边泛着淡淡的浅黄，青中渗着丝丝的深黄，继而黄中有青，满枝满树，棵棵都是，就如夜色中悄悄地商量好的一般，陆陆续续、先先后后，都有了两样鲜明的色彩，两种特别纯净、斑驳的色彩。日日路过，脚步匆匆，倒也没留意这一年一年周而复始的变化。忽地几个昼夜，西头离家最近的那一棵早已全身金甲，像谁有意着浓色泼洒过一般，鲜亮至极，把一方天地映照得透亮。

每到此时，总驻足仰望，总也会生出些岁月流逝之叹，真是人生一世，草木一秋。这些叶啊，再也不似夏天翠绿挺拔，生机勃发，似乎已了牵挂，似乎倦了，也似乎累了，一天一天，随着深秋的风儿“呼儿呼儿”一起落下，不经意间竟也层层叠叠了。那春夏满树满枝鲜活的绿呀，终究成了一堆灿灿的黄。说不清这是结束，还是一个新的开始；也说不清这是成熟的绚丽，还是无奈的凄凉。不忍心看着孩子一脚一脚地踩踏“哗啦哗啦”，也总是不让孩子追逐着迎空抛撒，总想着温暖的大地才是它们久违的家。就这样让它们静静地躺着，我总是愿意相信它们只是累了想睡上一冬，来年醒来重又绿上枝头。我时常看到园林工人在林子里不停地辛苦劳作“哗—嚓，哗——嚓”，清扫落叶，积成堆，装进袋，一车一车地运走，真想大声地告诉他们“落叶不是无情物，化作春泥更护花”。

南京深秋多雨，俗语说“一场秋雨一场凉”。一场一场的雨，总是不期而至。夜里醒来，听窗外“沙沙”作响，就知雨脚已细密如麻。忽地忆起李后主“帘外雨潺潺，春意阑珊，罗衾不耐五更寒，梦里不知身是客，一晌贪欢”。听秋夜落雨似乎总也绕不开悲凉，其实我是喜欢听各种各样的雨声的。儿时，在贫困的农村，父亲母亲总是起早贪黑地下地干活，总也没有个休息的时候，只有老天帮忙下起雨来，他们才能闲在家里烧茶煮饭，少了一些辛苦劳累时的怒火与哀叹，也能免却小孩子在家操持家务的烦恼，所以盼着下雨一直是我心里小小的秘密。昨夜又一场漫天的雨，西头的银杏叶已落尽，空气中已然透着嗖嗖的寒意。老人们早已穿上了秋衣秋裤，总也不忘叮嘱自己的孩子天气凉了要多穿。

每当这个时节来临，我的心中便会有一种期待，期待天气变化，气温下降——我日日游泳，从夏到秋，来来回回，为的就是循序渐进，等天寒地冻的那一天，自己的肌体能耐得住严寒，还能下得了彻骨的湖水。家人说我越来越黑了，同事们说我整天精精神神的，这都要感谢我可爱的百家湖水啊。一年四季，几乎日日徜徉在她温柔的怀抱，寒暑易节，从未改变，算来到如今已有六个年头了。秋去冬来，岸边柳青了又黄，黄了又青，湖水暖了又冷，冷了又暖，唯一没有变的是那一颗“扑通扑通”在湖水里跳动的心。

日日下水，自然对温度是敏感的，一丝一毫，入水即知。按照节气，目前已入冬了，最高气温也降到了十五度上下，最低气温低于十度，这是真正的深秋的温度。这几天多雨，整天“淅淅沥沥”的，风儿也变得硬了，“刺刺有声”。虽听其声轻轻柔柔的，可一旦卷起来，真有些砭人肌骨。凉气整日包裹着你，让人只想闭了门窗，天一黑，往被窝里钻。可五年来上千个日子，让我的心中装满了明镜的湖，盈盈的水。不论什么节令，也不论什么心境，一踏上跨湖的岚湾桥，看着满满的平湖水，我的心就又敞亮了。百家湖并不宽阔，东西也不过四百米的水程，一个来回八百余米，游上一个来回用时约三十分钟。人在忙碌的时候也许觉得这三十分钟有些短促，而在深秋的水里，那却是要一秒一秒数着过的。阴冷的天气，风过湖面，虽不是波翻浪涌，却也有如曹操所说“水何澹澹”的模样。这样的节气，湖边一定冷冷清清少有游人的。当冰凉的湖水划过肚皮时，手脚有些不如夏日里的灵活，竟如生了锈一般慢慢粗粝僵直起来。距离在这里有了大大的错觉，站在岸边，一湖水尽收眼底，只觉着是一箭之遥，可殊不知等你融进湖水后，才发现那水程的漫长。满眼都是白花花的水，连小小的波都会没过你的脸，你一上一下出水入水换气呼吸，手脚协调，前伸后蹬，分开水浪，才可前进尺许。抬眼似乎总能看到对岸，可如果你想着快一点到达，便会觉着漫长得难以到达。漫漫的湖水，只身一人，会让你心生莫名的恐惧，胡思乱想如魔障会不请自来。老人说他们亲眼看到过力大无穷的水猴，会在水下抓人。年年有人因游泳被湖水吞噬。冰凉的秋冬会出现意外：抽筋沉入水中而无人知晓，血压有些高的我会不会突然血管收缩出现病症？凌凌的水托不着你的身体，稍有退却，就要下坠，也不知湖底有多深，从来没有触摸到水下那想象的泥土。想到这些，你再也无法有力量向前进了，恨不得一步回到岸，踏踏实实地立在土地上，才能松了一口气。一千多个日子，这样的念头也经常扎进我的头脑，庆幸的是，我坚持下来了。很多不了解冬泳的人认为战胜寒冷才是关键，其实不然，只有战胜恐惧的心理，战胜那些胡思乱想，你才能游得更远，游得更久。

我用过很多种方法去调整入水后的心态，最有效的应是用思想的繁荣驱走那些疯狂的杂草。在水中，在一起一伏之间，我会想班级中的孩子，最调皮的，最多话的，最认真的、最“面”的……想他们的作业，想他们的笑脸，想孩子们围着我问这问那的情景，在一下一下地前进中，那是多么的幸福。有时想着、想着会在水里笑出声来，当然那一刻的绽放也只有水中的鱼儿才看得到，声音也只是呼吸时在水里吹出的一串串气泡。有时，我会想学校的人和事，面容闪过，如电影一般，常常沉思的校长、忙碌的主任、我的搭档面容憔悴的老师、日日忙于学校卫生的师傅。想着想着，岸越来越近了，抬起头，它就在眼前了。有时我也会一下一下地数入水游动的次数。入水时蛙游 300 下，回程时用的是自由泳的姿势，大约 250 下。这样数着数着也就到岸了。有时，实在不愿想，也不愿数，我就会一下一下地寻找白龙桥上从桥头到桥身的那八个红艳艳的大字“水情复杂，禁止游泳”。每次回游，看到“泳”字映入眼帘时，心中总会涌起一阵小小的喜悦——快到了。每个桥墩贴着一个字，桥墩间距大约 20 米，一个字一个字地游，心中对岸的距离清晰了。有时，实在无趣，就去追赶水中漂着的几只小水鸭。小野鸭长年生活在百家湖中，有十来只，整日漂在水面上，个子很小，灰褐色或灰黄相间，水性极好。一开始远远地注视着一个大家伙朝它们游来，等人快靠近有三五米时，一扭头，一翻身，潜到水里，过好一会儿，才会从十多米远的地方钻出来，油乎乎的羽毛很防水，出水时身上一滴水星都没有，真可爱。水中不远处还有一个铁制的长方形蓝牌子，写的也是桥墩上的那八个字。不经意间一个回头，蓝牌子正立在水中，我心中明白，离岸已不足百米了，真正是到了家门口了。到了这时候，体力已耗去大半，但常常有加速冲刺的念头，“噼噼啪啪”水花四溅，每一次出水呼吸时，高抬右臂，上半身在水中瞬间侧起，减少前进的阻力，在奋力向前的同时，双脚有节奏地打水，保持浮力，增加动力，就像轮船的螺旋桨。此时离胜利最近，心情是最放松的时候，动作是最协调的时候，即便加快速度，也不会让你张大嘴巴“呼哧呼哧”喘个不停。

这几日阴雨绵绵，气温下降得厉害，有好几日没有看到阳光了，心里始终是凉的。这个周末十一月八日，仍是个雨天，穿一条夹裤都挡不住袭人的凉气，要多加一条棉毛衬衣了。这个天气骑车去湖边还真有些冷，我的心里有些打退堂鼓了，想想很多人在这样的早晨一定还赖在温暖的被窝里，和他们相比，我是一个不懂得享受的人。有时我不禁问自己：坚持了这么些年，值得吗！到底能坚持多久？我真的不知道。

今天上午，孩子去上课了，本可以安安静静地坐在办公室批批作业，写点文字或给自己放松一些，看看《长征》《开国元勋朱德》等一些记录我党我军开天辟地的影片。但想想几年都挺过来了，大雪天冒着严寒游，大年三十家家团圆时游，正月里家家户户忙过年时也没停过，今年下了几场秋雨，这才哪到哪儿，我为自己一瞬间的犹豫感到不屑。穿上雨衣，带上毛巾、浴巾、泳帽、泳镜、泳裤等行头，每次不会忘记带上一杯热水，出发。下雨时游，别有一番滋味。衣服放在湖边小亭内，用雨衣包裹好，赤着脚，走进雨地，手臂、双腿试试水，再撩起水泼洒前胸，而后立稳，小心翼翼地扑入水中。这个时候的水还不刺骨，但已透凉。来之前我设想过了300米就回，可真到了300米，看看对岸水边的雕塑就在眼前，那么熟悉，还是一咬牙，游了过去。这时我的手和脚都有一些不同往日的轻微麻痹，我知道这是十一月的低温湖水浸泡的结果。更要紧的是泳镜因水汽已模模糊糊，眼前白茫茫一片，只能看个大概，没在水中失去目标不啻盲人行路，心中又生魔障。我不想停在湖中央摘下眼镜来擦拭，只想一口气游到对岸，停下脚小憩片刻，再擦拭一下泳镜。猛一抬头，两条渔船悠悠摇来，三两个穿着雨衣的农家大叔正准备投放一种净化水质的药物，对人和鱼都是无害的。看着我独自从对岸游来，其中一位竖起大拇指说：了不起，这种天气还敢下水，而且还游过百家湖一个来回。

终于到了，双脚可以落下了，泳镜也可以摘下来了，世界一下子又清晰了，白龙桥、凤凰台、依依岸边柳、修筑整齐的水榭平台，以及环湖的酒店会所、高层住宅，雨雾中远处的县城，天底下的方山。有一双明亮的眼睛看世界，真好。

我的双脚在水中努力寻找着那一块垫脚的大石头，不很平整，尖头朝上，要两只脚一边一只，保持平衡，方能站稳，就像儿时走铁轨枕木，身体两边歪斜，口中不断发出“哎哟哎哟”的尖叫声，要伸平双手帮助方行。水中的石是湿滑的，真的不太容易站得住哩！成百上千次游过对岸都是落脚在这块突起的石块上，也会多次因站立不稳而踩在淤泥里。浮泥软软的，一脚下去会没到脚踝，泥里什么都有，黑乎乎的、油腻腻的，泥会从脚趾间“吱溜吱溜”地挤出来，还一串串地冒着细细密密小气泡，从脚底一直到水面。那种感觉不好，就如儿时没鞋穿总是赤着脚，雨天一不小心踩在猪啊、狗啊的粪便上一样，有些恶心，回家要好好地用清水冲冲脚底板，洗完后还要扳起来凑到鼻尖上闻闻是不是还臭哩。

今天游偏了些，始终没有找到那块水底的石块，只好落在了淤泥里。可这一次却有了异样的感觉，一种温暖从脚底向上升腾，泥土没过的地方像裹上了一层厚厚的棉被，一下子冰凉的脚被泥土的温度包裹着，这种感觉一直蔓延到心里，我有些惊喜，慢慢地享受着这种淤泥中的温暖，久久不愿拔出来。要在平时，就会像触了电似的离开，迫不及待地在游动的过程中两只脚不断地互相搓着，把那肮脏的东西搓干净。

原来冰冷的湖水里还有这么温暖的东西，我不仅想起了那些冬眠的动物，如小乌龟们，把身体埋在泥里，不吃不喝，无论外面风云变化、雨横风狂，独自享受水下那份温暖与宁静，与世无求无争，来年春暖悠来醒来——“呜哈”伸个懒腰，再打下长长的哈欠，看桃红柳绿，真让人羡慕。

泥土里的酣眠，真好！

江南有佳木
——银杏的自述

我是谁？在这个世界上，本该是200万来年自然中的奇迹，和我同时代的早已作古，现存的我的族人中千年的才不过人到壮年，百岁的也只是蒙童稚子，我山东莒县浮来山有个前辈今年已3500多岁了，他骄傲地说过，隐公八年，莒国国君与鲁国国君就在他的荫福下结盟修好呢，所以人们称我为植物界的“活化石”；也因为我的珍贵，说我是植物界的“大熊猫”，如果整天有这样的小可爱和我做伴，也不寂寞。我的根深深地扎在中华大地上，而且只在中国，现代文学家郭沫若先生称我为“国树”，更让我感到高兴啊！这些都是人们对我的赞美。其实，我倒不认为自己有多了不起，只知道自己还活着，活的很久了，风风雨雨中活着，足够了。

其实，我有许多名字。大名叫“银杏”，这既是树名，又是果名。因我们盛产果实，种仁色如白银，形似小杏，所以得名“银杏”。也因我们生长缓慢，公种而孙得食，又叫“公孙树”。有浪漫细心之人看我们的叶子似蹼（鸭掌）而给我们取了个“鸭脚”的名字，肉肉的，我不太喜欢，但唐宋的许多文人倒十分喜爱，宋欧阳修还作《鸭脚》一诗传之后代：“鸭脚生江南，名实本相符。”中国的名刹古寺众多，寺庙大门前常一左一右、一雌一雄两棵银杏相映成趣，耸立山门，高大挺拔，叶繁如盖，仪态端庄，静寂风雅，所以人们常常又把我们叫作“古刹树”，这个名字却也很合我们恬淡沉寂而又不乏威巍的心境。

我生于江南，长于江南。与四季常青的松柏不同，他们刚强粗粝有余，娴雅细腻不足；与高大挺直的白杨不同，他们枝干根系上天入地，拼命奔驰，过于招摇而无内敛。我们虽来自远古蛮荒，千百万年来的翻天覆地还在记忆中，体内积存的力量无穷无尽，生活在多彩的烟雨水乡，我们也应着桃红柳绿、春生夏荣，悄然地变化着自己的模样。

冬去春来，千万个叶的生命蓬勃待发。暖风和煦，一夜间我捧出了枝枝蔓蔓柔嫩的鲜活小芽儿。他们是我的孩子，刚刚睡醒的“星星”，天上的，坠落下的，收在了我的怀抱，我愿意这样想。夏日里，我的孩子们都长成了，我的轻灵的葵扇孩子们。一个个一群群热热闹闹，一身身翠绿的纯净的衣服，多么玲珑而秀气，她们在风中浅浅地相互嬉戏。我愿她们都是内慧的女子，恬静守礼，整天陪伴在我的身边，真好。这些我的孩子们，到了暮秋时节，全都换上了明艳的金黄的新衣裳，先先后后，陆陆续续，好像要参加重大的宴会。真美啊，她们会把天地装扮成一个童话的世界。随风起舞，像一个个小精灵，飘飘洒洒。有的孩子跳累了，索性顽皮地躺在妈妈的脚下，远远望去，像一层厚厚的金色地毯，那色彩比张艺谋的《满城尽带黄金甲》还要耀眼、梦幻。我身披的秋叶，是一种透透的灿灿的金色，而且丝毫没有迟暮的败象。我们体内有绵绵的岁月内力，在这个季节上演着不一样的辉煌，这不是竭尽余力，拼出落日般的绚烂，而是一种收发有度的照亮，我们要给天地间劳作的人们目眩神迷的记忆和回想，让人们肃然起敬的辉煌。

多愁善感的人是不敢看暮秋的黄，因他们无法用语言准确地描摹那其中惊心动魄的美，但人们又不忍不看，因为我在他们心里一直明亮亮地存在，像清澄的瓦尔登湖，更似小伙心中那盛装的伊人临水而望，妩媚娇羞，那样的遗世独立，幽幽然常入梦境。

冬季最安逸，全身干干净净，我的叶，我的孩子们都藏起来了，要外出到第二年春天才回来，我虽有些不舍，但心里还是窃窃的欢喜，一个家长，一位老人的欢喜，傻傻的欢喜，只为日日纷纷扰扰的孩子们的暂时离开，我也好好好地休息休息。

“江南有佳木，修耸入天插。”

睡梦中仿佛听到了宋代诗人刘原父的浅吟低唱。

说得是我吗？嗯，一定是！

“龟”去，来兮……

虽然生长在农村，但从小我就不是个捉鱼捕虾的料子，长大了亦如此。常常忆起每到夏季大雨来临时，家乡的沟沟渠渠、大大小小的池塘都会有性急的鱼儿顺着涨溢的水流开始了快乐的旅行，也有些水田放了过多的雨水，水入池塘发出哗哗的声音，鱼儿听到流水的哗哗声，就会高兴地逆水往前游，也许它觉着水流的冲刷特别有意思，就像小时候大雨天不管不顾地在外面奔跑。每到这时，村里的大哥哥们都会穿上雨衣，带上网子去捕鱼，往往小半天就会有不小的收获，傍晚一家人的晚餐便有了热气腾腾的鲜美。

几十年后的我一样不会捉鱼抓虾，而一次去百家湖游泳，却捡得一只小乌龟。

立冬已来，冷空气几番南下，天气渐渐变冷，再过些日子就要到真正的冬天了，气温会到冰点，估计乌龟也要不吃不喝开始它们的龟息大法了。这样的天气，花谢柳黄，湖边凉风飕飕，难得有人来此领略湖景。

这几日，阳光不错。

当时湖边有三四只小乌龟幸福地浮在水面上晒太阳，它们身体娇小，每只只有成人手掌心那么大，浑身浅绿色，龟背呈几何图形，整齐规则，每块足球似的六边形背甲中渗着暖暖的淡黄色，那种何田玉一样的成熟黄，富有色泽，明明亮亮的。几个小东西舒服地伸展着小小的四肢，闭着菜籽似的小眼珠，浮在水面上一动也不动，仿佛玩累了睡着了一般。它们就这样，在湖边的浅水里，也不知享受了多少时间，如果不是我来，它们也许会一直这么飘着，做着属于它们的小小的美梦。

这只小龟也太可爱了，太顽皮了，太好奇了。其他几只听到越来越清晰的脚步，见一庞然大物向它们走来，一个个警觉起来，小眼睛瞪得溜圆，一齐昂头看着我，团紧着小身体，一扭头，一转身，不知钻到哪里去了。只有它，动作比其他的伙伴要慢一些，见我来，也不吃惊，也不慌忙，只是好奇地瞪着两只小眼睛注视着，似乎想知道这个和它们一样会在水里游的到底是什么样的大朋友。它似乎是第一次见到人这种动物，这一定是第一次出门的小家伙，就这样，被我捡到了。儿子是个小学生，自然对这个小客人很欢迎，专门为它做了个漂亮的家，还嚷着要给小家伙找点鱼虾之类的吃食。可这小家伙不领情，安安静静地待在这个干净的地方，什么也不吃，也不知道它饿不饿，孩子倒有些不忍了，几次要我把它放生湖水中。工作之余，我日日看到它安安静静，从心里是不愿意把它重新放回湖中的。随着日子一天天变冷，小家伙一天天变得越来越安静，甚至一动不动。我突然有些担心，它是不是已经冬眠了。可我听说冬眠的要求挺高，之前要给它多进食，以存备足够的营养。气温十度以下，小家伙就要睡觉了，一直到第二年惊蛰才会遇暖醒来，重新进食。要放进自然泥土，或沙子、小石子里，还要定时给钻进泥土的小家伙喷点水，以保持湿度。如果冬眠时经常醒来，反复冬眠，或不能保持十度左右的温度，常低于八度，沉睡中的小家伙会被冻死，来年怎么也不能唤醒。

十二月份以来，南京最低气温已到冰点，小家伙已睡得昏昏沉沉，我们对人工冬眠没有做任何准备，这两天一定把它放回湖中去，让它回归泥土，睡个好觉。

龟去，归去，睡个温暖的好觉，什么也不必知道，什么也不必做，明天春暖再见。

再见，小家伙。

致命邂逅

英国前首相巴麦尊曾说过：没有永远的敌人，也没有永远的朋友。这话听起来有些残酷，有些不近人情，但细细想来也有些道理。

在人的世界里，也许有一些人是以这样一种方式经历着自己的人生，而对于自然界一些动物而言，这句话可能会是另外一种境遇。有些一生下来注定是敌人，而且世世为仇，永远是敌人。狼吃羊，蛇吞蛙，黄雀啄螳螂，黄鼠狼拖鸡。只要它们遇到了，就会有一段惊心动魄的故事。追捕与逃亡，微笑与眼泪，灾难与饱餐。对于弱者而言，永远不要遇到它们的噩梦。但是，平静的世界里，角角落落里，惊险还是时有发生，这一次是猫与鼠的不期而遇。

老鼠苏比的家很舒适很隐蔽，一个老小区的东北角，几棵大叶蓉高大粗壮，冠盖如云，周边草色青青，平时少有人来。它们经常在夜里摸到一楼陈婆的厨房里找点吃的，什么馒头、苞米、腊肠、红枣，找到什么吃什么，倒也不贪，日子过得还算惬意。白天它们是不能出去的，在家休息玩耍。说休息，但总也闲不住，不是和几个小兄弟打打闹闹、追追跑跑，就是时不时地溜到洞口，眨巴着一双贼溜溜的小眼睛窥伺着不远处来来往往的人群与车辆，小小的耳朵警觉地直直竖起，辨析着各种由远而近的声音。特别是那种轻柔绵软而又坚定有力的声音，这种声音常常似有似无，但又会突然而至，那就是小区阿婆家那只猫的脚步声。对于苏比来说，大猫霍蒂就是它们的克星。这个大家伙神出鬼没，有事没事就喜欢在犄角旮旯来回溜达。前不久它的家就被这个家伙发现了，它的小伙伴二肥就在前几天的夜里被守候在陈婆家米筒边的霍蒂捉住了，这几日可要小心一些。

俗话说“天有不测风云，鼠有旦夕祸福”。昨天，鼠爸误食了毒鼠强不能回来了，家里一下子没有了领头人，苏比不知道下一顿要到哪里找吃的。偏巧昨天夜里广州大雨，百年未遇，鼠洞也遭殃了，所有贮存的食物都被泡坏了。

已经一天了，苏比的肚皮空空的，前心贴后背。隔壁陈婆家是不能再去了，马路对面的阿东家，这几日一直没人，只要过了眼前的这一条路，就能到达对面，再顺着水管，就能到阿东家的厨房，一定有吃的。太阳已经升起来了，管不了那么多，它趴在洞口，越过大榕树的根，穿过经雨后低洼积水的草地。可眼前这条明晃晃的路，时不时有人经过，还有那几只讨厌的哈士奇，一天到晚吐着个大舌头，呼哧呼哧地喘着粗气，在这条路上追逐打闹，还经常喜欢追老鼠，吓唬人。苏比趴在路边木棉花下的深深的草丛里，两只小眼睛瞪得圆圆的，仿佛两粒饱胀的小黑豆，不停地注视着马路上的动静。讨厌的哈士奇们终于玩累了，追着跑远了。路上空荡荡的，人们都回家做饭了，静静的，没有一点声音，只有轻柔的风拂过阿东楼下那一小片竹林时发生的“沙沙”声。机会来了，苏比身体略向后退，加快速度，几步就窜到了路中间。只要绕过小竹林，攀上二楼就能饱餐一顿了。想着想着，苏比的心里倒有些小小的兴奋。可怕的大懒猫、可恶的哈士奇，去你们的吧，苏比恨恨地想。等哪一天你们被车撞死了就好了，或者哪一天等你们老了，被主人抛弃了那才好啊！看你们还神气，总说我们是四害之首，你们不也靠人类的施舍才活下来的？看你们在主人面前那副笑眯眯的嘴脸，真让人恶心！

可千万不要遇到霍蒂这个臭东西。

真是想什么有什么，还没等苏比想完、恨完，一道黄白相间的闪电骤然而至，没有任何的征兆，也没听到任何可疑的声音，噩梦霍蒂还是来了，实实扑到了眼前，没有龇出那可怕的虎牙，而是面带微笑，一阵风似的横在眼前，温柔的目光注视着眼前这个湿淋淋的小老鼠，很淡定，似乎这一切都在它的掌控之中，没有追逐的辛苦，没有望洞兴叹的懊悔，一切都云淡风轻。长长的胡须就快要贴着苏比的脸了，伸出的那只有力的右前爪只要稍一用力就会把苏比揽入怀中。小老鼠一脸惊恐，两只小眼睛里满是疑惑，一时间脑子里一片空白。让人无法相信，这只大猫它藏在哪儿？是怎么冲过来的？苏比只是一瞬间怔怔地看着，从来没有这么近距离地看过这个家伙。一时间无边的恐惧海水一样漫过全身，苏比像被施了定身法似的，一只脚立着，其他三只抬起，还保持着急速奔跑的状态。

这是一场大雨过后的晴天，一个大晴天的午间，正是人们午餐的好时候。

而在这条路上发生的一切，只是一天中一个小小的瞬间，猫与鼠的一次不期而遇。谁也不会注意，谁也不会知道，只有风儿掠过，一切就像涟漪散去归于平静。

这真是一场致命的邂逅啊!

天堂里没有车来车往

星期六的傍晚，天阴沉沉的，还不时飘着细雨。几只家燕在马路上无忧无虑地嬉戏着。突然，一辆大货车呼啸而过，我的心一紧，禁不住闭上了眼睛。我知道不幸的事发生了。几只小燕子一声惊呼，一脸惊恐，敏捷地扑棱着翅膀斜着身体飞到了路边的电线上，爪子紧紧地攀着，惊魂未定，不时地扇着细羽，一边努力地站稳身体，一边叽叽地叫个不停，似乎在恨恨地骂着狂飙而去的货车。

春雨细细密密地落着，偌大的水面上一片宁静，湖边的柳树已长出了柔嫩的枝叶，浓密的树阴里有小燕子的家。今天燕子妈妈外出到西山的林子里觅食，几个小姐妹已学会了飞行，只是还不能和大人一样自由自在。她们想在这细雨微风中练习，但是最小的妹妹默默生性贪玩，经常偷偷地落在路上蹦蹦跳跳，一会儿啄着小树枝，一会儿又追着随风而起的塑料袋。这不，刚飞了没几圈，默默擦擦自己的小眼睛，似乎看到了什么，又趁姐姐们不注意落了下来。

路上不时有车来，还好，默默都会让开。这次可不一样，默默再也没有像往常一样傻傻地叫着回应姐姐们的呼唤，她静静地躺在不远的路边，紧紧地闭着眼睛，小脑袋软软地贴着潮湿的地面，钢蓝色的右翼羽毛零乱，无力地松散着。一直就这么一个姿势，一直没有睁开那双机灵的小眼睛，任雨儿落，风儿吹，姐姐们呼唤，她就是不动。

妈妈回来了，风尘仆仆，一眼就发现了躺着的默默，与往日一样温柔地叫唤几声。孩子是熟悉妈妈声音的，这次却没有回应。还是那个姿势，是和妈妈开玩笑吗？以前也有过，但这次似乎不同，一种不祥的预感涌上心头。妈妈急急地从枝头落下，来不及观察不时经过的车辆，也顾不上不时溅起的水花，奔跑着，吱吱地叫着，呼唤着默默的名字。

“怎么小家伙还是一动不动？”走近了，“啊呀！”

雨水中有一丝丝鲜红的东西，那是从孩子的嘴角里渗出的啊——默默出事了！“不可能啊！”

妈妈怎么也不相信，刚去西山小半天，每次默默吱吱地叫着，用小嘴拱着妈妈的身体，向妈妈要蚜虫吃。

“不会，不会，一定是小家伙今天想给大人一个惊喜！”

也不知从哪儿弄来的红色的东西，和真的一样。

“孩子，别调皮了，快起来，看妈妈给你带什么回来了。”

摇摇孩子的小身体，她还是不动，难道我的孩子已经……妈妈不敢多想。“不会的，不会的。”

妈妈把脸贴在默默的身体上，平时孩子的身上多暖和啊，像个小绒球似的，“怎么这会她的身体好凉啊！孩子的身体原来多柔软啊，怎么这会她的身体有些僵硬了！难道？啊！”

妈妈的心中一瞬间一阵绞痛，她呜咽着，张开双翅拼命地扇动着，平时默默最喜欢蜷着小身子往妈妈的怀里钻了。

“孩子，你快起来，快起来，地上多凉啊，姐姐们还等着回去一起去湖边练习飞行，妈妈还要带着你们去西山的林子找好吃的呢！”

这时，天空越发阴沉，雨点越来越密，风儿也似乎越来越紧。妈妈拥着默默，一遍又一遍地呼唤着，可孩子永远不会醒来了。这个无情的春天啊，这条无情的路啊，这场无情的雨啊，最可恨的那辆肇事的车啊。

“孩子，车子来时，你为什么没有让开？你一定是玩得太专心了。孩子，和姐姐玩累了，不想学习飞行了，就回家里等着妈妈给你带好吃的。孩子，以后别吓唬妈妈，别躺在路上装睡，想睡就睡在妈妈怀里。孩子，你离开时一定很痛吧，一定想着妈妈能扶着你，让你依靠，你一定是坚持着等妈妈回来，可狠心的妈妈没能出现，在你最痛的时候，孩子，对不起。孩子，咱们家的这条路上太喧闹，车辆太多，你又太喜欢在路上玩耍，孩子，别怕。妈妈知道你已去了一个美丽的世界，那个地方叫天堂，孩子，那个地方你一定很喜欢，那里没有车来车往。孩子，别怕，有一天，妈妈也会去那个地方陪你，我们一起在路上玩耍。”

细雨中，回荡着一声声哀哀的呜咽，听着让人心里酸楚。路中央，踯躅着一个孤孤单单的身影，脚步沉重，一步一回头；暮色中，有一道目光最是留恋，有一种眼神最是温柔，给那逝去的孩子。

湖边，柳树，细雨，微风……

天堂……

天堂里，

没有车来车往……

自由呼吸

每年的平安夜，我都要以白胡子圣诞老人的身份悄悄地给孩子准备他心仪的礼物。要在圣诞黎明来临时，孩子醒来第一眼就能发现这样的小惊喜，今年也不例外。孩子最近迷上 CF，总觉着自己的装备不好，总想着花几百元买网游的武器，我有些接受不了，坚决不准，但礼物是一定要准备的。打电话让在超市加班的妻子准备，她也不知道要买什么。就按学校的建议，一只长袜子装上礼物。可超市里的袜子是成双卖的，而且也装不了礼物，没办法，只得用衣柜里那双长长的蓝色足球袜了。

不仅家长想着孩子的快乐，学校更是为他们的成长设计着集体的大活动。围绕圣诞节，学校策划了一个以英语文化周为主题的活动。学校英语组积极筹备，加班设计活动方案，讨论修改活动细节。分工合作，完成前期的宣传工作，海报的策划设计，圣诞礼物清单的精打细算，小百灵广播每天 20 分钟英文歌曲的播放渲染，参与活动的孩子英文歌曲的学唱、每个班游园节目的设计与小海报制作，有关圣诞知识介绍的 PPT 制作，每个年级游园券的设计与印制，每个班过关英语能力小测试的设计……让我们感到欣慰的是，孩子们真的长大了，比我们想象的能干，你看，每个班的庆祝活动都是英语老师指导，孩子们自己完成的。

筹委会还通过家校通平台向家长进行宣传，争取得到家长的大力支持。学校也很重视这次的英语文化周活动，在校长的指导下，筹备会开了两次，各个相关部门如安全、德育、大队部、教育技术室、总务处、教务处的协调会也开了一次，还召开了小学部全体教师会，向大家宣传这次活动，希望得到全校老师的支持与配合。

圣诞节的第一缕阳光照亮了学校。

校门口，一棵漂亮的圣诞树葱绿挺拔，树下堆满了大大小小的礼物。清晨，门口出现了两个红衣白胡子的圣诞老人和一群头戴圣诞帽的同学，他们满面春风，忙着给早到校的小同学们发礼物，引得许多家人和路人驻足观看。

全校三千多名到校的师生员工都领到了一份小礼物，圣诞老人和圣诞小志愿者都有些忙不过来了。有些小朋友来来回回地走，就是为多拿小礼物。孩子们的脸上都洋溢着惊喜和快乐。教学楼天井中驯鹿拉雪橇的实物场景旁也围了许多孩子。他们说说笑笑，很是热闹，有几个小男生按捺不住兴奋的心情，竟大胆地跨进了小栅栏，一会儿摸摸小驯鹿的角，一会儿拽拽圣诞老人的白胡子。这个严寒的冬季里，这样的喜庆让孩子们的心也跟着跳跃起来。

孩子们笑了，校园才真的美了。那一张张生动的笑脸，那涌动着的欢乐的气氛。你到校园里走上一圈就能发现，孩子们大多自己设计班级的装饰，制作游戏节目单与游戏说明。教室门窗悬挂着各色彩带，门前屋内簇新的圣诞树，一群一群欢笑如风的孩子们。站在五楼，一个楼层一个楼层望过去，整个校园教室五彩缤纷的，犹如童话世界，这还是原来的校园吗？门上，窗上、走廊上全都装饰一新。几十个班级各不相同，但都是喜气洋洋的，真是美轮美奂，我的心里满是舒适的平静和流水一样的惬意，恍惚间竟有些不知今夕何夕。

孩子们个个甜美、可爱，那些平时在课堂上沉默寡言的小小子们竟也会随着音乐的节奏无遮无拦唱着《小苹果》：我是你的小呀小苹果，怎么爱你都不嫌多……平时作业总答错的孩子，在游戏中却神气十足，屡屡拿到奖品，眼睛都眯成了一条缝了，那个满足劲儿别提了。走廊过道内满是幸福的人群。孩子们说说笑笑，全是真心的笑意。什么老师、什么作业、什么背书……在这一刻统统抛之脑后。

这一天，老师们也跟着全校的孩子们过了一个有意义的日子。他们没有了往日的威严，暂时放下了烦琐的教学工作，静静地看着孩子们唱着、跳着，自己的身心不由地也放松了许多。正如唐朝诗人刘禹锡在洛阳任闲官时所说“无丝竹之乱耳，无案牍之劳形”，人一下子仿佛年轻了许多，脸上满是笑意。看着孩子们追逐奔跑，就好像看到自己的孩子在快乐玩耍一样，心里荡漾着爱的涟漪，这样的日子真好啊！

很多家长也参与了进来，按照学校的要求，教孩子唱圣诞歌曲，了解有关圣诞的知识，准备长袜子里的小礼物。看到孩子在集体中那如鱼得水的快乐，他们的心被熨平了，幸福着孩子的幸福。有些家长专门请假为班级摄影，拍活动的照片，领着孩子们布置教室，分发礼品。

这次活动让全校师生沉浸在快乐之中，让孩子们感受到了生活的乐趣，让这个寒冷的冬天有些暖，让孩子们的心里有了期盼和幸福。

圣诞，我们相约，明年再见！

春天的故事

一个人经历的很多事情大多会留下深深的记忆，多愁的如《城南旧事》里的小英子，快乐自由的如作家萧红笔下《祖父的园子》里的那个小女孩，肝肠寸断的如史铁生笔下《秋天的怀念》里的自己，这些都是大人们的记忆，大多是痛苦的。对于孩子们来说，记忆大多是快乐的。每个季节在孩子们心中留下的记忆是最纯净的，色彩是最鲜明的。漫天大雪里打雪仗、堆雪人、逮麻雀；枫叶如火的时节里感受成熟的厚实，天空的辽阔；漫长的夏日里享受如水的清凉，假期的惬意。每个季节都有自己的故事，尤其是蓬勃的春天。

春天的故事是快乐的故事。

春节刚过，我们还沉浸在浓浓的节日气氛中，蜡梅的幽香还在院子里飘荡。整天被大人们带着到处拜年吃饭，又见到了许多亲戚长辈，听到了许多事情。日子过得飞快，很快就要开学了，总是盼望着新学期的到来，又可以和同学们分享节日里一肚子的笑语，平时偷偷地用妈妈的手机 QQ 聊的全是符号。又到一起了，我们一定有一肚子的故事要好好地倾诉。当然，春天已到，我们又要学习新的课程，所有的人都要起早睡晚，日日都有任务，经常会有考试和压力。游戏时间、电视时间、贪睡时间、随意时间将大大减少或没有了。这是一个小小的遗憾，我们也知道简单的快乐不是快乐的全部，我们的主要任务是学习，要在学习中体会快乐，但这真的很难。不管怎么说，和同学们在一起是最重要的，我们不能想象，如果不到学校来，一个人在家能干什么，那种孤独，真的无法承受。

春天的故事是花的故事、生命的故事。一个春天又一个春天，我们在春天里慢慢长大，大人们慢慢变老。园子里的花却是年年开放，日日鲜艳。楼下那排挺拔的银杏每到春天，满树满枝都绿油油的。它们在冬日严寒里枝枯叶落，在冷雨飞雪里熬着。日日路过，有时我们都认为它们是没有生命的，在路旁死死地僵硬，可不曾感受过它们的生命，那是如何的坚忍。它们每一株都有自己精彩的故事、生命的故事。春天是它们故事最华彩的篇章，每一个故事都是色彩美丽的，每个故事都会点亮你的眼睛。

粉红或粉白的梅花点缀在山坡、公园、路边的角角落落里，不起眼。一夜春风，羞羞地绽开了笑意。不繁不密，不紧不慢，让人慢慢地寻觅，这儿一株，走了一段，那儿又有一株，似邻家女孩，也像妈妈笑起来的样子，又像漂亮老师亲切的样子，一路上给春天增添了许多温婉。春天如花，真好，真美！

大朵大朵的玉兰花白晃晃的一片，满树都是。一开，就毫无保留，泼泼辣辣，大大咧咧，轰轰烈烈，毫不含蓄，真是花中的白富美。美得有些艳丽，让人怦然心动。它的故事注定是不平凡的，让人记忆深刻的。不过，花开得过于急切，似乎是在和光阴赛跑，连嫩绿的叶都还没长出来，花却满树先发了。

紫叶李的故事是藏在深深的紫色叶子里的，故事字字细碎，遮遮掩掩，似有缠缠绵绵的动人往事，羞出口，说不尽。它的故事是流金岁月的美，每年的新发似乎是过往的延续，不是新谱的篇章。故事书的封面似乎是一方岁月中的老蓝布，让人怀想。

樱花、桃花、海棠……一个又一个春天的故事将这个季节装扮得五彩斑斓，如梦如幻，如诗如画。

春天的故事也是青春的故事。年轻的人儿把相思悄悄地编织，等待秋天收获清澄的幸福。

春天的故事更是忙碌的故事。蓬勃中干劲十足，有锦上添花的，也有从头再来的，这个季节注定是一部部奋斗的历史，它属于要求活出精彩的每一个人。

春天的故事里一定有你，有我，有大家，每一个人都在故事里。你在看别人的故事，也会成为别人故事里的人。

春天里的故事，一定都在记忆中……

柳下会

漫长而枯寂的冬日终于结束了，每日穿着厚厚的冬衣，整日待在空调房里，尽情地挥霍着春节里的热热闹闹，吃吃喝喝。每天躺在温热的被窝里，迟迟不愿早起。一个假期里，很多同学长了不少肉，也慵懒了许多。特别是小孩子，日日留恋这样的生活。但这样的快乐一天天地过去，总觉得心里有些空落落的。

被寒冷蛰伏的日子让人浑身禁锢，不能流畅地舒展，就像被锁在金笼里的鸟儿，囚在池里的鱼儿。没有深蓝的天空，没有幽幽的大海，没有了自然世界里自己的家。

日日在湖水里游泳的人呐，从天寒地冻到雪花飞舞，从叶尽枝枯到蓓蕾鼓胀，一点一点地感知着水温与气温的变化。严冬里的湖水是硬的，硬得失去了春水温柔的质感。一下一下地划动较其他时节费些气力，整个身子也似乎置于黏稠的水浆里，连湖边的几株大柳树也整日地静默着，斜着修长的身子临水而立，不禁让人怀想起《蒹葭》里“在水一方”的女子，但她似乎有些容颜枯槁，鹤发鸡皮了。如果柳有生命的话，不知是否会为失去往日桃李般的面容黯然神伤？

日日在她身边停留的我似乎与她们是旧时相识。她们看惯了我风里来、雨里去地在湖水里来来回回。冬日里她们的目光脉脉地注视着水中立着的蓝底的铁牌子，上面写着“水情复杂，禁止游泳”；再暖一些，她温润的眼神会藏在飘逸的秀发里，从湖的尽头伴随着我一点一点地回到她的身边。

最先让我感受春意的，就是这几棵临湖静候的几位“柳叶佳人”。她们是日日陪伴的知心朋友，虽然她们不言不语，可一到了这一片明湖，一见到她们倚水而盼的颜容，我的心一下子就亮了。她们已不再年轻，在这一片属于她们的方寸土地上也不知有多少个春天了。她们的身段上刻着岁月的印迹，异常粗糙，好似年过八旬的老妪，有的已伤痕累累，虫蛀雨浇、雷劈人凿，也不知是哪些年月里留下的，每一处都会有一个不为人知的故事。她们把青春和美好羞羞地收在了深处，挽在了柔柔的身段里，融在了丝绸样的澄明的湖水里，也深深地藏在了日日与她相会的人的心里。有时我真的觉得她是女神，每一个四季轮回，她们都有一个最美的春天，而我已年过不惑，人生的春天已永远不会轮回。她们身上的神奇有时让人深深地羡慕，我有时竟也有些坏坏的嫉妒。

她们时时静候着温暖的来临，用每一根枝条，用每一寸肌肤，用每一缕根须，用粗粝外表下那一颗荡漾的心。她们最先捕捉到春天的讯息，因为她们还有一个好的条件，临水先发。广场上其他诸如梅花、海棠、黄瑞香、樱花、白玉兰都长在草地的小坡上或立在马路边，那一株粗实的晚樱就在高高的凤凰台下。枝条盘曲，一伸手就能够得着。在没有开花时，柔滑平整，经常被练太极的那个中年汉子，还有舞剑那一群老人挂衣物用，很是方便。这些花花草草也像赶集似的住春天里一路奔跑，一路绽放自己最美的笑意。最有意思的就是那几株高大的白玉兰，连叶还没长就急急地、毫无保留地捧出大朵大朵白白美美的花儿，而且花朵十分厚实。说实话，我不太喜欢这样的泼洒，我的心中牢牢装着湖边的她们，温温柔柔，临水而立，却温情脉脉，就像经过一冬的排演，就要上演一幕盛装的大戏《罗密欧与朱丽叶》。

甜甜地睡了一个冬日，广场的横幅上“严禁燃放烟花爆竹”的字样依稀还在。春风在一个暖暖的夜色中悄然而至，一丝丝，睡梦轻轻地挑起细细的眉眼，细的难以发现，半开半合，似乎睡意还在，惺忪懒起。早晨跳进湖水，已然感到那一丝丝水的温柔正一点一点回来了，那种冬日的冰硬慢慢地细软了，那种入水时针扎的痛感渐渐消失了。上岸后，与往日一样捉住一条风中顽皮的枝，细细地端详，惊喜地发现那一双双美丽的“眼”，心里一下子融化了，也有一丝丝窃喜，因为那美丽的“眼”升在了心里。一株株地去亲近她们，惊喜一堆堆地涌来，春天真的就要来了，我是第一个知道的。为了印证自己的欢喜，再下水时，游得远一些了，足足有两个铁牌子那么远，要知道冬天最多只能游一个铁牌子。到了湖中间，回首看沿湖的柳，嗬，那一片嫩嫩的绿啊！似刚出壳跟着母亲的小鸡子、小黄鸭，一身嫩嫩的绒毛，也真应了诗人那句“草色遥看近却无”，其实春天早已到来，只不过我们后知后觉罢了。我想诗人一定是一个懂得春天的人，也是一个惜春的人。湖中的我忽然有了一大片柔柔的春意，那种小小的心里的暖，朦朦胧胧的，似有似无，无人知晓，这种感觉真好。

天空中，微风里，一只只风筝竞相追逐，孩子们牵着线咯咯地笑着，红扑扑的脸蛋像极了春天的花儿，真好！

如果春天里我们走进大自然，明丽温暖、有湖有柳，是个不错的选择。

春天里，我们湖边柳下相约……

风雨花事

昨夜春雷阵阵，大雨滂沱。夜阑卧听风吹雨，心里总是惦记着楼下那盛开的樱花，有些担心。那曲曲折折的小径上该是落红满地了吧？眼前不时出现“夜来风雨声，花落知多少”的不堪。这两日，来来回回地路过，心中早已装满了那娇艳恬静的粉红，一朵一朵。春寒里吐出满枝新芽，似一只一只神奇的美人眼，细细的，满树满枝顺顺溜溜地挨挨挤挤，似等候春风里的一声呼唤便泼洒样的炸开。一天一天地在心底数着日子，一天一天地候着繁花开放的日子，年年如是，似年轻日日盼着与恋爱中的妻暗约私语。这种美好如陈酿的酒，藏在心里是那么的香醇，日日醉着自己的心。

花下，孩子常常仰着小脑袋笑眯眯地看着。岁岁年年花相似，年年岁岁人不同。孩子到底大了，不似以前，花开时节，总是在遮天的花丛中疯狂奔跑，使劲儿摇动树的枝丫，花瓣便下雨似纷纷落下，落得满头满身都是。那一刻，小孩子仿佛成了精灵，也不知小小子在花雨里究竟看到了什么。去年也是这个日子，我还牢牢地记得，4 月 1 日，花儿如期而至，悄然绽放。天地间不再是冬日里光秃秃的灰暗，熟悉的小径被点亮了，梦幻般的粉红把这条不足百米长的小径装扮成了婚礼的殿堂，花下走过的人儿也有了一些喜庆。昨天与孩子在花下驻足留恋，他还想着那两棵病死的樱花树，那两株每年开得最为茂盛，竟无端地死了，被连根挖走。孩子有些怨恨起园丁来，如果他们能好好地照顾它们，好好地医治它们，说不定它们还会像今年一样繁花盛开。这孩子有些怀念，其实我也一样，每次到了小路的尽头，那两株的地方，看着空落落的，心中不免生出一些异样的感觉，也许这世上本就没有完美的事情。

往年也有花开花落，虽说落花春去了，让人不舍，但现在的人们生活节奏快了，似乎没有多少时间去多愁善感。对于落红，我的心中没有过重的伤感，反而对落红满地风中飘舞那种美有着一些小小的期盼，总是想着“花雨缤纷入梦甜”的美好，所以孩子们摇花时快乐着，我也快乐着。

花开如人来，是一种壮阔盛大的美。没有一丝隐瞒，没有一点点做作，彻彻底底地展示，不管有没有人去欣赏，那是一种自由；花谢如离开，是一种悲凉的美，让人心痛，却又如此让人享受，一如劳累以后直直地躺在床上享受着酸胀的幸福。

而今正是花季，樱花生命中最年轻的几天，一周以后，它们就会老去凋零，碾落成泥。相比去年，人到中年的我又老了一岁，身边的人事零零落落，越发地留恋起过去来，生命一如那层层叠叠的石崖，每一层都有一份记忆，每一层都有一个年代。一夜风雨，樱花竟没有花落万千。清晨，我急匆匆下楼，细细寻找，湿漉漉的百米小径上竟没有一片花瓣。不免有些疑虑。昨天春雷炸响，雨势强大，连韧性十足的枝条也在风雨中低头弯腰了，还不止一枝两枝呢，左右相连，连成一片，让这条小径成了粉红的爱情隧道了。人行其中，日光斑驳，如梦如幻，如在画中。不知这柔弱娇美的樱花为什么能完整如昨，娇艳如水。我百思不得其解，用手攀住雨横风狂后弯下的枝条，扯住一朵盛开的花、一片嫩嫩的叶，暗中用力，竟没能让它离开花朵，离开树枝。我有些惊讶于这小小的生命了，不仅清艳，而且顽强。在还没有展示全部的美之前，无论如何它是不愿离开的，不管是风雨还是雷电。而和它们一起经历风雨的那路边成排的高大的樟树，老枝败叶满地堆积；和它们一起经历风雨的还有那些草丛里的小生灵，竟也没有一只起个大早，出来透个清凉，就连喜欢雨水的蜗牛与蚯蚓也难见踪影。

这条小径在清明时节，显得特别安宁，没有喧嚣，更没有杂乱。走在这条路上，我的脚步放轻，唯恐打扰了花儿全力绽放的执着。人们常说，女人如花，花如伊人或人面如花。而昨夜过后的繁花，饱满地挂满了枝头，狂风骤雨中仍粉面含春，娇羞可人，秀发如盘。这是什么力量使它们如此顽强？这花不似女子，却如汉子，如花美男。

孩子也大了一岁，早晨外出走得匆忙，也没好好如往日一样抬头看看年年盛开的樱花。只是一边急走，一边不忘顺着我的惊讶去搜寻那风雨后落地的花瓣，他要找到一片，就像在秋收的满仓外寻找被遗忘的一粒，我知道他小小的心里一定也装了年年盛开的花儿，心中也有欢喜。今年的花期，我对这小径三十六株樱花有了别样的认识。一场风雨见证了它们生命的顽强。这是另一种美，没想到，四月的樱花也刚柔并济。在生命绽放的时候，那种花枝紧紧相依的力量让它们有了男人的伟岸，那不是一种固有的强悍，而是一种对生命的眷念。每一朵花在风雨中会有一种特别的力量，每一朵花如果没有展现出全部的美，它们是不会夭折的。零落成泥的没有早逝的花儿，只有绚烂的谢幕，它留给世人的永远只有完美的容颜。就像年轻时候遇到孩子的妈妈，不管岁月变迁，她在我心中永远是人面桃花时的笑颜，始终不能忘怀。

这个时节，许多花儿都在尽情享受着季风带来的温柔与缠绵，先后敞开自己芬芳的情怀，让这个时节醉了，让这个世界醉了，让人们的心也醉了。尤其是繁花满枝的樱花，在风雨中越发的雍容华丽，真是花中佼佼者，如果是花开时节又逢君，那又该是怎样一种欢喜。在我心中，樱花就是一位故人。一年相遇一次，这次，在风雨中！

风雨花事，樱花最浓……

我们来啦……

每年春天，学校都要组织学生们集体外出游玩。队列整齐，口号响亮，一辆一辆高大宽敞的大巴，一人一座。孩子们一人一包，满满当当。心如花儿早已怒放，只不过文明出行有要求，憋住，死死地，只能在老师不注意时留一个小小的口，嗡嗡喁喁，一路上漏着欢笑和惬意。这种窃窃的喜让空气中弥漫着一种纯真的美好，大家的心都是安宁的，为即将到来的小小的幸福。大家都很珍惜和同学们在一起嬉戏的时间，一起放纵的时间。一学期才一次，多么难得。春天的花是红红绿绿、浅浅深深的，似乎不再能引起孩子们注意，很多孩子们连校园里素雅的紫叶李、洁净的樱花、粉粉的海棠、热烈的紫荆都不认得，也不再为它们的繁花盛开而展露笑颜。每次春游，时间短暂，往往是刚刚整理好行装就想象着归来时的不舍，所以出发时都有些小小的害怕。最让人享受的倒是出发前的那段时间，父母陪着一起去买吃的、喝的，就像年关时大人们忙着买年货，热热闹闹的，小小的心什么也装不下，就装着明天的事。早已想好了午餐哪几个一起，乘车和谁同座，和谁约好玩哪一个游乐项目，甚至盘算着和哪个好朋友一起分享精致的寿司、美味的甜品，这些想象足以让人一夜轻轻松松、快快乐乐。孩子们对于游玩的地点已经不再过多地关注。这么多次，总是那几个地方，中山陵、雨花台、莫愁湖、青少年科技馆等，这次又是中山陵游乐场。这些地方的游乐场有些老旧，很多项目都不能玩，如孩子们爱玩的碰碰车已经荒废很久，锈迹斑斑了。许多大型的游乐设施都没有，如飓风飞椅、摩天轮、4D 电影等，就连旋转木马都是那种最原始的幼儿园小朋友玩的。最有特点的只有森林滑道了，可惜五年级以下的小学生还不能玩，只能看着大哥哥大姐姐们在离地一人多高的空中滑道经过时那飞扬的神情和那一惊一乍的大呼小叫。

这个游乐场，巴掌大的一块土地，接待能力太小，园区路边一方是不规则的人工小池塘，波澜不惊的一潭死水，水面有些黏稠，七零八落地飘着大大小小的枯叶落叶。倒是桥两头的几株樱花有些生气，正值花期，明明晃晃地随风飞舞着温香柔美的纤细小叶，纯白中渗着浅浅的粉红，似女子人面微红，娇柔清雅。我专候在桥头为孩子们拍照，约三十米外的对岸孩子们的脸在拥挤的人群中虽说能看得见，但花落如雨，要仔细辨认才能分得清他们渴望的面容，也就数这个地方热闹了。水面上架起了三组钢索与安全网组成的叫晃桥的游乐设施，人走在上面晃晃悠悠。小学生走钢索晃桥时，两手左右有绳索扶手，周围有安全网，中间部分粗粗的钢索已接近水面。行走时，不像在平地，一根钢索无法平坦下脚，脚面横踩钢索身体会有些别扭，有经验的孩子一定看过达瓦孜人阿迪力高空走钢索的故事，他们的脚一如往常走路，脚面平放，整个脚掌在受力，行走起来，稳定性强，速度也快一些，更重要的是双眼要看前方，不能紧盯着脚下钢索以及似乎能沾湿鞋子的水面。孩子们走得小心翼翼，屏气凝神，那专注的神情上课都很少见。脸皮绷得紧紧的，没有一个是笑着走到头的，热乎乎的额头上有细细密密的汗珠，再也见不到课堂上的神态自若，安闲随意了。初中生的晃桥难度要大许多，三十多米长的河面上安放着十多张长方形的吊板，每块吊板的四个角由四根铁链垂着，每块都是独立的，每块木板之间静止时是相邻的。人踏上去晃得厉害。两手先要牢牢地抓紧铁链，小心翼翼地探出一只脚，踏稳前面的一块板，第二人的脚才能好好地跟上，不能着急，也快不得。每走一块，最好脚下的这块稳稳的才能走下一块。这些中学生们也会有差点落水的，不稳时跌坐在木板上，两条腿突突地挂着，一双脚就突然没在水中，来不及收，湿淋淋的。更有调皮的，自己好不容易上了岸，故意把两根铁链晃得左左右右的，惊得那些胆小的矮个女生连尖叫的力气都没有了，急得快要哭了，咬着牙抓紧细细的铁链，上了岸两只手攥得勒痕清晰，此时，可能连一支笔都握不住了。

小半天下来，一个个大汗淋漓，那会儿温度近三十度，穿短袖，吃冷饮，避在浓荫处最舒适。可有的孩子还穿着高领毛衣，一直没有机会脱下，那个捂啊，简直就是一种酷刑。这个围长不足百米的小池塘，三组晃桥近半小时内竟容纳了近千名的中小学生，这块被人遗忘的地方这两日承载了孩子们太多的欢笑。孩子们喜欢拥挤着在这个简陋的游乐场所玩耍，什么时节来都没有关系。其实，父母们早早地带着他们玩过许多现代豪华的游乐场所，同样的项目玩过多少次也不厌倦。每到一个项目，都把书包远远地扔在老师指定的地点，散散乱乱的，急急地跟着同学们排队，唯恐掉了队。有调皮的总是趁老师不注意时插个队，总是在游戏后叽叽喳喳地说着刚才的惊险与快乐。

春天的中山陵远山连绵，满目苍翠，绿草茵茵，一派生气勃勃的景象。可孩子们顾不上这些了，有力气的呼哧呼哧地登上了中山陵，再呼哧呼哧地跑下来。一个个到处找水，花三倍的钱买来的水远远不够，互相分着，你一口他一口，后悔怎不多背几瓶水，总以为妈妈塞进包里的两瓶水够了。很多孩子就连上厕所的机会也不放过，把自己洗得湿湿的，还灌了满满的凉水，精明的男孩子在瓶底扎个洞，一路嘻嘻地说笑着，时不时乘人不注意喷人一下。不过，孩子们并不生气，也不在意，甚至有些享受这样的清凉了。

这样走近自然的机会真是太少了，只有到了大自然，孩子们的天性才是自然的流露，这时的孩子真是可爱极了，没有了课堂上急、怒、怨、恨的种种，真想和他们多亲近。这样的游玩，无论春夏，不管秋冬，只要有就好。这也是综合实践课程走近自然的部分，是十分必要的，一学期最少安排两天时间，可集中安排，也可分期安排。最好期中、期末各一次。如果说建议到哪儿去玩，倒也不难。孩子们没有要求，什么地方都行。如“郊外放风筝”“徒步秦淮河”“集体去方山”“将军山划船”……

我建议，无论什么时节，一起走近大自然！

我们来啦！

心的方向

青山碧水，村路弯弯。文字中的石塘竹海山冈连绵，溪水流淌，民风淳朴，鸡犬相闻，如诗如画。生于农村长于农村的我对此有着无限的亲切感，儿时记忆中的山山水水、花花草草无时无刻不呼唤着我，一如陶渊明所说的桃花源，是心中的梦想，是让心彻底自由的地方，是一个安静的地方。

今天，带着家人，我们来到了这里。

一路上都是方方正正的大道，道路两旁笔直的意杨和樟树，不时闪过的路标清晰地写着乡村各景点的方向和路程。我是本地人，二十四年前读中学就在邻近的镇上。工作的前五年在一个山窝里，屈指算来，待在农村的时间足足有26年。可一路走来，我竟有时模模糊糊。以前的村啊、路呀都不在了。宽阔的双向道路纵横交错，工厂林立，可总也不见一块农田，不见一缕炊烟。按照节令，暮春时节，应是麦苗青青，长势最旺的当口。可我的眼里，除了路还是路，与儿时熟悉的乡村大不一样。村庄在哪里？庄稼又在哪里生长？四月的阳光竟有了初夏的热度，车里有些闷热，手里握着方向盘，掌心有了湿湿的汗。曾经那么熟悉的地方，竟如此陌生，如果没有导航，我竟不知往何处去，木木地一直向前，心里不免有些隐隐的不快。两个孩子不管不顾地嬉笑着，向窗外指指点点，大部分时间沉浸在手机游戏中，他们的童年已没有了春生夏长的禾苗，没有了赤脚泥地的清凉，有的只有生活的应有尽有，亲人们无尽的呵护。

在享受城市化进程时似乎在慢慢地失去一些东西，这些东西我们曾经拥有，却要拼命逃离，父辈称之为面朝黄土背朝天的辛苦。日复一日的田间劳作，水田里五月插秧，十月割稻，秋来播种，五月刈麦。一年两季熟，汗滴禾下土。五月的水田起秧苗，坐在一种叫秧板凳的物件上，这种凳子和四条腿的小木凳不同，它的底面是一整块木板，以防止陷进松软的泥里，前端似龙舟高高翘起。一垄一垄密密匝匝的秧苗长得挨挨挤挤、健健壮壮。我们小孩子想一次多拔几棵还真的不容易，手伸进泥水里，反手攥紧苗的根部，轻轻拔起，不能把根拔断了，否则插进水田里也活不了，更长不成庄稼。几小株几小株的轻轻拔起，等有了一大把时，再用准备好的劲草拦腰捆扎起来，打上一个活节，等运到大田里好解开。一垄水苗田长长短短不等，我们家的有三四十米长，这一路拔下来，腰酸背疼，父母总是开玩笑地说，你们小孩子哪来的腰啊？小时候总是不明白，为什么小孩子就没有腰呢。撅着屁股，哈着腰，双脚泡在泥水里，顶着燥热的阳光，难受的是脸上不时有汗珠顺着额头爬下来，痒痒的，总想用手挠挠，可满手的泥水，只能抬起胳膊略一略。每次把小秧板凳压得低低的，快要浸着水了，赶紧从泥里拔出来，一下子提起来不容易，江南的黑土黏糊着哩。你若双手用力去拔，一定会摔个仰八叉不可，有经验的，先左右轻轻地摇松动，再慢慢地提起。小孩子做事大人也无暇顾及，往往会不注意秧板凳的下陷，小屁股会坐湿的。劳累倒不是让人心烦的，最让我们害怕的是遇到水里的蚂蟥。它们悄悄地潜伏在水田里，专门吸动物的血。它们的身体小小的，中间略粗两头细小，呈纺锤形，颜色是一圈一圈的细细的淡黄间或深褐色，在你皮肤上蠕动，好让人恶心。它们悄无声息地慢慢地爬到你没在水里的小腿上，等你不经意抬脚发现时，它已叮紧了，头部似乎有一些已钻到你的皮肤里去了。听大人们说，它的身体如果都钻进去，你就没命了，好恐怖啊。小孩子们像见了鬼似的，一脸的痛苦，哇哇大叫着，拼命拉扯着，可你越用力，它们叮得就越紧，真让人害怕。小时候除了怕蛇，最不愿看到的就是它了。父母告诉我们，不能拉，可以用力拍小腿的其他地方，很快它们就会被震落下来，再把草叶揉碎了涂抹在伤口上或用盐清洗伤口，以防止感染。

小孩子们只是来凑个热闹，一会儿就会被叫回去，送些茶水，帮忙添把柴、淘些米、摘个菜什么的，对我们来说这就是暂时解放了，农忙时节，只有在大人们夏日午睡时，才是我们玩耍的时间。大多数时候，我们会三五成群去河里游泳，玩累了，舒舒服服地伸开四肢，漂在水面上，真惬意。真正忙碌辛苦的是大人们，那些重体力活都是他们在独自承担，妈妈们真是不容易，干完了农活，还要回家忙着烧茶煮饭，照顾一家人的生活。小时候总是觉得父母身体健壮，浑身有使不完的劲。当他们老的时候才发现，原来他们是那么龙钟迟缓。岁月啊，原来是那么无情。

父母总是要我们好好学习，考上大学，跳出农门，做一个吃国家粮的公家人。记得那年考上大学时，父亲把教过我的老师都请来了，还专门宰了一头大肥猪，在大院里摆了满满几十桌，还请镇上的人来放电影，村里的人大多都来了，热热闹闹。我想忙碌的父母当时有多么的高兴，他们的儿子成了村里第一个大学生，这足以让他们幸福一辈子的。

儿子似乎永远不了解我们那时的生活，不了解我们一代人对于农村的情怀。到了石塘，只顾和同去的小宇在竹林里奔跑，只顾顽皮地撩起清凉的水坏坏地洒向对方，只顾在农家院里逗那条静卧在阴凉处懒懒的土狗……连饭都不曾好好地吃上一口，也不知他们有没有好好地看看这里幽深的竹林，有没有好好地吸上一口这浓浓的乡土空气，有没有感受到山林的自由与恬静。倒是农家乐的男人主喜欢：小男孩子嘛，正是玩的时候，哪有不调皮的。

不知道孩子的感受如何，我是不太喜欢这样的热闹的。回程的山路上，堵得厉害，几公里的村路，竟用了近一个小时。有大量的游客涌向这里，他们也是来寻找自然的，也是来享受山林的。这时的山林再也安静不下来了，热热闹闹，喧喧腾腾。竹林里到处是攀附着翠竹照相的游人，山道两旁，到处是卖竹笋、草鸡蛋、菱角梗、野菜、甘蔗、冷饮的当地居民。这样的热闹我心里不喜欢，它仿佛成了闹市，主宰这个闹市的是利益。美丽的山林只能是一个梦想。村居，乡民，淳纯，安宁，清静……这些离我们越来越远，庆幸的是我们的记忆中还有乡间的美好，虽然那时没有嚼得其中真味，而从城市生活中再走回来，这种越来越浓的乡情真的让人特别怀念，也特别享受。我也为孩子们感到遗憾，他们生在城市，长在城市，心中已没有了那块净土，等他们老了，拿什么来回忆。

乡村，山林

离文明远一点点，

离热闹远一点点，

离发展远一点点，

离记忆近一点点，

离真实近一点点，

离安宁近一点点，

离乡土近一点点，

离我们的心，

近一点点……

致已逝去的夏天……

一切过去的事情都是值得记忆，值得整理的，然后一层一层叠放在心窝深处的某一个地方，在秋风渐起抑或是夜雨来临时一个不经意的时间没来由地漫出来，静静地流淌。2015 年夏天，一个平凡得不能再平凡的夏天，清清凉凉的，随着蝉悄风凉，无声无息，即将逝去。有些留恋，有些不舍。总想说点什么，唯恐忘却了这一段记忆。

儿子是小学生，假期里的一个月没闲着。7 月 24 日开始学习新概念中段课程。一天一课，及时完成作业，背诵课文。孩子完成得还算轻松。7 月 10 日始，学习为期一个月的六年级数学课程，隔天一次，一周四次，一次两个小时。每次作业是一张练习卷，规定做一些题目。孩子大多独立完成，难题会求助电脑“作业帮”。每次会错个四五题。我时常有小小的不满，孩子总一脸从容，有时竟有些浅浅的自豪：“其他人比我错的还多呢。”孩子学了几年的钢琴课程，今年的 7 月 30 日又是考级的紧张时刻。只要有时间，就要到艺博琴房去练习八级的曲子。孩子忙忙碌碌，我这个老师兼家长也是忙忙碌碌，每天接送，督促学业，丝毫不能有些许的松懈。孩子也不喜欢外出，对于我们安排的假期学习任务倒也学得中规中矩，整天乐呵呵的。

孩子上课了，我也抽空到学校做做我自己的事情。一个假期，风风火火五十天。知了长鸣，烈日当空。而今年的夏日却几多雨水，几许清凉。虽是假期，生活却安排得有条不紊，日子过得满满当当。一切都是自自由由，没有外在的紧紧张张。夏日的凌晨是一天中最凉爽的时刻，家人都还在昨晚的睡梦之中，我悄悄起床，赶个大早去百家湖游泳。清晨的街道像一夜良宵后宿醉的娇娘，一种成熟的美，一种释放后安静的美。店铺大都还关着门，只有一些早点摊店热气腾腾。鲜红的电子屏滚动着各种消息：“2015 年有线电视费自 10 月开始收缴”“本店有一些五折特价商品销售”“改变从头，愉悦在心”……街面上零星地散落着昨晚夜市热闹后的餐盒竹筷，不小心洒落的残羹冷炙，在洁净的街面上略有些不协调。但在这样的一个小镇上，在这样的一个夏日的清晨，倒显得有些眼熟和可爱了。我每次路过街头道路拐角的“老面坊”都要买 2 只菜包，垫垫肚子。在水里一个小时，1.5 公里的水程，一个泳姿，中间不休息，喉咙略显干涩。在水中一下一下地寻找那个让自己流畅的姿势，不在想何时能到对岸。每一下都是一个新的开始，每一次倦意袭来的时候内心要默默地对自己说“要坚持”。坚持晨练的人还真不少，偌大的百家湖广场的晨曦里东一撮西一撮都是人们活动的身影，安静而充实。每每看到这一番情景，就觉得生活特别有真实感，我为自己也能成为其中的一员而感到自豪。坚持冬游已有五六个年头了，认识了许多有同样爱好的人。大多都是一些老人，见面也只是一声问候，几句寒暄，各自换衣下水。彼此的面容记得很清楚，虽交往不深，但已把对方当作了老朋友。队伍中有一个年长者，应有 75 岁了，大家都亲切地称他“老周”。他暑期里生病了，背部长疮，有些肿痛，一个多月没有到百家湖。以前，他每次来都会坐在河岸北边的大柳树下，那里有一个平整的大石头。他来得早早的，经常从城里带一些烧饼、油条之类的早点，等大伙游饿了，随便拿着吃。他每次都铺展开一块泛了色的平整的旧毡布，到了不急着下水，坐在那里和大伙东一搭西一搭地闲聊着，慢吞吞地抽着自带的烟卷。冬日里冷的时候还会带一小瓶类似二锅头的白酒，下水或上岸时随意呷一口两口的。每次看到我，都会客气地打个招呼“魏老师，来啦”或“小魏，你来啦”。每次都要坐得定定的，等大伙都下了水或都已上了岸，几乎该来的都来了，有些游完都离开了，他才慢悠悠地下了水。下水，也游不远。他在 200 米外的斜对岸沉了两三条捉虾的笼子。游过去，无声无息，唯恐把那活物吓跑了，每次或多或少能收获一两二两大大小小的河虾，老人很满足。柳树下那个位置，一般不会有人随便占了，即便老人不来，也习惯性地空着。尽管这么长时间了，大伙总也觉得有一个人始终坐在那里，抽着烟，和大伙东一搭西一搭闲聊着。

湖边的风景如果是一场电影的话，画里的人物总是那些熟悉的人。无论季节如何变化，人大多不会有太大的变化，就如电脑复制出来的一样。夏日早起，日复一日，竟有些倦了。有意无意地，找一个理由，不去游了。一两天下来，不仅没有觉着轻松，反而觉着闷在家里更累了。这时才又真真切切地感受到畅游后上岸时沐浴在微风中的惬意。头脑清晰，心里豁亮，一身轻松，那就是游泳带来的幸福和舒坦，是其他物质享受所不能比拟的。

上午水包皮，下午水蒸皮。

下午，约上几人在球馆里挥汗如雨两三个小时，衣襟湿透，乐此不疲。从假期开始，直至一个学期开始，几乎没有停过。想想其他行业，大夏天里东奔西跑，日出而作，日落而息，甚是辛苦。而爱好打羽毛球的我们把自己交给了自由。偌大的校园，安安静静，连鸟儿都慵懒了，很少来枝头叽叽啾啾。无案牍之劳形，无孩啼之乱耳。球儿飞扬，尽情挥洒。让身体每一个骨节里的力量都释放出来，让汗水从里到外把自己清洗个透。之后，一身的力量又回来了。一身的轻松，又在身体里荡漾开来了。时人不解余心乐，我们乐在其中，沉醉其中。快乐，原来也如此简单。

每次早出百家湖，孩子还没醒。下午在球馆流汗，孩子在写作业，他不能体会其中的欢乐。曾多次，想把我的快乐变成他的快乐，但孩子不喜欢，说太早，说太累。学习着，游动着，挥洒着……一个令人羡慕的假期结束了，真是欢娱嫌日短啊！有些遗憾，但更多的是收获。收获了汗水，收获了坚持，收获了付出，收获了真实。所以，当暑气将尽的时候，突然心中有一种冲动，想写一点文字给这个即将逝去的夏天。

即将逝去，一去不返！

静心记录，为了逝去！

我的假日生活“自我回归”

人到中年，却如年轻人一样，对于双休是盼望着的。

我是一名小学教师，生活的圈子比较窄。除了家，就是学校。孩子上小学时，搬到了学校的附近。自己和妻的父母都住得不远，经常回去看望，省却了许多路途的周折。

没有学生时，校园是静谧的、安详的。很喜欢这一份从容，这一份安宁，一个人自由地在学校做自己的事，在文字中徜徉，寻找生活中那份慢慢悠悠的舒适，寻找记忆中那一段段平凡而又闪亮的过往，看到一天一天、一年一年逝去的岁月在文字中重现，在文字中鲜活起来，那种感觉很幸福。我一直这么记录，不停地记录，一刻不停地记录。担心有一天忽然老去，不再记住那些生活中的琐琐碎碎，不再记得身边的人事消磨，不再记得四季交替时的日起日落。

这样的日子，我是不敢睡到日上三竿的，我都要早早地起床，送走了学习的儿子。安安心心坐下来，走进文字。记录下现在的自己和过往的自己。

有时，倦了、累了、思路不通畅了，起身临窗，满眼的深绿、浅黄立即扑入你的眼帘。高大的栾树，枝头满满金黄色，细细的花朵随风而起，轻轻柔柔，落在湖岸边、大树下、小路的尽头。紫色的花托，衬着洁净的黄，娇小玲珑，星星点点，惹人怜爱。成排的樟树枝叶浓密，不论时节，无论晨昏，一直都这么静静地挺立着，木木的、憨憨的，似忠实的朋友，值得信赖。最热闹的要数“知真园”前那一弯粉红的蔷薇了。你看，它们你挨着我，我挨着你，似整日里叽叽喳喳的孩子的笑脸。这个温润的秋天，这个美丽的校园，它们尽情地绽放着自己的清丽和妩媚。恍如玉女二十年前甜甜地唱着《轻轻地告诉你》向你走来：“让我轻轻地告诉你，天上的星星在等待。分享你的寂寞你的欢乐，还有什么不能说……”青涩、懵懂、羞涩，让人无法忘怀。

我独自享受这一切，觉得自己很富有，心中充满了窃窃的喜。平时课堂之上，我把精力和耐心全部给了孩子和学校。只有在这样的时间里，我才找回了自己，找回了自我。一如圣凯法师著的《佛教情绪观》所说的“自我认同，自我回归”。在这样的世界里，俗务杂念是最少的，心里是最敞亮的，脑子是最智慧的，状态是最舒适的。有时会想，如果没有车辆的喧嚣，人声的嘈杂，远遁山林，那会是怎样一种美好的境界？难怪 170 年前梭罗只身一人来到了瓦尔登湖畔，住了两年两月两天，他认为自己找到了一种理想的生活方式。当然，生活在现世的我们，只是爱梭罗，但都不愿，也不可能成为梭罗，因为我们有太多的放不下。

我喜欢独自一人在校园里的生活，写写停停，简简单单。不必为父母的身体担心，不必为孩子的学业操心，不必为工作的事忧心，没有人和事主宰情绪，真好。

下午可以约上三五好友打打球，衣裤尽湿，酣畅淋漓。

一天的生活满满当当，内心丰饶着，收获着。

这就是我的假日生活方式。

自我回归……

我的中秋：为了忘却的记忆

传统的节日、习俗越来越多地淡化了，如中秋赏月，端午龙舟。城市里的我们日日安安静静地工作着，劳累着，对于年节的向往已没有了过多的期待，只是回忆着往昔的温暖与祥和，热烈和自由。

在艰苦的年月里，节日给人们以美好的期盼。儿时，饥饿的年岁，特别享受节日大人们的笑颜，更垂涎难得的点点荤腥。长辈们，年头割草忙到年关种麦，寒来暑往，日日辛劳，在我们的印象中从来没有过好脸色，生活的艰辛压垮了庄稼人的脊背。母亲们也习惯了葛布粗衣，风吹日晒，面容黧黑，早早地失去了女人应有的光鲜与风韵。从来没见过乡村的父母手牵手，也没有听他们对自己的孩子说过“我爱你”。只有在节日里，父母们才会礼貌地舒心问候，我们才会感受到被爱的甜蜜，因此也格外珍惜。

陪母亲、姐姐一起采苇叶，浸粳米，包粽子。我们不会包，央求母亲给一片水灵灵的翠绿的叶，学着大人从叶子下端环成一只漏斗的样子，再把浸泡的晶晶亮亮的米放进去，用大拇指一指指地摁实。我们包的粽子无形无状，松散漏米，不一会儿一定会被她们赶走的，但我们高兴着哩！只要大人们不去田里插秧刈麦、褥草喷药、起泥挑河，他们就不用一身泥灰，一身疲惫，就会包揽家务活，就不用我们小孩子挑水担柴，淘米做饭，喂猪圈鸡，打扫庭院，大人们在家，真好！我们只是嘻嘻哈哈地一圈一圈绕着桌子跑。

到了中秋时节，秋高气爽，粮食入仓。我常常与小伙伴躲在草垛上看满满的圆月。过节要吃月饼，而我对于月饼并没有太好的回忆。最受不了月饼里裹着的橘子皮或玫瑰切丝加颜色和糖做成的红绿丝。明明吃的是松软酥糯的面饼，牙里却冷不丁地“咯吱”一声，遇到了和饼子完全不同的，硬硬的、无味的、条状的东西，凉凉的、木木的，就像在肉包了里吃出一根细丝线或一小片竹席的篾片来。口腔的温暖和流畅起了异样，所以我只小心翼翼地吃月饼的外层，里层是万万不吃的。那时总是想，月亮里的嫦娥怎么爱吃这样的饼子？镇上铺子里热乎乎的肉包子该有多么香！心里还为仙子找了个理由来说明：“因为嫦娥是个漂亮女子，如果吃得满口流油，那还是纤纤女子吗？”

农村的场院粗陋，大多是用一种叫大片的石头横七竖八堆成的或用湿泥掺种碎草糅成的土砖垒成的围墙，经冬历夏，爬满了丝瓜、扁豆、葡萄和一些不知名的藤植物，缠缠绵绵，一墙的生机勃勃。如果中秋节是个晴朗的日子，一家人会早早地围坐在宽阔场院里，将月饼细细地切成几份，每人一小块。一边吃，一边等候着月上中天。抬头看着那又大又圆的月亮，按大人的话去找月亮里的桂花树，还有一个叫吴刚的人，一直抡着大斧在不停地砍树，终年不歇，发出隐隐的“笃——笃”声，我们睁大眼睛，看着明亮里那一团淡淡的轮廓，想象着月宫里的故事。小时候不明白，吴刚为什么总是砍桂花树呢？这棵树为什么总也砍不倒呢？没上完小学的父亲也说不明白。

月凉如水，虫声叽叽，月亮渐渐升起了，熬不住的小孩子们一个一个带着大大的月亮进入了甜美的梦乡。我不懂得看月亮，悄悄溜出去，和同村的男孩子去草垛间捉迷藏了。

慢慢长大了，成年了，成家了，有孩子了。农村拆迁了，土地变成工厂了，我们一起住进了城镇的高楼里。赏月，过节，没有了，一切和平日一样过。

明天，又是一年的中秋节，孩子还是要学习英语。中秋节对他而言，几乎就是日历上的三个字，没有任何色彩。去爷爷奶奶、外公外婆家陪老人家吃顿饭，小家伙也是不太情愿去的。在他们心里，没有节日举家团圆的期盼。有时，我对孩子也有隐隐的歉疚。因为我们自己对传统的淡忘，也让孩子淡忘了传统，没能带着孩子去深入中秋，感受中秋。有时，特别担心，害怕有一天，中秋就只剩下天上那一轮孤独的月亮。那热热闹闹真的成了故事中的情景了，到那时，我们的孩子怎么对他们的孩子述说中秋呢？难道让孩子百度，就像回忆三月初三的“田生日”、正月初五的“开市日”一样吗？人间月半，天上月圆，月月月圆逢月半，喜耶？忧耶？

为了中秋，我们的国家，我们的社会，我们的家庭，我们的大人……应该做些什么，为了昨天，为了传统，为了明天，为了孩子，为了我们自己。

秋天的树叶

再过两日便是霜降了，秋天的最后一个节气。真正意义上的深秋已悄然来临。

这个季节，住在山里，便是最幸福的了。满眼满眼都是沉甸甸的色彩，千红万紫，重重叠叠，如油画般厚重凝练。在城市里生活的人啊，只有从记忆里去寻觅秋天的背影了。有时呆呆地想：若给秋天起个名字，我便叫她婉秋，我便叫她静秋，我便叫她相思，我便叫她红叶。

秋天啊，最让人怜爱的是那一片片叶了。她们宛如相约，纷纷浓妆淡抹，袅袅婷婷如仙子。枫叶、黄栌红如烈火，银叶、杨树金黄绚烂。我们常说的红叶大概指的就是枫树了。南京栖霞山自然生长着满山的枫树，每至深秋，寒气日重，从山顶而山腰至山脚，层林尽染，色彩深深浅浅、层层叠叠，交杂糅合，像天地间泼洒了浓重的油彩。登上山顶，俯临长江，浩浩荡荡，好一派大好河山。每年慕名而来赏秋的游人络绎不绝。其实，在众多的秋叶之中，枫叶是最贴近人心的。色质纯净，似神秘天堂的金色小手掌，也像亲人的手，透着一股温暖，给人抚慰。拾一片夹在书页里，平整光洁，色泽历久弥新。秋叶中最为清丽秀美的要数甜栗子树了，身材匀称，像典型的东方女子。增一分则长，减一分则短。叶脉清晰如丝，很难想象它的果实却圆滚饱满，浑身是刺，里面撑满硬硬的果肉。本地最常见的要数意杨了，曾几何时，乡村田野遍植杨树，高大挺拔，潇潇洒洒，一副北方大汉的身板、南方人细腻的皮肤。它的叶是深秋里最脆弱的，经不起霜寒露重，一经风起，便变了色彩，倒也美，可太单薄了，经不起拉扯，一夜之间，便都零落在地，佝偻蜷曲，毫无美丽可言，似年老色衰的老妪，在秋风中瑟瑟发抖，可怜可见，我是最不喜欢它们高大而脆弱的样子。树人，树人，树如人，人亦树。秋叶中温柔可人的要数黄栌了，叶片厚薄相宜，雨滴般的圆润，由黄而红时最美，恰似少女羞涩的面容，亦有人面桃花的艳。秋最深时，叶的色变得深红，尤为壮烈，似旧宅朱红的门空寂了多年，亦似战场上血迹干透了多时。特别是它的边缘少有的滑顺，没有犬牙交错般的锯齿，是植物中难得的好树。想象着它经雨后的深红，最让人起相思，如有一双纤纤素手在上面寄上“万叶千声皆是思”的寂寞情怀，那会打动多少人啊！最卡通的秋叶就是乌桕树了，外形肥硕，肚皮圆的夸张，色紫如肝，仿佛艳红遇冷凝结了。

楼下的那一排银杏树，这几天有三两棵慢慢变黄，和孩子上学的清晨每每不经意间看见，发现每年最先经秋变化的竟不是同一棵树，似乎商量好一年一家，有顺有序的。经霜后，她们都变得金黄，照亮了一方天空。一溜儿，32 棵，多少年了，一棵没少，一棵没死。她们的黄，美丽得让人窒息。站在树下，静静的，生怕一脚下去，会坏了这纯净的黄，纯净的世界。我是盼着这明晃晃的黄的，每次来来回回，每个夜晚，一个人站在阳台上，静静地看着她们，从东面到西边。有几年东边的那三两株最先黄，叶最先落光。那时至少是冬至了，我的冬游也到了咬紧牙关的时候了。今年不知哪一株先落尽？有时，坚持不了，就想，叶什么时候就绿了啊？

俗话说“一叶知秋”，这句话，太有诗意了，太有秋意了，太有情意了。我愿做一片这样的叶——感知自然的温度，变化自己的美丽，哪怕零落，哪怕归根。

有人说，你若喜欢秋叶，你老了！我……愿意，每秋，老一回！

同学们，你们愿意看着老师变老吗？哈哈哈……

秋游，秋由！

有一种心情是享受也是难受——还没出发，就想着归程，秋游便是如此。秋游不在游，而在由——自由。自由选购食物，自由组合队员，自由说说小话，自由东张西望，自由大惊小怪，自由地野餐，自由地耍酷，自由地美拍……

“绿草因为我变得更香，天空因为我变得更蓝，白云因为我变得柔软，心情因为今天变得欢畅。”校园内，我们整装待发，每个人都掩饰不住地兴奋，仿佛过年一样，脸上洋溢着童话般的笑容。我身在其中，也感受着这种幸福。

这次安排的是红山动物园，据说还有精彩的马戏表演哩！

“快看！快看！小丑出来了！”有学生迫不及待地小声叫着。小丑真可爱，夸张的大红鼻子，血色的嘴唇，惨白的脸庞，墨色的眼圈，顶着一头乱蓬蓬的黄色卷发，像从童话故事里走出来的人物。小丑滑稽却故作深沉，扭动着矮胖的身体，两只眼睛骨溜溜乱转，一边吹着哨子，一边有节奏地拍着那个和他一样有点滑稽的彩虹球。他走近看台和我们互动了，每到一处必引起一阵惊呼。前排的几个学生很幸运，拿到了礼物，那种长筒状气球扭成的小动物或花的样子，圆乎乎的，很卡通。可气的是小超，那么近的距离，竟然没有投进球，没有得到礼物。为这事，被同学们数落了很长时间，他自己也懊悔不已。魔术“大变活人”令人百思不得其解；杂技“玩转呼啦圈”很神奇，几十个同时转动，让人眼花缭乱，应接不暇。

小丑很滑稽，小动物则可爱多了！

优雅的长颈鹿，大嘴的河马，顽皮的狒狒，安静的蜥蜴……同学们三五成群，一阵风似的忽来忽去。有时刚刚聚拢来，又“哗”的一下散开去。小眼睛田园这次与一只黑色的长臂猿结下了“仇恨”。它们似乎很喜欢有人来观赏自己，在高大的铁笼里上蹿下跳，好像向人们展示矫健的身姿和腾挪跳跃的本领。见有人来，有的便攀住网壁，把黑乎乎的小小的手伸向你，两只小眼睛满是渴望，直直地盯着你，让人看了心生爱意与怜悯。我拿过田园的小望远镜，踮起脚尖，试着和小家伙亲密接触一下。可没想到，它以迅雷不及掩耳之势抢走了东西。左看看，右瞧瞧，又放在嘴里嚼嚼，觉得不是什么美味，顺手就扔进了草丛，一脸坏坏的无赖样子。外面的田园可比里面的急，一边冲着小家伙大声喊“别扔、别扔，千万别扔”，一边直跺脚，那一双小眼睛竟瞪得如小灯泡一般。平时那双眼总是一条缝，今天总算“开了眼”。围观的同学越来越多，大家都被这情景逗得哈哈大笑：“小田田，原来你有眼睛啊，平时怎找不到呀！”“小猴子，别理会，让他急去！”你一言我一语，那场面可热闹啦！

快乐的时光总是太短暂，每次都是不愿离去。

同学们，明年再见！

孩子们，老师想说……

身为儿女放不下年迈的父母，身为父亲放不下成长的孩子，老师做久了，放不下的是自己的学生。如果说人的情感是一条清澈悠长的河流，父母亲情则是水的源头，发之高山，永不枯竭。孩子们则是顽皮跳跃的浪花，一路欢呼，终成壮阔。

父母虽年迈，身体还硬朗。儿子在身边，正直且好学。他们是我人生天平的两端，左右着我心绪的波澜。而日常如柴米油盐的却不是他们，在我身体里流淌是为人师的职业牵挂。学生们好了，坏了；进步了，退步了，他们的身影时时刻刻萦绕在我的头脑里，挥之不去。一有空闲，他们的样子就像放电影一样清晰而真实："好东西"的课文不会背，他双休在家做什么？"小熊"的作业书写不太认真，不知作文完成得怎么样了？然同学开学以来一直沉迷于武侠小说，不知何时才能清醒？有人说这是一种烦恼，总是说如果退休了，什么都不烦，那该多好啊！我却认为这些是学生们给我的幸福的念想，让我的心有一个安静的去处，一个有意义的去处。总是想象着孩子们长大后，回母校时那一份成熟的大人的帅气模样，那是一种什么样的幸福啊！总觉着他们是老师职业的全部，所以为他们担心，为他们付出，为他们烦恼是我的生活，是每天睁开眼就能感受到的真实。每到节假日，校园里空了，花草树木依然芬芳，鸟儿依然欢畅，我在办公室静静地做着自己的事情，几乎哪儿也不去，每个角落仿佛都是孩子们的欢声笑语。我是喜欢学生，喜欢学校，喜欢自己的职业的。我不知道离开这个行业、离开孩子们自己还能做什么，也不知道退休之后，一年的春夏秋冬，每一天的清晨、每一天的中午、每一天的黄昏，我还能做些什么。"我和孩子们在一起，总觉着自己是一个长不大的孩子"（李吉林语），我也总觉得自己是一个孩子，自由、真实、纯朴、美好。

这种美好的感情让我对孩子们充满了眷念，甚至有时还有些粘孩子。哪怕是摸摸孩子的小脸，拉拉孩子的小手，和孩子聊上几句，对本班的孩子更是如此。但日日相处，我便发现了孩子们在学习语文过程中的一些小缺点、坏习惯：上课不会思考，不能娴熟地阅读文字，不能很好地理解文字与运用文字，不能自信地发表自己的观点。特别是那几个孩子总也不能按时交作业，我深深地为他们担忧，我希望每一个孩子都被关注，每一个孩子都健康成长。我也每每深深自责：为自己课堂上的每一次高声呵斥，为自己无力让孩子们整齐地上交作业，为每一篇要背诵的文章不能检查到位，为每一个教学重点孩子们不能掌握，为不能有效地纠正孩子们的不足，为不能有计划地提高孩子们的语文素养，我希望自己的学生能达到“读有情”“说有理”“写有序”“听有心”“想有新”的理解境界。我对自己的教学理想有自信，但一次次的应试，分数的杠杆让我有时怀疑自己的坚持。是做一个让学生喜欢的语文老师，上好让学生有所得的语文课，还是做一个让学生怕的语文老师，上好能考好每一次试的语文课？我认真备课，反复推敲教学设计，制作简约有效的课件，每日忙于精批作业（习作几乎都是晚上或双休在家完成批改），可就是这样，离应试的好成绩还是有很大距离，我一直对能考分高的班级老师充满了钦佩。

我真心地想和孩子们谈谈语文学习的好方法，不是孩子们该如何做，而是我这个老师该如何管理，也算是我对孩子说的心里话。

你们的语文课该如何上才能既有趣味又有较好的效果？老师对每一节课的教学都有自己的想法和设计，如《高尔基和他的儿子》抓住第一小节“很爱他的儿子”这句话引发思考“从哪里可以看出来”，继而理解难点“给永远比拿愉快”。《艾滋病小斗士》从课题入手，“什么是小斗士？为什么称他为小斗士？”“恩科西除了与病魔斗之外，还和什么斗？”引发孩子们阅读文本，讨论交流“与病魔斗、为他们斗、与世俗斗”。但我没有让孩子们把重点的答案写在书上，且要背下来，不幸的是考试有这样的题目，孩子们答的没有标准答案那么整齐。可能我和孩子们只享受了语文课的乐趣，却忽视了效果，好的效果来自反复地巩固。你们同意吗？

你们的作业老师该如何管理才不至于负担过重，考试又能达到出色的效果？课堂听的不太好，如沙漏，课后全漏完。如破折号的用法，全班 56 人只有 10 人左右记得或完全写对。钢琴的“琴”有近 20 人写错，神韵的“韵”近 30 人写错。这样的常识孩子们怎样才能记住？看来，教学中还要注意这些细节，且要重点强调，一定要督促检查。巩固时要记住，可能只能依赖机械的训练了，以写代记才有效果。写到这里，我的脑海里总是出现“好东西”

那一张面皮似的干净脸庞和试卷上大段的空白。他没有预习、没有听课、没有思考、没有作业，他这样的“四无”新人有好十来个，他们像一根根刺扎在老师的心里，而他们却沉浸在自己的世界里，自由自在，浑然不觉，或有觉无为，或欲有为而无力，因为学校的教育不能延伸到他们的家里。

我的孩子们，老师爱你们，你们也喜欢语文，让我们共同把成绩提高。

南京夫子庙

【笔者按】这是教学了五上第18课《莫高窟》后的微文写作。目的是想让孩子们学习本文总分总的结构后，运用排比的句式仿写一段文字。这些文字简短，以文为例，操作性强，学以致用。这样的练习可以作为小作文，可以作为日记；可以当堂完成，也可以查阅资料，以写促学。这样，孩子们的写作有了落脚点，教材的范例作用也得到了最大限度的发挥，教者对文字的评价也有了生根的地方。这是一举三得，一举多得。“运用文字从教材中来”，这是一种尝试，也是一种方向。希望能给语文老师一点启示。

南京夫子庙是著名的秦淮风光带的精华。她坐落于市区城南，内秦淮河北岸的贡院街旁。千年来，历尽繁华，如今已是全国著名的旅游景点，游船、画舫、街市、夜市、灯会、民俗、名胜、小吃等，使中外游客为之陶醉。

南京的美食众多，而夫子庙的小吃风味独特，品种繁多，更具特色：有清爽糯滑的乌饭凉粉，有粉嫩爽滑的鸭血粉丝，还有个大汤浓的小笼包。最让游客津津乐道的是“秦淮八绝”，套套诱人。最能温暖我的是甜糯温润的莲湖糕团店的桂花夹心小元宵，妻爱吃，尤其怀着孩子时最馋了。记得十多年前的大冬天，为了能让她吃上这一口，我大清早挤公交，倒两趟车进城买热气腾腾的一碗。现在想起来，还是觉得生活真的很美好，因为有了它。每逢节假日，不大的店里人头攒动，门口还安安静静地立着翘首以盼、曲曲折折的慕名而来的游客。在一片氤氲的雾气中，大家一勺一勺地细细品尝着，不是嚼，不是抿，也不是喝，在口腔内缓缓流淌，似涟漪泛起，暖风拂面，也似初阳出谷，圆浑安宁，再加上间或碰着一颗或两颗珍珠一样的元宵，如舟行水上，味道有了立体感，流淌中有了小小的回漩与钝钝的激荡，这舌尖上的裹挟真让人回味无穷啊！

民以食为天。智慧通达的南京人独具才情，竟能把普普通通的果腹之物在悠悠的历史沧桑中演绎得如此馋人，如此动人，如此诱人，如此抓人，怎能不让人为之陶醉？

冰 湖

儿时的冬天，冷得彻骨，冷得心酸。檐挂晶锥，冰走牛羊，那是我的冬天。儿时的冬天，冻得发僵，冻得恐怖。援朝抗美，江面走部队，冰上过车马，那是父亲的冬天。而现在的冬天，没有了铿锵，没有了硬朗，没有了肃杀，没有了个性，没有了男人的气概，变得浅薄了，温润了，短暂了，太过变化，少了坚持，多了些女子的飒爽。

盈盈一湖水，皑皑一重冰。

百家湖，数百年前因周遭百户而得名。二千多亩水面，浩浩汤汤，碧波荡漾。从春到夏，经秋历冬。常见满湖水、垂柳岸、湖心亭、桥相依，少见朔风紧、百花残、鱼龟眠、满湖冰。去年冬天，湖水结冰了。几乎是一夜之间，几千亩水面冻得满满当当，结结实实，只有湖心星星水面泛着晕晕的波纹。十几只小野鸭转着圈在静静地觅食，有几只，枕着自己，眯着小眼睛，在水面上一动不动地浮着，似乎这满湖晶莹硬碴的冰与它们毫无关系，显得温暖而惬意。冰盖下，温暖的黑泥里，大量的鱼鳅在沉睡。直到它们被吃货捞起，还闭着眼睛，悠悠地滚个身，浑然不知。

想想人们，对于严寒倒不如这些小家伙从容。偌大的广场没有一个人，只有凤凰台下背风处一个两个清洁工眯睨着铅色的天空在说着什么，估计在咒骂老天爷。湖边水榭旁、垂柳下更是冷冷清清，连一只鸟儿都不曾来过。只有远处的东菱、翠仙两座石桥立在眼里，想象着天气暖和时，从白龙桥入水，一口气游到两桥的石墩处，一千多米的水程，酣畅淋漓，于今真不敢想象。独自立在湖边，被满湖冰的壮丽景象打动了，震撼了。有些意外，有些惊喜。这满湖绿盈盈的水波竟在夜间一层又一层紧紧地团在一起，由温柔的流动变成了永恒的凝固，由顽皮的嬉戏列成了军容整肃。这偌大的冰场竟不知从何处始？哪里合？还有那一群大大小小的毛乎乎的鸭子，昨夜栖息在哪儿？

这硕大的冰面没有一丝缝隙，平整得犹如一块巨大的玻璃，而且比玻璃美。东一处西一处大大小小的冰花随处可见，浅浅的冰花不是花却似叶，似那种灌木橛树的叶子，也似小区里常见的公孙树的叶子，小小的玲珑剔透的叶，柔柔地伏在硬生生的胸膛上，远看亦似少女云鬓上那一抹贴花。

这冰结得厚，不再是水头上的浮云，脆弱的如一张纸，经不住轻狂的风。临水探出脚，生生地踏下去，竟用了触地蹬踏的力才让冰面裂开了一道口子。用力地敲下一块看看，竟有半个指节那般厚实，也有我夏天常穿的拖鞋底那么厚。我是没有看到漆黑的夜里“水之皮”一点一点冰封的神奇，想象中应有咯吱咯吱的声响，这声音应是非常细微的、清脆的，但一定是那天夜里的天籁，我们是无法听到的，而水里的鱼儿一定听得见，蛰伏的蛙儿一定听得见。握一块在手中，钻心的寒。抬头看看那日头，惨黄惨黄的，似冰箱里的灯泡。敲碎冰块，跳进湖里，不过来回一二十米，十指便冻得麻木了，除了大拇指与食指偶能动一动，其他三指像从湿地里拔出来的胡萝卜，仿佛不是自己的身上的物件，穿衣都困难。只好紧紧地夹在腋下捂着，水淋淋的身体就这两个窝能取暖。手脚是可能冻住的，寒气已浸入肌肤。在一圈一圈的奔跑中，僵硬的身体开始一点一点地复苏、回暖，一会，热腾腾的身体又回来了。刚敲碎的冰面，人陆陆续续上岸，薄薄的冰迫不及待地覆盖了湖面，就像伤口结了痂一样。就连刚换下的泳衣也结成了冰，变得硬邦邦的，有形了，脚上淋水的拖鞋也挂上小冰锥。我用毛巾一下一下轻轻地洇干身体，竟不敢用毛巾硬生生地擦拭，生怕一不小心，撸下一块皮来。

水之为冰，越来越冷酷，越来越严肃。冰封的湖面没有了往日的风情万种，风光旖旎。曾经多少双双对对在湖边喁喁私语，情意绵绵；多少游人泛舟湖面，谈笑风生。他们说过的话涟漪都能记得，不是说“青山不老，绿水长流”吗？如今都被冰封在这泱泱的满湖水里，一层一层压得严严实实。不是说爱情要保鲜，年龄要速冻吗？我看啊，那些动听的话，全都是温室里的花，是耐不住严寒的。

冰封住了湖面，封住了人心，也裹住了人们的脚步，蒙住了人们的眼睛和嘴巴。在从天而降的极寒里，人们迈不开脚好好走走，睁不大眼好好看看，张不大口好好呼吸，动不了脑好好清醒。

冰湖，一道独特的风景，一如童话般的梦，注定只属于勇敢者。

石塘行

石塘村群山蜿蜒，山路逶迤。山间清溪涓涓，腹地竹海森森。每次进去，临水观山总有些误入桃花源的恍惚。当地流传“公鸡没有母鸡高”的民谣，民谣中的公鸡与母鸡指村口南北的两座守门山。这两座山连理相守，暮暮朝朝，也不知山下的乡民辗转变迁了多少代。但不管过了多少年，不变的山水却孕育了他们诗人一样的情怀：这里的所有景致都饱含着人们对山水村林的朴素的忠贞——龙子囚困遂有九龙潭，天石降落遂成星满塘，鸡鸣五更遂有两高山，万富归仙遂成两尖山，神棒遗落遂有万亩竹。也不知还有什么美丽的传说淹没在千年的烟雨之中。

这里的山水不是中看不中用的高山流水，也不是穷山恶水。

这里有水，却不见“清泉石上流”；这里有林，也不见“竹喧归浣女”。水是小水，溪是细流，现如今已零散星落。这里的水，性情内敛，无飞瀑流泉之势，无粼粼碧波之瀚，与我们在江南其他小镇见到的水没什么两样，甚至小许多，浅许多，短许多。想来，宋以来孔夫子所说的智者鲜居于此，而世代安居于此的应不乏仁者。

这里的山有些与众不同，都不高大，与我们的村民相像，它们挨挨挤挤地聚拢来，四面结结实实地围了一块有水有田的空地。它们敦厚丰实而不突兀险峻，满目苍翠而无嶙嶙怪石，似酣酣的邻家男孩，筋骨铮铮俨俨无男人力，却朝气蓬勃隐隐有孩子怯。这样的山最适合在晴朗的日了里驻足远眺，细细品味。这里的山可亲，宛在眼前，触手可及，这是眼睛可以衡量的距离。这里的山有情，里里外外，层层叠叠，把村落孩子似的拢着，像父亲。这里的山肥美，坡坡岗岗，远里近里，林木如修葺的发，密密匝匝。这里的山智慧，流出了溪水，蕴藏着宝贝，取用不尽，兴旺了百代，繁衍着富足。

晴天看山如抵足长谈，透心透肺，纤毫毕现，但过于真实，少了婉约。倒不如雨天看山，朦胧氤氲，感受村姑般的秀美。更精美的是落雪再看山，群山肃默，守候温暖。

带学生进山，一年有两季，春花尽，秋叶黄。

今年春行四月半，温度二十七。我守着学生完成了营地的两个项目——拆装帐篷和心脏复苏。大半天的时间如在学校，在学习、在实践，有兴趣、有收获。也不知道孩子除了这样的学习，有没有把抬眼就能看的山，低头就能撩起的水装在心里。在孩子心中，所有的山水长得一个样，都叫——自然。土壤、山林、水流、农家、游人……一样的味道，一样的松弛，一样的没有城市的节奏与速度。他们不知道山的过去，村的历史，景的由来，美的传说，甚至不知道家的方向，行的目的。他们被圈到这里来或那里去，已不是自己所愿所想。

这每个学期的一趟成了外出放风的任务。为了安全，束着脚。为了文明，封着嘴；为了作文，压着心。未成行便想着归途，未尽兴便疲惫而回。营地有要求，安静、文明、快速，校与校要比赛。学校有要求，整齐统一无事故，班与班之间要打分；班级有要求，谦让、团结、互助，组与组之间有评比。

教育无所不在，教育成了咒语，教育成了桎梏，教育成了说教，教育成了两耳风……教育无所不在，在孩子的眼里，教育就真的不在了。营地要求我们的孩子做到行无声，动有序，进有速，挫有勇，真难啊！我看着侃侃的校长有些为孩子们叫屈：这不是实践，更不是孩子的实践，这是精英，这是训练有素的军人。在这样的要求下，学生们眼里看山是山，永远是山。就连我这个爱看山的人，若不在当地老乡的指点下，仍无法分辨眼前的公鸡山与母鸡山。我不太喜欢这样机械的营地，老师、校长在管理，他们以教育的方式、世俗的方式改造着或者打造着这个美丽乡村。千家一面——粉壁青瓦马头墙，再不见老民房、土坯砖。迎来送往，杯盘叮当，鲜竹笋、土鸡蛋，再不见炊烟起，再不闻大锅香。

其实，进了山就要学攀登，入了村就要学农事，可遇上一个真正的村里人倒成了难事，更不要说观风问俗，入乡随俗了。担水煮饭，平田插秧，鸡鸣犬吠，草垛月光，都成了田园曾经的回响。多想听听夜蛙鸣、虫轻唱；多想看看老牛归、剪夕阳；多想闻闻艾蒿浓、粽叶香；多想感受泥巴软、暴雨狂；多想冲进山里找菌蘑，撵野兔，摘苦茶，摇松果。那样的夜才叫静谧，那样的娃才叫邋遢，那样的端午才叫甘醇，那样的土地才叫记忆深长，那样的山才叫自由的乐园，靠山吃山。

美丽乡村让石塘慢慢变成了“钱塘”，让千百年来的农耕成了绝响，村居的后代子孙也许从此忘了来路。让孩子的每一次来都成了无味，甚至负担。

我想象着村人质朴的笑脸和它的未来竟有些汗涔涔而心戚戚。

鸡鸣五更，日出而作，荷锄而归，日落而息……

4 月 18 日子时于家中

我的星空

李太白的星空下是乡愁缠绵，孙友田的星空下是月光母亲，哦！诗人的星空总是痴痴地想念，想得夜不能寐，想得泪流满面。迅哥的星空下是少年闰土，我的星空下是竹席蒲扇，哦！孩子的星空是傻傻的等候，等候月下刺猹，等候月落星升。

星空是儿童的，而我们只有夜空。为父为母时，星空下满是生活；少不更事时，星空下满是奔跑。

儿时的生活有些困苦，晚上总是喝水饭，干嚼着没有油的菜蔬。父母心疼年幼的儿女在长身体时没有营养，而当时的我们没有觉着一点点苦。每一个有星星的夜晚才是小孩子们希望的天堂。星星出尽，暑气消散，场院内外都是孩子的身影，伴着星光、土坯墙、稻草房，嗅着空气中温热的泥土的味道，草垛间捉迷藏，墙角边翻蛐蛐，田地里摘西瓜，枝杈上说闲话。每天玩着差不多的花样，每次玩得汗透衣裳，每次玩得曲终人散，直到月偏星沉，夜静如水，我们才像猫儿一样悄悄地溜进家门，轻轻地躺下，屏住呼吸，深抽一口，慢慢地呼出，完全是憋着从鼻孔里一点一点一点有节制地排出来。那呼出的气恐怕连空气都没碰着，大人们一定是没有觉察到的。夏夜褥热，家里没有电扇，一边睡一边间或摇一两下蒲扇，放平完全释放的小身体，枕着自己的汗印儿，梦着满是星空的田野村庄，一觉到日出。

一周有七天，一周就有七晚星空，一周就有七次相邀。几乎每天都是周末，每个白天上学轻轻松松，夜晚玩得彻彻底底，力尽精疲。总是觉得夜晚比白天长，总是觉得白天不是自己的，是那火火的太阳的，是那滚烫的泥土的，而有星光的夜晚才是真正属于我们的。面对满天星光，从来没有像霍金那样有什么奇思妙想，探求宇宙的黑洞到底有多深；也没有像少年张衡那样数过星星，对天文有着强烈的兴趣。老师从来没有在课堂上教我们如何展开想象的翅膀，田间劳作的父母讲的都是牛郎织女的人间天上，月宫里嫦娥的碧海青天，我们的小脑袋里装的都是这两个仙女的眼泪与遥望。很是奇怪，抬头望星空，总觉得它们是女娃们的，星空下我们从不跟她们做伴，否则会被同伴笑话。

星光下的乡间土路是灰白色，我们称之为“馒头白”。那路也不知被多少人走过，多少车碾过，土已熟透了，高低已磨平了，或直或弯地通向邻村，向村外延伸着，月色星光下，像一条白绸带系着河流田野。小时候最有意义的、最紧张的、最高兴的就是跟着大人们去四五里外的大队部土场上看露天电影，像过节似的，小孩子们最高兴了，早早地催着大人们扛着长凳，背着椅子，最好正中抢着好座位。暮色中，人们陆陆续续从四面八方赶来，土场开始喧腾起来，孩子跑，大人叫，也有做小生意的，乘着机会卖些花生瓜子、饼子汽水什么的。先来的有了好位置，后来的挤不进去，只能踮着脚尖。有的在路边搬块石头垫着，有的干脆爬到周围河塘边的大柳上蹲着，最着急的是小孩子，什么也看不着。爸爸微笑着，轻轻地把孩子托起，让孩子端坐在自己的肩上，两只大手紧紧地扣着两只小手。像我们这般大的孩子是不能骑在父亲头上的，我们只好猫着腰斜着身体一点点地往前挪，最好是挤到电影放映机的旁边，看着两盘胶片一高一低匀匀地不急不缓地转动着，声音、人物都从那束光里投到那块大布上，清清楚楚，有声有色，那时真是觉得神奇，和我们一样好奇的人可不少哩！你看，那条光柱里不时伸出一只手来，或一把扇子或一个小小子的娃娃头来，还不时传来嘿嘿的笑声。我比较听话，看过很多这样的电影，竟一次也没敢这样尝试过，几十年过去了，心里还想着，平静中有丁点儿顽皮的遗憾。离开了大人，忘记了散场前回来，找不着父母，回家的路是认识的，穿过一片田野，过两座桥，经过一个叫大果园的村子，就看见我们村子——小果园了。一路跟着人群，向着家的方向，心里还是有点着急的，但没有哭，一边走，一边两眼不停在人群中寻找着父母那熟悉的身影，仔细听着杂乱中的声音，也许就在不远处，就能听见他们的呼唤声。人头攒动，挨挨挤挤，人们边走边散，各自回自己的村庄。到了大果园长新河那座桥，人渐渐少了，三五成群的，不那么挤，松松散散的，忽然看见妈妈的身影——长辫子，穿小碎花衬衣。“妈，妈。”我高兴地跑过去，一把抓住她的手。她一回头，是同村的王婶，不是妈，有些不好意思。“哟，秀文家的巧生，我的好儿子。”王婶不管不顾的爽朗地笑着。为这事，她没少在人前叫我“儿子，儿子”，我有些不高兴，等大了才知道，她是喜欢孩子的，每叫一声，就有一种做母亲的幸福感。现在，我班级有几十个学生，我也喜欢叫她们女儿，叫他们儿子，或自言自语地在心里叫，特别是女儿。

稍大些，就会跟着哥哥们到邻村去看电影，七八里路，跟着认路的。一路上，不敢花气力说话，一个劲地低头盯着哥哥的后背急急地跑。那条星光下的白色绸带托着我们这一支小部队一路行进着。有时，前两天刚下过雨，路上土洼处有浅浅的积水，只顾赶路，前人刚过，我一脚就蹚上去了，溅了一身的泥水，就像敌人埋下的暗雷，心里一惊，所以行路时又多了一份小心。糟糕的是，因为消息不准，到了目的地却没有电影，垂头丧气中又急急地往回赶。这样的事经常发生，我们就像摸奖，中了高兴，不中也不着急了，我们管这样的事叫"战斗英雄跑白路"。

我们也有安静的时候，星光满天，或月盘如水时，我们会约上三两个同伴，爬上高高的草垛，嘴里有一下无一下地嚼着新鲜草茎，头枕着双臂，仰头数数大大小小的星星，比赛谁数得最多，结果谁也数不完，竟躺在草垛上和着草香睡着了，第二天也不知怎么回的家。

星光下的记忆清凉如风，星光下的自由快乐如风，星光里的故事说也说不完，忘也忘不掉。

这是我童年的星空……

2016年6月15日12时于家中

那一方石阶

喜欢登高凭栏眺望，气吞山河万里，心生豪迈；喜欢独自久立听雨，濈润万籁有声，享其宁静；更喜欢静坐茅舍石阶，亲近泥土。

暑期带孩子到草原，本没有太多的期待，早就听说景点人多、草稀、马懒，这次出行虽不经雨，没登高，却盈盈于心，难以忘怀，因为那一方窄窄的石阶。那是呼和浩特草原上一座普通的水泥地基铁皮围建的蒙古包的三级石阶，粗粝朴拙，在八月的天空下温凉如水。坐在上面，一身的疲劳竟消散殆尽。

草原的天空晚霞更壮阔，夕阳挂在天边总也舍不得离开，慢腾腾地悬在地平线上，不远处羊与马正在低头静静地啃嚼着，夕阳下的剪影清晰可见。这里的晚风似乎是从秋天里走出来的，竟没有一丝夏天的褥热，影子里有舒适的凉意。心中无事，眼前有景，风里有秋，身边有家人，身外无喧嚣，这才叫满心的愉快，身体没有一处不顺畅，每一个细胞没有一个不呼吸。好像不远千里来到草原就是为这一方窄窄的石阶，找到它，心有了通灵。妻在收拾床铺，孩子在蒙古包间奔跑，恍惚间，我似乎坐在了儿时茅屋的门槛上。

儿时贫苦，除少数人家有祖产瓦屋外，大多房屋都是砖土成墙，披草为顶。这种屋子茅檐低小，光线昏暗，进屋总要弯着腰，午后就要点着灯。村里的草屋东一厝西一厝的，愿意在哪儿就在哪儿，很随性，所以通向村口的路也就曲曲折折。村子里或大或小都有一方水塘，大多是较浅的，村子里能下水的动物整天都叽叽喳喳地漂在里面，鸭啦、鹅啦、水牛啦，甚至跑急的狗仔、被撵的公鸡。你看那狗在水里游可逗人啦——四只爪子急急地划着，一刻也不敢停留，毛毛的狗头露出水面，两只眼睛可怜见地望着你，似乎还水汪汪的含着委屈，一脸的惊魂甫定，就像脚下是万丈深渊。再看大公鸡，再也没有在母鸡面前昂首挺胸的英雄气，翅膀呼呼地拍着，就像通了电的风扇，小眼珠恶恶地瞧着你。可怜的鸡和狗都是我们憋着劲费了好大的事才赶下水的。

和热闹的水塘相比，我更喜欢坐在门口的青石板上。

村里几乎每户人家都有这样的门槛。青石板质地坚硬，表面平整，不管是多热的天气，它总是十分冷静，一身清凉。茶余饭后、纳凉打尖，人们都爱坐在上面。男人们抽着粗粝的卷烟，女人们纳着鞋底，或喂着娃，或端着碗，有一句没一句地聊着家常，生活的辛劳也就会减轻许多，如同自由流淌的溪水。那一方青石板就是凳子，一把顶好的凳子。对于小孩子来说，它不仅仅是凳子，也是桌子——趴在上面写字涂鸦，也是石床——夏天睡在上面，后背透心凉，那真舒坦。我们还会学着大人的样子，枕着双手，跷起二郎腿。有时不知不觉睡着了，倏地一下从上面歪下来，一脸一身的灰，这是常有的事。也有安全的睡法——屁股朝天，贴着脸趴着睡。

农活多，大人们没有多少闲工夫在青石阶坐着，青石门槛大多数是属于小孩子的。即便在夏天，夜晚的青石阶也是不让久卧的，父亲常说凉透的青石阶会把人的气力全部抽走。可总有大人看不住的时候，总有孩子不相信的时候。果然，在青石板上过夜的，第二天早晨大多浑身软绵绵的，像被抽了筋似的。家乡的孩子爱青石板，也畏青石板。

大人们在田里讨生活，总是出工早，收工晚。一身疲惫，回到家，洗衣摘菜喂猪唤鸭，有一句话叫“眼睛一睁，忙到点灯”，说的就是农家生活。有学问的人在文字中总是把乡村写得诗情画意，其实生活其中你只能感受到它的酸与苦。大人忙，孩子也要学做活。放学后我们的主要任务不是写作业，而是生火做饭，喂鸡唤鸭。大人们都在田间忙活，家里门锁的钥匙不随身带，和我们说好了，就藏在门楣、檐角或墙洞的某个隐秘的小地方。孩子身子小，够不着，这时家乡的青石阶便能发挥不小的作用。到了家门口，眼溜溜地看看左右，踮起脚尖，斜着身体，横着脖子，一只手吊着门框，另一只手指尖努力地摸着钥匙。有时一不小心，钥匙没抓住，掉在了门里，那可就有一阵子忙活了。先得学小狗撅着屁股、趴在地上，一侧脸贴在地面，再闭上另一只眼，借着外面的光线一点一点往屋内搜寻。拼命从门缝里伸手去够，往往就差那么一指尖的距离，身体绷得紧紧的，后腿用力蹬着，用力挤，恨不得练就缩骨功。眼看天色渐黑，村里已炊烟袅袅，只好找来一根树枝，小心翼翼地够着，可因为青石门槛挡了视线，树枝要折过来伸进门内，而且树枝直，不容易用力，弄不好，一着急还会把钥匙划拉得更远。天越来越黑，已有大人荷锄担担从田间回来，又不敢到地头去找父母，急得眼泪汪汪的，恨不得把这可恶的青石门槛扳倒了。

听父亲说，本地不产青石，这些大大小小的青石块有许多是从外乡运来的，有少量的是从老屋拆来的。那时，有一块上好的青石板压门楣、做门槛是非常吉利也是非常光鲜的事。日日在这石阶上厮磨，门槛已被磨得光滑平整，也成为家里最干净的地方，最令人向往的地方。

身下的坐椅越来越舒适，可我总也忘不了家乡的青石槛，那一方石阶！

童年的青石槛，再也找不到这样的地方，再也找不回的童年！

“人的一生都是活在童年的影子里”，坐在蒙古包的石阶上，感受着这温凉的述说，我似乎明白了……

在最美的时候遇见你

四季里最美的要数秋，秋天里人的心境是最辽阔的，人心里的景也就变得诗意起来，浪漫起来。

初秋的校园，最美的莫过于栾树。

栾树身材高挑，端庄秀丽，静静地守护在校园的院墙边，与紫叶李、广玉兰、樱花、栀子花为邻，不显山不露水的，在春风冬雪里不声不响地过着自己的日子。她们与路边、山林里的树不一样，日日听惯了孩子们的欢笑声，听惯了琅琅的读书声，这样的树应该是有些书卷气的。她们与园子里的花草也不一样：樱花不染凡尘，而落英缤纷不免令人伤感；樟树四季如常，无声无息，呆板的不免使人倦怠；栀子花香浓郁，却枝瘦花单，朵儿多零散歪斜，随意的不免令人遗憾；紫薇开在蝉鸣盛夏，淡紫淡粉，花形松散稀疏，似早起不及束发的野丫头，粗俗的不免让人遗忘。栾树有修长的身段，如云的“发髻”，娴静的气质，大家闺秀般让人追寻，让人想念。

栾树美在花——艳丽迷人。

你看那花瓣明丽的黄，仿佛清水洗过一般。还有花蕊纤细的紫，宛如女子勾画的眉。花朵细碎，如迎春般娇小，一簇簇立在枝头，没有养在深闺的娇羞，毫不隐藏自己的花容，坦坦荡荡地渲染着自己的美，倒也有几分男儿的风流倜傥。鲜亮的一身黄配上淡雅的一袭紫，让人着迷。最是那点点的紫，让人见了顿生爱慕之心，亦如邂逅曾经错过的人，纵是月宫的嫦娥也会喜欢这样的色彩的。谁说杨柳青、草色绿，人儿起相思，在我心里分明是一袭黄、点点紫，才最缠绵缱绻。

栾花的美与其他的花不同，你看她的美高高地举着，不似李树，细碎地藏在深紫里，让人有些恍惚；也不似粗壮的广玉兰，肥硕的欲藏还露。栾花是拼尽气力开在了最高处，没有一片叶子能遮挡自己的美。这是在和蔚蓝的天比，抑或给流动的云看？这样的盛装，不正是她最美的时节吗？花容，花为悦己者容。不知道她心中的过往是谁，不知道她曾经的故事，也不知道她在等谁。我常常痴痴地想——树下、窗口，凭栏凝望的我算不算她的相识？要怎样的君子才配得上她的等候？想着想着，竟有些小小的嫉妒与失落。

课间，我经常痴痴地看着她们。孩子们奔跑喧腾，见我的样子，一脸好奇，偶尔有三两个在我身边稍做停留，也不问，歪着头顺着我的眼光寻找，继而追着笑声跑远了。他们不知道，我的心里有着不一样的快乐。

人们念起栾树，是满地的落花。栾花的美，美在落花不伤感，美在落花不残花。我最见不得玉兰的残花。盛开的饱满与圣洁，败落的锈蚀与不堪；更见不得樱花盛开的飘飘欲仙，零落时的香消玉殒。而栾花的落却让人欢喜。密密匝匝地铺满了小径，不留一点缝隙。一片明黄，点缀着些许的淡紫。这些花丝毫没有零落的无奈和叹息，仍是立在枝头时的鲜活，就这样孩童般躺在地上，三五天过去了，还是活生生的，黄是黄，紫是紫，毫不褪色。路过时，不忍心走过，慢慢地绕过。这条小径每年此时是最有价值的，经风经雨的地哪里得到过这样切肤的拥抱？这块地也变得美丽起来了。这场景如果变成一幅画，名字应该叫《思念》。是这方土地对“孩子”的思念，是“孩子”困倦后对家的思念。就像云朵对天空的思念，生命对阳光的思念。

落下不是离开，而是回家，是依靠。

清晨去学校，发现了这样童话般的景致，我迫不及待拿出手机，把它变成永恒。

永恒，就是最美的时候。九月的校园，是栾树最美的时候，花开时美，花落时美。在最美的时候遇见是一种不易，是一种怀想，是一种怜惜。无论她冬枯夏荣，春发秋尽，满枝花的明艳、满地花的梦幻会一直在心中。

花如此，人亦如此。在最美的时候遇见你，才会把相遇变成生命。在她（他）容颜不在时，在她（他）唠里唠叨时，在她（他）老态龙钟时，在她（他）须发皆白时，在她（他）坐在轮椅时，在她（他）躺在病床时，在她（他）离开你去了另一个世界时，你的世界里一定有当初最美的遇见。

在最美的时候遇见，真好！

南京营造

营造，建造、制作也。南京营造，即南京制造，那铁铸一般的城墙应该能称得上真正意义上的南京制造。

许多人生活在南京，受不了这里的天气。夏天闷热，如蒸桑拿；冬天湿冷，如坐冰窖。即使北方人也受不了这里的冬天，即使中东人也受不了这里的夏日。有那受不了的，说搬走就搬走，对南京似乎没有什么感情。有些人留下来了，是因为喜欢南京的吃，把南京留在口中，化在胃里。其实，一个城市能留住人的不仅仅是宜居的环境，最终扎在人心中的是这个城市的历史和文化。南京就是这样一座让人不舍的城市。我喜欢南京，就是因为这座城市曲曲折折的历史，它们都被严严实实包裹在那斑斑驳驳的城墙里。越走近它，越了解它，就越感叹它，越怜惜它，越心痛它，越不舍它了。南京的历史是厚重的，厚重的就像一堞一堞的墙，一块一块的砖，一洞一洞的门，和那一串一串的故事，一段一段先祖的血火记忆。

小时候总和小伙伴唱着城门歌谣“城门城门几丈高？三十六丈高。骑白马，挎大刀，城门底下走一遭”。只是唱，可没进过城。农村偏远，想进趟城不是那么容易的事，最远到过的便是城南的扫帚巷了。过了长干桥就是中华门城堡，眼瞅着高高的城楼，总想登上城去看一看，可卖完菜的父亲还要带着我走几十里的路赶回家下田干活，哪有闲工夫偷懒爬城墙看风景。父亲一辈子没有一次闲着逛过城堡。说去过，那还是生产队派社员到瓮城里割草，叔伯婶娘们才有机会在劳作的间隙看看这城里的模样。在那个吃不饱的年代，觉着我们那个村庄离城里好遥远。长大后，交通便利了，说话间就到了城里。城墙日日在风雨中立着，在晴空下立着，在四季里立着，在喧嚣里立着，静静地立着。它只是一种存在，很熟悉，熟悉到“无睹”的程度。自以为对久居的城市了解许多，总觉着城墙就是一种遗迹，只是回忆时来作为凭吊，总是眼望前方，关注未来与发展，很少回头寻来路，不愿停下思根本。

生活中芸芸众生，总是忙碌在“小我”之中，很少思考“我”之外、之上的东西，我也是这样一个人，想法多，做法少。总是想等退休了，有闲了，一定回到故里，我也知道十之八九不能如愿；总是想着退休了，有闲了，一定要走遍南京所有的城门，我也知道十之八九走不到。人到中年，重新调整自己的生活，从为别人活慢慢转变成为自己活，从为事业忙慢慢转变成为身体忙，因为自己深知现在做不到的事情，未来更做不到，心中定了想法就立即去做，不要总放在计划里，放在虚无里，也不要事事想着周周全全，冲动一些会有意想不到的收获。

年底南京有十二座城门陆续挂起了大红春联，增加了节日的喜庆。寒假了，想着和上初中的儿子一起去走一走，看一看。但转念一想——南京那么多城门，自己去过的只有四五个，路都不认得，心里不免怯了，我知道这一退缩，走城门看春联这件事也就真只剩下想法了。今年有闲不走，以后也不会走了。嗯！下定决心，说走就走！

腊月二十八，爱人去上班，我拉起被窝里的儿子，向城里出发。我和孩子按图索骥，一个城门一个城门地走着，从城南中华门开始，由城西穿城北环城东，终武定门而回。

在喧闹的人声车流中，在年前的都市节奏中，站在城门下，驻足凝望，仿佛在无声地面对一个历史老人。他也许是我们的先人，也许是随洪武冲锋陷阵的将军，他们大多长眠在金陵城下。每念及于此，心中总会一下子清静了许多。想象着太祖建城时南京近二十年的忙碌，全天下那二十年都在为这座城市忙碌。内十三，外十八，是何等的壮阔威武。明朝建城，泱泱大国从此在这里扎下了根。

这一趟走城门，还真有收获！不仅寻到了高大的城门，走遍了熙攘的内城，还读懂了深情的联意。

这十二座城门有九门是交通要道，车水马龙的，有碍观瞻。拍照时无法靠近，美中不足；观联时车辆呼啸，无法尽兴。城墙挂楹联是为明城墙申遗做宣传，这贴墙而下的一幅幅龙飞凤舞的春联仿佛时时提醒着忙碌的人们——六百年了，“我们”原来就在这里！春联，红底墨书，喜庆而不失庄重，厚实而不失灵动。灰黑的墙有了鲜红的联，仿佛换了新妆，焕发了容颜；鲜红的联有黑亮的字，仿佛睁了双眼，饱含着柔情。

我在这座城市生活了四十多年，没有好好地看过这一座座城门，没有认真登临过这一段段的城楼，仿佛一个外乡人，让人汗颜。这一圈走下来，似乎认识了许多故人。

中华门最熟，年幼时随父亲卖菜来到过长干里，隔河望见高大方正的城楼，觉得好生奇怪——好端端的一条大马路，谁家在马路中间盖了一座大门楼，堵住路口，又不住人？玄武门最惬意，背倚后湖，绿荫游船，鸟啼蛙鸣。中山门最高傲，只做交通，不走行人。神策门最荒芜，杂花生树，隐隐其间，若不是晨练老人指引，便找不到。清凉门最落魄，高架桥下，小区边门，恐怕和它最有感情的就是河边舞剑、门边摘菜的老人。解放门最逼仄，三五米宽，两车相对，侧身而过。仪凤门最险要，两山咽喉，扼其要冲，抬头仰望，有雄关漫道之感。

我走得兴趣勃勃，孩子可没有我的感受。五个多小时的路程，他唯一的感受是累，要回家。到了太平门，留个影都站不住了。在武定门下了车，连近在咫尺的对联“百里秦淮桨声灯影紫燕衔来千幅锦，六朝都会火树银花金鸡唱彻万家春”也不愿意读一读。总想着让孩子感受一些书本上没有的东西，可他视之为苦役。现在的孩子把时间都投到了无休无止的上课和作业中，对城市、对生活、对传承已慢慢失去了应有的兴趣和尊敬。我辈安享太平才三代，却已不思生活来之不易。

南京在明朝建成了世界上最大的城垣，我为之自豪。规划建城垣，是为了守卫，但一个国家的衰败祸端往往生于内，故城墙能御敌于外却不能防患于内。城市里有了这一堵墙就有了关于墙的另外的记忆——有了墙，就有了城里人和城外人之分；有了墙，就有了保守和安逸之惰；有了墙，就有了制约和闭塞之弊；有了墙，就有了停滞与落后之患。战乱年代，有墙有了退路，但守住了安全，却制造了贫穷。和平年代，有墙没出路，进得慢出得缓，城墙成了制约。小康年代，保护墙，修缮墙。城墙不再是可有可无的遗老。试想，如果南京自古就不曾有过城墙，那还是南京城吗？如果没有一次次的繁忙与衰败，一次次的守城与血战，一次次的毁灭与重生，那还是南京吗？城墙给我们的是曾经的开创与辉煌，是几百年风雨中的磨难，是厚实的包容与忍让，这是最好的遗传——城有一墙，好似一宝。现在，我懂了。现在，南京人懂了。现在，中国人懂了。

“城门城门几丈高？三十六丈高。骑白马，挎大刀，城门底下走一遭。”

我的耳边仿佛响起了小时候母亲教的儿歌，我仍然记得。“三山聚宝临通济，正阳朝阳定太平，神策金川近钟阜，仪凤定淮清石城。”吴敬梓编的十三座城门顺口溜，不知孩子还记得？

江雨霏霏江草齐，十朝如梦俱往矣。雄关最是通天道，老城焕发新容颜。

花语

春天，校园里的花次第开放——淡雅的紫叶李、雍容的玉兰、清新的早樱、柔媚的海棠、热烈的紫金……真是养眼，真是养心。偌大的园子里，开得最羞涩的要算李花，深藏叶中，来也不经意，去也不经意；开得最张扬的要算玉兰，无叶裸花，来时妆浓花硕，去时云霞灿烂；开得最动心的要算垂丝，低眉含春，粉面倚门；开得最圣洁的那一定是樱花了，来时点亮了一方天空，去时香了脚下土地。樱花，开在暮春三月，注定风中绽放，雨中凋零。有时还遭人嫉恨，你瞧：校园里，几个女生正在樱花下晨扫，“真讨厌！”短发的女生夸张地甩着半截子条帚，愤愤有声，“夜来风雨声，花落知多少”的诗意在她眼里只剩下“真是太难扫”的抱怨。

花，开在枝头，看在眼里是美丽；落在泥里，踩在足下是垃圾，绽放与凋零竟如此靠近，花有依恋。叶，春生夏荣，立在枝头是生机；叶落归根，憔悴不堪是垃圾，青春与衰老竟如此相依，叶有难舍。美丽变成垃圾，怀念她们曾经的美丽，更可惜她们失去了美丽。

自然界的花花草草开花结果，是为了孕育生命的种子，至于花事的绚烂或者卑微对她们来说并不重要，只不过人类好“色”且善感，期待花开，更害怕花落。在人的眼里，花不全是花，而是有着更为丰富的内涵，它代表人生中一切美好的东西，青春或生命以及人们的挚爱。

花有花容，人有面容，花容即妆容。“校花”是校园里最美的女生。“霸王花”是警队中最美女汉子的代名词。“貌美如花”是人们对美的想象。“云想衣裳花想容”是李白眼里的杨玉环的美。《西游记》中宝象国的百花羞公主比花还美。“沉鱼落雁，闭月羞花”是古人眼里的十全十美。千百年来，人们对美的定义逃不过一个“花”字，但不是所有的花都能代表女子的美，称得上花容的一般要合乎两个条件——有姹紫嫣红之色，有千姿百态之体。“笑靥如花”中的笑一定是美人笑，若是东施，那笑起来一定是苦菜花。“人面桃花相映红”是邂逅之美，“娴静犹如花照水”是瑶池之美，“清水出芙蓉”

是自然之美，“一枝红艳露凝香”是深情之美，“笑颜如花绽”是热烈之美，“梨花一枝春带雨”是怜爱之美……真是阅不尽的花容月貌，怯雨羞云。

如花的容颜不仅仅是可爱，她们还有三个更高的境界——可食，秀色可餐，美得有食欲；可恨，美丽的女子都是小妖精，美得有英气；可叹，倾国倾城，美得有威力。人们总喜欢把花容与妆容联系起来，是因为没有更贴切的话语来说出人儿的美。

花容月貌是人人梦寐以求的，同时也是大家日日担心的。花无百日红，人无千日好。岁月如刀，越是美丽，越是为未来忧伤、越是让他人忧伤。这个世界上拥有花容一样的人只有少数，大多数女子相貌平平，有的甚至粗鄙不堪，她们也有花容，她们的花容就是自己最美的时刻，就是她们恋爱的模样，即情人眼里的西施。

花有花事，人有消磨，花事即人事。“开到荼靡花事了”，春尽了。“近来人事半消磨”，人亡矣。花开花谢本无心，寻找喜欢的温度而开，似有情。走尽繁华的日子而谢，似无情。其实，有情无情只是人们自己的心情罢了。因为越美的东西，离开时才越心痛。花季就是人生中最美好的岁月，青春年少若花季折损，那是多么让人感伤的事啊！《华严经》中的花花世界正是我们生活的尘世，繁华中充满着诱惑与无奈。“有心栽花花不开”是说好事不在忙中求，谋在人成在天。“花自飘零水自流”是对美好悄然逝去的无奈。“驿外断桥边，寂寞开无主”是作者孤芳自赏的叹息。“一朝春尽红颜老，花落人亡两不知”是黛玉对命运的悲切。人们总是自然地把花事和人事联系起来，是因为没有更合适的情愫来表达心中的悲。

花无语，人有情。人们总想借助花儿来表达自己对这个世界的看法。

花有花语，人有人语，花语即人语。不同的花于不同的人有不同的感受。校园里的花草算来已有十个年头了。我们每年见面足有一旬，如此将近百日。同样的位置，同样的时节，同样的心情，不一样的感受。每年花季时她们依然美丽，而我也从而立步入了中年，学生们也一批一批地离开了校园。这十年，花开花落，我越来越清晰地听到了她们的声音：栀子花开——送你离开，等你回来；粉红海棠——擦亮你的眼，温暖你的心；紫叶李花——寻寻觅觅，真心无悔；圣洁樱花——风雨相约，如期而至；玉兰花——不要被我的热情吓着，其实我很有内涵；四季山茶——盛妆是常态，不见不能散；夏日紫薇——炽热如火，笑靥如风；清香桂花——宁静悠远，长相厮守……

花有容、有情、有事。从古而今，痴花之人不少——陶渊明一生偏爱菊，与友人就花饮酒；周敦颐酷爱莲花，惜其出淤泥而不染；林和靖爱梅花，终生未娶，以梅为妻。平心而论，我不是爱花之人，和许多人一样，只是看花之人，不懂花、不识花、不会养花，也不会用花表达情意，结婚十多年，几乎没送过妻子一枝花。

有时真羡慕那些养花、种菜的农人，整日与美丽在一起，发现美、培育美、欣赏美、带来美……

有闲时，有情时，愿做养花人！

2017 年 4 月 4 日

我的烦恼

和平年代，忧国忧民者少，忧立业兴家者多。守工作，投入自己的半生；敬老人，担忧他们的健康；疼孩子，忧虑他们的前程；爱妻子，在意她们的感受。无论忧国还是忧民，或者忧己，烦恼都会如影随形。儿时有成长的烦恼，长大后有生活的烦恼，年老后有健康的烦恼。烦恼有一部分是他给的，大部分是自找的。有些烦恼通过努力大多能解决，我们称之为客观性烦恼；有一些烦恼根植于人性之中，很难克服，我们称之为主观性烦恼。人人都希望自己留在别人心中，不要留在别人口上——留在别人心中被颂扬，而留在别人嘴上是被议论。有时特别想做一个不被关注的人，一个在角落里默默无闻的人，只是听着周遭风生水起，看着长天云起云舒，作为旁观者、旁听者，不必违心应答，也不必随声附和，这时心是自由的。就像夏天在池塘里漂着，冬日在风雪里跑着。但正因为有了烦恼，奋斗才有了快乐，生活才有了色彩。

母亲说我从小就喜欢安静，不喜欢到大人堆里凑热闹。村子里哪家屋起梁，哪家儿娶亲，哪家有人老……都是热热闹闹的。父母经常去帮忙，晚间要带着小学的我去吃饭（农村话叫“蹭高子”）。那时家里几个月没有荤腥，请吃时可以打打牙祭，可我却是坚决不愿去。其实小小的心里是想着那桌上的鱼肉的，可比起在桌上被大人们问来问去，甚至横七竖八地编排说笑，我是受不了的。在大学时，最惬意的是熄灯后躺在床上听宿友们天南海北的侃人山，什么也不想，什么也不说，只是静静地听着，听着听着就慢慢进入了梦乡。工作了，也不喜欢参加各种应酬，即使是各种聚会，我也是不愿去的。因为不愿多开口，会给人留下高傲、不易相处的印象。好在我是一名老师，接触最多的是学生与家长，日子长了，大家才发现我还算是一个热心健谈的人。我这种性格，用现在时髦的话来说，叫情商低。这情商低虽说不是什么缺点，但在成人的世界里有时就如鱼儿少了水，时常会有离群无伴的孤单，且要学会忍受。这何尝不是一种烦恼，好在多年过去了，我和身边的人都已习惯，只有场面来的时候偶有一丝丝的烦闷，并不会有太多恼恨，就如天边的云，一阵风来，倏忽一下就飘走了，不会留下太多的阴影。

除了情商低，不会玩也是一种烦恼，不善饮酒、不能抽烟、不爱钓鱼、不会搓麻、不想旅游。我的同事中，有许多人工作起来如水得鱼、生活起来如鱼得水，工作生活两全，他们的能力很强，又善于学习，懂得如何轻松地工作，更懂得如何愉快地生活，一度让我这个不会玩的人羡慕，但我学不来，我只能按自己的方法行走。我的时间，除了工作，全给了家庭。节假日里我的空闲时间主要做三件事——游泳、打球、码字，而且多年来基本不会改变，我也希望以后按这样的节奏终老。早晨六点起床到下午五点结束十一个小时，晨起两小时是游泳时间、下午三小时是打球时间，余下的就是码字时间。这几件事在其他人看来是很枯燥的，其中游泳与码字还是很让人受罪的事，但我的内心很是充实，这种状态也很舒适。而恰恰是生活中的许多不能和不愿让我有了现在的生活，真是“有心栽花花不开，无心插柳柳成荫”，即便如此，回想起年轻时的那些烦恼还是深有感触的。

吃的烦恼。外出应酬得有酒量，而我是一个没有酒量的人，常常因为这种场合忐忑不安。能推的都推了，不能推的早早就烦着如何找理由向主人解释。心中想着好几种理由，什么有胃病、晚上要接孩子放学、明天有重要事件要处理、家里老人生病……好一顿解释，好像做错了什么事、犯了什么罪似的，就怕主人总是客气，不同意。好不容易得到同意，如释重负，哪敢再多说一句话，就怕被盯上。有时桌上就我一个不端酒杯，觥筹交错酒酣耳热之际，大家高谈阔论，一个个带着几分醉意，享受着麻醉的乐趣，豪气冲天，只有我自己一个人清醒着，真不知道说什么，甚至都不好意思看着那一张张泛红的脸，只是百无聊赖地盯着转到眼前的菜，有一筷无一筷、无滋无味地吃着，所以经常吃着吃着就撑着了，难受。年轻时，也听着别人劝，锻炼锻炼，可没几杯下肚，就头晕目眩，坐不住站不稳，浑身一个劲地出冷汗，胃里翻江倒海，强忍着好不容易找个没人的黑地方，“呃、呃、呃……”地吐个不停。那胃里的食物返到口腔里的酸味、酒味直冲鼻腔，鼻腔像个烟囱，一阵一阵地喷着酒气。口里那些污秽黏黏糊糊的，吐也吐不完，像一条章鱼。醉得最深的一次是婚前与妻舅几个吃酒，第一次不好意思推托，对方又不知，结果醉得几乎不醒人事，眼睛也无法睁开，只是一阵一阵地作呕，吐到后来，什么也吐不出来了，只差把黄疸吐出来了，口里那个苦味令人掩鼻蹙眉，一辈子也忘不了。家里人也着了慌，就差送到医院了，事后自己想想也害怕，你说这是不是烦恼？我在学校工作近二十年了，大家都知道我不沾酒，所以也不计较。不过，我也喜欢听“酒精”考验的故事，正如一个老师说过的那样，不能喝酒，便少了许多酒中的乐趣。

玩的烦恼。中国人不会玩麻将是要被人笑话的。玩得好的人会被认为智商高，许多人很是羡慕。每到逢年过节，大家坐四方时，我只能看看，不太看明白，从心底里也不想学会。看着他们说着牌时那一副眉飞色舞的样子真是快乐，可我都四十多岁了，不会玩，真是让人烦恼。父亲年轻时，麻将玩得很好，很少输钱。小学毕业前那个学期，为了五元钱的学费，父亲冒着大雪到姑姑村里去借钱，几个相熟的人非拉着打牌，一夜下来，父亲赢了三十几元。因为父亲爱牌，也经常耽误事情，为此性情刚烈的母亲掀过几次桌子，也吵过很多次。有一次，母亲被盛怒中的父亲打破了头，还缝了好几针，我和姐姐吓得也不知如何是好，只有偷偷哭泣。因为儿时的经历，对麻将心存厌恶，不想摸，甚至看也不想多看一眼。也许是因为我的记忆力不如同龄人，虽想学，也粗通了牌理，却总也不能精通，加之人到中年，一颗心已较年轻时安静了许多，没有那么多逞强好胜，没有那么多形形色色了。好在妻也不会，我们便带着儿子去外面走走，去影城里坐坐，欢娱的时间过得也挺快的。不过，正如一位爱牌的同行说过，不会麻将，便少了许多牌中的乐趣。

不喝酒，没有飘飘欲仙之乐；不打牌，没有蠢蠢欲动之乐；不下棋，没有黑白变化之乐；不垂钓，没有人鱼相斗之乐……这是生活的乐趣，我不能我不愿，有过烦恼。生活的乐趣何止如此，我有如鱼得水之乐，我有扑吊劈扣之乐，我有言为心声之乐……这是生活的乐趣，我能我愿，享受快乐。

能改变的烦恼不是真烦恼，不要回避，克服了就是快乐；不愿改变的烦恼是真烦恼，选择遗忘，变通了就是快乐。

春牛首

牛首山与村里隔着两片田，一条河，一条路。上小学时和小伙伴们经常进山拾柴，登上山顶并不是难事。人们都说山有牛形，小小的我却始终看不出模样，只是在山顶找到两个碗口大小的窟窿，哥哥说这就是牛的两只眼睛。里面经常积满雨水，还水汪汪的。我满怀狐疑，只当是吧，反正不影响光着膀子吹风，一个个手搭凉棚、大呼小叫地找着我们的村子，那一脸兴奋的样子比吃了肉还要高兴。临走时，坏小子们总是不忘学着孙猴子在牛眼里尿下一泡。山长得像不像牛已不重要，一直到现在，我仍不能看出东西二峰形似牛头双角，只记得陈旧的砖塔深深地掩映在草木之中。因砖土堵塞，从来也不曾进去过，每次我们都匆匆而过，叽叽喳喳地向顶峰攀爬，去找两只牛眼睛，谁也没去想它还有那么重的历史，那么多的故事。

小学五年级时，家里起了两层楼房，站在楼上便能看到塔的全貌。每到黄昏，一有时间我便会上楼看那落日余晖映照下的古塔——霞光满天，如佛祖降临。不错眼珠地看着，仿佛自己也在这佛光中了。如果有一天，登楼后看不到这古塔，只剩下杂树丛生的矮山，我小小的心中便不会有一丝想念。在我心中，山不在高，有塔则安。想象不出这塔在明清那两百多年间香火鼎盛、游人络绎的场景，但有一点是相同的，有塔心中才有平安，有塔心中便有了希望，塔就是老百姓心中的佛，就是坚实的依靠，这也是一种信仰。

恋爱时携妻去过一次，那时地宫已开发，砖身已修缮。不过依然冷清，就连山腰里的村民也难得上来一趟。我们顺着窄窄的木梯盘旋而上，根本就不懂券门的石灰粉墙上刻画的痕迹有许多是明清游人的题记，有重要的价值，只顾着券门外满山的杜鹃和远处的村庄。

地里有做不完的农活，大人们很少进山，我们这些小孩子也不懂什么叫欣赏风景，只是周三下午不上课，星期天休息一天。书包里只有三本书、两本本子——语文算术自然、语文本算术本，几乎没什么家庭作业。有闲时就去山里玩，春天看花，秋天背柴。要说美，还是春天。特别是三四月份油菜开花的时节。家家户户的田地里不是小麦就是油菜，油菜花一片明黄，特别亮眼。年年自家地里栽种着，冬天时还下地拔过草，日日在眼皮底下长高、开花，也没觉着它有多美，可登上山顶，向山下眺望时，才发现那连片的美，花的海洋。黄得艳丽、黄得明亮、黄得晃眼、黄得震撼，黄得令人窒息。这满山的苍翠仿佛被这通天的黄所淹没了，就连六百多年的弘觉寺塔也仿佛年轻了几岁，变得生动起来。几百年间油菜花年年绽放，也不知当时游人如织登山赏花的盛况。我们小孩子年年来看花，只觉得好看，日后心里对黄的偏爱一定是因为牛首山下的田地。口里说不出什么花样，只会傻笑；纸上写不出什么文字，只能放弃。小学五年，一篇写景的文字都不曾写过，只到三十多年后的今天才慢慢品味出童年的美好，才把这种美好变成了文字。这还是因为自己做了老师，有了闲暇，有了怀念，有了思考。曾经童年的那些伙伴整日忙碌于生活之中，他们心中的牛首花海恐早已模糊。

童年的牛首与岳飞抗金无关，与南朝四百寺庙无关，与唐、明修建弘觉塔无关，更与佛教牛头禅无关，只与漫天黄花有关，只与满背柴火有关，不知者不想，不知者自然，这就是我与山的关系，山与童年的关系。

2012 年牛首山被深度开发了。几个亿的资金，金碧辉煌的佛顶宫。地下六层，据说世界少有，美轮美奂，电梯直上直下，这深达几十米的地下佛宫，在未开发前就是一个长约 70 米的矿坑，平时都蓄满了雨水。再也不曾想到现如今会变成如此规模的地下宫殿。在弘觉塔对面不到百米外修建了佛顶塔，是老塔的两倍高，九层八面，霸气十足。恐怕儿时的“牛首夕照”将会被“双塔日照”所取代。一下子，这一片山变了模样，成了佛教名山，道路修葺一新，植被修剪整齐，连廊木凳随处可见，厕所里有网络信号，一切都现代化了，变得连我这个老牛首人都认不出了。这家门口的景点我第一次来，学生们觉着无趣，老师随时随地地圈着，他们到哪儿都要有队形。在佛门重地，不许出大声。一圈走下来，像竞走比赛，匆匆忙忙，啥也不知道，连佛的那块佛顶舍利影子也没看着，只有在隐龙湖边席地而坐，一边吃着一边大声说笑才会开心起来，才开始注意到原来这里山青、水秀、天蓝，想象着如能天天如此，与佛为伴，那该多好！几个调皮鬼斜眯着眼睛口诵“阿弥陀佛”，对无忧无虑无作业的佛充满了羡慕。隐龙湖里成群的锦鲤倒比佛可爱的多，它们结伴在湖边游来游去，温顺可爱，毫不惧怕湖边的孩子们，争先恐后地抢水里的食物。

这一趟来得快，下午回去也很早，不知道孩子们有何感受，恐怕三五趟也没有什么印象，作为老师我也一问三不知。能喜欢这里的游人，非有一定佛理知识不可，否则来这里只能是一脸茫然；非有一定的历史知识不可，否则来这里只能是一脸茫然。若以后，孩子们绝对不会来，我也不会去的。不过，学生们很是幸运，老师没有要求写作文，否则，只能是流水账或抄资料了。

相对于现代的牛首，我还是喜欢以前的牛首，虽然矿坑里蓄满了雨水、虽然弘觉塔老态破败，虽然隐龙湖边杂草丛生，但我还是喜欢那种寻找的感觉，还是喜欢听岳飞筑垒抗金的故事，还是喜欢站在家中的楼上独自看着古塔斜阳的安详，还是喜欢奔跑着欢呼着爬上山顶的疯狂，还是喜欢站在山上和小伙伴看漫野黄花齐灿烂的景象。

春牛首，满眼黄花。

那个荒草漫道，满野清新的牛首山只能留在梦中，

留在那汪清亮亮的牛眼中……

花殇

楼下小径栽种了十来株樱花树，算来已有十年了吧。每年孟春时节，阳光和煦中，细雨迷蒙时，都开得那么灿烂，三五朵抱成团，在微风中摇曳，华美，不失丰腴。园中的石头小路不足百米，却弯弯曲曲，竟也有曲径通幽的宁静和充盈。花季时，繁花遮蔽天空。阳光过后，花影迷离，月色泼洒，斑斑驳驳，别有一番风姿。立在繁花浓荫之下，仿佛一片花的海洋，似离了人间，进了瑶台。早晚静谧时，似乎能听到花开的声响，偶有鸟儿飞过，也不动声色。

这条路，走了四年，孩子也在这条樱花路上成长了四岁，每次我们父子俩都会在樱花树下流连，随手拍几帧照片，镜头中只留下几朵近景的粉红，透着幽蓝的天空为背景，儿子年年岁岁的变化便也和这花儿融为一体。那会儿，我的心是陶醉的。

不知怎的，樱花盛开的时节，总也看不够。大多时候，我一个人静静地站在阳台窗前，久久地立着。满目都是鲜活，丰盈的容颜，似邻家女孩粉红的小脸。不知何时，我的眼前出现了撑着油纸伞走过的丁香姑娘，一会又袅袅婷婷走过唐代崔护诗中“人面桃花相映红”人儿的背影。看着看着，不知为何，心中不由地一紧，美国演说家丹尼斯·威特莱的话在脑际一闪而过：只要你还嫩绿，你就会继续成长；一旦你已经成熟，你就开始腐烂。樱花在暖阳下绽放了自己的全部，那是积攒了一冬的生命能量，毫无保留，而也许一旬之后，风雨之中，一夜之间，就会盛极而衰，零落成泥。我是极不愿走这样的路的，总是觉得有生命在脚下低低地叹息，叹息对春色的留恋、生命的易逝。突然间，我的眼眶竟盈满了泪水，此时也满心理解了深藏红楼中的黛玉葬花时的心情——葬花亦葬己。

多少个这样的落花时节，抬头望花枝的空寂、花儿落尽后的花巢，在风中它们是那样不堪。想想昨日还是花容月貌，转瞬已似老妪般的老态龙钟、齿摇发落，这是何等的变迁，怎能不令赏花人感叹，一声轻轻的叹息在心中回转。

今日又逢清明时节，楼下的花事正繁，而临近门前的三株樱树却在这个春季再也没有醒来。早些时候园艺师父锯枝刨根，樱花的根扎得也深啊，早春的料峭中几人竟也满身冒着汗。路过，我静静站在一旁好久，有些惊讶，冬天快要过去的日子里，还想象着它们春天过往的美丽和妖娆。这几株离家最近，每个年岁的四季它们都默默地守候着岁月的变迁，活得安静而自在。没想到，在这个生命最绚烂的时节竟悄无声息地永远离开了我的视线，邻近的两株也没有如期绽放花蕾，亦随生命而去。

花开已有数日，与往年一样，我总要驻足花下留影，如今却怎么也笑不出来，总觉身后有几双眼睛，空空洞洞的，在注视着我们。樱花树啊，如果你们还有生命，应早已和我们熟识。盛花的时节，还记得孩子摇花的欢笑？顽皮的追逐？把花瓣抛洒，小脸仰望天空，玩落花如雨的游戏？

“爸爸，爸爸，这是什么花？”

“日本晚樱。”

不知何时，莫名地想起了一本书——《去年的树》。小鸟寻找曾经栖息快乐的树，在它离开时树被砍伐送到工厂，锯成木条，做成火柴，点燃了蜡烛，在微微火光中，鸟儿泪流了。那只小鸟的眼神我是永远也不会忘了的。那么，我的樱花树呢？它如今会落在何处，是否被断成柴薪，付之一炬，我默默地想念，是否会有生命重回，它活在了另一个幽静的地方，山谷间，溪流旁，那是它的世外桃源。

这个春天，这个清明，竟有些淡淡的感伤，道不清，说不明。下一个如花的时节，再也不能与它们相遇，园中空落出一块，我的心中也被剜却了一块，隐隐作痛。

花殇，情殇！

我的樱花树哟……

2014 年 4 月 5 日清明杂感

学生的“滋味”

做了许多年的老师，送走了一茬一茬的学生，男孩、女孩，开朗的、木讷的，让人欢喜的、让人忧心的。习惯了孩子们围绕在身边“老师、老师”地叫着，心里有丝丝暖暖的味道，好似微汗敞衣襟，好似美梦入心田。亦如舟行碧波上，春草涧边生。

但，日子久了，竟也生发出些许的烦闷和不安。孩子们总也没个安静的时刻，那时孩子们可爱、纯真的笑脸仿佛陈年的老照片无法让我们感动起来。孩子们日日的口角、纷争，那些成长路上的一个个鲜明的记忆，挑战着老师耐心的极限。老师之于学生，批评与指责常常不期而至，自然地、习惯地流淌了，如滋生的野草弥漫了学生的心田。

孩子们曾经留了好大的一片心田给老师，给我们，这块田地盛满了我们经年累月给予的春风细雨、暴雨骤雨、秋风秋雨、朔风冷雨。学生们在四季的光阴里走了多少个来回，在未来的日子里，还将走过，面临这样的多少个寒暑，想一想，做学生不容易，做现在的学生不容易，做差生那就更不容易了。

我已走过不惑，也经常在各种培训、学习的场合做过学生的角色，但那毕竟是匆匆路过，大多时候是看别人如何耕作收获的，没有如孩子们书包的作业那么真切，每一道题，每次测试都是真刀真枪的。被人叫了二十多年的老师，如今我是断然不愿做回学生的。想想高考的苦，每次梦里都会有考试收卷的铃声响起还有许多题不会做的焚心之痛，每次梦到那个流火夏季的那么几天，都会从梦中惊醒。当清晰地看到身边的妻熟睡的面庞，心里才舒出一口气，庆幸地感叹这一切都是假的，真好。

不知孩子们小小的，会有什么样的梦境。想想日趋围城般的教育环境，竟不敢想象有多少孩子会有我或更凶于我当年的梦境。

不愿做学生，不是吃不了当年的苦，受不了没日没夜的累。阡陌纵横的土地经年累月的劳作已经抽去了田园诗歌的激情，远离这块土地是我们一代人的梦想，也是祖辈、父辈坚持的朴素理想。我们能吃得了辛苦，也耐得住孤独，但我们再也无法平衡作为学生心中因批评指责所积起的愤怒。

纵使一万个不愿意，但这回我真真切切、彻彻底底做了学生，所以早早地做好了心理准备，无论教练如何发火，态度一定谦虚谨慎。

第一次到驾校，教练带着我们三个学员上大路。我的年岁最大，手脚的动作亦不如他们灵活。在人来车往的柏油大道上，选择人流较少、路况较单纯的地儿，我被命令坐在驾驶座上，心里很是紧张，但表面故作镇静，昂首挺胸、目视前方，那时断然不敢看教练的那张脸。

“踩离合，推一档，车头微振，慢松离合，起动。”

“迅速踩离合，回二档。”

“轻点油门，提速，踩离合，进三档，再进四档，五档。”

“路过公交站台，人行横道，减速，踩离合，减档。”

“十字路口，红灯闪。”

“踩离合，踩刹车，回一档。”

这一道道指令通过老教练嘶哑的喉咙发出，我面对真实的路境、真切的人流，身体紧张如一根铁，手脚亦不争气，不能灵活地把命令变成行驶。几次离合半下右手着急抢档，因档位陌生，一急之下竟摸不准，车行不等人，死命推，一阵“咔咔咔”声，立即招来教练指责“说了多少遍了，踩到底，再进档”，一脸的气浮在面皮上，连皱纹里都能伸出手掌，掴我一巴掌才好。下一次换档，还有一次，还有不知几次，在进档、退档的时候，一次一次习惯地离合不到位而犯错。教练心里一定很累，不愿再重复，喷着唾沫星：“如果再这样，你就下车！”两只眼珠就要鼓泻出来，如果有盆的话，应会听见哐当的两声脆响 。我竟气坏了教练的两只眼珠子（我想象着漫画中两只有弹簧的眼珠子，竟觉得这老教练画面感挺强的）。另一个年轻女孩竟比我流畅些，教练脾气似乎好了一些，虽也是硬硬的语气，一边帮忙把着方向盘，一边和之前一样的词儿（不知这词儿说了多少个来回了，语速顺的没有一丝皱褶，被方言包裹着，经过大脑时竟要有迅速简单的翻译）。老教练咳嗽似乎好了一些，偶尔还会和女学员聊起工作上的事，气氛轻松了许多。也许是间隔一阵的咳嗽压的，教练不敢动内气，女学员“嗯嗯”地应着，竟还绕着那一条条安静的路绕了几次来回，其间也有转头大弯与一些在初学者看着高难的动作，就像看舰载机升空、降落的实训。高速、瞬间、生死一线，一样的心情，一样的炫目。

教练的字典盛产或只产带刺的话语。听着，听着，竟有一种特别熟悉的感觉，这不正是我们面对木讷、不争的学困生射出的箭矢吗？有时，我们对待孩子的话语还有严厉的升级版。

“我都讲了多少遍了，你怎么还不会写！”恨铁不成钢。

“你的字写得都能草上飞了，重抄！”怒火中烧。

“上课不要插嘴，再这样就站出去！”斩钉截铁。

过后，孩子们忏悔着交来了订正的作业，抄写的本子，家长也气喘吁吁地从单位请假赶来。我们认为孩子完成了学业，受到了教育，错误得到了指正，于是，我们日复一日、年复一年地重复着这样的伤害，日子久了，无人提起，亦无亲临身受，这些慢慢地演变成了经验。老师们不知有的孩子悄悄地盼着他们快点生病，在床上多躺几日才好。这都是指责种下的果实，青涩中泛着苦苦的味道。

我很幸运在场地倒桩训练时遇到了一个好教练，说他是教练，其实他还得管我叫老师，他曾经是我校的学生，只是我调来的那年，他刚刚小学毕业。人黑黑胖胖，纯朴随和，大大咧咧，圆嘟嘟的脸上堆着笑意。坐在身边，一步一步讲解着技术要领：出库车头碰黄线，右打死；车头快平，回半圈；车头已平再回一圈，再往前走一些，停。回车库，三点。侧回头望右角细部三角处，“小宝塔”过半右打死；车把与右宝塔 5CM 的距离，回一圈；右宝塔过右侧车镜往右打死，进库平正时回一圈半。语气平稳，音调适中，据此操作，第一次就能准确进出，没有一丝失败感，满满的喜悦与收获。教练不在时，不知练得有多勤快，一日不练，手掌竟有些痒痒的。

教过小胖教练的老师说，他曾经是个学困生，经常犯小错误，不止一次被老师批评，他今日能如此耐心给学员作技术指导，真的不简单。日日教，年年说，同样的话不知说几千几万遍，还能如沐春风，让人欢喜。不知他心里对当年的老师有如何的记忆，也许在盛不了事的年纪，那些不愉快都了无痕迹，一个简单快乐的性格。但想来，幼年的他一定没有感受到太多老师给予的心灵深处的幸福滋味。但不管岁月如何变迁，小胖教练回味起都会觉得甘甜。我不是小胖教练曾经的老师，看着他憨憨的笑意，听着他清晰的表达，我无法猜想小学时他学业上的不堪，无法想象他经受无数次的批评之后还如此和善。他在一群教练中显得很特别，学员都口口相传着好评的话语。而也有如他一样年轻的教练，无论什么学员，甚至面对年纪大的，他们也是一副十足的教练派头，双手后背，老气横秋，疾言厉色，俨然判官。

我的三年级八班有许多性格迥异、心地和善的学生，在学习困难时，他们在日复一日的成长中错误着，感悟着。作为老师，除了教给他们知识，更重要的应该是传递一种宽容和接纳。在他们纯净善意的心田种上关注、喜爱、耐心、爱心，更可贵的是种上鼓励和梦想，试想想，若干年后，那会是多么丰盛的收获啊！

又是一年春水绿
——我的冬泳日志

冬泳已有些年头了，近日总有想写一些文字的冲动。

寒冷的冬天已过去，温暖的春风已吹开了梅、桃、李、杏。感谢又是一年春水绿，感谢春天把柔软和适度带给我。一个严寒终于在日复一日的坚持下过去了，过去每一天的日子在我的记忆里十分清晰与充实。2013 年末的第一场雪，立春后“六九”天里的倒春寒，都一一地刻在了我的冬泳记忆里。

冬泳给我的幸福是温暖的痛彻。每日扎进湖水里，对温度的感知与他人不一样。入水时刺骨的寒冷锻炼了我的肌骨。全身似冰一样的凉，十指硬邦邦的，像冬日泥土里拔出的胡萝卜。上岸后，喝口热水，岸边的冷风中，只有双手的食指与大拇指稍能动弹，拎着衣裤穿好，紧围脖领迎着阳光绕广场凤凰台跑上三两圈，口里还不停轻声而急促地念叨“一二一、一二三四、丽湖雅致”（湖对面新开的大酒店，透过干枯如发的垂柳依稀可见）。冬日的湖面经常起风，冬日里也不时地落着雨，此时，一片萧瑟，对岸的芦苇枯尽，垂柳亦落尽繁华，似离乱弃妇，面容枯槁，满头乱发。没有人会注意静静的湖水和水中的泳者，不时有急驰而过的车辆，溅起一片水花。广场逡巡的保安蜷着身子在寒风中立着，他把头深深地埋在厚厚的棉衣帽里，脸色如同广场上方灰色的天空，孤寂而深远。不过，这谁也不曾注意的却是我再也熟悉不过的内容，也许他们也熟悉了我，这个不知姓名的孤独的冬泳者。

每次来到百家湖，心中总升起一股莫名的温暖。白龙桥上每一根灯柱，每一座桥墩，岸边每一株垂柳，以及对岸水边那一尊托着腮仰望天空不知名的雕塑，都是我在水中默默见着的或念叨着的景物。一座桥 20 个墩，每墩间距约 20 米，一去一回约 800 米水程，步行在桥上通过也才 12 分钟时间，你可能会觉得不甚远，而在冬日的水里却是那么漫长。每一片水下似乎都有不可测和不确定，每一滴水都像冰刀锐利地扎进你的肌肤，入水如过刑，那水在冬天里已不再是单纯的温柔的水。

五年了，每次在严寒时入水，当冰冻的水撩上肌肤的一刹那，当双脚踏入水里的一瞬间，冰凉的尖锐高速传遍你的全身，永远不会等你做好准备。天气晴朗时，岸边的路人亦会驻足观看。他们裹着厚厚的棉衣，睁大眼睛看着我跃入水中，那一瞬间，我想他们的心一定倏地一紧，似乎心也跟着我这个陌生人下了水。

如果早间去百家湖，经常会遇见一些让我高兴的人——冬泳爱好者。他们比我年长，大都已退休，有的年过七旬。他们成立了一个冬泳协会，不定期地组织远行，每日在湖边相会，互相鼓励、互相关心，坚持与寒冷做斗争，坚持与衰老做抗争。冬日清晨的湖边有了他们的欢笑与爽朗，显得生机勃勃。他们日日出现在人们的眼前，从没有退缩，成为百家湖边清晨一抹亮丽的风景，不是夕阳红，而是旭日朝阳。日头出齐，他们已上岸穿衣，跑步暖身。此时，凛冽的北风在他们眼里已然变成春天的和煦了。衣服里的每一寸肌肤经水的润泽变得干干索索，十分平洁而光滑。每一件衣服似丝绸般的顺畅舒适，仿佛身体里蓬勃出一股来自体内无穷的热量。这种极寒后的蓬发让人精神焕发、两目有神，不由地想起武侠里那些夏炼三伏、冬炼三九的强健体魄。老人们常乐呵呵地说，已有年头没有感冒了。他们穿得较常人少，冬日里大多是“3+2”：上身里面棉毛衫，一件羊毛衫，一件外套，下面里外两条。简简单单、精精神神。

冬泳的这些老人们活动可丰富了，除了冬泳，他们还经常组织骑单车长途出行，一次车程最少 50 公里。队长老万更是了不起，他还参加了全国的小铁三项的比赛，即 3800 米的游泳、20 公里的自行车、20 公里的跑步，想想这是何等的运动量。看着这些乐呵呵、有追求的老人们，我才深切地体会到什么叫“生命在于运动”。

记不清是哪一年，一个偶然的机会，我在百家湖边看过一场精彩的冬泳比赛。当时正值隆冬，天地严寒，站在白龙桥上，阵阵寒意直往人脚底里钻。老人们一个一个跃入水中，欢呼雀跃，上岸后立在风中谈笑风生，让人敬仰。羡慕之余，我有了一个决心—— 一定要做到他们那样。等退休也太迟了，最好在五十岁之前完成。这样一个想法在心里，一直没有忘记。说起游泳，我会，但那只是儿时农村里的狗刨式，姿势笨拙。后来，开始有意识地学习自由泳和蛙泳。在游泳馆里偷偷地看教练给小孩子上课；在电脑前，一遍又一遍地看教学视频；在百家湖里成百上千次的游动中寻找最佳的呼吸方法，修正动作要领。经过四个冬天，身体的抗寒能力大大提高，虽说不是钢筋铁骨，但也称得上体魄强健，一个年头下水的日子少说也得三百天以上，无论春夏，无论晴雨，无论是双休或节假日，也不管是有人喝彩，还是形单影只，我的心始终是充盈的。只要一到湖边，只要一走岚湾桥，内心一下就明亮起来。从白龙桥下水，往返800米的水路，五年间不知走了多少回，每次水流滑过肚皮那细微冷暖的差别一丝丝地被感受着。过去蛙泳一个单程，回时自由泳一个单程。几年下来，成百上千次地游着同一条水路，对湖水深浅的恐惧感已减淡了不少。每次扎进水里再抬起头，或划动手臂侧过脸，只要有对岸清晰的三角帆在，只要有回程时岸边的几株垂柳在，只要白龙桥上“水情复杂，禁止游泳”那八个鲜红的大字在，我的心就稳稳的。每次下水，都要实践着、摸索着如何才能更轻松、更舒展。冬天入水是考验极寒下的毅力，夏季游泳是锻炼长足的耐力。蛙泳时在水里平展四肢是一个短暂的休息时刻，一出头得抓紧时间抢呼吸。出水时头部的高低、换气的快慢决定着你完成动作的顺畅和连贯。入水、出水，一套完整动作速度的快慢决定了你呼吸的紧与松。常态的蛙泳是主张平和的、恒定的，不似比赛时的快节奏，每次入水时不由得想到世界冠军孙杨在水里那激动人心的身影。水花四溅，奋力前行。流畅的节奏感和被水簇拥着的放松感让人的心里舒适极了，想象着他就应刻有那样的速度与激情。可是对普通人来说，水路要难行得多，一个全程800米要用35分钟左右，每一次都不那么轻松。回程时是自由泳，速度快于蛙泳，但对动作的要求较高，讲究动作的协调，特别是身体的摆动与呼吸，很难调整到最佳状态。有一段时间，不仅姿态顺了，速度也明显提高了。整个回程400米，一开始就像冲刺，因为呼吸调整得好，动作非常流畅。在水中只想着如何抓住动作要领，努力右摆、出水、呼吸，下颚尽量靠紧右肩部。回头看见的是天的蓝与云朵的净。一眼一眼地看着蓝天和白云，不用担心水路的绵长，只是把岸边的垂柳和八角亭装在心中，就会感到岸在眼前。

说也奇怪，百家湖虽满湖清水，却难掩口中的干渴。一次一次水进入口腔，出水时吐水、呼吸，一次一次在水里闭着口把挤出的涎往咽喉处咽。

日常的午间，他人掩门小憩，我却整装出发：水镜、泳衣、拖鞋、毛巾、冬季用的甘油以及垫脚用的毛毯，也有必不可少的一杯热水。从学校到百家湖，一个全程用时最快一个小时，没有上岸享受的悠闲，赶着到学校上班。几年如一日，就这么过来了，双休或寒暑假，游泳就是上午做的要紧事。假日里，那就轻松了许多，坐在岸边任微风拂面，柳枝轻扬。静静地，放眼远眺，湖水澄清，四周高楼林立，心中满是荡漾的水波，惬意极了。

又是一年春水绿。

常常想，自己能坚持到什么年月，百家湖那时会是什么模样，我的孩子长成何样，我的学校将如何变迁，我可爱的学生又会是哪一茬……一切遥不可知，而我却愿就这么痴痴地想、默默地想，一任湖水涨潮似的溢满心田。

我的湖哟，我的水……

美石记

【题记】我经常一个人吃晚饭。我只吃米饭，不喜汤面。校外这一条路上做饭的小馆我去过很多。天热时，吃快餐。天冷时，吃热锅饭。两三年了，没有一家能让我真正挂念，真正安静，直到前不久，我遇见了“美石记”，才真正地心有所属。

学校附近新开了一家小吃店，面积不大，约有二十几平，名字起得却有些雅致，叫美石记。地方虽小，收拾得倒也干净利落，南面一排三四张桌子，古色古香，北面依墙嵌着一溜高台，约莫有四十公分宽窄。大理石面，洁净光鲜，大半人高，客人坐着高凳、趴在上面高矮正合适。墙上镶着整面的大镜子，映出偌大的一个店，显得宽敞了许多。两个店员都是姑娘，收拾得整齐利索，头插老蓝布头巾，面带微笑，说话走路轻声细语。胖的那个身段还算匀称，负责收银。麻脸的那个虽面有沙坑，还算俊俏，负责出餐。桌位墙面醒目处贴着无线网络账号密码。因为是新开的门面，几乎没什么客人。

我第一次来，便喜欢上了这里，我喜欢这个名字。“美石记”，高贵而不失典雅，浓情而不失婉约，未谋面而令人向往之，似书斋、古玩之类的雅地。不似毛血旺、盱眙虾、重庆鱼这样刺刺刺、油腻腻的粗犷。同样是做石锅拌饭的，之前去过的几家却不如人意，三两回便冷了心。

孩子小学时，去夫子庙上围棋课，一周两次。第一次吃石锅饭，菜饭一锅，磁磁冒气。不明白如何吃，就是一身汗，够干、够烫、够辣。这家的石锅污损、锅巴过重，店面杂乱，店里店外不修边幅，沾满油灰的门头和进进出出的客人淹没在一片喧嚣的车水马龙之中，只一回，下次再也没去过。不过，店主守着这么好的一个景区不愁没客人。这样的地方我不想去了，但定会有人像我一样寻着新鲜去的。出校门折向西三里地也有一家，老板即店员，人很能干。但饭食蒸煮时间过长，石碗浅，味道寡淡，连门楼上“石锅饭”三个字都灰头土脸的，进进出出只有三两个客人，店面掩隐在这样一个小小的街道树荫下，总觉着有些落寞。现如今，大大小小的饭馆一般都以特色菜作为店名招徕顾客，“安子酸菜鱼”“东山老鹅”“宁波海鲜”“重庆烧鸡”“盱眙龙虾”“川菜馆”“乡湘香”，而这样的饭店我一个人是无法进去的，得有几个人才行。适合一个人的就是那些面馆、粥馆、饭馆了。我是典型的南方人，虽然从小北方的母亲常做各色面点，我就是忘不了那浸着稻花香的米饭，工作以后，也是如此，如果有米饭，绝不吃面食，即使除夕吃饺子时也是对付着的，妻子知道还是要为我单独准备米饭的。

这两年孩子上初中，中晚正餐都在学校吃。妻工作认真，见儿子不在家，经常找借口加班；我呢又不好意思在学校蹭晚饭，只得在学校附近的金盛路街填填肚子，饭后有闲到学校做些事情，写一点文字，倒也惬意、自在。黄焖鸡米饭、沙县小吃盖浇饭、苏客快餐、米德宝快餐、吃得爽快餐吃了不知多少个来回，石锅饭便是其中的一个，但仅凭“石锅饭”这三个字是不能留住人的。到了秋冬时节，要把饭吃到热气腾腾的境界。有很长一段时间，我是经常吃黄焖鸡米饭的。小区对面的那一家做得正宗，量足汤浓。店员夫妻俩，男的做，女的端。老板黑黑瘦瘦的，他们都与我相熟了。孩子上小学时偶尔去吃，就觉得热热乎乎，黑沉的陶锅里咕嘟咕嘟还冒着泡呢。特别是那香浓的汤汁，拌着米饭吃，那口感甭提多入味了。后来，妻说鸡肉激素高，不太健康，渐渐地就少去了。可妻又加班，转眼入冬了，我不觉又想起那热气腾腾的汤汁，忍不住还是去了。不过改了吃法——不要鸡肉，只炖汤汁，多加青椒、香菇、千张结、金针菇，如此一来，晚餐变得丰富了，不再埋怨妻子，也不再想着孩子。遗憾的是，每次吃完都有腹中饱胀、口中焦黏的小小不适，时重时轻，时隐时现。冷风一吹，还会泛起饭嗝，掩不住满口鸡汁的味道。

初冬的天气，暮气来得早。到了一个人吃晚饭的时间，吃着吃着就凉了的小店是决然不能去的，改良过的鸡米饭虽热腾腾但总有那隐隐的遗憾，沙县小吃的盖浇饭做得有些低劣，饭粗菜老，油腻盐重，想着走着，脚步有些迟疑，幸运的是我遇到了“美石记”。

在店员的引导下，我选了套餐，要了一杯草莓味的奶茶，点了一碟泡菜，在等候时与姑娘聊起店名，才得知“美石”两字缘于那圆阔有形的锅。虽然吃过两三回石锅饭，但没有什么特别的印象。原以为一碗米饭煮好怎么着也得十来分钟，而这次却很快，不一会儿，最多五分钟吧，热气腾腾的端上来了。

面上一圈盖着红红绿绿的菜蔬，色彩斑斓。整齐的胡萝卜丝、鲜嫩的芹菜丝、热油焯过的蘑菇丝，一把水泠泠的豆芽茎，可能还有一勺细细的肉沫，一轮鲜亮的煎蛋敷在石锅一侧，正好盖住身下的一团浓酱。那蛋做得恰到好处——赭色的边、白色的清、荡漾的黄，嫩黄被封在薄薄的膜里，只要稍一点，它们就会呼之欲出，点缀着热气氤氲的石锅，那色泽真是赏心悦目，就如登高望远，心旷神怡；也如初入草原，一碧千里。我不会吃石锅饭，仍像吃盖浇饭一样一口饭一口菜地进行着，那五彩斑斓的菜缺盐少油中看不中吃，心中有些后悔。正在有一口无一口地扒拉着，麻脸姑娘轻轻地走过来，说是石锅烫，让我先喝口奶茶。只见她用长勺轻轻点破蛋皮，一汪嫩黄流将出来，与蒸腾的米饭、斑斓的菜交融在一起。长勺操起锅底，一层一层把米饭与菜蔬搅拌均匀。那是菜里有饭，饭中有菜，酱汁裹着饭粒，还有那浅浅的锅底点缀在其中，让你在糯香松软中不时嚼到清脆半硬的锅巴，就好像走过平地越过山峰，有起有伏，有张有弛。口舌之间有菜蔬的脆香、面酱的浓厚、蛋黄的清凉、锅底的酥松、米饭的糯软，糯中带着上等好米韧韧的劲道，还有草莓奶茶的冲刷与滋润。我完全沉浸其间，不忍心大口吞咽，一小口一小口，细细品尝。心里越吃越亮堂，就如健步登山，弯腰抬腿，有无穷的力量；亦如风过山峡，拂山过水，有无穷的向往。彼时，已看不到姑娘的笑谈，已听不清说书的铿锵，我的世界似乎只剩下“美石”与味蕾的合唱，说真的，很久没有这样的感动，对食物的向往，就像遇到了年轻时心中的美好。不敢说，又不敢望，只能让其在岁月里慢慢陪伴，直至夕阳沉山。

我想，从今而后，妻不做饭的日子里，自己会暗自心欢。但……

我不知道，自己什么时候会习惯这“美石”的味道而不想其他；我不知道多长时间后会贪恋这“美石”的味道而误了其他；我不知道什么时间会苦于只有“美石”的味道而想念其他；我不知道什么时间会抛开“美石”的味道而追寻其他……

这些都是遇到“美石”必须要付出的代价。为了这样美好的遇见，我愿意！

灯火璀璨，“美石”相约！

2017 年 11 月 11 日周六

我的冬泳日志

【题记】今天的气温跌到冰点，积水处冻得硬邦邦的。清早，少有人行。我去冬泳，有怯懦，咬牙给自己鼓气。到湖里，不管不顾地跳下去。上岸后，全身冰冷地跑起来。但值得，一整天心里艳阳高照，把寒冷踩在脚下，这种感觉真的很妙。我想，这也许就是冬泳的美好。谨以此文与大家共飨。

对于学生来说，高考是苦行；对于鹞鹰来说，敲喙拔甲是苦行；对于草本来说，风雪是苦行；对于我而言，冬泳是苦行。苦行是对困难的挑战，是对生活真谛的追寻，许多人望而却步，可生活中少不了苦行，它是生活中必不可少的一种味道，没有它世界上就没有甜。试想，没有高考，哪来金榜题名；没有敲喙拔甲，哪来涅槃重生；没来风雪，哪来苍郁挺拔。对我而言，没有冬泳，就没有身体里的一把火。

冬泳始终藏着一种怯懦。许多人知道冬泳，却从来没有想过参加冬泳，我也是如此。二十七岁之前一直长在农村、学在农村、工作在农村，虽然家乡的河塘沟坝不少，可从来没有看到过有人寒冬腊月下水游泳。儿时，忍饥挨饿的苦一直熬着，压根儿就没想过还要受那冷水之苦，也不敢想象二十几年后，食不厌精、穿不厌繁，还要自寻苦吃。农村上，每到年关清塘掘藕、放水捕鱼是庄里的两件大事。叔伯大爷们高挽裤腿跋涉在冰凉的泥水里，母亲婶子们有些心痛，但多是自豪。我们小孩子家则满是钦佩，都希望长大后能如此勇敢。冬日里我也下过水，第一次是意外。上高中的我去看望在城里做苦力的父亲，夜间爬围墙不幸落进齐腰深的水沟里，那是年关前，彻骨的寒冷，为此烧了好几天。

二十八岁那年我调进了现在的学校，一年冬日暖阳时，在百家湖看到了一群老人扑腾扑腾地跳下水，上岸后一个个红光满身，谈笑风生。那种快乐、那种自豪就在眼前，就在日日见到的百家湖边。这片湖，近几年的盛夏酷暑时我不知来过多少次，没想到，冬天风景依然独好。那时心里就暗下决心，五十岁之前一定要学会冬泳。我给自己留了二十年的准备时间。心里一直隐隐觉得老人不怕冷是因为他们年岁大了，于冷暖反应慢了，自然就不怕冷了。

八年前的那个冬天我下水了，也成了上岸后满身通红的人。那时儿子一年级，现在八年级了。按理说一件事连续做了七八年也应该习惯了，也应是无所畏惧了，但冬泳却不行。每到朔风、紧寒霜降的时节，心里就会长毛，畏缩之意就像石头缝里的小草慢慢地探出了头。也不知道这样的苦行能挺到何年何月。有时总是在心里找理由说服自己退却，什么工作忙了、时间太紧了、身体有点不太舒适了……找到了理由，自然心安理得了。每周七天，五个工作日有三个中午休息时间是可以去的，双休两个早晨一定可以去的。这三天早早地吃完午饭，让食儿消化消化，十二点得准时出发，这样一来一回才能保证下午不会迟到，也能保证在水里扑腾着，饱胀的胃没有太大反应。早上督促孩子上学，天不亮就得起，午饭后困劲儿上来了。骑着车，河堤上冷风嗖嗖，大河里茫茫荡荡。裹紧脖领，戴着手套，罩上绒帽，颠颠地往湖边赶。冬天的低温穿透力强，加厚的手套有时也抵挡不住，一边骑车，一边五个手指弯曲，双手伏着车把。有时，双手交替活动，五指做着握紧再松开的动作，反反复复地做，不让手指冻得刺痛。甚至双臂交替运动，握紧拳头，伸直手臂使劲打出去，再用力地收回来，就像行武之人蹲马步练功一样，反反复复，不让身体冷下来。这样做着，偶尔会引来路人异样的目光，认为我不太正常似的。我在行走的时候，估计许多老师正在办公室午休，走在路上，我的困意也会漫上来，经常骑着骑着就合上了眼，极短的时间，车稍一偏，立即睁眼，浑身激灵灵打下冷战，头急急地甩得似拨浪鼓一样。有时双眼实在沉重得很，不一会儿又要合上，自己心里也没有底儿，有些忐忑，狠狠心，揪住大腿上的块肉，用力地拧，转着圈地拧，直拧得自己龇牙咧嘴。再困的人，到了湖边，跳进水里，全身透心凉，那浓浓的困乏之意，就像小鬼见了阎王，早就溜得无影无踪了。在水里，凉的是脸、冻的是手、痛得是腿。冬天入水，我的头是不敢潜下去的，虽也戴着水镜，那只是为防止水溅到眼睛里，有微微的刺痛。前段时间刚买的泳镜有些渗水。别看人的脸常年暴露在外，其实最惧冷的就是脸。每次侧着脸贴着水面时，拔凉拔凉的好一会儿才会适应，嘴里热乎乎的，水里冰凉凉的，一不小心，这凉水就呛进了口里，这鼻子也会被呛着。双手要不停地划动，不一会儿就冻得有些麻木了，在水里弯弯手指，如果有些僵硬了，就得赶紧回来。这两天，十根手指竟被冻出了许多血红的小口子，遇上切个辣椒那就遭罪了，一天就得火烧火燎的痛。大腿肉多肥嫩，被冻得最痛。上岸之后不觉得，下班回到家就觉得灼痛加强，晚上洗澡才发现，那些汗毛孔针针点点，被冻得通红一片，密密麻麻，得轻轻地抹上甘油，慢慢晾干。

一年四季，游泳是不间断的，但运动量不大，一两肉也没减少，肚皮仍鼓胀。从暑期末开始绕着学校操场一圈一圈地慢跑，直到大汗淋漓。不管多冷的天，跑起来会让你热气腾腾，这种由冷到热的过程很是令人向往。而冬泳却恰恰相反，它是从热到冷的过程，真的不让人喜欢。这两种运动方式，一天我都要经历，一个如火，一个如冰，慢慢地，心里有了细微的变化，操场越发亮堂，百家湖越发暗淡。其实，自己很不喜欢这种感觉，坚持八年的冬泳没有任何理由荒芜，应像以前一样，一天一天地用冰冷的水浇筑自己的决心。

冬泳的怯懦如影随形，我们要做的是不让它渐行渐远。

冬泳永远是一种勇气。从来都不愿有人把冬泳说成是洗澡。儿时的夏日经常背着父亲泡在村野田间的那一方方池塘里，那多半是贪凉或是嬉水，是消磨苦暑的漫长。冬日里，每隔三五日，便去镇上或邻近的澡堂泡上一泡。而冬天下水练的是勇气，不同于往常。任何勇气都不会凭空而来，战争岁月里一不怕苦二不怕死的勇气源自革命的信念，寺院古刹内青灯黄卷的修行源自内心的放下，莹莹烛光中废寝忘食的执着源自家国的担当，天寒地冻时入水的勇气源自痛苦的积攒。与普通人相比，冬泳者的抗寒能力强不了多少，只是心中有了对冷的记忆，一次又一次，不断地重复不断地积累。脱衣时凉、入水时冰、游动时刺、回程时麻、上岸后僵、穿衣前木、穿衣后抖、活动后暖，继而心内如炭、两眼有光、步伐铿锵，小半天不畏寒冷。这种积累的勇气会不断地被遗忘、不断地消失，又不断地被记忆。小半天的积累过不了三两天就会淡去，勇气又会变成畏惧。这种畏惧如果持续一周以上，就会让人彻底失去勇气，这一个冬天就会变成观望者。普通人没有冬泳的经历，也就没有冰冷刺骨的积累，想象中的恐惧要比现实可怕一万倍。只有不断地纵身跃下，心中才会有那团不灭的火。

天寒地冻时入水的勇气源自燃起的光明。不管起床的斗争还是路途中的清冷，只要到了湖边，看到那一湖盈盈的水，心中一下子都明亮起来，满天的阴霾烟消云散。游过上岸后，浑身挂满水珠，肌肤痛得通红，嘴也冻得不行，连说话都有些不利索，身体是麻木的，不过，这几分钟那是心旷神怡，内心充满战胜困难的豪情，哪管阴云堆积或者冷雨飘零。岸边看着的路人都藏头缩脖，而我们却满眼春意，和风煦煦，这种快乐只有冬泳者能够体会。不消一会儿，知觉完全恢复，全身变凉，就如寒冰开始解冻，所谓下雪不冷化雪冷，这时一定需要跑上一会儿。罩上帽子，戴上手套，绕着凤凰台跑上三五圈，凉气散尽，身体鲜活如常，那种感觉更是美妙。身体里升腾起的热量源源不断，让裹着肌肤的衣物也越发干爽与绵软，整个身体好似罩在小型取暖器上，亦如秋阳暖晒的棉被，散发着满满的阳光的味道。这种身体里燃起的能量让人的眼睛炯炯有神，让内心充满了光明，身在寒冬却仿佛心在暖春。一天都精精神神，虽事务繁杂却能有条不紊。

冬泳的勇气如火在燃，我们要做的是不让它轻易熄灭。

冬泳必将成一种修行，修行包含修身和修心。修身就是磨砺体肤，修心就是豁达内心。冬泳是一种运动，与其他的运动截然不同，是普通人挑战低温的一种极限运动，一般人很难忍受。修身的过程一是咬牙坚持，二是放缓节奏。到了清晨，说服自己莫要退却，咬牙前往。到了湖里，说服自己不必多想，咬牙前进。冬泳六七年了，每年下水三百天左右，每次还是这么咬牙切齿。这种挑战严寒的运动很难成为习惯——突然下雨了、疲劳太困了、工作太忙了、身体不适了、时间太迟了……随便找个理由三五天不去，无边的恐惧就会毁掉多年的坚持，想丢掉太容易了，想捡起来太难了。站在湖边，撩起凉水，一股寒意从头到脚。望着阔大的湖面，还没下水就想着回来时的情景，很是羡慕已经上岸的几位老友。最难熬的是冰点以下的气温，一般在冬至前后。今年冰点的时间是12月17日凌晨，周日。清晨八点多钟出门时手都拿不出来，低洼处的积水冻得结结实实。从今而后到七九，将近三个月的时间是南京最冷的时候。气温反反复复地在冰点上下徘徊拉锯，下水的日子是一天一天挨着刀子过的。在水中的时间不长，大约十五分钟。在这样的水中，入水后全身刺痛，手脚渐渐麻木。双脚在向后蹬踏时，根本不敢碰到一起。两只手向前划动时，也不轻易碰到一起。两只手很快由痛到麻，手指不能自由弯曲，像两只熊掌一样一下一下地划着水。上岸后双手紧紧地捂在腋下，让手指恢复一些知觉，否则衣服都没法穿上了。

在水里，一定要有节奏，蹬腿、伸手、收腿、划水……反反复复，不能因为冷水扎人就胡乱地扑腾，越这样越是累。每个动作要力到尽处，自然过渡到下一个动作。双腿后蹬，双手前伸，身体呈“一”字形向前行进，等这股前进的力量用完了，再自然腾起头部，双臂回收，准备下一组动作。这样的从容能最大限度地保存体力，游泳练得就是节奏，冬泳练得不仅是节奏，还有忍受。冬泳不仅能磨砺肌体，还能修心。让人不再畏惧困难，有克服艰难的定力与方法。在现实生活中，还有哪些事比天天“挨刀子”还要痛苦？生活中的许多困难大多是积重难返，其实踏实做好当下，一切都会水到渠成的。学生考不好，是因为平时学不精。工作干不好，是因为平时不钻研。日子过不好，是因为平时不勤劳。冬泳不仅是日日忍受水激之苦，更长远的是慢慢地体味一颗心在四季水里的感悟。春水俏、夏水燥、秋水柔、冬水硬。在冬日的极寒里，心却是活跃的，会思考许多在其他季节或境遇里从来不曾想过的问题。

当双手麻木时，我幻想：手就是一副桨，于我何干？这样想着，仿佛就不痛了。当身体冷极时，我幻想：在烫水里热极了和在湖水里冻极了，感觉竟如此相同，我就是在热水里游着。这样想着，仿佛就不冷了。当游动困难时，我幻想：自己是一条鱼，优雅地有节奏地前行。这样想着，仿佛就不累了。在水里时，会经常想到《庄周》里惠子游濠梁说过的“子非鱼，安知鱼之乐”，在水里游了七八年，偶尔会游得特别自在，忘记了归程，忘记了时间，“只是想游”，我想这也许就是鱼的快乐吧！修心就是千万次的经历，就是一次一次的顿悟。“看水是水，看水不是水”，这是我能体会到的；而“看水还是水”则是我无法顿悟到的，也是许多人一辈子苦苦追寻的境界。

冬游的修行如云在天，我们要做的是如何让它变成睿智的雨。

冬泳，有怯懦、积勇气、练修行。战胜怯懦，我们只管行在路上；积攒勇气，我们只管扑进水中；练习修行，没有其他，只是想游。

冬泳，我的苦行。

告别二○一七

【题记】又到了人去楼空的时候，又到了停下脚步的时候。岁月划过每个人的年轮，我们都会有不同的发现。奔五的我猛然间发现自己就要老了；看到儿子高大的身影，猛然间发现他长大了；天天忙碌于学生们中间，猛然发现自己的世界太小了……这些猛然间的发现是停下时的反刍与思索，幸福与满足便是其中的味道。

告别二○一七，猛然间发现自己年近半百，心中不免恍惚，不免落寞。

恍惚的是五十于我不真实。这二十几年日日与孩子相伴，过眼都是活蹦乱跳，过耳都是欢声笑语，总是觉得自己是个孩子王，怎么一下子就半百了呢？落寞的是，年近五十，还诸事不兴。从教廿五年没有真快乐，育儿十五载常有遗憾事。学生没有因我而改变，无法面对教育良心；儿子没有因我而更优秀，言传身教已然无力。作为老师、作为父亲，有一些事自己一直想做好而一直没做好——对孩子的教育缺少研究，对孩子的成长准备不足，对学校的教育过分依赖。每每闲时学生与儿子的笑容就会如风儿般拂过，望着他们远去的背影，心中总不免生出丝丝内疚。一年一年，这种感受总也不能消弭，告别二○一七，自己离半百又近了一步，这种内疚越发让人有了紧迫感。如果退休之前还无法解决这个问题，那岂不是一生的遗憾？在我心中，改变学生就是带领他们考出高分；影响儿子，就是帮着他变得卓越。儿子初中的班主任就是一个造分造人的高手。所教学科高分迭出，自己的孩子由小学的后进到中学的强大最终金榜题名，在外人看来那是魔术一样的神奇，这是一般老师、普通家长做不到的。

告别二○一七，越发觉得最珍惜的不是自己，而是最近的人——学生，最亲的人——儿子。想到他们，心中就有一股丝丝的甜、一片微微的酸，这种感觉不咸不淡、不辣不苦，甚是舒适。这也许就是将老的先兆。试想自己退休离校或儿子成家立业时，没有了学生，没有了儿子，每天晨起暮归究竟能干些什么？想想自己的父母，年过古稀，不读书不看报。儿子工作忙，孙子学业紧，难得有空好好地在老人身边待着。很多次，只是吃个饭，稍坐片刻，就匆匆离开，留给老人的是杯盘碗碟的忙碌、儿孙背影后那殷切的眼神。对于年迈的父母，每告别一年，做儿子的心里就会咯噔地紧一下。我很愧疚，总是记不住他们的年龄，后来索性记在本子上，过一段时间快要遗忘的时候拿出来看一下：父亲生日 1946 年 6 月 16 日，母亲生日 1950 年 8 月 2 日。我不知道若干年后，儿子能不能记住我和妻子的生日。这就是生活，重复、重复，活生生的重复。忘掉的多，记住的少。

告别二〇一七，猛然发现儿子已长大，心中不免欣慰，不免忧虑。

欣慰的是他的鞋够大、手够宽、个够高，传说中的小巨人已出现。每次去父母家，老人总是忍不住和他比比高，掩饰不住对孙子的喜爱；偶尔去学校，同事们见了总是面有惊讶，笋子一样的拔节让人有些不适应。欣慰的是他在初中前半段的跌跌撞撞中找到了自己的位置。这孩子的运气不错，遇到一个金牌班主任。英语课互动高效，内容超前超量，让儿子对英语的理解有了高度，对付考试有了高分。天网式的班级管理让儿子的错误纤毫毕现，对错误的处理干净利落。一年半以来，孩子因碎嘴、推人、跳窗、书写、游戏等小毛小病，晚自习被劝回家四次，我作为家长被约谈三次，现在只要听到老师的电话就发怵，一看到老师给我的留言就发懵。也正是因为有了及时的发现、治疗，儿子才会排除杂念，专心学业。暑期里一天凌晨一点多，老师打电话给我及时制止了儿子在被窝里的一场静悄悄的游戏。一个全心全意为孩子的老师成就多少个家庭、多少个美好的未来。作为家长，我们感谢这样尽责的老师；作为同行，我们钦佩这样执着的老师。

忧虑的是孩子有秘密了，隐藏了一些爱与憎。对文史学科的轻慢，对理化学科的向往，对数英学科的专注，让他在学业上时有遗憾。对于总拖堂的忍受，对沉闷课堂的承受，对互动课堂的接受，对活动课堂的享受，让他在回程时慷慨激奋，经常因钦佩而爱屋及乌。同学中的追风少年喜爱音乐，一段时间他总是爱哼《清明雨上》。同学中物理少年对天体科学有偏爱，一段时间路上枕边都是《三体》。男生中几个对篮球有自信，经常忙里偷闲在操场上挥汗如雨。

考不好，才偏离；考得好，才偏爱。我无法帮助他转变薄弱学科，“千万不要偏科”的苦口婆心便成了说教;平淡也好,风趣也罢,这都是课堂的味道,要去适应,不是拒绝。一个优秀的学生不仅能在快乐中习得,更要习惯于在平淡甚至痛苦中习得。作为当事人,课堂的冷暖只能他自己应对。我无法替代去经历或咸或淡的课堂,无法真正体会他的烦恼,“上课一定要认真听讲”的苦口婆心变成了聒噪;听听音乐,钻钻物理、打打篮球,本也无可厚非,但偶尔成了主要,就挤占了听录音的时间。钻研进入了牛角尖,就水解了学习的质量抑或挤占了睡眠的时间。打球透支了体力,就会乱了学习的节奏。爱好一旦妨碍了学业,那就成了不合时宜。我无法帮他平衡紧张与松弛的尺度,“不要听歌了!不要打球了!不要看书了!”的责备便多了些武断。

告别二〇一七,猛然发现自己的世界太小了,总想待在学校里,静静地写、静静地看,总觉得书本的世界最广阔,文字的世界最干净,外面的世界随时可以到达。等哪一天自己看不清了,写不动了,一定要出去走一走。不知那一天,眼脚是否还有力量?

告别二〇一七,不觉得太快,倒是有些急迫。离退休还有十几年,早着哩!父母虽身体康泰,有走有动,好着哩!妻子工作上进,能收能放,壮着哩!儿子学习刻苦,进多退少,忙着哩!因为心中装着儿子多,所以总希望时间再过得快一些,能早点看到他的未来。到时,虽双亲百年,我辈已老,但一定值得,这是一种必然的守望。

告别二〇一七,我是感恩的,教师的地位不断提高。告别二〇一七,我是安心的,老人身体依然康健。告别二〇一七,我是满足的,儿子的学业跌停看涨……

告别二〇一七,我的朋友,你呢?

2018 年 2 月 7 日下午于办公室

花神湖“游”记

【**题记**】雨花台南郊花神湖，系人工挖掘的水库，平均水深七米，水质优良，清冽见指，一塘荷香。我每年有近六个月在此湖游泳。每次扑入水中，如醍醐灌顶，周身清凉。因为有了她，我的夏天是别样的。

面海而居风烈水腥，人多恶水；临河而居湿浊虫扰，人多困水；环湖而居水印天蓝，人多喜水。大海宽广无垠，不着边际，令人敬畏。大河绵长无尽，不知始终，令人徘徊；平湖可览可濯，叫人怜惜。予生于江宁，长在农村，于海远、离江近，湖就在身边。大大小小，城里城外，南京的湖还真不少。人们对湖有一种特别的怜爱，许多城内的湖圈进了公园，成了景点。许多城外的湖也先后开发，成了景区。南郊的花神湖就是一个美好的去处。据载太祖定都金陵，集天下花匠于此，培植花木以备宫室之用，匠人建庙以祭花神，遂有花神庙。新中国成立后，兴修水利，人工挖掘，水深数十米，因有深度遂能自清。湖体原是水库，地势高于农田，没有其他水源流入，因有高度遂能自守。四周遍植垂柳，桥下芰荷摇曳，春夏日游者甚众。孩子放风筝、老人舞广场，渔者垂钓、画者写生，各得其乐。与游玩的人慢步赏景不同，游泳的人找寻的是鱼之乐。我是泳者，偏爱花神湖。无论风雨、不管夏秋，一入湖水，一颗心就静了，每次抬眼都能从氤氲中看到桥上身姿婀娜的几位花神。不知是玄宗二妃，还是兰花海棠两神？从内心而言不太喜欢杨玉环与江采苹这两位与风流天子纠缠不清的女子，倒是后世的马守真与孙道绚两位才女，一个善画，一个能诗，活出了自己，青史留名。这么一片小小的湖泊能得到这四位花神的眷顾，着实也是这湖的幸运，也是湖中泳者的幸运。

每值春暮，满架蔷薇一院香。我就会经常到湖里游上一会儿。春秋时节水温较低，往往是中午有日头时去。四月底五月初，天气开始热了，便在下班后去。妻子上班、孩子上学，父母不在身边，无牵无挂。一个人带上简单的装备，骑上车悠悠闲闲去往湖边。花神湖离路边百余步，高出周遭两尺余，几乎听不到大路上车辆的喧嚣，倒是个闹中取静的好去处。拾级而上，来到湖边，不觉豁然开朗，一泓碧水抢入眼帘，只见岸边垂柳依依、湖中水清如镜。与其说是一片湖，倒不如说是一个超大的泳池。湖形还算周正，宽不过二百，长三百有余，南陡北缓。南边有约二百平的方砖空地，是游泳者下水的地方。湖深，一入水便找不到底，我曾试着用力下潜也碰不着泥。只觉着脚底凉飕飕的，心里的恐惧感越来越强，怕潜得深了一口气憋着了，回不到活生生的水面。曾遇到过带着专业装备潜到湖底捞水里的手表或金链的，真不知道日日游过的地方，水底里有什么。

荷还是一片枯净，被火烧过一样，只剩下稀稀疏疏的茎，皱皱巴巴地露出水面。桥下的浅水处淡赭色的河床隐约可见。这个时节下水游泳的人不多，大多是一年四季的老游子。看，似乎还是去年的那些藁草，睁眼就在眼前，像水族馆里游弋的鱼儿一样清晰，柔柔地摇晃着，轻轻地触着肌肤。若在其他湖里碰着水草一定会吓出一脑门子汗，因为即使睁着眼睛，面前也是一片混浊，也不曾想到过游着游着会碰到什么物什，脑袋里第一反应是“水怪”，过后想想被吓着了，在水里游着还是挺生气的，前面再遇到水草，会搒着它们，连根拔起，扔出水面，解气。在花神湖，没有这样的遭遇，看见水草，就到了终点，也不知何时插了一面红旗。在水草间小心地穿梭，停在红旗根下，摘下潜水镜，擦拭起雾的镜片，惬意地看看那些优哉游哉的后来者或正在返回的先到者。虽已暮春，水还是冷的，在水深处明显感到水温突然下降，一阵凉意划过肚皮，就像游进了冰箱里。路人大多还穿着厚外套，在水里待上半个小时，手还是有些紧，有些迟钝，像缺少了润滑油。咬着牙往回游，自由游，加速，偌大的湖面没有几个人，不用担心碰着别人。这种气温，不戴胶皮泳帽我是不敢一下一下让脑袋钻到水下的。也不知是柳絮还是凉意，上岸后还是会时不时打上好几个喷嚏，以为是感冒了，等全身缓过劲儿就一切正常了。

老人们最是惬意，岸边柳下呼朋唤友团团围坐，打打扑克、下下象棋。这些老头孩子一样，吵吵嚷嚷，你说我牌臭，我说你出错了，真有意思！也有天南海北侃大山的，什么斗虫子、玩车子、炒票子……说的人声情并茂，听的人咦啊哦嗯，满是表情。我在旁边听着看着记着觉着有趣，也长见识，很是羡慕他们。我不能这么悠闲，得掐着时间往回赶，午间赶着上班，晚间赶着做饭。

过了五一，便是夏日，花神湖便更加热闹了，从早到晚像个盛大的节日，这样的情景会一直持续到九月。这么长的时间，人声喧嚣，无休无止，也不知花神渡四位女神会不会生气，这么多年了，想来她们已经习惯了。只不过，四位贵人倒成了看“澡堂子”的了，这和当年建桥立像时的初衷有些不同。桥上立的花神、栏上撰的诗词、碑上刻的禅意，我不敢妄加揣测，但大意应是希望此地四时花木繁茂，四季风调雨顺。花神渡能度一切可度之事、度一切可度之人，所谓花神普度。

水里温热了，初学者也开始下水了，湖边有了孩子的身影。红旗两边的荷开始冒出手掌大小的叶，柔柔贴着水面，水下的杆还在蓄着力量，等哪一天杂技般地把圆盘顶起来。还有的才露出尖尖角，害羞似的不愿人看着，至于诗人说的蜻蜓一只也没有。因为雨水的补充，湖水齐岸，到湖边试水的人多了起来，那些在其他水域的冬泳爱好者大多看中花神湖的优良水质，纷纷辗转而来，我也是从百家湖流过来的。

夏天水热，躲着太阳游；春秋水凉，赶着太阳游，冬日水冷，找着太阳游。南京的天气，夏、冬两季各五月，一秋一春各一月。在夏天里泡久了，一定平淡了曾经彻骨的寒冷；而冬日里的每一天，都深切地怀念着盛夏的轻盈。

冬游百家湖，家里的湖有底，浅一些更温暖；夏游花神湖，邻家的湖有荷，融在水里更香。

我的水墨情缘

【题记】水墨书法，是中华的国技，是世界艺术的瑰宝。起笔行云流水，收笔虎啸龙吟，令人叹为观止。我是一名语文老师，骨子里刻着“琴、棋、书、画”四个字。而“书”是根本，曾几何时，我珍爱过它；曾几何时，我走失过它，我与它之间有着深深浅浅的不了情缘。今春正值学校组织征文之际，谨以此文说说自己的水墨情缘。

上学前特别羡慕能识字的哥哥姐姐。放学了，他们也不着急回家，躲到哪家的草堆边或朝阳的河塘草坡上，三五个脑袋挤在一起津津有味地看着“小人书”（有文字的连环画）。什么《枪挑小梁王》《风波亭》《儿童团长》《黄继光》……或大声叫好或摩拳擦掌，有时还会骂骂咧咧。

上学后特别佩服会写字的冯牧老师。过年了，他最忙。同村几十户的门联都是他写，有时热水顾不上喝、饭也顾不上吃。案上、凳上铺满了或长或方的红纸，厅堂的桌上、地上晒满了墨汁鲜亮的春联，东西向顺着墙壁的长绳上挂满了各家待取的春联。一年一年，新桃旧符，岁月更迭，我慢慢长大，内心多么想成为老师那样的人。

初中时我试着自己写春联，也承包了邻居三户人家的春联。独居的陈老太、贫困的昌树哥、一墙之隔的昌民叔。学着先生的样子，用妈妈缝被子的细棉线裁割红纸。父亲帮着折纸，五字的或七字的。粗制的秃狼毫、五分钱的臭墨水。钢笔一样的毛笔字，字还算方正，但一定不美观，现在已完全记不得那些字的模样。对字的大小、布局不太了解，刚写时是有些紧张的，事先要一个人悄悄地练上几遍，有人围观时是断然写不出来的。就是这样小心，也有写错的时候。有一年三十了，昌民叔家的对联错了一个字，都贴上大门了。我有些着急，直盯着，趁他们围坐在一起吃团圆饭，才悄悄地翻过围子，换下了对联，这件事父母都不知道。

一二年后，有些经验了，便有些随意了。农家里摆设零乱，去年用的毛笔，自年头到年尾，也不知塞到哪个犄角旮旯了。于是，我自制了一种“草笔”：精选当年的稻草，除去边叶，留下较硬的杆，束成一把，截成约二十五公分长短，中间插入细硬的小竹条或笔直的八号铁丝，用细麻绳或布条扎紧，前端留半指长做笔头。这种笔也能写字，写出来的字有一种特殊的模样，如铁钩银划，倒也方正霸气，我称它为“草书”。

五年级时，家里建了新房，中堂对联借用的是韦应物的两句诗“春潮带雨晚来急，野渡无人舟自横”，是村小教书的大姑父写的，行楷字，饱满而内敛，有股老夫子的味道，这和姑父大大咧咧的性格不太吻合。我也是眼高手低，对姑父的字不以为然，在母亲跟前说过几次。三十多年过去了，姑父早已退休回苏州老家，想来如今有八十岁了，我也在三尺讲台上站了二十多年。家里老宅早已不见，中堂对联也湮没在一片瓦砾之中，那一幅鲜亮的对联却深深地印在了我的脑海里。

工作之后，曾经断断续续练过一些日子，深知书法精进的不易。刚调到岔路学校时，写过孙过庭的《书谱》，因为缺乏正楷的功底，也乏人指点，进步很小，有时连形似都达不到，更谈不上“笔情墨趣”了。不过，做做样子还是能唬唬外行的。那时学校要求每周交一幅书法练习作业，半瓶子水的我和爱写写画画的叶老师承包了这项工作，倒也有一些成就感。2001 年的教学大检查，我上四年级《春联》一课，课的后半段，在欢乐喜庆的步步高音乐声中，孩子们与我一齐把课前自己刚刚写好的五副春联贴在黑板上：“又是一年芳草绿，依然十里杏花红”“梅开春烂漫，竹报岁平安”……课堂气氛达到高潮。因为这一幅幅字，听课领导有些震撼，对我的课大加赞赏，我也因为书法入课堂的创新，被评为当年的区“课改先进个人”。之后，学校换了领导，不再每周交书法作业了；自己也有了孩子，笔墨纸砚早已在岁月的流逝中不知所踪；再之后两次搬家，彻底尘封了我与笔墨的那点藕断丝连。那次课已有十七个年头了，我也无法清晰地记得那些字的模样，不过有一点敢断定，我的字是没有姑父的“野渡无人舟自横”好，姑父的字真的很有些功力，当年自己真的是年少轻狂了。

现在的家已住了八个年头，家家户户大都不写春联了，甚至不贴春联了。我家贴过的春联是在市场上买的，有两年是练书法的学生送的隶字。去年大年二十九，我领着孩子去看了南京十二座城门的春联，有些心动，决定自己编创对联、书写春联。自家对联：“百家湖岸春风暖，秦淮河畔天地新”，父母住处的对联：“足安得天下，心静有永年”。可那字，唉！笔画零乱，无章无法，完全不懂字，我自己看着都堵心。一年了，每一天都是一种折磨，好在亲朋少有鸿儒，年节偶尔来一次匆忙间看不出毛病。

我暗下决心，为了春联，得认真练一练。

本学期，学校为青年教师创办了书法社，笔墨纸砚配得齐全。我年近半百，不好意思和小年轻同室授业，于是隔三岔五一个人到五楼书法室去写上几笔。室里有几页柳字的帖，还有一本旧的颜体集字帖，后来又借了本王羲之的《圣教序》。我像一个饥饿的人，看到什么就练什么，一切都要从头开始。所谓的“颜筋柳骨”我还无法体会，但柳字棱角分明，颜字肥厚粗拙却也一目了然。柳字硬，颜字软。前者好上手，柳字如刀劈斧凿，形如剑戟，我还是比较喜欢圆润有张力的颜字，而颜体更难于掌握，不过一旦成形则大拙大智，特别耐看。而柳字就是英雄胆，气势逼人，有些许的压迫感。无论柳还是颜都不是好练的，一张纸十六个字，半蹲着悬腕，得花上至少二十分钟。慢慢写来，腰酸背痛、腿麻目胀。握笔的手就如提了掘土的镐，笨笨拙拙的。不是横画长了， 就是竖画短了；不是点画大了，就是弯勾残了。有的字练上几十遍仍不得要领，特别是“女”字与“每”字，我甚至认为一辈子也练不成字贴那样了。枯燥时，就练练行书《圣教序》，因为有了孙过庭《书谱》的基础，有些字写得还是有些模样的。

上班时事务较多，没有多少齐整的时间让你静下心来写字，都是见缝插针。大课间半个小时可以写上十来个字；下午事务处理完了可以写上三五十个字。我住在学校对面，有时晚上和双休也可以到校写上好一会儿。到了夜晚，整栋楼黑乎乎，我一个人穿廊过道上五楼，还有些发怵，生怕哪个角落里或厕所里窜出个什么东西来。每当此时，我的脑海里就会想起爱钓鱼的人说过的一句话：“只要坐下来，我的心就静了。”我也有同样的感受：“只要提起笔，我的心就静了。”鱼是他的胆，字是我的胆。刚练的时候，用的是稍硬点儿的狼毫或兼毫，中楷。好长一段时间，长进很慢，不敢用稍柔的羊毫。实际上，偶然用用羊毫倒觉得很顺手，起承转合、提拉顿挫更流畅，真可谓“山重水复疑无路，柳暗花明又一村”，看来，我已过了恢复期茫然无措的阶段。经过几个月的练习，手腕平稳了、行笔有序了、脚力扎实了、字体有形了。

春节就要到了，我早已备好团花的空联，就等着那一墨墨好字龙飞凤舞，奔向新春。

我与墨字相识于小学，那时我十岁；我与墨字重逢于小学，此时我四十七岁。如果我们不曾错过，我那只笔一定是笔走龙蛇、铁画银钩了。可，生活没有那么多如果，每个人都是生活塑造的，都是独一无二。有所得，必有所失。所幸，在金鸡报晓的盛世锦年里，我又与水墨相逢，说明前世今生我与它是有情缘的：“一个是阆苑仙葩，一个是美玉无瑕。若说没奇缘，今生偏又遇着他。若说有奇缘，如何心事终虚化……啊！啊……”

桃花峪的春天

青溪桃花峪坐落在一片青山碧水间。一条青溪由巍巍峨峨的黛山深处蜿蜒而来，流水淙淙，缓缓流淌。灰瓦粉墙的民居三三两两，错落有致，掩映着一片柳绿和桃红。

新雨后的桃花峪，水面初平，青草油油，往日可以踮起脚的卵石已浅浅轻轻地没在水里，有几块空兀的还傻傻地冒着憨憨的脑袋在水波里时隐时现，仿佛在深情顾盼临水的桃花。四月的桃花风姿绰约，浅浅的粉红似有若无，却在会心颔首间脉脉含情，顾盼神飞，似娇羞女子的脸。最是那花心深处的蕊红得最深，朦朦胧胧，似梅兰芳京剧《贵妃醉酒》那清澈透心的眸子。

微风细雨后，最忙碌的要数蜜蝶与燕子了。这五彩斑斓的花花草草可都是甜蜜的生活，蜜蜂好像幸福的主妇，一刻也闲不住。家燕早早地在高高的屋檐下衔泥筑巢，如今已是人丁兴旺。春寒料峭时嗷嗷待哺的黄口蹒跚的小肉团已日渐长大，小小的窝早已挨挨挤挤。

小家伙们早早地醒来，裹在窝里，好奇地探头探脑，遥望着檐外那深邃湛蓝的天空，竟也呆呆地不动了，一定是睡眼惺忪。一会儿小家伙们便开始叽叽喳喳聊个不停，吵个没完。说着说着，还动手动脚，伸长小脖子你啄我一下，我啄你一下。有一只张开小翅膀扑在几只的身上，还有一只抬起小小的脚努力地往堆上挣着，想着爬到别人的头上。玩累了，不安分靠着，几只小脖子偎在一起，很享受地眯着水灵灵的大眼睛。有一只似乎胆子大些，不知是有些饿了，还是嫌挤了，抑或是想像大人一样能拍开翅膀飞起来（天空一直是它们与生俱来的梦想，也是它们的归宿），竟不知何时独自站在了沿上。慢慢地迈开小脚，试着张开翅膀，挥动着。身体有些摇晃，心头一紧。弯下腿，抠住脚，努力地平衡着身子。想象着妈妈在斜风细雨中款款飞行，是多么悠然自若，却原来也这般寸步难行。也许，尽力张开双翅，用力一蹬，就能融入蓝天——“妈妈再也不用担心我的学习了”。

可是，想象永远和现实有着距离。成长有时叫“失足”。怎么拍翅膀也不管用，像士兵空降打不开伞，头重脚轻，一个劲地往下坠，脑袋一片空白——拥挤温暖的小窝回不去了，外出觅食的妈妈看不见了，吵吵闹闹的小伙伴没了影了。一地繁花，泥土温润，眼里闪现着夏夜里才有的星星，火花一样。阳光清晨，命运多舛。第一次闻着花香，第一次躺在家里的土地上。静静的，没有力气动弹，耳鸣胸胀，脑壳沉重。努力地睁开眼，就看见邻家的大狗“阿呆”趴在身旁。前踞后弓，竖着两只三角形的肥耳朵，骨碌着两只贼贼的小眼睛，一脸坏坏地笑。两撇小胡子硬硬地竖起，喷着两只肉乎乎的坨鼻子，一条脏兮兮的尾巴悠闲地摇来摇去。时不时呼啦着嘴巴，似乎有口涎正在汇集。看来，这个馋鬼一定认为天上掉老鼠了。你瞧，阿呆这时一点儿都不呆，动作可灵活了。一会儿用前脚碰碰小燕子，又故意害羞地缩回去，还不好意思地捂住脸，从指缝里偷窥。一会儿还伸出舌头轻轻地舔舔，一会儿还背过身，用尾巴柔柔地蹭蹭，见燕儿在地上没什么动静，又围着转圈，似乎在仔细端详肉有多少——从哪里下口。通常，捉到老鼠故意放走，再追回来，再放，直到老鼠再也不跑了，这时肉扑嗵扑嗵地跳动着，可有劲了。四月的桃花峪，泥土芬芳，还真温暖，比窝里还敞亮些。小燕儿不知有强敌环伺，心里还想着天空，还想着妈妈那优雅的身姿，真美！阿呆往后退了两步，一个猛扑，就要有小鲜肉享用了。

一切像在梦中，燕儿已被早就站在身后的语琴托在了手里，说来奇怪，手掌里的燕儿似乎有了母亲给予的力量，张开翅膀，昂起头颅，心中有信念，想飞，就一定能飞。“扑棱棱，扑棱棱”……这个春天有了不一样的声音，一种想往蓝天的声音。

飞起来了！飞起来啦！温暖的青溪又有了一舞动的精灵，又多了一个春天的使者！

桃花峪的春天，真美！

南京的冬天

南京的冬天是充满情趣的。古城植被丰茂，山林苍松翠柏，行道樟槐枫贞，入了冬绿得越发深沉静肃。冬日里厚重的绿让本应严寒的季节流淌着些许温情。若不立在寒风里，只看这满眼的深绿，竟有些不知是春是夏。有时，人的眼睛是不足信的。所以说南京的冬天是颇有风韵的，犹如着晚装走严寒的俏妇人，有温度有风度。入了山，方知南京的冬天是耐不住看的，满目的树木藤葛枯槁衰败，不见一星绿，荒芜至极，与山下喧腾的村镇如生死两界。一是眼见之荒凉，二是耳闻之空寂。人的心境竟也和温度有关，体感之冷暖，关乎心绪之静躁。夏日燥热易盲动，秋日清凉心思密，而南京的冬日则静而不死，冻而不僵，室内屋外一种境遇，不会冷热两重天。室内有想法，屋外能实践。身处其间，竟有时不思冬休，有想做一些事情的温度和热情。南京的冬天是有层次的，高处冬，近处春；北风冬，和风春；山里冬，山外春；眼里冬，心里春。正所谓远近高低、风里山外各不同，这也是一种情趣不是？

南京的冬天是宽容的。这个冬天有些冻。元月三十日零下 9.8 度，冻结了一湖水，冻坏了一城“管”（水管水表水箱），冻惊了一城人。这样冷酷的三天结束，之后艳阳高照，解冻回暖。继而冰点 4 度，却风和日丽。很难想象，冰天雪地，连月不开，将冰冻进行到底，那将是怎样一种苦寒天气。虽然也暖气融融，一如春夏，我却不喜欢冰火两重天，不喜欢那样真实的落差。南京的冬天像一位和善的母亲，手高高举起，轻轻落下。脸色紧绷，满身娇嗔，而孩子们是懂得母亲的严和度，一如南京人懂得南京天的宽与紧，所以总是满怀希望。在这样的日子里做着自己该做的事情，不因为温度的高低而改变了自己为人做事的心境与情怀，南京的冬造就了南京的人：一样的宽容有度，一样的谦谦君子。

南京的冬天是有些力量的。在今冬最冷的几天里，角角落落里的早梅已星星点点悄然开放，这是五九六九时百花的使者。湖边的枯柳业已慢慢地鼓起蓓蕾，如一个个握紧的小拳头，就等着浩荡东风几番吹拂，便会满枝簇发，满树新芽。在湖边冬泳的人们在老柳下谈笑风生，由满湖冰到绿水油，由漫天雪到柳絮飘。冬的力量就是人的力量，冬的力量转化为人的力量。大家攒着南京冬日的这股力量在湖水里扑腾着，日日与冬有切肤之亲、融和之欢。这种力量呵护着万物生灵，这种力量让人充满着希望。这种力量是一种侠骨柔情，刚毅而不失温婉，成稳而不失睿智。不是猛张飞，不是神孔明，而是吴国周郎。

我喜欢南京的冬天，不仅因为它情趣、力量和宽容，还因为它是健康的。我是一个冬泳者，在一片明净的湖水里，游过了六个四季。孩子入学至今就要小学毕业了，在忙碌的工作中找到了一条身体康健的道路。冬泳不仅锻炼了体魄，也使自己从中领悟到了许多道理，让我感受最深的就是“入”字诀，即克服一切困难首先要介入，不回避；继而能进入，不逃避；最终必深入，不畏避。事虽不相同，但定同此理。

2016 年 2 月 6 日申时于教务处

唱起你听

七月的盛夏，寂寥的旷野只有紫薇花静静地绽放着，虽没人欣赏，却也风姿绰约，“杨家有女初长成，养在深闺人不知”，不经意间那一低头的娇羞也曾清凉了古城金陵的火红。阡陌小道曲曲折折，树木浓荫茂密。袁枚访友回来，此时已满脸是汗，想随园至多半个时辰的脚程，便撩开衣襟在一棵大槐树下小憩。不远处，一条不大的河安安静静，岸平水清，垂柳依依，绿草茵茵。几只鹭鸟踮着细长的脚没在浅水里认认真真地找着吃的。午后少有人行，几头牛赖在水里，惬意地闭着眼睛，连水边青青的草都不想多吃一口，仿佛要卸去一天耕作的辛劳。小主人也懒得管它，玩够了，蹬着弯弯的牛角，扭着屁股爬上正在享受青草的黄牛背上，歪坐一侧，想着娘说今有米饭，还有昨天爹在河里抓的鱼，心里甭提多喜！

“…… 哥哥学了三年书，一考考着个秀才郎。先拜爹，后拜娘，再拜拜进老婆房……”小童不知道老婆是什么，就知道唱着唱着就仿佛有了，有了一个和他一起玩的伙伴。

尽管看门的大牙没有，漏气，但小童今天特别想大声唱，娘教哥的曲好听着哩。与其是唱，不如说是叫，扯着小嗓子喊，反正现在没有人听见，倒把赖在水里的牛搅醒了，眯着眼，看着，一脸的茫然。歌声让这个午后有了活力，让这片小小的林子来了风声，片片树叶似乎也为之点头拍手。黄牛一个劲儿吃着，慢慢地向前踱着，仿佛这世界只有这一片片草了，小主人的嚎叫在它耳里就是一阵风，等他累了，也就安静了，就像现在的牛一样。

这唱法，如果被庄上的小伙伴听到又要取笑他的破嗓门，又要说他疯了。其实，在这个午后，有一个人比他还喜欢唱歌呢——大柳树上的蝉。“知了，知了……”半指长的身体，花椒籽一样的眼睛，都不知道嘴在哪儿，可那叫声非同小可，仿佛要把江宁府唱得火起来，唱得燃烧起来。声音入耳时如一个鼓胀的球，瞬间全部压缩成尖厉的声音一下子钻进你的耳朵里，把你的五脏六腑都震动了。一波接着一波，很热烈，没有停息的时候。在午间很恼人，忍不住想哄赶。

袁枚坐在浓荫下，听着小童的歌看着他和黄牛，脸上满是笑意。这时，小童似乎听到了与自己歌声不和谐的声音，刚准备吼出的老婆的“婆”被硬生生地咽了回去，心里却泛起一阵窃喜：知了，我一个人的，没人和我争，哈哈，嘘！小童连忙伸手捂着自己的嘴巴，两只眼睛溜溜地搜寻着。哦！看见了，就在树杈上。小童的身体伏在温润的牛背上，脑袋里飞快地转着：粘杆没带来，怎么办？如果能捉到它，那就有得玩啦，听母亲说还能换铜钱哩！只要用我的小肚兜…… 悄悄地，走近，站在牛背上，瞅准了，一个猛扑，一定行，知了的眼神也不太好使……

这一情景让树下的袁枚看得清清楚楚，他被乡村小童可爱机灵的样子逗乐了，忍不住诗兴来了，不由得随口吟出：牧童骑黄牛，歌声震林樾。意欲捕鸣蝉，忽然闭口立。

鱼，吾所欲也

世间的事简单，世间的人不易。事是死的，人是活的，事在人为，人为事变，人与事的纠缠，让生活越来越看不懂，让人越来越复杂。也许，越了解越疏远，叹其不全；也许，越爱护越痛恨，怒其不争；也许，越思谋越孤独，哀其不容。喜欢一个人，不可能是他的全部。

小学时，喜欢沈先生的语文，简单快乐，但不喜欢他一口吴音，一口烟牙；喜欢听同村的冯先生劳作间嘹亮的歌声，却不喜欢他惧内隐忍。儿时总是问哪是好人哪是坏人，倒是大了，模糊了好与坏的界限，暧昧了爱与憎的区别。曾经不以为然的，现在却觉得可以信任了；曾经同苦共难的，现在却觉得可以放弃了。我已年过不惑，亲朋故友，乡梓同事，学子过客，不可谓不多，不可谓不杂。生活在一起担当是责任，工作在一处团队是需要，而交往靠的不仅是恪礼，更多的是信任，是相互信任。

信任的基础是简单：行事简单，为人简单。我的内兄就是这样粗糙的人，简单的人。他有一个诨号很响亮——鱼扒，晚辈们则尊敬地叫他鱼霸或鱼爸，以至大名无人问津，只静静地躲在户口本的第一页，妻女也从来不叫他大号，我想他自己看到本名时会有一种似曾相识的感觉。

鱼爸和我同龄，可要论起他的鱼龄来，那可有年头了！从幼年的河塘里钓鱼，水窠里摸虾，水洞里引鳝，到现在近水识鱼，可谓一肚子鱼经，满脑子渔事。有人说，有两种人长得越来越像鱼，一种喜欢捉鱼的人，一种喜欢游泳的人。你看鱼霸长得黑不溜秋、矮不拉叽的，连他老婆都叫他黑鱼。他的黑可不是干黑、瘦黑，更不是病黑。他的黑，是日光下的紫铜黑，是饱满的亮黑，是水灵的油黑，这种黑鲜亮鲜亮的，生气勃勃。而黑催人老，他远看上去像个健壮的准老头。皮色黑，而且不修边幅。衬衫的袖口永远是不扣的，衣襟也总是耷着从不围在裤里。更有趣的是经常扣错扣子，两边一高一低，整个人显得特别滑稽。T恤倒是好穿，特别有型，因为领子总是忘记整理，一直竖着，显得有些帅气，其实他是不知道的。老婆嗔怒，女儿嗤鼻，亲朋玩笑，他却理直气壮：

“怎么啦，你穿的还没我好看哩！”

他故意用浓重的乡音把“啦”说成俩（上声），话语里透着粗糙与坦荡，言下之意：我是个大老粗，我怕谁。他认字不多，接话却不错：“这叫个性，你 out 啦！”

他从小没上过几年学，几十年一本书也没读过，倒是眼中无书，心中有鱼，清闲得很，快活得很。如果证书勉强算书的话，他家一共有三本：结婚证、挖机证、房产证。在作业时，他的挖机从泥里能挖出黄鳝、泥湫。上班的空闲，他的眼睛总是悄悄地观察着周边的水塘沟坝，在别人休息的午间或下班后，他就兴致勃勃地套上长靴、背上电瓶、戴上草帽，摇身一变，成了一个在田间水边劳作的渔翁。一条小河，几条芦荡，不肖一顿饭的工夫，几斤多的黑鱼、满身斑点的苍趴地、清癯玲珑的小白条、壮硕蹦跳的河鲫，林林总总，大大小小，小半桶。大黑做酸菜鱼，小的一锅炖，甭提有多鲜了，这野生的与养殖的真是天壤之别啊！

鱼霸捉了几十年的鱼，特别爱吃鱼，特别会做鱼，也特别讲究。能清蒸不红烧，防粘先放盐，高温油煎透，鱼肉不易碎。中途放姜去腥味，冻鱼放奶保鲜美。他一边吃，一边会评价。他就是一位资深的美食家，能得到他的表扬可不简单，到目前为止，我家的酸菜鱼屡屡让他点头颔首：“嗯，鱼片轻薄，汤汁清亮，酸辣相宜，八十分。”每至年节，围着一桌，鱼在哪儿，他坐哪儿；鱼儿吃干，人就离桌。不过呀，我们一家人老老少少的，都爱听他摆活他的鱼，长知识，增享受。

喜欢鱼的人，有了鱼的性情；喜欢捉鱼的人，总是满心欢喜。鱼爸的工作很好，收入很高。他开大型挖掘机技术过硬，挖沟不用线，如刀切一样整齐，在单位他是大师父，而如今，捉鱼成了主业，上班成了副业。捉了野生的鱼虾，经常不辞辛劳地送来，他外婆家，大姨、二姨、小姨挨家送，我们这些经常吃人家的还得寸进尺提要求：黑鱼黏滑，小眼总是瞪着，不愿弄。每次他都在家清理干净才送来，你看，他爱鱼倒成了鱼奴了，唉，爱一条鱼是没有理由的！

有了鱼爸，家里就有了鱼的味道，有了自然的味道。

鱼，吾所欲也！

5 月 25 日子时于家中，时风雨大作

走进童年

曹文轩说过，一个人永远也无法走出自己的童年。

人过中年的我深切怀念着自己的童年生活。那片阡陌纵横的农田、那条曲曲折折的河流、儿时住过的草屋以及草屋墙上暖阳下的蜜蜂，春天里尝桑葚、夏季里采茭白、秋天里摘菱角……那一幕幕、一场场，没有随着时间的流逝而消磨，反而似老酒，越沉淀越醇香。十多年前，家乡拆迁了，我也从农村到了现在的学校，儿时的人、事、景越来越急迫地来到了我的记忆里，有时梦里见着了，傻傻地笑醒了，笑出了泪花，这是一种多么幸福的感受，酸酸的、甜甜的，历久弥香。

我得赶紧把自己的记忆写下来，怕自己人老之后，再也记不起那些永恒。所以这几年来，我在挖掘抢救这些回忆，让美好变成文字，陪伴着自己慢慢老去。

碧花菱角满潭秋

家乡毗邻长江，雨水丰富，四季分明，谈不上什么山清水秀，只是阡陌纵横的农田原野之间随处可见东一块西一块或大或小、或狭或阔、或方或圆的池塘。

村庄的远处有矮矮的几座山，靠的最近的要数北边岳飞抗金的牛首山，迤逦折向西有佛教祖堂山，隔一条货运铁路与矿区吉山遥相呼应。这里的山没有古木参天、壁立千仞，只是草木丛生、形态憨厚，看起来笨笨拙拙。山势平缓，连小孩子们也是极容易上山顶的。山浅，也没有什么特别大的动物，难得在浓荫匝地的山林里遇到一只狼。只有深秋时节落得满山满坡层层叠叠的松针与松果，这可是极好的柴薪，比起堆积日久的蓬乱不经烧的稻草和麦秸要厚实的多，在灶膛里燃起来，火势强劲，绵绵不绝，烧一顿饭要不了多少时间。从小干惯烧茶煮饭的活，我们喜欢进山背松针和松球。

村子的背后是县城，平平坦坦，地方不大，一纵两横，三条主要街市。绵延东南的都是平坦的水田。大河湖泊较别的地方多一些。新老秦淮河从句容宝华山和溧水东庐山一路蜿蜒而来，九曲十八弯。紧贴着县城缓缓汇入长江。奶奶从南边嫁给了北边的爷爷，繁衍下了我们一门几十口人丁。老人们习惯地称南边的为湖里的，北边的为山里的。山里除了有一些小小的山，还有许许多多小小的塘和坝，它们东一厝西一厝散落在田畴阡陌之间，不似南边的大大小小连成片，有气势，有容量。

这些小小的河塘有的是有名字的，大多是无名的。对于我们这些调皮的男孩子来说，这一方方河塘成了最好的玩伴和去处。夏天一头扎进清凉的荷塘里摘荷叶，剥莲蓬，或用脚先在淤泥里探探莲藕的大小和位置，深深地吸上一口气，一个猛子下去，运气好或能憋住气的话，几节鲜嫩的莲藕便被抱了出来。用清水洗净，脆嫩爽口，甭提有多好吃了。饱了口福，顺手摘一片大大的荷叶，悠悠地顶在头上，在火辣辣的日头下一个个阴凉的小身体好不惬意。冬天里，也不怕寒冷，去河塘里敲冰块，双手捧着一大块，小心翼翼地端着，快速地往回跑。把冰块用手托着，紧紧地贴在平整的砖头墙上。看着暖阳慢慢地融化这些冻得硬嘎嘎的冰。融化了，水渍一条一条顺着墙弯弯曲曲地流下，洇湿了一块块墙面。我们就晒在冬阳里，一面搓着冻得通红的手指，一面傻傻地看着，一脸乐呵呵的笑容，口里还哼哼着“冬冰冬冰阳阳，贴在墙上玩玩。冰儿化成水水，落在地上粉碎”。越来越薄的冰终于吸附不住，“啪”的一声，落在地上，成了满地的碎银。小孩子“哦”的一声，一脸的惊喜一脸的期待。他们似乎早知道这个结果，只是看它什么时候“体力不支”。红着小手，忙不迭地转身去搬运一块更大更厚的，似乎这就是他们温暖冬天所有的功课。来来往往，乐此不疲。远望上去，一墙的水渍，一路的水痕，一路的欢笑。

秋天里，孩子们就更加忙碌了，忙着采菱角。中秋前后，满河满塘的菱角熟透了，密密匝匝铺满了水面，不留一点儿空隙。支支棱棱挨挨挤挤，没有成熟时的青青嫩嫩，疏疏朗朗的平铺在水面上。它们拼命生长，竭尽全力，以待长成时能子孙满堂。长成挂果时，菱母的叶子变得厚实丰满，犹如美丽窈窕的新娘做了准妈妈后的雍容华贵。略显泥黑的菱母叶片下挂了累累刺刺的果实。家乡的菱角果主要有两种，一种是二角红菱，因形似马鞍，家乡人称之为马菱。马菱肉质肥厚，果实硕大。一般是专门有人在较大的水面上种植，待到中秋成熟时出售卖钱的。租户看得紧，不能去摘。我们小孩子去的一般是一些无人看管的野塘。

大夏天，大人们大多午间要休息，下午可能还有很多农活要做，而我们这些半大的小孩子这个点是永远也睡不着的，大人们很难理解。那时，每周三放半天，周日放一天假。睡不着午觉的我们不是下河去漂着，就是到哪个河滩浅水里去捉鱼虾。而秋天水稻收获的时节，菱角也成熟了，田野阡陌间到处弥漫着一种收获的清香，丝丝缕缕。这样的时间，是最让孩子兴奋的了。大人们一般不允许男孩子们独自到河里去玩耍嬉戏，几乎每年都听到某某村里的小孩子被淹死的消息，大人们常常会吓唬我们，水里很深，有一种叫水猴子的东西，是他们亲眼看到的，和家里的小狗一般大小，齿、爪尖利，力气很大，会把人生生地拽下水。甚至用毛笔在手心画圈，字若不在，说明下水了。说归说，小孩子们是没有记性的，只要一有时间，同村的男孩子就不约而同地乘大人午睡的时候，悄悄从家里溜出来，大人的话都抛到九霄云外了。每人顶一个大大的木盆（这些盆一般是家里人用来洗澡或装粮食的，因为身材矮小，身体几乎被大木盆盖住了），手挎一只不大不小的篮子，弓着腰，猫着背，在田间小路间穿行。秋风起，稻穗黄。小小的一行人，急急地奔走着，在片片稻田间时隐时现，还有点战争年代奇袭白虎团的意思。去处早已寻好，找一个好下脚的地儿，胆小的孩子犹犹豫豫的，有经验的随手操起一树枝，在半人高的杂草丛里敲敲打打，怕有蛇会蛰伏着。找一处好下水的平缓处，放下大盆，小心翼翼地坐下去，慢慢盘起双腿，伸出双手，扶着盆沿，把平衡调整到最佳状态。有的小小子，一心只想着清香的菱角，还没坐稳便一个翻身落到水里去了，大木盆也倾覆了，稳稳地罩在头上。灵活一点，入水里一个猛子往别处一点，便能避开随之倾覆的木盆。落水了，一定会引起一阵哈哈大笑。那些老手们动作麻利，以手为桨，不急不慌地直奔目的地，迫不及待开始采摘。收获的过程是幸福的，充满惊喜和期待的，是专注的，两眼放光的，更是快乐的。

翻开叶片，一颗颗菱角果便出现在眼前。个头虽小，但大多饱满结实，体态匀称，看着就让人喜爱。一颗一颗地摘下，小心地放在两腿盘成的圈内，满心的欢喜。但要小心一点，稍一动，小小的尖刺就会扎得人痒痒，要好好地忍着。不消一盏茶的工夫，两腿之间就堆满了菱角，顺着原路返回出发地，把盆里的菱角双手捧到竹篮子里。两三个来回之后，竹篮里已盛了小半了。顺便弃“舟”登岸，一边伸展伸展有些麻痹的双腿，稍作休息，一边观察着盘算着哪里的物产最丰富。河塘被来来回回走了一遭又一遭，被摘尽菱角的菱母又被胡乱随意地丢弃在河塘里，一片狼藉。

在采摘时，偶尔也会有意外发生。有时刚拽起菱母，突然发现有一条小水蛇正攀附在枝杈里休息，似乎刚睡醒，睁开小眼睛正看着你呢！“啊”的一声，魂飞魄散，忙不迭地扔了，急急逃离。这一幕我们也都见怪不怪了，而这一小插曲让沉闷的下午、紧张的劳作不再那么单调，变得丰富多彩起来。在来来回回运送途中，一不小心，没控制好，也会发生翻船的事情。人和战利品尽皆落水。落水者一脸懊丧，却没有多少惊恐，只是可惜了落水的菱角。生在水乡，男孩子们从小都会水。湿漉漉地从菱母中间冒出来，抹一下满脸的水迹，正回木盆，翻身爬起，继续战斗。这些孩子当中，以男孩子为主。落水了，也不打紧。有时脱了衣裤，光着腚在河里游着，衣裤晒在岸边的树枝或长长的灌木上。有时，个别胆大的女孩子也跟屁虫似的参加了，那我们的行动就不那么自由了。尿急了，不能随便找个地方就放，也不能不管不顾地变着花样比谁飙得远，不然，这个小妮子回家要到爹娘面前告状的，平白无故地挨一顿训斥，真人让人生气。偏偏这个叫二双的小姑娘就是这样一个人，我们都不喜欢她，不愿带着她。

采摘工作紧张劳碌，苦苦的夏天，炎炎的烈日，河塘草木里飞舞的大大小小的蚊虫，在我们小小的身体上不时肆虐，但收获是满满的，菱角都要堆到尖了。顶着大木盆，背着夕阳，在田埂上一长溜地行进着，满载而归。若在电影里，也一定很有画面感，一定也是很美的。任何时候，劳动的美是自然的，是最能打动心灵的。

七八十年代的江南农村，能吃饱真不是一件特别容易的事。贫苦人家，一天三顿都是稀的。晚间闲了下来，大人们煮熟了菱角，左邻右舍免不了要送上一碗两碗的，庭院的空气中弥漫着丝丝缕缕的清香。全家人围坐在一起，就着浓浓的月色，习习的晚风，一口咬开鼓胀的菱角，松香糯糯的果肉便舒适温润地包裹着舌苔，挨挨挤挤地漫进唇齿之间，一时间口腔的那一部分酥酥的感觉，没有绚丽的色彩，也没有五味杂陈的波翻浪涌，平平淡淡，缓缓的、素素的、安静的、绵长的、不经意的，又是那个年代不能忘却的。劳累了一天，静静地享受着这大自然赐予的礼物，享受着孩子们午间的劳动成果。虽然生活贫困，倒也其乐融融。

我们小孩子是不知晓生活的艰难，衣、食、住、行这些外在的东西对我们的影响几乎没有，我们要的是无拘无束，有足够的玩伴，有自己的游戏，甚至有自己的小秘密。邻家的老母鸡在门口后塘的草垛里下的蛋，只有我自己知道，热乎乎地捧在手里，摩挲着，像对着一件宝贝，一脸的虔诚（要知道那个年代，两三枚鸡蛋可以到村口的小店换回一两周家用的食盐），然后依依不舍地敲一个小眼儿，慢慢地吮吸，蛋清滑滑地流入口腔，蛋黄似青团，软软黏黏，时方时长，一哧溜，倏忽一声没入喉咙，没影无踪。张大嘴巴，闲着眼睛，在静静地享受吞蛋的过程，一天就跑好几回，盯着那只鸡，盯着那个神秘的窝。

整个夏季，河塘成了男孩子们最向往的地方，最清凉的去处，最能享受口福的快乐之地。秋风起，菱角大腹便便，安祥成熟。一丝丝淡淡的清香之气在阡陌田垄间若隐若现，弥漫不开，包裹着河塘，萦绕在孩子们的心头。多少个年头过去了，那淡淡的清香之气仍然绵延不绝，清晰依旧。

菱角香，
满潭秋。
岁月渐老，
童心依旧……

那山，那河……

亲爱的同学们：

你们好！

从三年级起，我们就相识了，朝夕相处已一年有余。常常听到同学们谈论自己的家乡，那种思念和热爱让人动容。今天老师也想和大家说说自己的家乡，说说家乡的山、家乡的河，希望有机会，同学们能到那里去走一走，看一看。

我的家乡是个风景秀丽的地方。宋代岳飞大破敌军的牛首群脉历经八百年风雨依然巍峨苍翠；清清一脉秦淮河水九曲弯弯，母亲一般将故乡的田地和村庄揽在怀中。勤劳的祖辈挖渠成河，取名长新，呈舒缓的“V”形，穿村而过。一年四季，便有了不同的风景。冬雪消融，春草青青，最是多雨的夏季，河水泱泱，碧波汤汤，不由得让人想到“草满池塘水满陂”浅浅的壮阔与水草丰茂的鲜活。这个时节，小孩子们是最喜欢不过了。午间，没了管束的孩子们，三五成群，呼朋引伴，脱光了衣裤，欢呼着纵身扑进河里。那清凉温润的水啊，如丝绸一般包裹着可爱的小身体，鱼儿一样的男孩子有的呼哧呼哧的几个猛子扎过并不宽阔的对岸，趁凉棚里的邻家爷爷打瞌睡的当儿，匍匐着偷偷地从地里滚个熟熟的大西瓜，在水里洗净，砸开来，黑籽红瓤，吃得满嘴满脸，活像个化了妆的小丑。有时偷瓜也会被发现，等看瓜人追上来，几个都已一路欢叫着扑通扑通地跳下了河，老爷爷故意把手里的土块扬得高高的扔过去，口里嗔怪着“小兔崽，看我撵着不打断你的狗腿”。其实，我们知道，每一次都是雷声大雨点小，或者只打雷不下雨。在水里，一个个都成了梁山泊好汉，不管不顾，只是玩他们的。河坡两岸时有刚耕作过敦厚小憩的老牛，孩子们便赶下河来，鼻绳绕在手里，骑在牛儿的背上，另一只手还挥舞着从岸边折来的枝条，口里嗷嗷地喊着“冲啊，杀啊”，活像个威风凛凛的将军。家乡的牛，你别看它体型庞大，很沉重，但它们的水性很好，善于泅渡，小孩子们个个都要过个做将军的瘾，来来回回也不知折腾了多少回，一趟一趟的，牛儿也不觉得累，温温顺顺地陪着孩子们在水里泡着。

河边有一方碧绿的荷塘，每到夏日，华盖参差，清气幽幽。荷塘边就是通往学校的石桥，也是村里到镇上的必经之路。午间休息时，男孩子们喜欢站在小桥的石墩上跳水，按事先编好的顺序，一个接着一个。他们熟练地爬上半人高的石栏，双脚立在不大的石墩上，双臂前后慢慢地悠着，做着老师教的跳远的动作，扑通扑通，水花四溅。有的动作不好，肚皮或后背"啪啪"地打在水面上，还真有些疼痛，皮肤上都有浅红的印迹。有几个小小子一个接着一个往下跳，一不小心，前面的人还没冒出水面，后面的就迫不及待地往下跳，正好扑在前者的身上，前面的吃一惊，上岸后难免要追打一番。湿淋淋，一路的脚印带着水歪歪斜斜地落在滚烫的尘土里。临走时，也不忘到荷塘里摘一顶硕大的荷叶顶在头上，遮住烈日，清清凉凉的，真惬意。

有时，小小子们吃饱了，闹够了，便平躺在水面上，闭着眼睛，任平缓的水波轻轻地托着小小的身体静静地漂着，流动的云，瓦蓝的天都装满了孩子们小小的心田。

在河边长大的孩子，从小就习水性，有时放学，河对岸的嫌走桥绕远，索性就游过河去。但父母们是不让他们下河玩水的，衣服不能湿的。怎么办呢？孩子们是有想象力的，办法很多。比如骑水牛过河，赤脚挽裤。有的孩子早就准备了一个好的塑料袋，把衣裤书包装好扎紧拖着过河，更有那水性好的，将衣物顶在头上，一手摁住，双脚踩着水过河，你看那小身体一扭一扭，活像一头训练顶球的小海豚，神情紧张，双脚得十二分用力，小脸憋得通红。这时你若跟他开玩笑，他准和你急眼。上岸后晾干身体，穿好衣裤，得意地望着那些绕路过桥的同学，大声呼叫，那种胜利的自豪是满满的隐藏不住的。但他们也害怕被同学告发，特别是村子里的女同学。她们不会游泳，还经常受男孩子奚落，看到男孩子们被罚那是一件多么开心的事情啊，所以故乡的男孩子特别讨嫌那些爱告状的"马屁精"。泅水过河也会有意外，若衣物不慎落水，那可就惨了，一定是不敢回家的，一定要把衣服在烈日下晒得半干或完全晒干，至少让严厉的父亲看不出来，回家的路上还得想好迟回来的理由。真的有点小烦恼，一步一步地，磨磨蹭蹭，小脑袋瓜子不够用了。夏日里最忧伤的要数邻村的柱子了，他爸爸是村里的会计，会写一笔好看的毛笔字，为了不让他下河游泳，便用毛笔在手心和脚背做上记号，若傍晚回来字还在，就证明他没有玩水。这一招可厉害了，拴了柱子一个夏天，真惨。

渐渐田野里呈现出金黄了，天气转凉，下了河就一激灵，打哆嗦，秋来了，而一个夏天的回忆却已结结实实地装满了村口通往学校的那条土路，装满了学校边那满池的田田荷叶间。多么好啊，家乡的河哟！严冬里，落雪时，河两岸的村庄田野一片苍茫，高高低低的植被，碧叶枯尽的荷塘，一厝一厝的低矮房屋，还有那一行一行或深或浅的脚印都让小小子享受着天地间难得的静默。

沿着河流往上游，就是片片山林。家乡的山不似北方的山，高耸险峻，但在少年时代我们的眼里，也是山高林密了。我们常去的山叫牛头山（牛首山）。从北向南远看，这座山两峰争高，如一对牛角，所以叫它“牛头山”，它也是中国佛山中有名的“江表牛头”的所在地。满山不知名的灌木塞满了山道，高高低低清癯的松树疏疏朗朗。秋天松针落了一地，蓬蓬松松铺满了林间空地，也有松果干枯悄无声息地落下。

我们最爱在这时进山，星期天，由哥哥姐姐带着，拿上装粮食的大口袋去背松毛松果、做饭的柴薪。有时你运气好的话会碰上灰褐色的小松鼠哩，看到人来，忽一下就窜到高枝上去了，还不忘记回头眨巴着小睛眼向你窥视呢。有时你还会在下山的途中捡到一支卷曲成球状的刺猬。可能是它一时贪玩，无法逃遁了吧，便索性不露出头脸来。哥哥姐姐有办法，扯来藤葛牢牢地把小家伙五花大绑，结结实实，兴冲冲胜利而归，那阵势，不亚于一支凯旋的军队。

因为城市建设，我们早已离开了家乡的村庄，住进了整洁漂亮的小区。没有了整天面朝黄土背朝天的辛苦劳碌，过上了安闲幸福的生活，享受着天下太平的舒适。可三十多前记忆中的那山、那河依然清晰，常常幽幽入梦来。

那河，那山哟……

祝同学们学习进步，生活愉快！

你们的语文老师

2014 年 10 月 26 日

我那遥远的长新河……

晴天一身灰，雨天一身泥。坑坑洼洼的乡间道路，一条清凌凌的河流从城东的秦淮河分叉逶迤而来，直直地穿过村庄，把田地一分为二，到了村子的尽头折了个弯歪歪斜斜地向牛首山而去。小时候总是分不清这条叫长新河的河到底有多长，从来也没有到过它的源头，也没有见过它和大河汇合的地方。它日日静静地流淌，一年四季浇灌着两岸的田地，冬去春来忙碌着逐水而居的乡亲。似乎从没有湍急的流过，更没有见它咆哮过。不知是从北边的山里流过来，还是从村后那遥远的地方流来，童年的时光里也极少见到它大水泱泱平两岸时的波光粼粼，一年四季半湾水不急不缓，就如春生夏长的庄稼自自然然。在田野尽头零零落落的有三两户人家，与他们毗邻的就是家乡的小学——司家桥，也不知这个有趣的名字从何而来。问过老师，也问过村里的老人，没有人能说得清，太遥远了，渐渐地也就淡忘了。南北向两排老式的瓦屋，红砖开陡墙，粉面大片瓦。也不知哪个年代建造，从儿时起就一直静静立在村西头那片空地上。教室的土地永远是裸露的小小的凹凹凸凸，老式的课桌笨笨拙拙，从来就没有摆平过，上课时总是要很小心地一人压住一边，永远有轻微的吱吱呀呀声响起，下课时，它们就成了我们的玩具，好像现在的摇摇椅。老师叫我们找来方正平整的小石块垫起桌脚，可经不住我们这些农村泥腿小屁孩，三下两下就歪歪斜斜地散了。偌大的教室，高大的人字梁，只有二十个左右的学生，教室后面还空了一半地方，那是我们下课时尽情玩乐的地方，特别是雨雪大风天气老师不许我们外出疯时，那片简陋的土地是那样的温暖。

课间我们的活动可是丰富着哩。抬起一条腿用手抱住，单脚奔跳，一下一下努力跳起，用盘起的膝盖高高抬压住对方，直到对方认输，我们称之为“斗鸡”；寒天日暖时，我们就涌出教室，分两队靠墙站好，用力挤对方，看哪一队被挤散。往往挤得热乎乎、汗涔涔，一边挤一边还“呼哟嗳唷”地从牙缝里喊着口号，我们称这种游戏叫“挤油渣渣”。一场渣渣，有时势均力敌，不过墙上的石灰粉倒被蹭到不少，一褶一褶的都在我们的后背上。同村的冯老师、班主任杨老师都是挽起裤腿来上课的先生，是深谙农活的半个庄稼汉，时常站在不远处边啜着大瓷缸茶水边笑呵呵看着我们，人到中年的他们一脸的慈爱。

小孩子没来由的与雨水特别亲，一场大雨过后，被称之为操场的空地成了我们的战场。我们把鞋扔在一边或放在教室的窗台上，因怕弄脏了，父母责骂，赤脚在泥地里踩着被水泡透的黄泥土，丝丝凉凉的，感受着软软的泥哧溜溜地从趾缝里冒出来，那种有些痒痒的感觉真的很特别。我们不喜欢在村里赤脚，有猪啦、鹅啦、鸡啦，它们的粪便东一处、西一处，冷不丁就踩在脚下，想一想，有些恶心，回到家脚洗了又洗，心里仍有些恨恨的。而学校的泥不一样，干净，团起来打起泥巴仗，真好。跑得慢，身上、脸上都有中弹的。你来我往，泥弹横飞，一场激战，教室的里里外外已满目疮痍，墙壁上到处是一团一团深深浅浅、大大小小的泥点，像一张张破碎的脸，病人的脸，鬼怪的脸，如毛主席老人家所说的“弹洞前村壁”。战斗结束后，我们也被吓坏了，都逃之夭夭，结果被查出，受到批评，当年的“三好学生”资格被取消。这是我上学以来，前前后后共十三年的学生时代犯过最大的错误了，装在心里近四十年不能忘怀，不是后悔，而是丝丝甜甜的追忆，一次偶尔坏一次的怀想。

教室的土总也不平坦，似乎永远也扫不清楚，一次一次，一年一年，干硬的地面一层一层的细土被扫起，似面粉一样柔柔软软。

泥土的地面冬暖夏凉，炎炎的夏日教室里没有电风扇，也是凉凉的，我们男孩子就扯一块塑料薄膜躺在地面的低凹处，一个小窝里，好舒服，女生可选择睡在桌子上。小小子，天气不黑透总也闭不上眼。一边抬起脚轻轻地晃着“摇椅”，惊得上面的女生瞪着小眼一惊一乍的。女生一转脸，赶紧闭上眼睛假装睡着。有时觉得女生挺无聊的，也懒得理她们，省得告老师，又得手心挨板子。邻桌睡在地窝里的两个人团起小小的身体侧着，窃窃私语，小声地聊着下学后到哪里去捉鱼，或约好晚间趁着夜色到哪里去捉迷藏，甚至大胆地想象去村南头河边瓜地里偷西瓜而又不被老爷爷捉住，不知不觉聊着聊着竟睡着了。

学校门前的空地在雨季过后，长满了深深浅浅的杂草。体育课，老师扔给我们一个半瘪的皮球，就像动物园里扔给饥饿的群猴一根香蕉。四下奔跑追逐，嗷嗷叫着、欢呼着，在深深浅浅的杂草丛中不停息地跑上一节课。胖胖的魏老师靠在走廊的立柱上悠闲地享受着河那边吹过来的凉风，偶尔手搭额头抬眼看着天边那几朵亮亮的日光里的云，大部分时间在欣赏着小孩子们快乐地奔跑着，不时喊着“别跑远了，不要把球踢到空地边的一方长满了浮萍的小池塘里去”。现在才想起，原来老师每次给我们的球总是小小的瘪的，原来是为了不让我们跑远，真有智慧哇！

每年夏日的雨天，我们都有莫名的兴奋。有许多事情值得我们去做，去疯狂。到南边紧挨学校的灌溉渠上找地皮菜最让人开心了。四台大口径的铸铁管里喷涌而出的长新河的水被送到了离村四五里之遥的邻村田地里。水渠高高，斜坡宽整，草木茂盛，土地洁净，雨后会有许许多多地衣出现。它们隐藏在草根处，贴着湿软的泥土，润泽丰满，细细滑滑。光亮的黑色，像泡水的木耳，新鲜极了。我们赤着脚，戴着斗笠，蹲着身子扒在那块熟悉的土地上细细地寻找着。每找到一朵，心中便充满了小小的喜悦，且不断被这新的喜悦填满，一处处的发现，一个个的惊喜，一袋袋的收获，仿佛看到了父母满面的笑容：“孩子，真能干”，似乎嗅到了地衣炒韭菜的清香。地衣温润软滑，不似杂草般粗粝的菜蔬，嚼在口里隐隐有肉食的味道，嫩滑如丝，从口腔到食道无一处不舒畅。在缺油少盐的儿时，经常有地鲜和水鲜下饭，那日子就好比过去的地主了。父亲不爱捉鱼摸虾，家里甚至连一张网都不曾有过，鱼虾是指望不上了，所以雨后的地衣就成了上天对我们的恩赐，特别是夏天大雨过后。多年以来，我一直喜欢有雨的时节，特别喜欢听落雨时喧嚣中的宁静，一直以为自己是一个多愁善感的人，却原来是为了那一朵朵在雨后盛开的“花”。一场雨，满腔的期待，这期待足以装满孩童时小小的心。如今，生活条件好了，偶尔也在菜场看到人工种植的地衣。每次见到，一如故人般亲切，不管需不需要，总捎上一些，做些给孩子尝尝，希望他也能吃出自己儿时的甜蜜。而口中的味道早已不似当年，多少回雨中梦里又回到了学校的水渠边，那里满是熟悉的后背，满耳都是一声声的惊呼：我又找到一块大的，我又找到一块大的……

十五年前，老家拆迁。机器轰鸣，大道纵横，工厂林立。当初的一切，没来得及留下照片和影像资料。村里人住进了离老家十多里外的小区，没有了田地，没有了农具，也没有日日流淌的那条河。我一个人是无论如何也找不到老家的位置的。年前，在老父亲的指引下，我带着十岁的儿子来到了那条河边，那个叫司家桥的地方，那个雨后长地衣的地方，那个曾被泥点污浊的地方。我大吃一惊，一切都没有了。学校没有了，高高的渠没有了，那条河被隐弃在一条不起眼的小道旁，取而代之的是宽阔笔直的纵横大道。我仔细地辨认着，我坐过五年的教室，我们玩球的深深浅浅的草丛，那条通往学校的斜坡土路，我们曾经日日走过叫司家桥的那座桥，桥边夏日里那碧绿的荷塘……我静静地立着，竟不敢相信这一切是真的，我不能到这里来，它把我的记忆全都抹去了，变成了一张白纸，真的太可怕了。

变了，真的变了，变得让童年的快乐无法安放，无处安身。不，我要把它们记下来，变成文字好好地记下来，把我能记得的童年全部写下来，我怕有一天，记忆会慢慢地消失，什么都没有了，我将不再想起自己儿时从哪里来，梦里都会变得无着无落。

一切都在变，变化的是岁月，不变的是情怀。

这一切，我时常梦起，不时梦起。每次都要深深地梦到底，醒来还要细细想一想，梦中还有哪些被忘却，好下一次完整地再梦一次。梦真好，如时光机器，瞬间又回到了童年，那河，那雨，那人，那片村庄。

遥远的长新河缓缓流淌，在村西头折个弯奔向牛首山脉；或是牛首山的水蜿蜒而来，在村西头折了弯，直直地奔东而去，我那遥远的长新河……

我的姑父沈丰先生

我的姑父是一名小学老师，苏州吴县人。十六岁走上讲台，“文革”时下放到农村，后调到我们村里的小学教书。姑父初来时单身，为人十分单纯，待我们很好。每逢刮风下雨，他都会做饭给不能回家的孩子们吃。后来他成了我的姑父，所以我时不时被留下来吃饭。虽然和自己的老师在一个锅里吃饭有点紧张，但十岁的我是很开心的。一来不用跑回家喝稀饭，吃不饱，肚子咕咕叫。我是个听话老实的孩子，从不在辛苦劳作的父母面前说些什么，小小的心里挺心疼父母的，但很想吃肉。丰收的年辰，父亲偶尔从集市上用油纸带回两个肉包，我和姐姐不知要高兴多久。二来能在这里打打牙祭。姑父总是把从村里买来的鸡蛋煎得香喷喷的夹给我们吃，他自己也种菜。鸡蛋韭菜饼我最爱吃。把韭菜切得碎碎的、细细的，放一两枚搅得匀匀的鸡蛋汁。真是香啊！一小块，能吃一碗饭。就连碗底的咸咸的菜汁也能吃下一碗饭。现在想来，味道还是鲜美的！姑父微笑着为我夹菜的模样还清晰如昨。

姑父一口吴音，不喜察言观色，说话直白，对别人的缺点毫不掩饰，村里人背地里说他是侉子。他上起课来十分认真。三年级有一篇课文叫《卖报歌》，讲的是旧社会报童的辛苦生活。姑父为了上好这一课，向村里参过军的黄家二叔借来破旧的黄书包，里面横七竖八地装了许多旧报纸。自己把头发弄得乱乱的，脸上还东一点西一块的抹了一点锅灰。铃声一响，他手里举着报纸，像个孩子似的唱着、跳着就走进了教室，唱着改编过的歌：啦啦啦，啦啦啦，我是卖报的小行家。大风大雨地满街跑，弄不好，摔一跤。今天的报纸真正好，一个铜板就要二份报……唱着、唱着还真的摔了一跤，引得大家哄堂大笑。老师瘦削的脸上满是细密的汗珠，他艰难地站起来，抖抖身上的灰尘，深情地把我们引入了那段苦难的岁月。

后来，政策落实了，姑父带着姑母回到了苏州老家，在家乡小学工作。

三十多年过去了，那个叫司家桥的乡村小学早已不在，那道姑父做的韭菜鸡蛋饼，那首叫《卖报歌》的课文，还有那个叫沈丰的先生却深深地印在我的记忆里。

四季“哥”

小时候，家里常养惯了鸡、鸭、鹅、猪。一季一季、一茬一茬的。逢年过节，用来招待客人，平时遇到大事，也会狠狠心，捉住一只，打打牙祭；二来，蛋啦、肉啦也可到市场上卖，贴补贴补家用。鸡是散养，房前屋后，地头田边，专心致志地刨土啄食；鸭最好养了，每天往村子口的水塘里一赶就行了，只要天黑前把它们唤回来便行了。最难侍的那一群四季鹅，体型健，生长快，食量大。听父母说，这种鹅一年四季都下蛋，都能孵小鹅苗。六十天左右就能长得和它们的父母一般高大。它们可是家里的经济支柱，一定要好好养它们。因为我还没上学，所以就成了这群“大哥”的顶头上司。

每天清晨，哥哥姐姐们到村口上学去，父母去生产队里出工干活，我便独自一个人赶着这一大群鹅出发了。这些家伙，一个个高高大大，都快和我差不多高了。除了脚和额头，通体雪白。最有意思的是额头，顶着一个鼓鼓的包，有些像年画里的老寿星。本来俊朗的外表变得有些滑稽。最可笑的是两只眼睛，小小的，和它那高大的身材有些不相称；眼神坏坏的，睥睨一切，辜负了它那堂堂的外貌。不管见了谁都会恶狠狠地扑过来啄着，挺凶的，就像古人所说“争来引颈逼人前”。胆小的孩子是断不敢近前的。据母亲说，鹅的眼睛原本是牛的眼睛，水牛憨厚温顺，眼里有人，而鹅却是趾高气扬，目中无人。这样一说，鹅的暴脾气、牛的好脾气就好理解了。

四季鹅有些蛮横，但看它们走路的样子你就觉得特别可爱。

它们永远是那么不急不慌，迈着八字步，一摇一摆的，和鸭子一样，罗圈腿。若哪家的孩子这样走路，一定会被别人笑话的。而四季“哥”却自得其乐，还自以为这是多么高雅的步伐哩！你瞧，它们肥肥的屁股左一摇右一摆有节奏地突噜着，肉肉的。尤其是吃饱时，细长的脖子撑得鼓鼓囊囊的，像一条长长的天津大麻花，这条大脖子也左右摇摇晃晃的，我有时真担心它们把自己给晃摔了。此时它们的眼神也温顺了许多，和先前的凶神恶煞判若两人。它们走路喜欢挨挨挤挤，每次晚归，还没上学的我很是烦恼，数不过来，不知是不是少了。少一只，回家一定会被父亲责罚的。幸亏我手里有一只细细的竹丝棍，每次要过数，就把它们赶到窄窄的田埂上，它们就会一字排开，前后有序了，谁敢跳下田埂，当心它的大额头。这样，数起来就不会错了。

它们日日与我朝夕相处，都听我的。但有时“哥”会很急，任你怎么也拦不住。吃着吃着，要下蛋了。这可是天大的事，马虎不得。而它又不愿随便找个地方，必须回家到老屋山墙边的草垛窠里。肚子里一个大大的硬壳蛋就要到屁股眼儿，你说它急不急。它红着眼扑着翅膀瞪着你，你若拦它，它便凶相毕露。只见它张开宽大的翅膀，伸长了脖子，像家里着了火似的，一路狂奔，再也没有平时悠闲的八字步。双脚几乎离地飞行了，嘴里还嘎嘎地叫着，也不知什么意思。一会儿就从我的视线里消失了。我是一个小孩子，看着其他的“大哥”都无动于衷，吃着它们的草，偶尔抬头扫一下我，似乎在说，看你怎么办。每到这样的突发情况，我会急得一身汗，只得急急地把这一群“哥”都赶回家，心里忐忑不安，就怕“大哥”没忍住把温热的大蛋下在了地上，磕破了。等我们一群满头大汗赶回家，“大哥”正幸福地团在它的老地方，护着蛋，等着我去拿呢，真是一个乖孩子！

草木繁茂的夏天悄悄地过去了，秋天来临，“哥哥”们个个膘肥体壮。父亲说要捉一些大的卖了给我和姐姐准备学费；快要过年了，母亲说要杀几只腌制待客，只留几只种鹅来年孵小苗。我是有些伤心的，这些小哥哥日日和我在一起，就和我的小伙伴一样。甚至有许多都有我给它们起的名字，但没有办法！母亲用鹅毛换了几元钱为我买了一双梦寐以求的漂亮中帮雨鞋，因为我有好几个月都是赤着脚的，我们村里的很多孩子都是这样，大人说这样省鞋。慢慢地，到了第二年春天，我又有了另外一群小伙伴，小“哥哥”了。

时间过去三十多年了，多少事情都已淡忘了，而四季“哥”，我常常会幽幽地想起。

我的四季“哥”，我的童年……

甜蜜的墙

我在江南农村长大，对泥土怀有特殊的感情。

家里住的是低矮的土墙草屋，年年的寒来暑往，日日的日晒雨淋，屋顶覆盖的稻草早已腐败不堪，潮湿发黑，全都在岁月的蛙鸣犬吠中化为疏松而又板结的草泥，就像长年不清理的乞丐乱发，黏糊糊、硬邦邦。大多数的屋顶一年秋季收获才能换一次新草。当大人们架梯上屋时才会发现，那暗黑的草铺的屋面早已在雨水长年累月的冲刷下面目全非，沟壑纵横。不过，这倒成了蓑衣虫的温床，这种在《尔雅翼》中被称为避债虫的小东西形似蜈蚣，却行动缓慢。让人恶心的是它身上的味道，一股腥味。不似鱼儿那令人向往的美丽的腥，也不像蛇那样泛着荧光带着血的腥，而是一种奇怪的干腥，是在腐败变质的草木瘴气中熏染成的，沾在手指间，任你如何磨洗，也不易消散。

农家的草屋，经冬历夏，腐朽为“泥”，而南方的黑色黏土加草末做成的砖、砌成的墙在小孩子的眼里就是“蜂墙”。每年春暖花开的时节，许多小蜜蜂便嗡嗡嘤嘤地在农家的院子里飞来飞去，这些小家伙还会执着地在松软温暖的土墙上钻出大大小小、弯弯曲曲的小窝。特别是朝南有阳光的那一面，密密麻麻，煞是壮观。吃过了午饭，晒着暖暖的太阳，顺手在草堆边抽一根草，去掉草叶，留下中间还算坚挺的部分，或从地上捡一根小树枝，去掉了茎叶，抹得光光滑滑、平平整整的，右手拿一个小玻璃瓶子，大多是大队医疗站装药丸的或打点滴时装青霉素、头孢等药粉用的。这种小瓶子真好，就指肚那么粗细，大人半个手指那么长，壁厚，白色透明。躲在别处，看小蜜蜂飞来，收起毛茸茸的小翅膀，一头钻进自己温暖的小巢里，我们就蹑手蹑脚地用小棍轻轻地在土墙的小洞里触它们的屁股，等小家伙发怒了，鼓着身子退出来时，会一头钻进罩在洞口的小瓶子里。只见它们在里面上下左右乱转，晕头转向，一会儿就飞不动了。

那个年代，一年到头也吃不到几口糖，妈妈们总是把从大队代销店里买来的那一包绵白糖锁在碗柜上层的抽屉里。逢年过节时，或来了远客，才会冲热气腾腾的糖水。我们眼巴巴地看着，就希望客人不好意思或忘了喝。等客人离开了，母亲会让我们享用那甜甜的水，望着咕嘟咕嘟的我们，她眼睛里满是怜爱。只是当时还小，只顾着甜甜的水，从没有感受到母亲那一份温暖的爱意，直到自己有了孩子，才感受到看孩子吃得津津有味是多么地幸福。

那一方甜蜜的墙，一群飞舞的小蜜蜂，一群小小的孩童，成了记忆深处最柔软的地方，每每想起，如在昨日。

吉山，吉人

提到矿区，老南京人自然会想到两座山，北幕府、南吉山。幕府山北饮长江，南护内城，盛产白云石矿。吉山抵足祖堂，南接五峰，山石成铁。两座山一身是宝，在那个如火如荼的建设年代几十年机器轰鸣，歌声嘹亮，让南京这座古城有了大工业化的激情，也使山腹里出现了巨大的人工天坑，吉山的竟深达七十米，可以称得上“金陵天池”。如果注满了山泉，染化了山林，那是何等的天蓝云闲，在褥湿的夏季，真想纵身一头扎进那碧波荡漾的池水里。

南京有山五座——“雁云横钟老”；有丘五十三，吉山是后者。小时候，认为能爬就是山，有林就有山，吉山就是小孩子眼中的高山。吉山在四邻八乡有名并不是山有多高，也不是矿有多少，而是如城市般地流光溢彩。矿区光是穿统一工服的小伙子就有三千多人，整天戴着安全帽，搭着白毛巾，说说笑笑，进进出出。矿区可大了，光是两层高的工人宿舍就有八排，楼下一色的一拧就来的水。配套齐全，有家属楼，有医院、商场、车队、学校、食堂、影院、街市。三餐发饭票，热天发冷饮，观影全免费，坐车不要钱，每周有休息，每月有工资。

我读小学时，家里条件艰苦，住土草房，走泥巴地，喝河塘水，点煤油灯，吃稀汤饭，穿补丁衣。常听父母说到吉山，当地的老乡经常指着出手大方的工人叔叔告诉自己的孩子，好好读书，长大后到吉山上班当工人。读过小学的父亲似乎说过吉山，吉祥，这个名字取得好。父亲今年过了七十，这种吉祥的回忆仍然那么繁华。长大后，我才知道吉山的名字是因为一个人，一个叫吉翰的人（南朝宋征虏将军建城侯）墓在山里。每次与老父亲说到吉山的往事，我都不会和他说山的来历。就让吉祥的山在他的心里装一辈子，就让那吉山二十年的辉煌在他心里亮一辈子，这样挺好。

小时候，多次去过吉山。到了吉山当然不进山，而是去生活区找堂舅。堂舅，汽车兵，1971 年转业到吉山矿区机修组。白馍、米饭、两毛钱一大盘的红烧肉、三毛钱一大碗的排骨，还有那矿区冷库里冻得挺挺的糖水冰棍，心里真高兴。想象着回去跟村里的“阿猫阿狗”们说，看他们那眼神，心里不免有了小小的满足，就是不认得那花花绿绿的牌子上写的菜名，不然的话，他们听得眼珠子都会掉下来。肚子饱，心里美，腿脚有力，这一路十几里走得轻轻松松：寺脚、冯村、中学、西善、车站、泥岗、汪村、机台、果园，一个村一个村熟熟的，不知道时间，也没有什么特别的事要做，这是一件最惬意的事，一点儿不觉得累，一点儿也不觉得苦。

堂舅是工人，也是农民，只要单位不是很忙，就会来帮家里做很多农活，插秧、担水、割麦、堆柴，样样都会。每一次来，手里都不空着，馒头、包子、烧饼，用油纸包着，还有从矿区带来的猪肉。小学时，几个月吃不上肉是常事，我的小伙伴也和我一样，长得清汤寡瘦，面有菜色。日子久了，村里人也都与堂舅相识了，见了面很亲切地招呼“他舅来了”，或有时称“吉山来了”。那时这样称呼是一种光荣，因为他们是工人，是国家的人。有时舅来了，父母都在地里忙，他就先做起饭来，等父母扛犁担担从田里回来，远远看见炊烟，也不惊奇，不会猜也知道，一准是舅来了。舅来是我和姐最盼着的事，父母也高兴。

家中每有大事、难事，都会到吉山找舅，或等舅来商议。我们也因为有了这样的亲人，苦苦的生活有了一些光亮和喜悦。父母也总是对我和姐说，长大了不要忘了舅的恩情，我们小小的心一直牢牢地记着。现在想起来，那句话还是稳稳地放在小时候那个地方，一点儿没变。只是感叹岁月无情——矿区停采，工人内退。走了二十几年的乡间路上再也不会有那几个披星戴月、快快乐乐的身影了。舅回到了自己城里的家，从工人做回了父亲。

舅对于吉山，可能就是一个普通的工人，天天钻在汽车肚检修的小伙子；而吉山对于舅这一代人来说，就是青春的全部，美好的全部，人生最重的那一段。国家说，这里有铁。山腹里年复一年的开采、运输，二百三十米高的山几乎卸去半壁。山顶成了山尖，比珠峰还小，仅有立锥之地。山南满目苍翠，气象万千，好像妙龄少女，含羞侧盼。转入山北，不见山，只有石。满山满谷的大石，满车满路的碎石，舅说，这不是石，是铁，是铁石。草木全无，烟尘滚滚。三千多人，二十多年的开采，吉山几乎奉献了自己的全部，这是一座英雄的山，祖国建设的有功之山，比起那些所谓的名山，所谓的高山，它牺牲了许多，它付出了所有。

古人说“山不在高，有仙则名”，也不知诗人说的是仙人，还是仙气。如果刘禹锡活到现在，来到吉山，他一定会说“山不在高，有人则名”。吉山这个名字从南朝刘宋起至今已叫了1500多年，其间百年埋葬了二侯一奸一文一妃，代主投湖的高阳郡侯韩成，永乐名将丰成侯李彬，能诗善书的金陵三俊之一王韦，明仁宗朱高炽的李丽妃，最不愿让人提起的就是明曲家阮大铖，变节如挥手，害人如举箸。正所谓“青山有幸埋忠骨，白铁无辜铸佞臣”。一座不起眼的山竟得到这么多能臣美人的青睐，不是真的幸运吗？放眼金陵五山五十三丘，有哪一方有这样的幸运？不知这些将军、诗人、妃子如何把百年之后的大事托付给不起眼的山陵？是默默北望帝都之便，抑或皈依我佛祖堂之诚，还是福荫后世之隐？不知当年他们的选择，如今的“开膛剖肚”，他们是否知道？他们知道如何忍得？他们在地下得知在天上看着这些忙碌的子孙，有何感想？真想当面听听他们的谆谆告诫，他们的语重心长。可惜的是，吉山没有能保住他们的家，他们打下的江山。后世绝不可能永远太平，他们的后人饱受战火、流离、外辱和内乱的煎熬，最终他们战胜了所有，拥有了永世的力量。而他们在历史的烟尘中化为山名、地名永远地融入了后人的记忆中。

山不在形，有吃就行，这是我童年的吉山；山不在林，有舅就行，这是我成长的靠山；山不在高，有人则名，这是历史的嘱托；山不在全，存在就行，就是残缺的悲壮。山还是山，记住前行。

吉山！吉人！吉人自有天相！

2016年5月2日上午10：30于家中

咸鹅青菜

贫困的年代劳累的是躯体，自由的是心怀。大人们总在土地里劳作，没有停息，自由是孩子们的。

家乡村落茅舍东一厝、西一厝地散落在广袤的田野之中，渠塘沟坝隐隐现现，是乡邻们的吃水地，也是我们夏天嬉水的好地方。而村子口的水塘则是水牛、鸭子与大鹅们的天堂。一条长长的河将阡陌里的八个村庄一分为二，我家在北，有绵绵的丘陵山脉，称为“山里的”；南面为秦河水道，有大小湖荡，称为“湖里的”。记得奶奶就是“湖里的”，爷爷是“山里的”，两地相距有小半天的脚程。听父亲说，他小的时候，每逢年节，他和大伯不断地被奶奶派出去，在两地返往送这拿那。太爷爷见两个小子跑得满头大汗，很是爱怜，总是数落年轻的奶奶虑事不周全，说孩子会跑伤的。

这是跑吃。人一生中最迫切的事是修“五脏庙”，即口里的吃食。农民最大的事只有两件——造屋和成家，世世代代如此。爷爷有三个儿子，造了三间石墙草屋让大伯成了家。父亲成家时分得了半间祖屋瓦房，接了一间半土墙草屋，我与姐姐都在那里出生，在那里长大。小叔读了高中，白面书生，爷爷留了三间祖产瓦屋给他成家，老人与小叔住在一个屋檐下。我小学将毕业时，父亲东挪西凑，造了二层楼四间房，三间厨房一个场院。后来，我上中学、上大学，很多事情已然淡去，可土屋里那几年的童年时光却是最快乐的，最自由的，最轻松的。捉蜜蜂、翻菱角、潜荷塘、泥巴战、打猪草……一件件、一桩桩，历历在目，犹在昨日。梦里不曾出现，都清晰地印在了脑回的深海里。现在我已年过不惑，母亲也年近七旬，每次回去吃饭，都要与我说起她心中我的儿时。说我小时听话，爱看书，六七岁还没上学的年纪，就当起了鹅倌。大伯、奶奶几家的鹅都归我管，每天哥哥姐姐上学，大人们上工的时候，我与三十多只鹅也要出发了，找一块水草丰茂的地方，让它们专心地吃草嬉戏，我则沉浸在小人书的故事中。其实当时不识字，连环画下面的字儿我看不全，我只看画上的人，猜测发生的事。这些最初的读物似一扇窗，把我带入了一个与眼前的鹅、不远处的村庄毫无关联的世界。那时特别羡慕姐姐哥哥们能读书识字，能看懂小人书。虽不识字，但一百以内的数字我还是会数的。那一群小鹅仔行走时总是你挨我我挨你，乱哄哄的，一个个吃得毛茸茸的，小脖子装满了食物，鼓鼓的，像小麻花似的。走起路来左摇右晃的，像个小地主。这么多的一群，一点儿也不孤单。边走边嘎嘎地说着什么，有的还溜出群外多吃几口，好像总也没吃够。这时我是不能数得清的，但不能少一只，回家后婶婶、母亲、奶奶是要过数的。为了数数，我准备了一块窄窄的小板，在过田埂沟坎时，小家伙们只能一个一个排着队过，否则就会有跌下去的危险，这样的地方它们走得安静有序，我点着手指一只一只地数着，一个都不会少。

上学前，鹅是我的全部，它们就是我的伙伴，我的快乐，与它们在一起，小小的我自在、放松，丝毫没有在意自己光着的脚丫，满是补丁的衣裳，粗糙的皮肤。母亲总是对我说：你好好地把它们喂饱，等过年了，我们全家就有肉吃了，褪下来的鹅毛可以给你买一双雨鞋了。

我是喜欢这些鹅的，可小小的我心是硬的，年关前杀鹅我一点儿也不伤心，总是想起奶奶说过的话——鹅鹅鹅，你莫怪，本是阳间一道菜。这样的祈祷让我相信，鸡、鸭、鹅们真的就闪动着笑意离我远去了。每年一群鹅里会有几只留下来，孵化鹅仔，来年就有了新的一代。有了这样的期待，我对鹅的命运没有太多的不舍，对那一双雨鞋有了满满的期待。在我们村子里，有我一般大小的小小子与小丫头几乎没有人穿上新雨鞋，除了村东头的二双有一双，他爸在公社当售货员，能有余钱买。雨天、雪天穿上它，干净、温暖，要走哪儿走哪儿，脚放在里面就像坐在小船上一样，一定是舒服的。二双这小丫头走起路都和我们不一样儿，一步一步地，高高地抬起，轻轻地落下，别提有多小心了。看着我们羡慕的眼神，她的小心眼里一定是高兴的。有和她关系较好的，趁她父母不在家的时候悄悄地约上二双。洗净了脚，晾得干干的，想试一下，只是想试一下，没有想着落在泥地里，二双这丫头就是不同意，真是让人生气。终于，在一年级的春节后，母亲收笼了所有的鹅毛为我买了一双雨鞋。

我们的小脚从春花开残到秋叶落尽这大半年内，几乎是不用穿鞋的。一双脚啊，风里、雨里、学校、家里，哪儿都有它的足迹，直到夜色浓重，洗尽入睡。不过，倒也清爽，倒也自在。它们插进烂泥里、水坑里、草窠里，落在瓦砾上、碎石上、砖地上，甚至……碰到被搅得稀稀乎乎的猪、狗、牛的粪里，我们称踩上了“炸弹”。来不及抽脚，那些臭臭的黏黏的东西会从你的脚趾缝里挤出来，真让人生气，会千万次地骂这些拉屎的家伙。晚上洗了又洗，抱着脚使劲地闻，似乎还有味道，恨不得让自己换只脚。村庄的泥土里碎物多，我们的小脚也常被瓦片、碎石、蚌壳等划破、顶伤，出了村口就是通向学校和镇上的大路，赭色的泥，在雨水的滋养和车辆、行人的糅合下黏稠湿滑。这些泥倒也没有异物，很纯净，只是路面上一层，没过脚面，下面还是硬土。我们在去学校的路上有三四里这样的路，伙伴们特别喜欢在上面奔跑，不用担心硌着脚，也不用担心会摔倒，因为我们这样走了不知多少回了。也有那个别笨笨的，会收不住，一边“哎哎哎”地叫着，一边扭着身体摔了个屁股蹲，引来一阵大笑，这傻子就等着回家挨骂啰。这样的泥地里，如果穿了雨鞋，那就成了拔萝卜了，脚是拨出来了，可鞋还留在泥里，索性光脚。这是泥土里的快乐、自由、便捷、奔跑、欢笑，伴着路两旁成片成片茁壮而起的庄稼。

学校里没什么功课，下学后还是与鹅待在一起，它们吃它们的草，我看我的小人书。晚饭后，村庄里到处是小伙伴们追逐的身影，不到月上柳梢是不回家的，夜色渐浓，村里零零落落地响起父母呼唤的声音。秋冬时节，起霜落雪，大人们就不许我们外出了。一家人围坐在灶台前吃晚饭。农家人的生活，一天三顿稀的，寡淡寡淡，就着萝卜干、老腌菜，白心红皮番薯。我和姐姐总是不愿吃这样的饭，除了米汤和咸味，没有一星油，肚子咕咕咕地叫。家里养的鸡和鸭是要下蛋来换盐与绵白糖的，圈里的两头猪是要待年关添置年货的，只有春夏喂大的草鹅入冬后可以宰杀腌制，起卤后晾干，罩上塑料袋或编织袋，一只一只拴好脖颈，挂在狗、猫够不着的梁上。晚饭时最开心的是煮干饭，因为吃干饭就要有好菜了，而咸鹅烧青菜就是难得的美味。得了父母的同意后，姐姐小心地割下一块，一般一只鹅做五六次吃，放在青菜锅里，什么佐料也不要放，不消几分钟的时间，那香气就从木制的锅盖缝里丝丝缕缕地冒了出来，隔几户人家都能闻得到。小小的村落里炊烟袅袅，那有鹅肉的烟囱该会是怎样的香哟。我在灶膛里加柴，姐姐在锅台掌勺，忍不住凑近想把那浓浓的香全都吞进肚里，有时一不小心，被热气燎着了。青菜本无味，但有了咸鹅，那简直是超凡脱俗，鹅的咸味、肉味完全被每一片菜叶吸收，每一片菜的经脉里都流淌着肉的浓香，这种香不同于猪肉的香，猪肉的质地味道更多是在于它本身，嚼起来是块板的粗硬；也不同于鱼肉的鲜，鱼肉的鲜是水里的味道，味美几乎在汤里，嚼起来是木木的纤维；而鹅肉带给“矮脚黄”的是土地里原始的味道。鹅是吃着自然的草长大的，喝着河塘里的水长大的，它们的身体里几乎找不到整块的油脂，这些油脂都被青草裹挟变成了质地细腻、柔韧、劲道的肉，这样的肉无论如何献出自己的味，但仍然丝丝不断，有自己的原味，永远也不会木木地成了肉的躯壳。夹一筷青菜不要直接放进口里，放在米饭上，饭也变得不一样了，划一大口包满整个嘴巴，让菜叶里每一处流淌出的汁充分地和每一粒米饭润泽、交融。往往还没来得及品尝，就被口水推进了胃肠，一路下去，没一处不舒畅。那从青菜里拎出来的鹅肉被切成小块，砧板上刀刃上落下的肉屑也是抢手的，这种好事往往是姐姐的。鹅肉每人至多两三片，吃起来要特别珍惜，从不愿大快朵颐，而是一小口一小口地，用的不是两边的槽牙，是门牙。有时一块肉能吃两碗米饭。吃这样的菜，锅底是干净的，碗底也是光溜的，几乎不用洗。这十几只鹅，从头一年的入冬一直吃到来年的孟春，幸福了一家人贫苦的生活，留下了永远忘不了的味道。

那个为吃而奋斗的年代，咸鹅煮青菜的记忆是一生的。这许多年，从农村进入城市，再也没有养过鹅，也很少见过鹅，再也没有吃过这样菜。我的孩子生长在见不到泥洼的城市，一定不会有那样的记忆，那种味道属于那个年代。我觉得自己生长在那个年代很是幸运的，心底永远存有这样的家乡味道，对一粥一饭总有着敬畏之心，总有着一日三餐的饥饿感、幸福感，这样真好！试想，如果有一天没有了这样的感受，那一个人的生命也将走到了尽头，和他的童年，和他的青菜咸鹅。

青菜咸鹅，永远的味道，永远的童年……

温暖的牛背

人类最忠实的朋友是家犬，看家护院。老人最忠实的伙伴是宠物，不离不弃。农民最可爱的朋友是水牛，辛勤耕耘。

农村，晨起暮归少了鸡鸣狗吠，就会少了些许生活的真味。田间地头没有健牛的身影，就会少了许多田园农耕的真实。在农村，土地是大牛的全部，大牛是农民的全部。春耕秋种的农忙时节，大牛整日在田间跋涉，披星戴月。

记得儿时，家乡的土地已分田到户，可自家是买不起耕牛的，几十户的集体一二百亩的地才有两三头牛。这些收割过的麦地、水田，都是牛儿一犁一犁拉出来的。往往是几十户的人家这户耕了那户来，牛儿是没有什么时间停息的。那样的时节，狗啊、鸡啊、鸭啊……是最闲的，狗儿忙着满世界地找热闹，三三两两，到村头，到田间，去寻找自己的主人，在村口去候着自己的伙伴，见到熟悉的人儿，高兴地前呼后叫、摇头摆尾，总是贴着主人挽起的裤腿磨蹭，如几百年没见一样。那种热情如娇嗔的女人，似乎有些假意，但这是真的，家犬不懂得含蓄。那些鸡啊鸭啊早已一个不少回来了，它们在围圈里温温暖暖地挤在一起，喁喁嘎嘎地互相梳理着羽毛，不时亲热地脸贴脸，脖绕脖，安享而又恬静。而它们的好朋友——大牛，却总是最后一个回来，从鸡鸣到点灯，一身疲惫，但它那偌大的眼神里满是清澈，满是随遇而安，满是劳作的满足。我想，欢快的家犬与早归的鸡鸭都是心疼、敬佩这位大个子的。

“大个子”犁地是把好手。

父亲犁地的本领是爷爷带出来的，套笼头，架犁头，发口令，甩响鞭，折往返，控深浅，每一步都是技术活，只有一犁一犁地走，才会流畅顺当，牛儿、人儿都不会磕磕绊绊。不会驾犁的人，根本就拉不起深深扎进土里的沉重的犁身，控制不好吃土的深浅——深了，牛拉不动；浅了，新土上不来，影响土质的肥力。甩响鞭也有讲究——重了，牛儿会突然加速，把犁拉起，浮于土皮；轻了，牛儿不痛不痒，出工不出力，大大影响工作效率。地头往返时，拐弯、提辕、扯缰、犁头入土要一气呵成，生手往往会手忙脚乱。也许是牛没停住，把犁带到田埂上去了；也许是牛调头慢，出犁快，挽绳被牛踩在脚下，牛自己把自己绊着了；更严重的是提犁过快，锋利的犁铧划到了牛后脚跟，它会痛得一惊，回头瞪你，或是犁底伤了自己的脚，流血青肿是一定的。父亲算是一个合格的犁手。在农村，也不是每家的男人都会把地犁得顺顺溜溜的——不是少一把力气，就是少一些灵气。到农忙，这样的人家就要好言好语地去央求邻居帮忙，回来少不了数落自家男人。也有那要强的妇人，自己在田间磨砺，也学会了驾牛犁地，在村里是受人尊敬的，就如我们现在所说的——有了职业的幸福感，找到了生活的存在感。

最辛苦的不是耕地、翻土，也不是耘地（碎土或平整地面），而是耙田。家乡的土不比北方的沙土，旱时板硬，土疙瘩能砸死人；涝时黏稠，一脚下去拔不出来。水浸泡着的新土就是这样，为了让新土更加柔和，变成面一样的泥，牛和人是吃尽了劳苦。深一脚浅一脚，顶着日头，大牛不时地甩着尾巴、横过犄角轰着蚊虫。那宽厚的背上硬硬的肩胛骨用尽力气拉着，一下一下地奋力向前，木质的犁横早已把肩上那一处毛发磨尽了，起了厚厚的茧肉。大牛总是低着头，眼前只有一寸水田，心中只有一个信念——向前。也不知道何时结束，我真有些佩服它们——能忍受没有尽头的劳作。如是人的话，恐怕早已干枯或崩溃。那长长的牛尾也沾满了泥，每甩一次，泥水飞洒，人成了泥人，牛也成了泥牛。到河塘里静静地泡个澡，是它们最享受的时光。

父辈们视牛如子，除了一年两季的耕种，其他时节是不让它们做任何事情的。秋冬时节，水尽草枯时，养着它们，有牛倌专门照管。牛儿过冬，只吃新鲜的干草是不够的，还要给它们加料，把新收的黄豆包在草料里喂食，喷香的菜籽饼拌在饲料里。那时的条件差，辛苦了一季的犍牛只能食草料，根本没有其他的精料可喂，不像现在的养殖场。牛的胃口大，只要不下地，就要不停地吃料、饮水。秋冬天寒有风雪，牛儿毛发落得厉害，要进室内。记得儿时，村落前、田野间、大道旁，有三间高檐的瓦屋，那时农家住得大多是低矮草屋，那就是它们和牛倌住的。牛倌是村里的一个光棍，有些懒气、流气，白天不愿面朝黄土背朝天地劳作，就选了个与牛为伴的活。他的事也不少，除了在过冬前及时修理牛舍，还要及时清理粪便，打扫卫生，更辛苦的是要经常起夜，特别是寒冬腊月的天气，加水、加料，还要把耳朵竖起来，防止偷牛的人，一点也不能马虎。一头成年牛要千元左右，是一户人家五年的收入。

我上学时，是喜欢牛舍的，是对那个懒懒的牛倌有好感的。学校和村庄有几里路远，中间是大片的田地，间或几处水塘。一到秋冬时节，天黑得早，原野一片死寂，连虫子都冻得躲到草窠、土洞里了，高高低低的树木、河塘在夜色中影影绰绰，独自一个走夜路时，总觉得有个白脸、红舌头、披散着乱发的鬼魅如影随形，往往连头也不敢回，也不敢弄出一点响声来。每次母亲在村口接着时我还硬着头皮吹嘘说不怕、不怕。后来真的不怕了，因为有了牛舍如豆的灯火，有了牛倌进进出出的身影。

三十多年过去了，牛倌早已离世，牛舍早已化为尘土，这盏灯仍在我的心里亮着。

父辈们从不吃牛肉，就如战士从不吃马肉一样。老牛病了，比人病了还要让村里人担心，连夜都要把兽医请来。把药磨成粉，一口一口地喂它吃。有时药苦，牛倌总是先尝一口。牛有时不愿吃，人们就想方法把药拌在料里候着它吃。一头牛病死了，父亲会有老几天铁青着脸，一句话也不说，母亲不时在一旁低声地念道："明年的春耕咋办？"有些年头，因为村里穷，早早地把病牛以低价卖了，让有钱的村去医治了，医好了，还是一头好牛。即便老牛死了，村人也不会分食它的肉，而是把它抬到镇上兽医站。

牛的命在土地里，父辈的命在牛泪里。

生活的苦是大人们的，我们小孩子仍是没心没肺。父辈惜牛，我们玩牛。夏天，我们骑着牛过河。到河中间，我们从牛背上跳到水里，在水里扎猛子、打水仗，互相追赶，比谁游得快。老牛不会独自上岸的，它会眯着眼享受嬉水的清凉，或睁大眼睛看着我们在它身边游来游去，我想它是愿意和小孩子在一起玩耍的。玩累了，又爬到牛背上休息，抱着牛的大粗脖子，任它往什么地方去。它游泳时两只前腿划水的动作我们是能感受到的，头露出水面，呼哧呼哧地游着，可惬意了。有那不会水的，趴在上面一动也不敢动，有时几个小调皮故意去扯牛尾巴，但要防止大牛会拉"东东"，如果遇到，那就中彩了，水里娃会哄堂大笑，被拉的人一脸的呸呸呸，一转身忙不迭地一个猛子扎到别处去了。有时，调皮的会用水草偷偷地挠牛背上那个人的脚板，脚痒也不敢用手挠，扭着身子，蹬着脚，一脸的火，真有意思。

水牛是认识我们的，若是其他人来，它会竖起角，瞪着你，你休想骑上它的背。耕牛没有鞍，我们上牛背大多从牛角处，轻声命令：“低头！低头！”它仿佛听懂了，一动不动，很平稳，也不晃脑袋。双手抓紧牛角，站上去，再轻声喝一声“抬头，抬头”，它会缓缓地把你送上去，像电梯一样，有升起来的感觉，有儿时被父亲抱起的感觉。牛的肚皮鼓胀鼓胀的，上牛背跨着骑没有侧着骑舒服。两条腿被肚皮撑得分开像个大树杈，怪难受的。有那不会上牛背的，紧跑几步，想跳上去，往往不成功，不是被砸在牛肚上，就是跑到一半停下了。若是两个人骑，要小心，牛背不长，前面的肩胛外是用来套犁的，再往前，就会从牛脖处滑下去；稍往后坐，不小心也会从牛屁股处滑下去。你想拽着尾巴上来，那是不可能的，所以学会上牛背，才能和牛玩。

秋冬，水牛开始掉膘落毛，身形消瘦，父辈们叮嘱，只可牵着走，不可骑着跑。也有那调皮的骑上去了，一会儿还得自动下来，因为消瘦的骨头硌屁股。

就这样，我们在牛背上欢笑，在牛背上长大，在牛背上度过了农村艰苦的生活。后来，上了中学，上了大学，离家乡越来越远了，离大牛也越来越远了，再也听不到它们深夜里咀嚼的呼吸声，再也看不到那它们清澈的如母亲般的眼神，再也坐不上它们那宽厚温暖的脊背，只有那浓浓的味道一直弥散在心间，久久不曾忘怀。

那温暖的牛背，如水的童年……

那屋，那人，那树

我喜欢村庄里的房屋，松松散散、自自然然，想在哪里就在哪里，各自在自己的位置上，各有各的特点。零乱，也是一种美。

我家的两间屋子与小叔家相邻，不远处就是一方水塘。大伯家的屋子距离我家西北三丈许，独成一方。两家里说话都能听得见，遇到雨天，捧个饭碗在各自的屋檐下吃着、聊着。大人们商量着要干的农活，小孩子约定放学后的去处。大伯家的哥哥姐姐是我的靠山，遇到事他们总能帮我。可他们也有自己的同学伙伴，不许我跟着，我也不稀罕听他们说话。大姐姐手中总是编个手套、围巾什么的，他们总是低头说着悄悄话，还经常痴痴地笑。有时回头瞥见我还在，便一阵脸红，连声挥着手道“去去去”。“哼，这些女人真古怪——围在一起傻傻地笑，一点也不好玩”，一扭头去找村头的“地老鼠”和“小老黑”打小刀去了。

砸小刀很有趣，小刀是上学削铅笔用过的。一人把小刀扔在前方不远处，另一人瞄准砸过去，打中了，对方的小刀就归自己；砸不中，对方继续砸。小小子们会眯起左眼，用右眼瞄准，探着身子，能往前够多远就够多远。有那腿长的，一探身子，前脚蹲，后脚伸，身体倾得就要趴在地上了，那命中率就高多了。如没有那腿功，便经常会脚一软，来个狗啃泥，引得同伴哈哈大笑。儿时，我个头不高，但我眼色够准，赢来的小刀能装满一大茶缸，偷偷地藏在桌肚里。有段时间，总是贪玩不着家，惹急了父亲，他找到那一缸小刀，用力扔到了门后的池塘里，“扑通”一声，把正在水里的鸭子们吓得张开翅膀嘎嘎地叫着在水面上狂奔，留下一路水花。拴在岸边大柳下的水牛睁开眼回头看看，又闭上眼睛若无其事专心地嚼着牙口里的吃食，似乎这个世界和它无关，真是个“牛鼻子老道”，一点儿没有同情心。

父亲盛怒时，我是一句话也不敢说的，早就躲在家里老老实实读书去了，走过时用眼神向正在做饭的母亲央求。父亲青着脸回来，少不了一顿骂，有时免不了还要挨几巴掌。我小时很听话，心里犯了罪似的，绝没有不服或反抗的心。

村里的孩子大多都有诨名，我喜欢小时得来的外号，一看就有朴实的味道，一问准有动听的故事。

“地老鼠”是队长家小儿子，大我两岁，和我同班，长得鼠头鼠脑。做弹工打鸟，制网罩粘蝉，发水时捕鱼，水塘里游泳，这小子手脚灵活，可就是不喜欢读书，总爱抄我的作业，和我最要好。每次打小刀他都会帮我，也会把赢来的放在我那儿，很是豪爽，很是大方。别看他长得矬，胆子可不小，敢和他老子回话（顶嘴）。队长抬手要打时，他看着苗头不对，早就一闪身跑远了。队长五大三粗，兄弟三人常借故给老实人多派活，派苦活。母亲有一次去苏北看望生病的外婆，提前把派的活干完了，回来还是被扣了好几天的工分。耳朵里似乎听到过母亲这样的抱怨，事情过去四十多年了，多少年没有看到熟悉的田地与黑土了，生活里只有这些岁月的记忆，现在再和母亲谈起，她早就没有一丁点儿怨恨了，有的只是感叹。前一段时间回家看父母，听母亲唠叨说队长病死了，“地老鼠”也因还不起赌债而不知所踪，媳妇带着孩子走了，这家人就这么散了，真可惜！队长和父亲平辈，是我同宗的大伯，晚景这般凄凉，内心不禁一阵唏嘘——壮岁不知暮年景，河西河东谁人晓。

村里的屋是自由的，孩子们是自由的，村里的树也是自由的，想长在哪儿就长在哪儿，不必担心拦着谁的道，碍着谁的事。

也不知什么原因，村里能见到的不是柳便是槐，鲜有其他树木。柳树易活，沟渠旁、水塘边，处处有它们的身影。古人有折柳送别的深情，也经常把临水而望、枝叶婆娑的柳看作多情女子——所谓伊人，在水一方。整天躬耕劳作的父辈们是没有多少心情去体味这样的浪漫的。在他们眼里，水边柳还不如山林里能编筐的荆条，阡陌里能插门头的艾蒿，唯一的作用可能是拴牛系舟，雷击火烧后伐为柴薪，或清明祭祖时坟头插柳。我们小小子是喜欢柳树的，可以编柳帽演抗日剧时做潜伏，更多的时候是夏日的午后漂在水里时，柳能为小小子遮羞。暑假里大人们是不许我们下河游泳的，衣服湿了一定不行，下水只能光屁股。衣服是挂在柳枝的粗壮枝杈上的，既安全又隐蔽。如遇邻家大婶来担水淘衣，也能在柳荫里躲避躲避。夏日里最不安静的也是柳树，蝉们最喜欢趴在高枝上拼命地叫喊，好像着了火一般，也好似与对头吵架。

吵就吵吧，这让我们午后捉知了有了好去处。我们捉知了不是为了欣赏它们吵死人的噪音，而是为了打打牙祭，知了是可以烤着吃的，放上盐，有香有味。

离了河边，村里最多的就是洋槐了。最初知道槐树是母亲月光下讲过《天仙配》的故事。老槐树为七仙女和董永保媒证婚，让有情人终成眷属。槐树做媒婆，喜庆。其实长大后才知道，做媒的老槐是国槐，不是我们村里的洋槐。小时候不识字，常把它读成“鬼”树，隐隐中有些异样。洋槐又叫刺槐，长得野实但不如老柳粗壮，身形高大但无玉树临风之貌。皮肤粗粝，沟壑纵横，像皲裂的土地。通身深褐色，死气沉沉的，我们小孩子捉迷藏也不愿爬上这样的树。树叶小气，不繁密，人不能藏形，且叶末端有刺，可能伤人。虽是如此，但我们却还是更喜欢它们，尤其是开花时节。槐花洁白清秀，成串成串地挂在枝头，在五月的乡间那便是一道美丽的风景了。庄户人家很少有过鲜亮的衣着、漂亮的家什，而房前屋后碎玉珍珠般的槐花顿时让整个村庄亮了起来，也香了起来。微风过处，满枝满树的花儿挨挨挤挤，你推我让，嘻嘻哈哈仿佛笑出了声音，也好似富贵人家的公子腰间的环佩叮当作响。想不到这样粗陋的树也能满树花发，且美如珠玉，真正树不可貌相。田间劳作归来的叔伯婶娘们满身疲惫，步履匆匆，不经意一抬头，便是满眼的花，满眼的香，一身的沉重顿时减了几分。农家生活清贫，吃不饱穿不暖是常事，槐花盛开也算是乡间五月的一件乐事。花开如玉，花落如雨。地上铺得满满当当，不留一点空隙，如仙女的罗裙，也如天上的云朵，引得村民驻足不前，仿佛也被这样的美震撼了、感染了。他们更不舍得走过树下，怕踩踏了满地的花。早有那心急的小小子忙着回家拿来了笤帚簸箕和大口袋，要把它们带回家。这些花中仙子可是能度人饥肠的。做槐花饭，喝槐花汤，品槐花茶。在那个吃不饱的年代，我们眼里没有美只有吃，没有生活只有生存。槐花在贫困时就是上天赐予我们的宝贝。小孩子们早就盼着花开了，日日走过，都会看上一会儿，哪里还等得它们飘落，早早地就准备好了工具，在长竹竿上绑镰刀，爬上树，一串一串地采摘收割。更有那好事的，几个小小子开会谈判哪棵树属于谁，归谁，他人不许染指。

我们爱槐树，爱花甚于爱树，爱吃甚于爱美。

离家几十年，村庄早已变成工厂，柳槐早已不在，同伴都已人到中年，师长叔伯大都年迈离世，记忆已成深海。年岁渐长，思念渐重，一人独处，闲暇静思，自己儿时的奔跑、苦乐的生活会一幕幕地出现在脑海中，那样的鲜活，那样的暖心，现在的自己看着昨天的自己，多么爱怜，多么新奇，多么满足啊！

人们珍惜现在的自己，但更爱儿时的自己，我，也不例外。

那屋，那人，那树……

秋风起，茭白香……

江南水肥土沃，盛产鱼米，应说不该为果腹劳碌，而我的童年却是在半饥半贫中度过的。父辈们长年从土里刨食，却不见粮满仓。青黄不接时，十户九家空，勒紧裤带把希望寄托在春播夏忙中；家里季季喂猪养鸭，却不闻饭菜香。生活在那个年代的人，几个月没有荤腥是常事，个个面呈菜色如秋冬之枯；人们整日在田间劳作，却不见新衣妆。穿百衲衣（补丁打补丁）、改装衣（大衣改小衣，旧衣糊新衣）是常事，从不见哪家扔旧衣物。住的泥草屋，吃的水米汤，穿的旧衣裳。劳作之辛，腹中之饥，生活之艰，那些苦都是大人们的，因为他们忧虑生存；小孩子却一丁点儿没有觉着苦，因为我们享受生活。小脑袋里满是玩耍游戏之乐：春日萌发打猪草，夏日清凉下河塘，秋日忙碌捉迷藏，冬日暖阳贴土墙（俗称挤“油渣渣”）。唉！可怜现在的孩子，苦熬学业，裹足斗室，不勤四体，不识五谷；庆幸过去的自己长在农村，胸中常怀山川河湖之秀，四季充盈之美。

我们容易快乐：父亲进城卖鸭蛋带回的包子，母亲在河塘里网到的石蟹，夏夜星空下偷摘到的西瓜，暖阳下土墙里捉到的蜜蜂，放牛时河滩里摸到的鱼虾，打猪草时与邻村孩子的“战斗”，饭后河塘枯草坡饱听的《岳飞传》……

我们也喜欢做事：屋后地里摘茄椒豆瓜，村口店里买油盐酱醋，春暖时采桑养蚕，夏忙间拾粮备荒，邻里家送东拿西，大人间跑腿传话，麦田里锥洞施肥，甘蔗地里间株通风……这是为家里做，为父母做，都是小事。场院里踩泥抟砖，沟渠边采菰掰茭……这是为长辈做，为老师做，都是敬事。无论小事还是敬事，在我们心里都是趣事，不是苦事。当大人吩咐时，我们双腿可有力了；当老师点到时，我们心里可高兴了。在这许许多多的事情中，我们还是喜欢为老师做事，喜欢做与吃有关的事，而采茭白则是男孩子们最喜欢为老师做的事。

江南之地水产较多，家乡历来有肉八仙、素八仙之说。“肉八仙”有鱼、虾、鳝、蟹、鳖、蛤、蚌、螺；“素八仙”有娇藕、老莲、水芹、慈姑、荸荠、菱角、茭白、莼菜。饥饿的年代，这可是大自然极佳的馈赠。但水中鱼鳖，不易捕捞。父亲不善水，不识鱼性，家中无鱼网、鱼竿、鱼叉。只有雨水充沛的夏季，在母亲的一再劝说下，他才会借来渔具，网一些小鱼小虾，虽然少一些，可我和姐姐也是挺高兴的，跟着父亲跑前跑后。儿时像这样吃鱼的机会很少，母亲也经常和我们说鱼刺会卡喉咙，她着实也被卡过几次，吞饭团、喝陈醋，很是痛苦。我们也就减弱了对鱼的兴趣，现如今家里也很少买鱼。倒是小石蟹，母亲网螺蛳时捉住的，在地里摘些自家种的辣椒，放上少许盐，清水煮着。那些小蟹一个一个像喝醉了酒，红通通的。别看它小，味道可鲜美了，嚼在口里，咯咯吱吱的，也不用担心被扎着，一直嚼得粉碎成渣方舍得停下，真是有声有味。那碗里的汤汁也是很鲜美的，泡在米饭里，有咸味、有鲜味、有糯味、有香味，唇齿留香，那种味道，让人难以忘怀。

母亲不会吃鱼，会捉蟹，所以从来不责备父亲不识鱼性。和其他的家庭主妇一样，母亲很能干，挑动重担，下得田地，种得菜果疏，无论日子多么难，自家地里一年四季都是姹紫嫣红的。但这些素菜缺油少肉味道寡淡，没人爱吃。水边虽有八仙，但它们更需要油荤滋润，所以平时它们也就更难得上餐桌。

在农村，冬天有清塘挖泥藕、夏日有坐盆摘菱角的习惯。有那富庶人家，在老藕里塞上精米煮着吃，藕软米糯香味绵醇。菱角生食有水果的味道，熟食有汤面的味道。这两样当米粮充饥最好不过了，而绝不当菜吃。至于茭白，秋冬时节倒是经常吃，浅水处湿地里东一块西一厝的，无人种植，春生夏长，每到秋季便大腹便便，如身怀六甲，这是采摘的好时节。

记得小时候，村南头一方连着长新河的过水塘，周遭生满了青菰，色泽铁青，如刀阵剑林，把水塘围了个严严实实。因为在水边，有那捕鱼摸虾的，或上地摘菜的，也不管茭白有没有长大，顺便把最近处的掰走了。稍远一些的，要一手攀着水边的树木粗草，一手伸远才能够得着，就像在村西头的荷塘里采莲蓬。

每到夏末初秋，生产队会组织男劳力集中采摘。我们小男孩觉着好玩，也跟在水里看热闹，在人群里挤着，偶尔也会采到一两个剩下的。采完后，各家都可分得一些。这接下来的几日，家家户户的饭桌上一定少不了茭白炒鸡蛋，或是那有钱的人家茭白炒肉片。我们家的只能是素炒，味道依然寡淡，只是不难下咽。茭白里面似乎有小米的香糯，后来才知道，茭白在古代就是粮食，是“六谷”之一，俗称胡雕或菰米，大诗人李白和杜甫都爱吃。

采摘大多是夏末时，真到深秋也就没有人惦记它们了。

老师家的茭白是我们帮着采的。

老师家在学校对面一片高坡上，坡上只有她一大家子，三女一子，大女儿已成家。一条小河在坡下缓缓流过。与其说是小河，倒不如说更像一条天然水渠，只不过较人工水渠深些、宽些，存水较多。时间长了，也有了一些鱼虾。夏季雨水多时，是能游泳的。老师家的这条小河我和班里的小勇去得最多，拾稻穗、制土砖、摘桑葚、采茭白。能被老师点到名做事很光荣，能感受其他同学羡慕的目光，特别是平时里受宠的几个女生，在她们眼里，我们是勇士。

夏日苦长、闷热，到水里凉快凉快再好不过了。一路上跟着老师，不敢多话。到了河边，老师踮着脚，趟着石块过了河，上了坡。我们几个总算松了一口气，三两下扒下所有的衣服，塞进书包，迫不及待地跳进水里，不管三七二十一，先在水里游上一会儿，等水面平静了，再蹑手蹑脚地潜到对面的水草泥里摸鱼。两只手沿着水边一左一右慢慢合拢，运气好的话能捉着半大不小的鲫鱼和小龙虾。

摸鱼并不重要，重要的是茭白。采茭白就和摘苞米差不多。茭草不似苇叶，不用担心叶片会划伤手。掀开蒲扇般的大叶片就能找到裹着叶鞘的茭白，掰下它不用多大的气力，甚至比拔一根大水草容易一些。不一会儿就完成了，胖嘟嘟的身体还裹着一层青衣，褪去外衣才是白皙青嫩的茭肉，茭肉呈圆锥状，共三层，有肉结，和莴笋般大小，三两个就能装一大盘了。

我一直不太喜欢吃茭白，即便在贫困时。它肉质肥嫩，还有些菌类绵软的味道，有水气，有水香，似乎还混合了一点鱼虾的腥，味道不清不楚。我喜欢蔬菜的清纯、个性、独特：萝卜甜、青菜甘、土豆面、蕃茄酸、椒子辣、韭菜辛，但无论如何，都没有猪油的脂肪芳香。生活是贫困的，采茭白的日子却是有趣的。

秋风起，茭白香，

记住你的模样，

是对岁月的品尝，

童年岁月，

最醇，

最香……

爱上扫地

【题记】从小，我就喜欢扫地，在校扫教室、在家扫厅堂。一天天，一年年，不觉得累与苦，只觉得心里一片明静。工作后，做了小学老师，看着孩子们忙碌的样子，经常拿过笤帚，一个人扫，不急不慢，所到之处，清浊分明，心中平静舒适。我偏爱扫地，于中收获良多——扫地即思考、扫地是享受、扫地也是放松……

我自小在农村长大，住的是草屋，走的是土路。除了读书上学，就爱做两件事：叠衣和扫地。家里只有两个半人高的柜子，一个大的装着全家的棉被、棉衣、毛衣，横七竖八、软不拉耷塞得满满的，只有到了冬天才会空一些，全部铺了床，上了身。另一个小点的只有三个抽屉，爸和妈、姐、我，上面都贴了名字。虽然都是些穿了许多年、补了许多次的旧衣服，但摆放得整齐有序。庄里人都穿旧衣，都习惯了，冷不丁地穿上一件新衣怪不得劲的，怎么看怎么别扭，不如脱了压箱底，等着过年穿。如果是到了婚嫁的年轻人，相亲的时候才穿新衣。有那穷人家，如隔壁昌树大哥家有四个小子，老大老二相亲时都是借了父亲的那件灰色中山装，看着叫人舒服。

母亲逢人就夸我会折衣服，缝对缝、肩叠肩。我是个男孩子，其实并不喜欢母亲这么说。缝缝补补、铺床叠被的事本应该是母亲与姐姐做的。说也奇怪，童年的我不仅喜欢折衣，而且很喜欢扫地。小学在村西头，那两进教室都是灰墙土地，坑坑洼洼，只有老师的讲台处稍平整些，课桌从来没有摆平过，桌腿处不是垫着小石块就是小木块。平时得小心，一不留神课桌就会左右晃动。小孩子，哪有安稳的，桌脚一空，笔就顺着一路下去，作业本上经常会留下长长的划痕，少不了挨一顿批评。每天值日，地上常有铅笔、尺子、小刀、纸张什么的。那时穷，一学期只有五元的学费，有些家里还赊着账，老师帮着垫，哪有文具能浪费？铅笔都写到如粉笔头那样的短了，也不舍得扔掉，后面接个空心小竹管继续用。即使有那个别家里条件好的，丢了笔啊尺子什么的，也早被扫地同学当作“战利品”捡去了，像我这么爱扫地的人也很少捡到“战利品”。教室的地面都是一些浮土，和院里的、大路上的尘土不一样，它们有分量，不像外面的被烈日暴晒、车马踩踏，一阵风来就会尘土飞扬，一阵雨过就会泥泞黏滑，所谓“晴天一身灰，雨天一身泥”。教室里尘土是干净的，是安静的，除了十几个孩子的小脚印外，不会有其他的。这里的土地被我们踩得结结实实的，不干得发白，也不湿得发软。只有那几处漏雨的地方有浅浅的小水凹。我们扫地，就扫地面上一层浅浅的尘土，每次最多只有小半碗那么多。老师检查时，走上一趟，只要不出现脚印就合格了。也有那淘气的孩子，用那笤帚桩子狠狠地扫，硬是把土地刮出了一层“皮”，这样的地面会越扫越低的。扫出的细土有时不舍得扔，加点水揉成“韧韧的面”，春天用来堵蜂眼或做“土枪”。也不何时起，我就爱上了扫地，扫土地，扫教室里的土地。

现在的地光洁、平整，那是赏心悦目。儿时的土地虽比不上，却也朴实有韧性，进出方便，自由得很，而且在那样的屋子住着，冬能暖夏能凉，十分接地气。

村里人住的大多是灰墙草屋，矮矮的、傻傻的，横着的、竖着的，朝南的、朝东的，热热闹闹，挨挨挤挤。每当炊烟起，夕阳斜，一派田园，童话一般。我家的草屋在村里偏南，一间半，不足三十平。一台灶、一鸡舍、一个碗柜占着地方，剩下的也就不大了，比学校里的教室小得多了，我也爱扫家里的地。家里的也是土地，与学校的一般，只是比起教室的方正地要逼仄得多，有些不太规整，扫起来费事一些。家里的地不像学校，容易脏，随时随地都要打扫。饭前抱柴火，一路上免不了泼泼洒洒。把这一路扫干净，直到灶台后面堆柴草的墙角。这时候扫地不能太重，如秋风卷落叶一样轻轻带过，把掉落的柴草划拉到墙角即可。秋后烧的是稻草，春后用的是麦秸。每年两季收割后，柴草都要堆在屋外。一堆柴草要烧半年，堆时也有讲究，不能倾倒，不能受潮。家里只有父亲会把柴草堆得结结实实、漂漂亮亮。别看这些松软的柴草，经过雨打日晒，一层层，一根根，压得紧紧巴巴，像一个硕大的蘑菇。拔柴草就是我们小孩子的事了，这也是有讲究的。不能在一个地方尽拔，空了柴堆就会倒掉。要转着圈儿拔，从小一点儿一圈儿一点儿一圈儿往上拔，只有这样，逢着雨天，柴草才不会被淋湿。

扫家里那点空地不需多少时间，三下五除二，不消三两分钟。可这一小块地方，一天下来，得扫个七八回，刚刚明明扫过了，几只鸡一溜达，再有几个邻居一串门，家人这么三两趟一走，地面上又横七竖八的了。特别是那几只老母鸡，带着几只半大不小的鸡儿鸡孙，不时走到家里来，整天撅着个大屁肌，栽着脑袋，眼神专注，那张馋嘴不停地啄着，两只鸡爪不停地扒拉着，犄角旮旯那些个卫生死角都被它们弄出来了。墙角堆柴草的地方是它们最爱去的地方，简直成了“重灾区”。这么着，又得扫一遍。难怪母亲总是说“扫地不扫边，三天拉不清。”只要回到家，放下书包，第一件事不是作业而是扫地。把那几只鸡撵得远远的，它们眼睛里一点儿惊恐也没有，很平静，只是飞跑的同时回头看看我，好像在说“小主人，别着急，我们这就走，不过我们还会回来的”。我现在才知道，原来它们说话的语气是跟灰太狼学的。扫完后，看着不大的家里变得清清爽爽的了，脚踩在上面又踏踏实实的了，眼睛看不得脚落之地有半点不干净的地方，心中一片明净。

有很长一段时间，长大后当清洁工就是我远大的理想。心中总是想象着手里有一把神奇的扫帚，如马良的神笔，扫尽天下，扫尽乾坤，让整个世界都变得清清朗朗。

后来，做了老师，我还是喜欢拿扫帚。看着学生们几个一小组有一搭无一搭地挥舞着笤帚，东一下西一下地扫着。等孩子早读或做作业时，我悄悄地拿起笤帚，一组一组，一边一边，一角一角，从从容容地扫着，慢慢地把落在地上的笔啊、尺啊、纸啊……聚到了一起，之后洒些水，一切都安静下来，一切都舒适起来。扫着扫着，我好像又回到了那个叫司家桥的小学，坐在靠东北角的那间教室里，拿着笤帚一下一下，从边到角，不紧不慢，不急不忙，认认真真地扫着，慢慢地把尘土聚到了一起，之后洒些水，让腾起的细尘安静下来，一切都那么舒适。扫着扫着我好像回到了那个叫中坝的村里家中，我一下一下地扫着，从鸡舍边、饭柜下、灶台围、桌角处、门槛里……无一处不到，无一处不清。

我喜欢扫地，与各样的扫地工是极易相熟的。小区清扫路面的阿姨与我最相熟，每次遇见都笑容满面，小径如茵。学校里做清洁的老周与我最相熟，天天遇见都是气喘吁吁，地面如镜。校门外清扫道路的大刘与我最相熟，碰巧遇见都是汗水淋淋，路面如新。我想象自己退休后也会变成他们，一个扫地人，一个为大家带来清洁，为自己带来清静的人。

我，愿做一名“扫地僧”！

父母亲二三事

【题记】我已人到中年，父母渐渐老去，早就想写一点东西献给他们。可几十年事情琐琐碎碎，要突然成文，竟不知从何下笔。近日一直想写《发现自己》这篇小文，对身边的三种人进行剖析。可写着写着就想到了父母诸多往事，一件件、一桩桩，对我有着深刻的影响，索性就写下去了，遂有了此文。

我们身边有三种人，有品性的、有韧性的、有弹性的。有品性的立人，靠内心活，孤独而后丰富；有韧性的做事专，靠行动活，孤独而且丰富；有弹性的入仕，靠世俗活，丰富而后孤独。我自认为自己是一个有品性、有韧性的人，这些都来自父母的言传身教。

家里祖祖辈辈都是农民，没有读过什么书，谈不上耕读传家，而勤俭朴拙却似乎与生俱来。父母整日在田间劳作，沉默如黑山白水，行动多于言说。对我和姐姐的教导身教多于言传，在他们身上我看到了对老人的孝、对乡亲的善、对土地的敬。

行孝道，有品性。每到秋收，父亲就忙活着把上好的粮食给老人屯好，把榨好的醇香的菜籽油给老人装好。

爷爷有三个儿子，父亲是老二。小学五年级时家里起了楼房，三间屋面房，一个大场院，爷爷奶奶就选择了跟我们住。有老人守着，家里不冷清。后来我到镇上读中学，到城里读大学，到临乡去教书，每次回家，都会到爷爷的屋里坐一会。不用开口，奶奶像个小孩子一样，总喜欢把凳子挪到我身边，把她能记得的事情一一“汇报”：自己到哪里干活去了，姐姐小裁缝店的生意如何，隔壁昌树大哥的老二在山里抓了一只刺猬，东面“黄老邪”家的二丫头总是病恹恹的，算命瞎子说和我家厨房的烟囱有关……有时说到高兴处竟笑出了眼泪，撩起围裙擦一擦，继续说。那时总觉着奶奶唠叨，现在想起来才觉得老人看到孙子时的喜爱，如今，奶奶离开已有十五六年了，她的声音和她笑成菊花样的脸慢慢模糊了。

每到春节，母亲就盘算着给老人缝制新衣，把腌制好的“高桩菜”和咸鹅分给老人晾晒风干。

这是父母的孝道，让老人衣食无忧。在那个贫困的年代已是不简单了。村子总有那偷懒要滑、好高骛远的破落户，自己过得凄惶，老人也跟着遭罪。这是父母对老人的孝，纯朴、厚重。它深深地影响着我，土地征收后，父母住进了小区，有生活补助，几乎不需儿女花费。我唯一能做的就是每周一个电话，隔周带孩子去吃个饭，不让他们担心。回来的时候经常后车厢里满载着母亲做的馒头、包子、饺子以及他们辟荒种的青菜萝卜。其实，家里什么也不缺，总不想带，孩子觉得馒头硬、饺子咸、包子死，不愿吃，每次都是我和妻花一周左右的时间才能把它们解决。可看着母亲期待的眼神，每次我都满脸笑意，表示满心的愿意：“自己做的，有营养，带上，全带上！”有时带回来真的没办法吃完，只好偷偷地倒掉了，当然，不能让老人家知道。

其实老人内心很脆弱，儿女的一些不如意会让他们心乱如麻，但又无能为力。邻里间的一些闲言碎语会让他们波澜起伏，但又无法回避。所以，最好的孝道应是“笑道”，让老人的生活充满阳光，充满“顺”能量。

行孝道，是对生命来时的敬畏；睦乡邻，则是对生命进行时的投入。人生若有十分，孝行六分，子女两分，剩下的两分都给了邻里。“远亲不如近邻”“邻里好，赛金宝”说的就是这个道理。父亲一辈子没考过学、没做过官、没经过商、没扛过枪，青春与热血全洒在了房前屋后那几亩土地上。村子里的人大多是这么过的，父亲和他们相处的倒是融洽。

能挑重担让父亲成了农忙时节的战士，在村里有了不小的人气。田里的重活需要力气大的人，在农村有力气是做一个好农民的必备条件，父亲在村里算是有力气的一个，每到秋收，肩膀总要磨掉一层皮。所有的谷物都要挑回来晾晒，忙自家的、忙大伯家的、忙小叔家的，还有那些没有壮劳力的人家。这些人家也怪可怜的，每到农忙都要去求人，他们恨自己的男人没有气力或叹自己命苦，孤儿寡母的，每次去求人她们总是满脸笑意，可庄户人家不会作假，那笑比哭更难看。俗话说“人不求人一般高，凡到求人矮三分”，看得出来，她们是硬着头皮来的，说着感激的话，小心翼翼地，就怕说出来别人推托不答应。每逢这个时候父亲总是爽快地应承下，总是怕对方不好意思说出口，他总是说“劲是使不完的，睡一觉起来就会长出来”。田埂弯弯曲曲、坑坑洼洼，一担稻谷足有二百斤，走起来晃晃悠悠的，父亲一边“嗨而哟、嗨而哟”喊着号子，一边在田间疾走。每走一小段，总能把重担灵活地换到另外一个肩头。有的人有一股蛮力，可就是不会换肩，咬着牙走得艰难，途中一定要歇上几次，能挑担不会换肩也做不得好农民。这是秋收最硬的活，初次担担的年轻人，一天下来，两肩红肿如桃，碰一下痛得龇牙咧嘴。两腿沉重，就像两根木头桩子，动不起来，非得用两只手抬着不可，要歇上一个星期才行。像父亲一般的劳力不会这样，肩上有陈年老茧，在不时地换肩过程中会磨掉一层皮，也会劳累，也要休整一天，隔天再拿起扁担，还是疾步如飞。

那时我在上中学，父亲从来不叫我挑担，遇到阴雨天气或母亲身体不好时，也会给我准备一副小担子，个头只有父亲的一半左右，能担七八十斤，不会换肩一路上跌跌撞撞，我是心痛肩膀，两只手紧紧地托着扁担紧靠肩头的那一小截，哪里还顾得平衡。两只箩筐来回直晃荡，不像父亲那样，左右手抓着前后两只箩筐的边绳，两只箩筐有节奏地起起伏伏，脚步坚实有力，很是悠闲。来回的路上，父亲一定看到自己儿子吃力的样子，又是心疼又是责备：抓住绳子、注意换肩。

村里的房屋盖得自由随意，倒也错落有致，不像现在的小区，过于整齐，也过于僵硬。庄户人家的鸡鸭都是散养的，早上放出来，晚上只要主人撒上一把谷子，“喔，咕咕咕……”召唤几声，它们都会从四处扑扇着翅膀你追我赶、吱吱嘎嘎地叫着飞奔而回，像一群孩子，傻愣愣的，看着它们的样子特别开心，我是特别愿意做这样的事情。而鸭子回来则要费事一些，它们一天到晚在门前池塘里自由自在地漂着，如果你不喊，它们会蜷在岸滩上把头埋在翅膀下面静静地睡着，可爱的是它们一条腿总是立着，睡着了也不会摔倒。想让它们乖乖地上岸非得动点武力不可——用土疙瘩、小石块砸。“扑通、扑通”，石块如小炮弹一样落在水里，溅起不小的水花，受了惊吓的鸭呀鹅呀“嘎嘎”地叫着，往岸上冲。鸭子体型较小，速度较快，一听到“炮弹”声，立即缩起脖子，拼命朝前划水。鹅们体型较大，似乎有些不服气，撑着脖子，引颈高叫“哎啊、哎啊”，眼睛瞪得溜圆，扑腾宽大的翅膀，极不情愿地往回飞奔。动用武力难免有意外发生，有那练得不准的，一不小心“炮弹”打在它们的头上，个别的游着游着就在水里转圈子，如果身体不结实，就因此没了命。这样的事发生后，我们小孩子不免要受罚。被打板子是免不了的，但我们心里还是有小小的高兴——晚上一定有鸭肉或鹅肉吃了。

每晚回来的鸡啊、鸭啊、鹅啊偶尔也会有别人家的，母亲是要一只一只地数，每一只在母亲的眼里都很熟悉，有许多甚至有自己的名字。左邻右舍挨家去问，一定要把它们还回去。还有那贪小便宜的偷偷地杀了吃了，丢了鸡或鸭的人家气不过，第二天定会捧着早饭高声叫骂，他们心里早就有数，占小便宜的死活不吭声。我家也丢过，但母亲从来不会去叫骂，她不会骂，有时的确回错了家，第二天又能在池塘里找回来。即便真的丢了，母亲也从不怀疑邻居。从不在背地里恨恨地说别人小话，总是想着别人的好处，这种善良也深深地影响着儿时的我。

善良遇到恶俗是要付出极大忍耐的，同村的喜婶有些泼辣手重，村里人都很忌惮她。前段时间回家看望母亲，听她说起喜婶，身体大不如前，三个孩子都离婚了，日子过得支离破碎。回想起年轻时她对邻里的不依不饶，母亲不住地感叹。那年，愣说我家的小猪仔啃了她家地里的豆苗，竟用钢叉戳穿了小猪的肚子，肠子都流出来了。母亲理论不过，只得忍着回来救治小猪。用家用的针把小猪的肚皮缝合起来，精心地照顾喂养。这小猪仔还真坚强，后来竟然长到了二百多斤，让全家过了个“肥”年。这件事母亲从来没有对我和姐姐说过，也从未记恨过喜婶。喜婶家的小花和我姐是同学，老二小兵和我是同桌，彼此都是好朋友。

父母就是这样，守着老人，行着孝道。友睦乡邻，行着正道，就这是他们的品性。

农村的辛劳是现代人无法想象的。要想把生活过得亮堂堂、硬邦邦的，非得有打不垮、压不倒的韧性不可。

进城。我们村庄位于南京城南郊区，离中华门大约三十华里。父亲偶尔是要进城的，不是走亲，也不是访友，而是卖农货——整捆的柴草、新鲜的鸭蛋、当年的大米、多年的母鸡、时令的菜蔬、河里的菱藕、地里的山芋西瓜、采摘的野菜等。那一担担、一筐筐都是肩挑背扛，一路负重走到城南长干桥的扫帚巷。往往是凌晨三点多起床生火做饭，走三个多小时赶个早市。我和姐都在睡梦中，自己起来上学去，中午自己做饭，父母卖完东西会带两块烧饼回来，肉包这人间美味是不能买的。为了省钱，就连五分钱的公交车都不舍得乘坐，都是走着回去的。到家时也得中午十二点或午后一点了，我和姐有时就为了等城里的烧饼眼巴巴地坐在村口的大柳树下。

徒步进城，没有一些韧性是不行的。

造屋。一九八五年暮春，我家起了两层楼房，是村子里第一家。家里没有余钱。楼板是从学校工厂赊来的，红砖是从大队窑厂赊的，水泥是从公社供销社赊的……运输是邻村的一位亲戚帮助的，建房的工钱欠着村里瓦木工的。就在原来的一间半草房的北面一块圈牛羊的空地上起了地基。这些建房材料前前后后准备了两三年时间，都是父亲一个人经常出去“化缘”谈来的。造屋总花费人民币五千左右，父母用了五年时间，夜以继日地劳作还清了所有的债务。这些事情我和姐姐是不知道的，父亲经常外出，有时在外面几天不回家，回来的时候不是带着砖头就是带着木材……拖拉机“隆隆”地开了进来，爷爷奶奶甚至母亲都有些吃惊，就怕父亲在外面闯了纰漏。村里人都不相信魏家老二能一贫如洗地造了新房，而且是全村没有的楼房。几十年过去了，当年那楼早有拆迁，每当回忆起这件事时，母亲总是很自豪：你大（我管父亲叫“大”）有点本事。

空手造屋，没有一些韧性是不行的。

戒烟。父亲除了不会喝酒，抽烟、打牌、喝茶样样在行。抽烟瘾大、打牌吵架，母亲反对了半辈子，也吵了半辈子，没用。十几年前村里拆迁了，没有了土地，住进了小区，开门就要钱。姐家要开店造屋，我也要结婚成家。没有任何人劝说，父亲毅然戒了烟、戒了牌，现在只吃茶。我们知道，他是为了减轻我们的经济负担。

戒烟艰难，没有一些韧性是不行的。

父母的孝行、善行、韧劲在中国农村那个如火的年代里慢慢地积攒着、传承着，默默地滋养着我，还福荫着我的家庭，也影响着我周围的人和我一届届的学生们，这是多么大的一笔财富啊！

我的老师

【题记】2017年6月3日周六上午于办公室309。这篇小文开始写于2015年12月，因故一直没有完成。近日在整理文稿时发现，见文如见人，杨老师已近八旬，我却用了两年时间才完成，实在是不敬，晨6时起，不敢有所懈怠，一个人静静地回忆三十多年前的点点滴滴，边想边写，边写边想，终于上午12时许，完成此文，心里一下子踏实了许多。我想，杨老师如有机会看了此文，也一定不会责怪我的，祝老师身体健康！

杨正文，我的小学数学老师。

三十多年没有见了，我和他一样，成了一名小学老师，也人到中年。每当和自己的学生说起老师的故事，总会不由自主想到他。下笔前特意打电话小心地询问母亲，得知他老人家还健在，心中对他的记忆又鲜活起来。也庆幸这样一篇小小的文字没有成为挽歌和追忆，有机会、来得及读给老师听。杨老师，真是人如其名，脸形方正，身体魁梧，剑眉高挑，目光炯炯，一身正气，与唐国强有七八分的相似。

几十年过去，每当心里默默念到老师的名字，都有一丝敬畏，都不轻易地称呼老师的大名。仿佛还在三十多年前的乡村小学，后进北头的那间教室，老师一张课桌一支红笔，数学题做对了可以到操场上自由活动。老师目光如炬，一边面批作业，偶尔不动声色地从镜片后抬眼慢慢地扫视教室。那眼神有一种不可抗拒的力量，如坚冰的利，但却不乏温度，像身处冰天雪地间却置身阳光灿烂的玻璃房里，有召唤和鼓励的力量。我的数学不是很好，大队书记的小女儿小梅、经常吃鱼的邻居同学小文最聪明，很多难题总是他俩先做出来。杨老师每次看他们的眼神就不一样，满是欣慰。全班也只有他俩在杨老师的课堂上是活泼自由的，交作业时他俩总笑意盈盈，老师甚至还经常摸摸小梅细细长长的小辫，也拍拍小文那脏兮兮圆乎乎的胖脸蛋：“不错，不错。”母亲说，小文的妈妈被他爸爸打跑了，挺可怜的。这娃平时总是孤孤单单一个人上学下学，很少和我们一起。我是一个胆小活泼的老实孩子，但那时特别羡慕漂亮的小梅丫头与外号“扁头”的小文，甚至心里时不时会泛起酸酸的味道，像刚塞进塘子里的泡菜。这一定不是恨，应该是小小的嫉妒，是自己心里要求上进的急。

我们的小学叫司家桥，据父亲说那片空地中曾经有一座小庙，大家有什么烦心或喜庆的事也会去那里求个保佑或谢个菩萨什么的，在“文革”破四旧那会儿毁了，之后村里有娃要上学就起了一座简易的小学堂。学校很小，只有两进南、北向教室，应该是五六十年代的红砖瓦房，围成一个不大的院落，一方简易旗台。学校两面是农田，南边一座平屋脊的人工灌溉渠，遮住了通往集镇的大路。水渠的斜坡上走出一条弯弯曲曲的小道向东通到回村的路。我们的村子不大，却有个好听的名字——果园。

我们的教室特别大，二十几个人坐在里面空空落落的，如果有老师来听课的话，四五十个也坐得下。第一排离黑板足有三米远，每次老师板书都得走上好几步。不过，岁月侵蚀的屋顶仍有几处漏着雨。雨雪天我们就有了这样一个大的去处可以尽情玩乐，老鹰捉小鸡、踢毽子、翻火柴皮……听着雨声、伴着大雪，这样一个简陋的教室让我们这群灰头土脸的孩子特别依赖，特别满足。夏天，我们特别愿意待在教室里，没有电风扇，教室里也是凉爽的，高屋、土地、漏窗、阔地，真舒服。回村里吃完午饭，在路边的荷塘里游一会泳，便三五成群地跑回教室，每人带块塑料薄膜垫在地上睡一觉，土地凉凉的，风儿一阵阵从窗外吹来，不知有多惬意。有时乘老师不在时，悄悄地聊着闲话，但凡杨老师值日，我们便不会说小话，小眼珠可能还在骨碌碌地转着，但小眼睛绝对是闭得紧紧的。

父辈们在这片土地上忙碌着，春种秋收，夏忙冬藏。我们都是农民的孩子，农田里的活儿我们再熟悉不过，但我们不喜欢烈日炎炎的夏日里在田间劳作，插秧割禾、除草间苗，一身泥水，满身疲惫。有时也学着大人的样子，一手拭额，一手扶腰：哎哟！我的腰啊！父母低头弯腰，一边插秧一面大声笑道：“小孩子家家，哪来的腰，不要偷懒！”话里没有责备，倒满是心疼和爱怜。儿时的我们有些不理解也有些生气：“我们为什么没有腰呢？”相较于田间的劳作，我们还是喜欢待在学堂里，享受那一份辛劳之外的平静，听夏日蛙鸣，逐冬日飞雪，眺满眼金黄，踏满园翠绿。

杨老师正是在那个满园翠绿的季节来到我们学校的。据同村爱唱歌的冯老师说，杨老师是从长新河南边蔡村调过来的，很严厉。之前我们所有的课都是冯老师教的，语文、数学、自然、唱歌、画画、体育，天天见到的都是冯老师，所有的书本里都是冯老师的味道，现在杨老师来了，专教我们的数学。对于这个陌生人，我们既期待又担心。杨老师与学校其他老师似乎不同，农村的味道淡了，城里的模样多了。八成新的确良短袖衬衫，衬衫的右边兜里别着一支黑色钢笔，里面隐隐一件白背心，灰色长裤褪了几分颜色，得体地盖住脚面。宽阔的鼻梁上架着一副眼镜，村里人都说戴眼镜的先生一定有学问，在祖辈的眼里，戴眼镜可是一件光荣的事情。黑发中夹杂些许的灰白头发，却打理得整齐朴素。再看看我们同村的冯老师和村后的曹老师，从来不曾戴过眼镜，曹老师眼睛小，生气时圆睁如豆，看着想笑。冯老师眼睛大，笑起来一条缝，看着想睡。学校的老师大多是村里的，有田有地，他们都是家里的主要劳力，因为他们识字，所以不用和其他人一样日日在田间劳作，八十年代初，分田到户后，他们也就忙了起来。他们的裤腿永远是卷起来的，到小腿，也很少穿袜子，下了学随时下田干活。头发也很少梳理，长什么样就什么样，没什么发型，大多扎里扎沙、莽莽苍苍的。他们与乡亲的唯一区别就是胸前那一支钢笔，英雄牌的。也不知道杨老师家里有没有田地，下不下地干活，反正老师每天都穿得整整齐齐的，步子迈得稳稳当当的，脸上永远都是威严或浅笑，那气质多像校长或主任。他从没有变声变调地责骂过我们，也没有不管不顾地开怀大笑过，但不知为何，他比父亲更让我们敬畏。

杨老师来了，我们才知道什么是数学，什么是难题。

杨老师让数学课变得非常清晰，板书工工整整，一笔一画，他的手里永远有两把大尺子，在黑板上画线一丝不苟。以前的黑板真是只是黑色的板，就是在水泥墙上刷了一层厚厚的油漆，时间长了，斑斑点点，不用力写、不认真写、不写得大一些，学生们很不容易辨析。杨老师有威严，说话声音铿锵有力，大家都有所畏惧，课堂上再没有走神的现象。大家的眼睛都围着老师转，看得很仔细，听得也入神。那时没有精彩的多媒体、复杂的课件、多余的练习，就一本书，几个例题。课上的一半时间是让我们完成课堂作业的，老师当堂一个一个面批。一张课桌放在门口，完成的，全对的，就可以出去玩了。

杨老师的数学课时不时有难题出现，也记不清是什么样的应用题，反正我是做到下课也没有完成，常常只有“扁头”与梅梅顺利过关。那样的题目有好几步才能做对，可能是流水问题、行程问题。我们的小脑袋怎么也想不明白，为什么出题目的人这么折腾。“一边放水，还要一边注水，这不是捣蛋吗？”做不出来的几个小子，课间恨恨地说着。为了流水问题，杨老师特意自制了一套简易的模型，真的一边放水，一边灌水。还跑到镇上的中心小学借了一块码表，不过我们看了以后数字还是绕不清楚，倒学会制作小鱼缸了。在我们眼里，杨老师一旦到处找材料，那一定是难题了。

杨老师已年近八旬，不知他还记得他的那些数学课，我们这些小泥猴吗？在我心里，数学不是数字，而是真真切切的一个人，那就是——杨正文。

走进生活

事情经历得久了，会有一些感悟，对生活的常态有一些新的积累与思考，从现象中得出一个理来，反过来用这个理验证自己的苦与累、麻木和坚持。从此，简单的生活有了新的方向，觉着行走着并思想着，思想着并能顿悟，真是一件快乐的事情。

春天的风越发柔和，而对于我这个鼻炎患者来说，那温柔就是一把刀，于是有了《该死的温柔》一文。上有日益老去的父母、下有正在茁壮成长的子女，加上越发忙碌的工作，压力产生。如何正确地认识和处理它们，于是有了《走出来》一文。学业、生活、事业的停顿，生在其中的人们未有所警觉，因为每一次都有一个不错的理由，于是就心安理得了，这是无为的借口，于是有了《找一个理由》一文。我已过不惑，经常不自觉想象着自己的未来，并为有一个好的未来努力着，于是有了《我的未来的不是梦》一文。经历磨难的人能越挫越勇、坐享其成的人遇事而逃，原因是一个人对于事情的记忆不仅是存在的，而且在成倍的生长，那些过往的经历会让一个人对困难有信心，也会让一个人对未知充满胆怯，于是有了《记忆的生长》一文，来阐述有关记忆的魔力的话题……

在生活中，这些断断续续的感悟慢慢地会汇聚成一条思想的河，清理你淤积的河道、清澈你前进的方向。

思想着，清醒着。

该死的温柔

温柔，一个普普通通的词，与粗鲁蛮横相对，意为温顺柔和。在人们心间往往是枫红天蓝，水清日暖。对于它，我常驰骋出万千痴想：如果它有性别，她该是袅袅女子；如果它有温度，她应调和得冷热相宜；如果它有年龄，她应该是灼灼其华；如果它有季节，她应是烟花三月；如果它有容颜，她应生得落雁沉鱼；如果它能铺成一条路，她应是幽深雨巷，结着丁香；如果它能成就琼楼，她应是杰构真武，轻灵素雅；如果它能幻化成水，她应是点苍十八溪，清泉淙淙；如果它有仙班，她应是帝之娇女、董郎之妻；如果它有芬芳，她应是夏初庭院里的风铃，怦然心颤……

温柔，更多的是一种性情，是一种行为，是一种外象。其实往深里说，它就是一种处世的方式，做人的准则，道德的约束，更是一种风骨，一种气象，正如古人所说“绕指柔，能克刚”。从这个意义上说，温柔更多的是默默地承受，是隐忍的担当，是包容的调和，是锦上添花的装扮，也是水滴石穿的前行，庄严肃立为之景仰。从抽象的角度说，温柔更像是一种品质，它不是先天生成的，也不是前世遗传的，绝大多数是后天修炼而成的。

所谓的现代文明，只是物质的文明，而优秀的积淀的精神品质却被人们挡在了文明的大门之外：一样的城市建设，缺少传承的底蕴；一样的教育模式，缺少了传承的后力；一样的娱乐综艺，多了抄袭少了坚守；甚至连孩子名字，也多“睿涵玉光”，有内在寄希望，只是少了思想。在人们眼里，我们似乎成了一个没有先承的游民，而温柔一旦廉价或被绑架甚至被遗弃，必遭世俗践踏，温柔沦落成软弱的代名词，冷落之后不免令人感叹。但，无论如何想象，历史如何发展，温柔也不应与“该死”相伴，我宁愿把它理解为歌词里甜甜的嗔怪，伤感的回眸。而理想终是理想，美好总是想象。现实总有现世，现时有时骨感。好的东西总是会变得稀缺，温柔也是一样，经常被伪装，网住许多良善，真伪难辨。人们心中有了提防，不再傻傻地相信温柔真的存在。

现世背叛了温柔而越发不再温婉，人们异化了温柔而越发不可捉摸。就连自然的风儿，温柔中也少了往日的清纯，多了一些变化的诡异。

多年前田野乡村，春播夏种，秋收冬藏，温柔的风是应着节令而来，闻着花香而退的。可现在的风真是“疯”了，虽也有小清新的时刻，可说变脸就变脸，辰午冷暖两重天，如波月洞里的百花羞，《画皮》中的美狐小唯。美丽变成了陷阱，温柔变成了伤害，难怪人们说“一天有四季，十里不同天”。

花语：该死的温柔。

暮春三月，樱花挂满枝头，如深闺有女初长成，圣洁如仙，不染凡尘。枝头就是仙境，最美的时候是它们在风中离去的浪漫，那必定是一场温柔的舞蹈，必定是一场唯美的谢幕。也许，仙子们积蓄一载，花发一周，就是为了那绚烂的一刻。每每此时，我驻足站立，望着漫天花雨，眼眶里竟有些湿润，有些感动，因遇见：我不能把你忘怀，因为在最美的时节遇到你，这是一世的承诺。花飞花谢，绿叶蓬勃，生生不息，一种离去变成另一种生长的壮美，两种美美得没有一点间隙，完美。每春花季，等待成了一种美好。而今春，花半枝头，却因温柔诡异的冰冷，未能满枝头，更没有等到最美的时刻因风而舞。在三两个凄美的夜里，碾落成泥无人晓。清晨立在寒风中，空落落地伸着凝血一样的花萼，让人顿生惜春之叹。我有些失落，年年岁岁人不同，岁岁年年花相似。而今春，这该死的温柔欺骗了我们，如果花有语的话，她一定梨花带雨，欲说还休——是春风这个温柔的伪君子让她变得不堪，让悦己者没有看到她最美的时刻。这一遗憾是一种悲痛，要经夏历冬，来年再发。

童语：该死的温柔

儿童解得春何在，只拣花香浓处行。不大的校园里，除了路就是树木与花草。迎门有素雅的紫叶李，翼然亭有酱红的紫荆花，教室旁有紫红的玉兰花，操场边有如雪的樱花。无论是课间，还是散学，花下到处是欢呼奔跑的孩子。汗津津气腾腾，温热包裹着小小的热热的躯体，他们在享受着美好的季节带来的美好感受。每年花季他们都要热气腾腾地跑上几天，热气腾腾地笑上几天。可今春，温柔变成了坏人，变成了冻人。很多小小子、小丫头们热起来了，头烫起来了，咳起来了，晕起来了。他们也不明白，为什么同样的花，同样的风，而今年的自己怎么就不一样呢？这该死的温柔，一定躲在哪个角落里奸奸地笑着哩！

春天的风，温柔的刀！

这该死的温柔！

我的未来不是“梦”

“怀旧空吟闻笛赋，到乡翻似烂柯人”说的是晋人王质入山打柴，观人下棋，局终发现手中斧柄已烂，回到家里才知已经过了百年。这是一个不堪回首的未来、物是人非的未来。这是世人的未来，王质的现在。

我已年过不惑，人生之年好像青溪之水，穿山过岩，九曲十八弯回旋激荡，如今已万涓成河，浩浩荡荡，最终归宿是汇入大海，是无我。人们常说“早知如此，何必当初”。我不愿想自己的未来，担心“早知未来，何故现在”。大凡想极快地过到将来的人，大多对自己的现在不满或不甘，所以人们也常说“如果能再活一辈子，我一定不会像现在这样”。

我现在生活得很好，父母还算康健，工作还算顺当，孩子还算听话，学生还算可爱，房子不算太旧，妻子不算太丑，血压不算太高。我不想快点到将来，到那时：父母已然不在，工作已然过去，孩子不知何处，学生各奔前程，房子已然倾颓，妻子已然老迈，血压已靠药压。未来唯一让人羡慕的是日日不用忙碌奔跑，天天能睡好觉。不用周一赶着升旗，不用清早赶着护导，不用加班赶着作业，不用点灯赶着文章，不用横向比着发展，不用纵向苦着成长。偶尔也想着，如果未来退了休，我要好好做两件事：打够球，游够泳。我也知道，这样的畅想只是用未来的空闲满足现实的“富业”（让自己身心富于健康），现在就要把未来透支。我们畅想未来，大多想着一个“闲”字。闲，主要不是身体的闲，而是精神上的闲。不用谋划，不用应对，不用适应，不用思考，不用思想，脑细胞成了“老子”细胞，年轻时代的听、说、读、写、画、考、跑，未来时只剩下说和跑，因为老态根本就听不进别人的言，只是絮絮叨叨地说，喋喋不休地说，和唐僧对悟空说的一般，为了日益不灵便的腿脚，要不停地走和跑。这似乎是和生命在赛跑，若时时走，不停留，走在时间前头，自然走在了生命前头，生命也不会到头。

想到未来，不是事业的成败与否，不是财富的多寡与否，而是容颜的枯荣，行走的缓急。其实，人最不熟悉的是自己的容颜，特别是没有镜子的人。

别人的样子从识到熟按远近都会放在心里的每一层沟沟壑壑中，有章有法，有序有列。而自己的样子即使出现在大屏幕上也不会如熟人看到你时的亲切，那样富有感情。想到未来，我对自己的模样都不会熟悉，我还会忘却曾经的熟悉，未来就是陌生，未来就是失去。

我们模糊了自己，却清晰着对方。往往是最美的时节遇到最美的模样，就如“人面桃花相映红”或“激情燃烧的岁月”，那种美不是未来，而是过去。所以人们往往怀念过去，而不愿展望未来，更谈不上畅想。

有人说过两句有深意的话：要想健康请到医院转一转，要想将来请到老人院待一晚。这两个地方都是我们的未来可能停留的地方。听年过古稀的父亲说，他年壮时一肩能担两百多斤，一顿能吃两斤白米饭，何曾想到自己的未来连上楼都气喘，连提水都腿颤。他说现在他最大的敌人不是眼花，不是气短，而是“闲着”，闲聊、闲逛、闲气、闲盼（盼儿女）、闲病（不动即病）、闲愁（不是李清照的一种相思，两处闲愁，而是尽是相思，时时闲愁，因闲而愁），如山如海，无法排遣。

时间，这些年轻时最贵的东西，却是年老时最贱的东西。如果让父亲想想他的未来，他一定会骂你不孝，他说未来只有一个字——山。对父亲来说，未来是沉重的。走好现在，慢一点，缓一些，有节奏一些，哪儿也不要改变，什么也不要变化，现在与未来模糊了界线，直到走到地平线，融入晨曦。

站在阳台，夜色中端详着楼下一排银杏。经秋历冬，春生夏荣，每个年头都会年轻一回，似乎总也不见衰老，好神奇，好美丽。如果它们也有思想的话，会像人类那样畅想未来吗？应该不会，因为它们的未来就是现在，现在就是过去，活着就是永恒。它们的未来不是梦，梦一醒来终成空。它们的未来很真实。我的未来，也不是梦，脚踏实地不虚空。

站在未来回望自己，严于律己做好自己；站在别人审视自己，宽以待人丰厚自己；站在他处看待自己，知足中庸调和自己。

我的未来不是“梦”，是真实，是现实。

记忆的生长

【题记】一是为了完成习作下水文，最主要的是感怀记忆，感怀孩子时代记忆的纯真。记忆有特点，有性格，有影响，有传承。只有做好当下，才会更好地为日后的记忆买单。传承就是教育，就是榜样。为了美好的记忆，我们每个人都责任重大。

村里人说我是大学生，靠笔杆子吃饭，识文断字写前程。

手中的笔在不停地写着，最初为孩子写，过往为学生写，现在为自己写。为孩子写，帮助他记住；为学生写，希望被模仿；为自己写，希望被记住。写孩子，哭了笑了，是怀念时间；写学生，好了坏了，是感念成长；写自己，慢了老了，是追念来路。不奢求被学生牢记，他们记住的往往是师之严己之惰；不希望被儿女牢记，他们记住的往往是父之责己之过。我已近知非之年，病痛时父亲在风雨中的奔跑，送我到村头那背后温暖的眼神，这是父样的爱，很模糊了。清晰地记住自己的父亲有两件事：一是儿时在河边坡地上放鹅走失了一只而被年轻忙碌的父亲扔进了灌溉渠里（当时那一群大白鹅和一群下蛋的鸭几乎是全家的经济来源）；二是在农忙时节因贪玩被找急了的父亲用鞭子抽了几道血痕（那根鞭是生产队那头壮年的水牛也害怕的），这是父样的凶。如今回想起来，我一点儿也不记恨自己的父亲，这是农村孩子的顺，孝顺、柔顺。学生记我的也许是一次考试失利而让平日儒雅的老师变得暴风急雨的情景，那是一场痛斥，甚至是一场挖苦。他们毕业后，也许不会记恨自己的老师，这是学生的真，纯真、率真。我的儿子记住的也许是一次几乎走失的寻找后而引发的爱极生狠，那几声响亮的耳光，那满眼的泪花，甚至还有惊惧的眼神和瑟瑟的颤抖。他长大后，也许不会记恨自己的爸爸，那是孩子的是非，父对儿错。

现在总想着如何能让岁月留下，说明自己在慢慢变老。只想着把自己的过往清澈地留在文字的河流里，这样才会不朽，这是不是有些自我？我一直认为人生有两个阶段会很自我，一是孩童时期，万千宠爱，时时被关注；一是老年时期，生命健康，希望得永年。前者是成长的蓬勃，后者是暮年的感怀。

记忆是有年岁的。幼时良善，壮岁乖张。良善是天性，乖张是遭了世俗的玷污。幼时记忆有神奇的力量，记得十个坏一个好，却恨不起来。坏的每天消亡，好的每天生长，一天一个清仓，不留丝毫麻烦。也许儿时心太小，不能盛装发酵的忧伤。课间推搡大嚷、剑拔弩张，放学没心没肺、有说有讲。随着年岁的增长，记忆由五彩斑斓变成了黑白两难，记忆中的所有只有好坏两端，记得十个好一个坏，却能耿耿于怀。壮岁记忆犹如一张密密的网，快乐如水不留痕迹，烦忧如麻绕绕缠缠。有人说，儿时的记忆虽干净却太稚嫩，太单调。如风行水面，没有壮阔的波澜，是傻傻的快乐，这样的记忆只是草色青青。而成年的记忆中“人生不如意者十之八九”，那十之一二的快乐是痛并快乐着，拼并快乐着，累并快乐着，哭并快乐着，是一种不易得到的快乐，是一种铭心刻骨的快乐。这样的记忆是花残霜寒，雪重梅香，有深度、有厚度，既让人退却又令人向往，既令人惧怕又让人痴狂。如飞蛾扑火，享受光明的涅槃；如作茧自缚，积聚飞翔的力量。幼年的记忆是“菜根谭”，从简单到简单，是起源也是归宿，在记忆的长河里是跳跃的浪花。壮岁的记忆是云和月、功与名，重复着回漩与激荡，在记忆的长河里是涌动的暗流。

暮年没有记，只有忆。忆蓬头稚子，忆峥嵘岁月，在记忆的长河里汇成深邃的海洋。我记忆自己的童年：小伙伴、稻花香。哪管它天冻与地寒，饿肚与烂衫。壮岁的自己正在过往，人事繁忙，紧紧张张，哪管有妻有子，有车有房，甚至觉得“有”比“无”还烦，再也不闻稻花香，再也不见荷满塘。原来记忆的年岁越长，心就越大，装得越满，良善就成了淤积的河床，需时时清理，疏浚通畅。正如苏格拉底所说“时时清除思想上的杂草”，也如孔子所言“吾日三省吾身”。所以，守住内心的童真是做一个真人事事时时不敢忘怀的。

记忆是有品格的。君子之记，坦荡荡；小人之记，常戚戚。有胸怀者遭受重重的痛，却云淡风轻、以德报怨。无气量者受到微微的屈，却深藏心底、睚眦必报。高尚的记忆，眼里装着众生，心里怀着天下，时时替百姓谋，事事为社稷想。在历史的记忆中他们名垂后世，千秋敬仰。但高尚的记忆绝不会是完美的记忆，而是真实的记忆。记忆是现实的累积，现实就是实践，实践就有未知，就会产生是与非、对与错。清官海瑞，为国抬棺骂君，为民事必亲躬，为母侍乃至孝，为廉死无殓银。这样至忠至孝至廉的人让人敬却无法模仿。而海瑞名垂后世同样也有他大善中的小恶。据说他判的案子只要是穷人，一定会赢，有仇富心理；据说他的幼女吃了男仆一个饼子而被饿死，死守礼教；海瑞的心里只有国没有家，一个成功的读书人应该做到的“修身养性齐家治国平天下”，他也没有做到。他的忠他的孝他的爱大多表现得很极端。但这就是真实的历史记忆，也正因为有这样的历史真实，海瑞才那么鲜活，那么感人，那么发人深省。

人到中年，让父母活得安逸，让孩子成长顺利，让爱人离不开你，这是个人的记忆，虽平常，却是肩上的重担。只有把一副副“家”的担子走稳了，“国”这个大担子才能强健。

没有国哪有家？即使有家，也是一个千疮百孔的家。为了千千万万的平常人，有一部分人为了国舍了家：军人为国防，领袖为国事，外交为权衡，科教为发展……他们是记忆中最应该感谢的人，最应该尊敬的人。

卑末的记忆只有己没有人。宽以待己，严以律人。记忆的荒原里满是妖艳的花、蛇样的藤。达不成就会报怨，得不到就要毁灭。“人不为己，天诛地灭”是他们精神的鸦片。这样的记忆时时在争斗，很少有快乐。做路人，有利就要沾，有义退得欢；做同志，有福可同享，有难决不担；做朋友，酒肉可同餐，有事冷眼观；甚至，做兄弟，因不和而阋于墙；做父子，因偏执而反目成伤。这样的记忆如暗湿的苔藓，见不得阳光。这样的记忆是高山的冰川，美了自己，伤了根基。这样的记忆是孤独的、封闭的、荒芜的，想不得，更做不得。

记忆是有职业的。医生的记忆中应有患者的渴望、康健的脸庞；农民的记忆中应有辛勤的劳作、收获的满足；军人的记忆中应有边关冷月、万家团圆；建设者的记忆中应有栉比大厦；肩挑背扛；而教师的记忆中应该多一些可爱的学生，而不是多一些可恨的学生。不是因为成绩而可恨，而是因为成长而可爱。这样，老师的记忆中才有了桃李满天下的幸福。我是一名教师，我的记忆几乎都是学校和学生。生活成了两极，学校与家庭。不愿清闲时乱看、乱跑，就怕看得多迷了眼而不见教育的清晰，就怕走得远而陌生了教育的归途。我希望老师不要做看得多的杂家，要做精而深的专家；不要做跑得远的玩家，而要做思与写的“坐家”（心的永驻）。

记忆也是有善恶的，善会开出艳丽的花，恶会结出变异的果。它们的美丑会惠及后人，殃及家人。孟母三迁、欧母画荻、岳母刺字、陶母退鱼，这是贤母的言传身教，更是大善给四个孩子的记忆，成就了四个伟大人物，成就了一段段美丽的记忆。嘉靖奸臣严嵩，有一个聪明的儿子严世蕃，在他爹的记忆中长大，也顺利成了小奸臣，终因罪被斩。我日日与孩子们相处，学生们秉性各异，良莠不齐。有热心助人的，有沉郁少言的，有按部就班的，有耍滑使坏的…… 他们的成长传承了父母的记忆。他们的记忆正在生长，终有一天，他们走出了校园，没有了围墙。不知他们有没有织成记忆的心墙、善的心墙。记忆终会变成现实，善恶终会有了分别。

记忆是有时代的。战争岁月，活着是记忆；动乱年代，辛酸是记忆；和平时期，发展是记忆；学生时代，教室是记忆。

国有国的记忆。建国大业、抗美援朝、改革开放、北京奥运、“神舟”飞天……这是民族的复兴。

家有家的记忆。平地起楼、金榜题名、立业守成、子孝家和……这是家族的兴盛。美好的记忆能温暖人一辈子，不堪的记忆能煎熬人一生世。

当我们回首往事的时候，什么样的记忆会涌上心头？我们又应该如何去做？

做好当下最重要。做好当下，不仅为了当下，更重要的是为了日后的记忆：

储备良善，传承美好……

4 月 9 日于家中

走出来

如果人的一生满分是十分的话，父母占一分，妻子占一分，孩子占八分，唯独没有自己，所以活得很沉重，很牵挂，很局促，有时很委屈。每每想到这时，心中不免生出些悲壮、酸楚与幸福。我是儿子、是父亲、是丈夫，我首先应该是一个教育者，一个教育者就要不断地在内心告诉自己：教育的最终归宿，就是找到自己。我问自己做到了吗？答案是否定的，我离做到自己还很远，也许永远也无法达到。

那么，如何才能做回自己呢？

从父母中走出来

我们最先是从父母的身边走出来。我们成家立业工作，走出了父母的视野，慢慢地离开了父母。忙忙碌碌，不能经常回去看父母，父母也很少打电话表达想念，但只要他们健在，你是永远走不出他们的内心的，只不过想念都变成了担心：走好“路”（人生的正路），不摔倒；吃好“饭”（工作就是饭碗），不偏食；睡好觉，不失眠；常锻炼，保健康。此时的父母就像地平线，永远不会消失，只要你想看，一定会看得到的，在你心中恒久地占据一个位置。就像一座荒岭庙堂，少有香火，角角落落已蒙尘灰，离自己生活的山下的节奏太遥远了。人到中年，已慢慢理解生与死的变迁，离开与到来只不过是周而复始。人到中年，要尝试想想父母远离的情景。人到中年，要尝试着把父母从心中放下，活出忙碌，也劝慰父母把自己放下，活出年轻。

从孩子中走出来

孩子的成长、求学、工作、婚姻，痛苦大多来自自扰，来自攀比。为了面子，不是为了内心。工作好坏、收入多少、官职高低、有无车房，不停地比较。与其说走出来，还不如说逃离出来。当你不能左右孩子成长时，只能努力地去影响他。特别在他最困难的时候，勿要轻易做他的敌人。

孩子平时也很努力，但有些考试却不尽人意。我们除了帮他寻找原因，鼓励他莫要失去前进的信心，还要慢慢平缓自己焦躁的心情。只有父母平和了，只有父母有信心，孩子才能平和，才会有信心。困难出现的早，不一定是坏事，及早发现，及时解决，要相信天下没有过不去的坎。在人的一生中，一两次考试不如意又算得了什么。

我们做父母的，从孩子中悄悄走出来，不要过多地干涉孩子对这个世界的体验。失败是最大的也是最好的一种人生体验。人们渴望成功的快乐，却大多无法承受沉重的打击。大凡经过困难磨砺的孩子，将来才会有更好的心态。

想想自己当年高考失利时，父母没有埋怨过一句。在那个夏天，父亲领着我到区招办来来回回跑了一个多月，最后还是没有结果。设想一下，那时父母的心情该是多么难熬。那时没有好好地看看父亲憔悴的脸和长长的背影，也不知父母是如何从孩子高考失利中走过了整整 365 天。如今自己的孩子即将完成人生三考中的第一考：小升初。而择校考早已暗地里拉开了夜幕。优秀者中选出优秀者，这时拼的不仅是孩子自己，还有父母。父母为孩子找的辅导，给予及时的提醒与准备。每天看到铺天盖地的择校信息，不能积极应对，所以孩子也不能做到最好。

古人说“独乐乐，不如众乐乐”，那是君子的快乐，那是平天下的快乐。对于个人来说“众乐乐，不如独乐乐”。有时看到别人从心里洋溢出来的快乐，你怎么也快乐不起来，心里有一种酸楚的味道——已不如人。甚至认为如果别人没有这样的快乐，自己心里也不会不快乐。所以从骨子里，我们的情绪是被他人他事决定的，而自己不能完全左右。承认差距，自己开始不甘心，但无能为力。范仲淹所说的“不以物喜，不以己悲”的人生感悟没有几人能做得到。进无止境与知足常乐有时是一对不可调和的矛盾。

你能影响别人，但你代替不了别人，包括自己的孩子。所以让孩子做自己，不要让孩子的成长成了你壮年的全部。你可以痛，但不能入膏肓；你可以喜，但不可忘形。喜有多高，伤就有多深。悲喜眼中过，心远景常幽。

在我们心中，有一个词最伤人，也最磨人，但人人都离不开它：对比。好坏、美丑、高矮、胖瘦，无时无刻明里暗里不在对比。房子、票子、车子、孩子，一世一生千方百计在追求。直到退了、老了，看多了许许多多的起点与终点，开始回归到了生活的原点，开始慢慢明了：孩子的生命重要的不仅是延续，还有发展和创新，更重要更有意义的是两者叠合的陪伴与守望。前二十年父母之于孩子成长的守望，守望着走近独立；后二十年孩子之于父母的陪伴，陪伴走完余生。

我们养着孩子，教着孩子。圈养越来越重，实践越来越少，家教越来越累。三点一线（学校、家庭、教育机构），重复单调；三家六人（父母、父母的父母），亲情疲劳。孩子正在成长，背上的书本越压越重，眼镜越来越厚，脾气越来越大，兴趣越来越淡，没有了蓝天白云、阳光沙滩的少年生活，这是畸形的成长。父母看着心疼，老师做着不忍，这是畸形的教育。

做父母的不能也不敢从孩子中走出来，让孩子一个人冲在最前面去承受这样的教育。每个家庭每个父母都输不起，输了孩子，就输了全家，输了未来。从这个角度上说，孩子是父母背负的“深重灾难”，是最大的负资产。赢了孩子，就赢了未来，就赢了全部，在生活中、工作中就忘了自己，忘了进取。从孩子中走出来，不是放弃对孩子的教育与管理，而是配合学校，走进社会，融入自然，丰富生活，引导孩子找到他自己，上最合适的学校，写最拿手的文字，坚守最有兴趣的爱好，养成最让他身心愉悦的运动，怀揣最光明的希望。

走出孩子，慢慢地赶着孩子离开自己，就像小鹰学飞，天空才是它翱翔的方向。走出孩子，成长为两个独立的自己。我们曾经学会离开，现在学会教孩子离开，这也是一种成长。教是为了不教，合是为了分。在教育中让孩子找到自己，战胜离开的不适与恐惧。在教育中受到教育，在离开中战胜孩子离开的不舍与牵挂，做回自己。因为你有自己的职业，自己的事业。做老师的，我们还有一大群和自己孩子一样的学生。试想想，我们的教育生活中还有深夜灯光下批作业的背影吗？脑海中、内心深处还有人类灵魂工程师、进步阶梯、铺路石这样铮铮的神圣誓言吗？没有了，再也没有了。我们变得越来越小我了：只要我的班级好，只要我的课堂好，只要我的孩子好，集体的、团队的、其他的，那都不是事，那是领导的事，那是他人的事。

走出孩子不容易，对许多人来说，这是一个两难的选择。非此即彼，要么选择做好家长，对不起学生家长；要么选择做好老师，对不起自己孩子。

其实，我们知道孩子走出自己不容易，学生们走出老师更不容易。这不仅仅是书本知识的讲授与传承，更多是教育的智慧与良心、苦心与用心。学会预习，学会读书，学会交流，学会团结，学会帮助……因为我们许多人选择了家庭与孩子，把职业当成了任务，把学生当成了产品，用力不用心，关注课多关注人少，关注结果多关注过程少。校园内外分得很清，孩子与学生分得很清，所以教育中没有自己，少了学生，全给了孩子。

走出孩子，让孩子走出视野，舍得放下，其实是对生命个性的尊重，是对成长的自然磨砺。这样的生命才更有韧性，才更有厚度。

从自己中走出来

人生最难的莫过于走出自己。这是一个智慧、纯粹的人和一个世俗、平凡的人无时无刻的斗争。走不出自己最难的一关，就是走不出孩子，就是走不出希望。孩子与学生是老师天秤的两端，子重生轻，拉扯得厉害。孩子成了全部，走出孩子就是走出自己。走出了孩子，还走不出自己，那是两样东西影响了你——名与利。为仕途的官声，为既得的利益。因为官有特权，因为利可享用。你走不出自己，还有一样东西诱惑着你，那叫成熟。成熟在某种程度上叫世故，叫圆滑，叫情商，如果你不能融入，那社会与生活就不能容你。走不出自己还有一样东西控制着你——现实。所以从古至今走出自己的人少之又少，只有那些胸怀天下、心有苍生的人才能无我无私：发愤著书的太史公、大明中兴的张居正、救国喋血的六君子，还有那些时时刻刻激励着我们前行的先贤大儒、志士仁人。他们心中有大义，早已忘却了自己；他们肩上有重任，早已忘记了身体。正是有了这些从自己中走出来的人，社会才有了进步，国家才有了发展，文明才有了辉煌，人类才有了希望。

从自己中走出来，就是跳出自己看自己，站在高处看自己，就是忘却心中的小我，做时代的大我。不逃避，不畏怯，眼中有方向，脑中有方法，心中有情感：我为什么满含热泪，因为对这片土地爱得深沉！

从教育中走出来

这里所说的从教育中走出来主要指的是从狭义的学校教育中走出来。从教育中走出来是跳出职业看自己，接受社会的教育，了解发展中的世界，成长自己的内心，丰富自己的生活，从而反哺自己的教育人生。以前的教育模式是学而优则考，考而优则仕，仕无错则终生。这种关起门的教育是脱离社会的，是僵硬的教育，于孩子的发展不利，于社会的发展不利，于民族的强大不利。现代教育不是围墙里的教育，而是与社会共进的教育。让孩子走出教育，首先是教育者要走出教育。要在学中做，做中学，加强学习的实践性，优化人才评价的标准。

我们无法改变现状，但我们可以改变自己，以历史为养分，以社会为熔炉，以书本为基础，以全人为目标，以全面的教育来完善学校的教育，来补充学校的教育。让学生从校园里走出来，对社会少一些隔离感，少一些陌生感。

从父母中走出来，走出了伤痛；从孩子中走出来，走出了牵挂；从自己中走出来，走向了境界；从教育中走出来，走向了强盛。父母远去了，忘却是为了怀念；孩子长大了，放手是为了成全；事业有成了，忘我是为了大义；成长无界了，教育是为了找回。

走出来！！！

白杨之祸

历史上对于女子最恶毒的词莫过于“红颜祸水”，对于女子尤其是天生丽质的女子最凄凉的词莫过于“红颜薄命”，而对于女子最轻佻的词语莫过于“水性杨花”。自此，水性与杨花就成了不专、不忠的代名词，也永远地成了道德的罪人。有水的温润，有花的容颜，这是女子的优点，也是女子的缺点。心中有爱，近水观花；心中有怨，祸水妖魔；心中有思，坚忍有情。

水是生命的流淌，不是喜爱是需要。水性易变是常态，是存在，没有是非。观水思人，由爱生恨。水不是水，水是伊人。亘古而今最没来由地要算杨花了。古往今来情愫满怀的迁客骚人为它吟诵过多少轻柔多情的诗句：“蒙蒙乱飞行人面”“杨花漫漫搅天飞”。其实，人们说的杨花就是柳絮，数百年来，代人受过无言辩解的也要算是杨花了。所有的好与坏，美好与不堪与杨花无关，那都是杨柳种下的情、牵出的痛，这是中国人自己的相思树，是春天的树，那因风而起的柳絮在人们的眼里，就是缠绵的离愁、感怀的别绪，落进了游子羁客的心里，人们珍惜这种美好，享受这种煎熬。

聚少离多，山高水长。心田植柳（留），眼前生绪（絮），这是千百年来人们对柳的宠爱。而外来的白杨却没有这样厚重的前世，它置身寒瘦之地，挡于风沙之间，根深黄土之下，直干秀颀，随遇而安，俨然是天地间壮硕的苦力。少有生活的情趣，鲜有浪漫的故事。虽成排成行却易被人遗忘（“易杨”新解）。到了五月初夏，杨花会以一种特别的方式向世界告白　化着白雪漫天飞。浩浩荡荡，无遮无挡，借风而起，附物而着。是占领？是宣泄？是暴发？是生长？是寻找？我们无法思量，也无从判断。只有闭门关窗，避之如害。这杨絮的白毛与梧桐的黄雨成了街头巷尾的两个不速之客，一年只来一次，一次不受欢迎。像恶作剧的孩子，尽情地闹腾。不管人们受不受得了，一个劲地缠着人，黏着人，挥之不去，躲之不及，让人无法行走，甚至不能好好呼吸。去年冬天，小区院墙边那几十棵比六层楼还高的杨树被削枝去干，只留下一人多高的残桩，直溜溜地立着。如水尽而石出，满心喜欢，似收获后的原野满心敞亮，那一方天空洒满阳光。开始，路人有些愤愤，到一年一次的那个时节才感念过往。

其实，杨絮御风而行，不是恼人，不是污浊，只是为了寻找，为了生命。种子被轻柔温暖地包裹着，寻找包容它的地方，扎根一方叫家的土壤。没有方向，也不知在哪里停留。是山是水，是湿是干，那要看每粒种子的造化。杨树用这种方式繁衍着生命，看似柔弱，实则是一种勇敢，也是一种强大。但勇敢变成了野蛮，强大变成了强悍，就让人心生厌倦。

杨絮的熙熙攘攘是为了后世的健壮，可不管不顾的强势成了天空下的另一种不良。生存没有错误，而抢占却有失法则。山有山界，水有水岸，树有那一方生命的土壤。生存的空间不变，一生就有一灭，抢占了别人的生，别人就得亡。最霸道的如百合，还有那一枝黄花，有我无它，是一种杀戮，一种灭亡，这种生长是多么的可怕。树如有品，杨树在护子爱子上是失策的，是无品的。杨絮的数量不谓不多，但能生存下来的又能有几颗，生根发芽的又有几株，而大量的成活杨树苗都是折枝栽插的。杨树这一场五月的疯狂是“飘白絮，瞎白忙”，只管飘动，不论收获。人若如此，则养子为患，害己害人。大诗人陶渊明一生刚正，却十分溺爱五子，以至“阿舒已二八，懒惰故无匹。阿宣行志学，而不爱文术。雍端年十三，不识六与七。通子垂九龄，但觅梨与栗”。子不教，父之过。

杨絮的白色传播生不逢时，缺乏诗意。与杨树一样因风播种的何止一种，绿柳自不必说，在诗人眼里自古就是情树。田间地头的蒲公英身材矮小，生于杂树乱草之间。不论是画中还是诗里，它都是追求理想的象征。它有一句名言：“世界很大，我想去看看。”三三两两，边旅行，边安家，或者说，一边安家，顺便去旅行。我们相信，它有这样的情怀，我们也愿意听小家伙旅行途中的见闻。蒲公英有知性女子的清丽与执着——不慕红花不羡仙，一心化作沾泥絮，这是诗意的绣绒。而杨絮没有这样悠闲，总是匆匆忙忙，疯疯癫癫，不像在寻找，而是在逃难。

春末，百花渐残。人们惜春叹春，此时的杨絮铺天盖地与人们纠纠缠缠，这怎不令人生厌，所以说杨絮无识时之趣。人若如此，则情商低，行鲁莽。历史上有大智慧的首推陶朱公范蠡，用兵有奇谋，功成不负人，经商成富贾。在心胸狭窄的勾践手下能全身而退的不可能是“杨絮”，只能是“绣绒”。

高智商低情商的要数三国时期的主簿杨修了，好好做手下，为主出谋排忧才是尽职。而德祖是拆台，从生活小节到军国大事，这难免不能善终，可惜可叹。

杨絮随风起落，不净不洁，藏污纳垢。初离母体，洁白如雪，落地堆积，危害滋生。人若如此，就是缺少成长的免疫力，终就沦为不良，为人不齿，抱憾一生。

树与人，长与生，是何等相似。

白杨之祸，祸及子孙。

2016 年 5 月 15 日星期日下午 5：20 于学校

蜡的味道

现在孩子能做的只有两件事——学习与游戏。全天候的学习，压力山大，反胃；见缝插针的游戏，放松减压，上瘾。家长最烦恼的是孩子有时间，孩子有时间最苦恼的是没有游戏。家长帮扶孩子的方法有两个，一是包办所有，只剩苦读；二是增量延时，超前加深。一部分孩子成了“小眼镜”兼“豆芽菜”，是好孩子；而大部分受不了学习的苦却又无法逃离。

眼睛看到的，永远不如背后做到的；耳朵听到的，永远不如小道上传来的。入学时，天真烂漫，充满希望；毕业时，少年老成，身负重“弹”。连喜气洋洋、满脸欢畅的六一节都在忙碌疲惫中显得色彩暗淡。父母有些遗忘，老师只是旁观，各班级自行组织表演和游园，孩子们不上课自己玩。这样的玩似乎与六一没有太多关系，这样的玩已经有好几年了。六年级沾了毕业的“光”，只能自由半天。

院墙之外，车水马龙依旧如常，没有张灯，没有结彩，没有促销，甚至没有庆祝六一的只言片语，社会似乎把这些宝贝遗忘了。六一成了单纯的数字，没有温度，只有模糊的记忆。国家没有六一相关的电影电视纪录片，没有访谈《六一印象》；学校没有统一的有关节日的地方教材；老师没有在六一前带领同学们了解外国小朋友的六一，不同民族的六一；孩子们没有在大人的指导下为六一做着充分的准备。一句话，我们的社会看轻了六一，我们的家庭看轻了六一，我们的孩子没有了六一。这一天安静了，而孩子成长的缺憾却一年一年地增加。忘记了六一，就是忘记孩子们的快乐，不参与六一，就是远离了孩子的快乐。

天天都有父母长辈的精心呵护，哪里还缺一个什么六一节，这是家人的想法。作业这么多，时间不够用，假期时间有的是，哪里还缺一个什么六一节，这是老师的想法。只要没作业，只要没人管，不出班也行，不蹿层可以，这是孩子的想法。我带着实习生小朱到班级和学生共过六一，班级的节目是投保龄球，我一出手便全倒，孩子们一阵喝彩。走出教室，站在五楼的走廊上，看着五层教学楼五十间教室外都候着长长的队伍，总近 2500 多人，挨挨挤挤。瞬间有些感动，简单的游戏，满心的期待；这是中国孩子自己唯一的节日，却过得如此简单，如此老调，如此没有准备，孩子们却如此投入。倚着栏杆，看着看着，我的心里不禁泛起一丝酸楚：对于六一，我们没有尽心，我们更没有把六一过成一个文化的节日，没有传承，更没有特质。

在中国，几乎所有的节日都是成人的，春节、端午、中秋，主题永远只有一个——“团圆与思念”，时时处处不忘家的存在，中国人“家、国、天下”的理想抱负可见一斑。节日的气氛是庄重温情，还时常带着天各一方的思亲想家的伤痛，这些东西都藏在心里，到了节日发酵得越发浓重。在过去的农耕社会，动荡不安，只有车马舟楫，这山长水阔的，节日往往成了游子羁旅的伤心时。千百来年，历经绵绵不绝的情感熏陶，也造就了中国人内敛重情的传承。这些情愫，孩子们不易理解，所以自古而今孩子成不了节日文化的主角。

生活越来越好，传统越来越少，节日也越来越淡，一代一代的孩子越来越多地行走在节日之外，六一也不能幸免。

六一，味同嚼蜡。不是涩，是痛！

练胆

人的一生不敢面对的事太多，最让人痛心的是生命的消逝，而时时煎熬生活的则是面对困难产生的畏惧甚至恐惧心理。

人们大多活在时间的无奈与消磨之中，往往时间成了我们的敌人。每到清晨，最困倦最忙碌的是学生；每到课堂，最零乱最匆匆的是老师；每到周一，最盼望有念想的是周五；每当太阳升起，最怀念最放松的是落日余晖。这是学生和老师的畏惧。学生害怕的是无休无止的课业与说教，总是想着何时能下课；老师害怕的是无边无际的重复和喧嚣，总是想着何日能退休。人们害怕的往往是日日经历的最熟悉的事情，清洁工害怕总也扫不完的垃圾，工人害怕总也修不完的车辆，医生害怕总也看不完的病人，学徒害怕总也削不完的土豆……害怕意味着消极、逃避，最终会一事无成。

战胜恐惧最有效的方法就是练胆。

民族英雄郑成功训练水师的要诀也是“练胆”这两个字。训练海上行船站得稳的胆，抗击风浪的胆，训练炮火中战斗的胆，练就残酷的战斗中随时准备牺牲的胆。胆量即勇气，胆量即信念，胆量就是狭路相逢勇者胜的亮剑精神。经过战争洗礼的那一代人似乎是特殊材料制成的，这种材料就是忠诚，这种忠诚是对生的眷念，是对国的挚爱。这种胆量的生长是经历了太多的死亡，经历了太多的仇恨，是水到断崖无路可转时纵身一跃的决绝，是风云突变电闪雷鸣时惊天动地的爆发。这时，胆量是为了生存，是本能也是潜能。

生存要有胆量，生活更需要胆量。

生活简单时，自由而惬意，而生活的简单意味着简易，意味着枯燥，意味着困顿，意味着落后，是许多人要逃离的生活，是少数人向往的生活。城市化进程，就是逃离简单；远离土地，就是选择告别简单。向往简单的人，是经历了太多的繁华，看到了生活的本质，这是逃离繁华。无论是哪一种逃离，都是一种畏惧。因为看不到简单的美好，受不了停滞的平静而心生畏惧；因为疲劳着享受，而承受不起倾心的付出而心生畏惧。现在的生活再也不简单，上有父母，下有妻儿；上有领导，下有同事，人人都裹挟在社会体制的洪流之中，独善其身已不太可能，如果有，很可能成为异类。所以，生活更需要练胆，生活中的强者，行业中的佼佼者都是有胆有识的人。

那么，我们的老师、学生如何练胆，成为生活的成功者呢？

老师练胆先练静。要经历放弃、适应、深入、享受等几个过程。在众多行业中，老师的内心是最容易激动的，表面的温柔是最谦恭的。孩子们的顽劣远远超出了想象，老师的精力是有限的，让人生气的学生是无限的。我们要相信付出会有回报，但不能全信付出总有回报。老师也会有许多爱好，特别是世俗的爱好，如收藏钓鱼、旅行交友、练字下棋，甚至也有喝酒打牌，如果要做一个有社会价值的老师，应该要有胆改变“多而不专”的局面，主动放弃“会而不深”的一部分兴趣，把更多的时间投入到更细的专业上，做到“上出好课，写出好文，引得好路”。

有舍必有得，有选择，更要快适应。教师成长的第一个五年关乎一生，适应学生、适应课堂、适应繁杂、适应群体。努力调节现实与理想之间的差距，预设与生成的差距。调动学生，控制课堂，梳理事务，融入集体。教学上要多借鉴，善发现，勤思考，有创新；管理上要善沟通，有方法，论持久，多等待。适应教学生活，眼中之景、心中之人才会更美、更可爱。

有行动、爱思考的老师不断深入到教学与管理的核心，会不断追求事物的本源。脑中越来越清晰，知道自己与学生需要什么。不断用理论指导实践，也用大量的实践佐证着深刻的理论，不断用思考记录自己的发现，营建着自己的教育天地，丰满着自己的教育思想。这样的老师离专家已经不远了。如果你享受自己的课堂，享受自己的管理，享受自己的教育行为，那你身体里一定蕴藏着秋天般的厚实，夏天般的火热，春天般的浪漫，冬天的沉思。这是一个十分轻松的过程，这更是一个有识有胆的“静界”。

学生练胆先练手。对学生的培养有三个过程，即上手、拍手、放手。上手扶一把，让他知规范，明是非；拍手多鼓励，其中不乏纠错的责罚；放手自己闯，冷暖自知，自我调理。孩子课堂多举手，课后多动手。双手指挥脑，手动脑即动。试想一个束住了手脚的人，他思维的触角能伸多远？有几年，我与一群聋哑学生接触频繁，他们虽耳失聪口不能言，但个个精神抖擞，目光炯炯，思考行事多有创见，让人叹服。他们的世界，手就是口，手就是脑，手就是全部，他们的双手就是思考的工具，所以他们的小脑袋才不同寻常，这是一群有着特殊才能的人。课堂多举手，难题不放手，让自己的脑瓜动起来。课后多动手，不仅是作业，更重要的要养成健康运动的习惯，特别是动手操作的爱好。手练熟了，胆自然就大了，也就不会畏怯。学习不会畏惧，行事更不会畏惧，这才叫后生可畏！

生活是一座围城，那一块块的砖都有名字——困难。想要进出自如，非得有胆有识不可。“识”就是技能与智慧，“胆”就是勇气和魄力，要想成功，缺一不可。

练胆是一个长期的过程，也是一个艰苦的过程，更是一个享受的过程。

简单的生活

记忆像层层叠叠的岩石，无声地记录着沧海桑田的变迁；成长像一圈一圈的年轮，默默地刻画着岁月的往复；苍鹰一次一次地敲喙拔甲，心中燃烧着重生的烈火。自然里的万事万物都有它们自己的记忆方法，它们把过去清晰地印在成长的路上，让天地、后人看得见、摸得着，这是它们的存在。

人类用文字记录下历史，那是文明前行的基石。我喜欢用文字梳理曾经鲜亮的生活，那是怕暮年昏聩时隐隐现现的忘却！那是对时间深深浅浅的安放！那是对生命来时苦、去时易的敬畏！

我已习惯了让生活变成文字，清晰有序。时间长了，竟有些执着于这样的叙述——日思夜想，没有文字竟无法安眠。经常翻阅这些文字，仿佛又活过一回。这是让自己安适的孤芳自赏，这是自己越活越有自我的精神生活。文字对我真的很重要——粗茶淡饭可，清贫清静可，无仕无权可，无狐朋狗友可，但无文字无传承万万不可，这是一个人的财富。积累越多，幸福感越强；记录越多，心里越踏实。

有时静静想想：人们最终靠什么“活着”？是靠回忆活着！如何活得有质量？一定是靠有序的回忆，靠那些不断被文字唤醒的回忆。当然，这不是人活得好、活得久的最高境界。最高境界应该是忘却，忘却才能得到平静，也应该是重复，重复生活才有节奏。很多长寿者都有自己喜欢的事，且一辈子乐此不疲——农人能做，忙大大能做的活；文人能写，记平时善写的事，平平静静，周而复始。

是啊！从喧嚣到平静是多么难啊！我越来越理解关于人生的几句箴言——少年靠梦想进取，青年靠激情点燃，中年靠思考沉进，老年靠不变永年。

节奏是容易变化的，要固守的确不易。

学生和上班族对刚刚逝去的丁酉年假是不舍的。放得越松的人，年后收得越紧，身心就越痛。我是不敢完全放松的，如果“松紧”有十分的话，我的春假只放了五分，收着一半。我的假期生活可谓三点一圈：以湖为起点，以校为重点，以家为终点，以南京城垣为圈。努力固定一个模式，努力坚持一个方向，努力寻找一种闲适。

以湖为起点……

百家湖成了我心中的第一湖，也许是生命中的第一湖。凤凰广场成了假期中我的足迹踏过最多的地方。几乎每个清晨我都在那里。这段美好的时光用两个词可以概括——刺骨和温暖。

我爱好游泳，尤其冬泳。冬泳经受的是非人之痛，但享受的也是非人之乐。南京的冬天虽没有冰雪覆盖的极寒，但却有蚀人肤骨的湿冷。今冬却不冷，最冷时也不过是湖边浸水的破旧棉脚垫有了软软的硬，这种硬不是《农夫与蛇》所写的“连泥土都冻得硬邦邦的”，脚一踩下去就立即会“吱”一声瘪下去的。岸边的低凹处也起着一层亮亮的薄冰。说它薄，撩起水来就能化了。气温最低的时候只有一天。脱下的泳裤扔在石块上，一会儿再拿起时就像生了根，冻上了，须得稍用力扯一扯才行。

假期早起十分困难！闹钟定在五点四十分，晨光曦微，妻儿正在熟睡，我强逼自己翻身坐起，不能有一刻迟疑。生怕眼皮一合，黑暗一来，时间就溜走了。有时也想找个理由不去冬泳了，但一想到湖边那些快乐的老人，一想到那敞亮的湖光，一想到上岸后暖足的舒畅，就有了力量。其实，即便在路途中，迎着凛冽的寒风，厚厚的棉手套也挡不住寒气，手指木木的痛，有几天不得不戴两副手套。但是不到真正扑进水里的那一刻，思想总是在做斗争——去还是不去？我每次都告诫自己：无论多冷，无论雨雪，一定要起得来，下得楼，走上路。只要在途中，你就胜利了，因为上路了，就无法退却。“在路上”成了是一种斗争的方式、一种进取的姿态。

冬泳第七个年头了，还是没有成为习惯，就如饥餐渴饮、晨起昏眠那样自然，靠的是坚持！

无数次入水后深知自己下得去，挺得住，耐得寒。对于冰冷的湖水，心里已经没有恐惧了，但入水后那惊人的凉还是让人想着立即上岸。这是在熬，有许多冬泳的队友熬不住了，难免三天打鱼两天晾网，难免游得气喘吁吁，这是在完成任务，这是冬泳较低的境界。

到湖边，脱衣即入水，做好思想准备——想着水的寒，往冷处想，这样下水心理无落差。

入水后要眼中无目标，手脚有规范。不要总是盯着插在湖中那块蓝牌子看，那是大约 90 米水程。游得稍远一些，也不要总是盯着白龙桥墩上“水情复杂，禁止游泳”八个字看。游好眼前那一下更重要，只有游好了眼前的这一下，才有了节奏；有了节奏，才有顺畅，这是在享受冬泳，这是冬泳较高的境界。

节奏是冬泳成为享受、最终能成为自然的关键，这才是冬泳这项运动的最高境界。经常冬泳的人，寒冷是耐得住的，但还未下水，就想着上岸；还未开始，就想着结束，往往不易保持良好的节奏。在水里，最冷的不是身体，而是手和脚，手麻脚冷，而手和脚又是动作的关键。七年了，我很庆幸，自己似乎达到了享受的境界了，只不过还不是十分稳定，这种感觉时有时无，时少时多。

我经常心中默默地念着口诀：水中要有想法、动作要守规范。心中想着桥墩上那八个无情的字应改成“上善若水，和顺温柔”，心中就顿生温暖；想象着那桥柱上雕刻着的小狮子像一个个围观加油的观众，心中就顿生勇气。手脚刺痛了、麻木了，想着这是在热水里，温度稍稍高了一些，或手和脚就当它们不存在了，不是你自己的了，只要身体能动，就一定能上得了岸，心中就顿生力量。动作要守规范，即不要拼速度，而要讲平衡。平衡来自动作——发势要迅疾，伸展平稳，蹬踏有力；收势尽余力，收腿要缓，双手要压。这一浮一沉之间就会产生很好的节奏。这一趟水路一定要时时默念，回回保持。大多数人没有做好收势，总是担心要沉下去，或者赶速度，用不尽前势带来的力量，这样不仅会乱了节奏，也不能加快速度。

水里冻得难受，上岸后是享受。站在湖边，满身水珠，看着路人棉衣围巾，缩手跺脚，而此时我一点儿都不觉得冷，心里也特别明朗，没有丝毫严寒带来的淤积。风不再寒，而如孟春的杨柳风。遇到多云的天气，也不似入水前的那般阴冷，而是一片明亮，这种舒适的感觉让人着魔。

享受多着哩！穿好衣服后的慢跑特别享受。凤凰台一小圈 270 米左右，大圈 1000 米左右，经白龙桥到岚湾桥 3500 米，只要跑上二公里，浑身的寒气散尽，指暖脚热。此时能感觉到一个光秃秃的肉体在衣服里是那么鲜活，身体上的热把几层衣服都烘热了，皮肤特别干爽，好像一用力，那厚厚的衣服就能轻易离开身体。

跑步暖身与游泳不一样，跑步特别讲究呼吸。呼吸练得顺畅了，你的腿也就会由重到轻了，那是另外一种享受。年后的一段时间，孩子上午两个小时的课，这两个小时我都在水里游着，岸上跑着。如果说游时冷，跑时累，那最惬意莫过于缓缓地走。一边听着喜马拉雅的《古文观止评话》，一边随意地走着。因为有时间，把平时没有到的地方，都一遍遍走到尽头——湖东的水榭，傍路的梅花，早开的海棠，东湖南岸那一株抽芽较早的柳树。可学着广场上舞剑大爷比画两下，也可和自制龙形长风筝的老者合个影。一切从从容容，虽无人相伴，但却无比闲适。

这一节奏维持了八天，孩子的课结束了，学校也开学了，这些闲适被打破了，真让人有些不舍，有些留恋。湖边的几株垂柳近已抽芽，白龙桥、岚湾桥几经修缮，广场上的风筝越飞越多，这些都在眼里。

湖边让人高兴，每天都想着，学校也是我想着的地方，它是另外一个家。

以校为重点。学校离家近，我也爱到学校去，因为安静，因为熟悉，因为打球。只要有时间，约上几个爱好羽毛球的老师，出一身汗，身体被放空。汗水一遍遍濯洗着身体里多多少少的污浊与不适，让人筋疲力尽后变得神采奕奕。累了休，饿了吃，困了睡，这是自然法则。而累了休息，休息的方式不仅是躺着不动，各种形式的运动才是最好的方式。坐久了脑累，就要用运动来调节。体力劳动强度过大，不能用脑力劳动去平衡，而是要用低强度、无强度的小运动来调节。这是以疲劳战胜疲劳，以锻炼替代劳作。劳作与锻炼虽然同样在消耗体力，但效果却完全不同。劳作有目标，赶着时间，累心为别人；锻炼有乐趣，宽松适度，享受为自己。同样是十公里的路，若叫你步行回家取落在家里的手机，你一定不愿意；边走边聊，轻轻松松，时间有了，路也就走完了。我们打球也是这样，两三个小时，若去送快递，楼上楼下爬着，那也一定不愿意。

即使不打球，我也总是爱到学校去，有时备课，有时写点文字，有时看会儿书，有时等孩子放学。学校里与门卫最熟悉的可能就是我了。春节期间，学校换了七个门卫，他们最先记住的是我，也知道我的办公室。其中有一个年纪与我相仿的一见面还亲切地“魏哥魏哥”地叫着，仿佛认识了很久。

在外面待得时间长了，天黑了总要回家，家是终点。

只要在家，一定得把家里收拾整洁了才落锁走人。出门在外，经常会想，家里好了，心里踏实。早起晚睡，挤一点儿时间就能做完。人到中年，变得有些多动了。找着事来做，一闲下来真不知要干什么，连妻都说，你变得勤劳了，要表扬。我自己也莫名其妙——提前老了？老人便是如此。我的父亲，年轻时从不下厨房，如今年过古稀，经常抢着做饭洗碗，还常为做事与母亲争。如果实在没事，父亲就独自去清扫楼道，从五楼到一楼，干得津津有味。年轻人看了，一定会不以为然。

生活，本来就是自然而然。

有起点，有了好身体；有终点，有了好归宿；有重点，有了好工作。三点一线，这就是我的假期——简简单单、从从容容。

“痛”说

人们经受的痛一般分为两种——生理的与心理的。伤病痛痛在肉体，有方，主要靠药物；心理痛痛乎精神，难医，只能靠遗忘。人的一生就是一个故事接着一个故事，或精彩或平淡；人的一生也是一种痛接着另一种痛，陷进去或走出来。身、心都不痛的人一定是幸福的，而现实中幸福总是短暂的，痛才是常态的。这两者又是能互相转化的，幸福是战胜痛楚之后的必然，没有疼痛也就没有幸福。

很多人心理上拒绝去医院，认为远离了医院就远离了病痛。人们拒绝去医院一不想乱了生活，一人生病，全家忙乱；二不想听医生危言，世上有两种人的话不敢不听，为师者、为医者，师说如风，关乎成长；医说如刀，关乎生命。而现世中医者少了仁心，多了戒心，往往病有“一”却被说成“三”，让病人战战兢兢，真是“举一反三”了，其实许多病痛的治疗，心理的远远大于药物的。去医院不是万不得已，就是被动、被劝的，万不得已的大多是中年人，痛得久了胆怯了；被动、被劝的大多是老人、孩子。老人忍痛，心疼子女忙事业；孩子藏痛，心疼时间忙学业。

父亲七十多了，一辈子不愿去医院。几年前一次大手术，医生说得很严重，可父亲就是不去复查，天天乐乐呵呵，行走不止，脚步反比以前更有力了，每天上下五楼气定神闲，我倒比不了他。当年他那几个病友，早已“墓之木拱矣”。儿子刚上初一，功课很多，没日没夜的。每周考、每月考、期中考、期末考，没完没了。双膝痛，跑操、体育课、篮球课不愿落后，所以总也不得好转。总想着带他去医院做个检查，可一来一去一个上午就要耽搁了，还有作业没完成，孩子总是说等暑假再去吧！

老人有闲，不愿去医院；孩子有课，不能去医院；大人有事，没空去医院。人们总是认为病痛离自己很远，死亡离自己很远，等病痛来了，死亡近了，自己和家人才六神无主，追悔莫及。日常生活中有四样东西会给我们带来不适：温度——闷热与严寒让人烦躁和困倦，许多人已成了它的俘虏。饮食——

早餐基本靠买，中饭基本靠送，晚餐基本在外，远离了庖厨，饮食成了乱食，恶之花已在体内潜行；起居——如今网络和娱乐让人迟迟不睡，却要早早起来，起居作息乱了，久之必生祸端；情绪——欲望多、工作狂、内心容易起波澜，情绪如毒蚀骨，享受着现在透支着未来。内外的不适如癣在背，不会引起重视。总想着一劳永逸，而不是“边发展边治理”，总是前半生用身体换钱，后半生用钱换身体。直到不适发展成很不适，病痛骤起才死寂寂如花容失色，呼啦啦如宇寰倾颓。

其实，人们大多受不了病痛的折磨。2008 年夏天因招生工作忙碌，我的胃大面积出血，痛得身不能站立，脚不能立地。家里没人，勉强下楼，扶着自行车，满脸汗珠滚，一步一步，像踩着棉花似的，那一刻觉着路好长，一百米的距离，足足走了二十几分钟，胃大痛，我不能忍；血压升高，天灵盖时如乌云遮月，昏昏沉沉，我不能忍；一旦午觉受冷或大白天看电视，会引发偏头痛，如鸡啄骨，吭吭有声，不时用冷水浸脸，手揪乱发，不吃不洗倒头就睡，头痛我不能忍。后来，阵痛频繁了，才备了药。胃痛蜷身滚，吃吗丁啉；牙痛呜呜吟，吃止痛片；心慌突突跳，吃救心丸。

许多人都有自己受不了的痛和回忆。当老师的嗓子有了息肉，痛得无声，不能忍；做先生的站得久了，腰锥痛，痛得直不起身，不能忍；春风一吹，皮肤过敏，红肿如球，痛得“变脸”，不能忍；免疫力下降，低烧难退，不能忍。有时想想影片中好人受酷刑，老虎凳、辣椒水、细竹签、红烙铁……昏了又醒，醒了又打。真是好样的，铁齿铜牙，那么痛忍住了。那种惨无人道的痛让人不寒而栗，想想如果是我们被关进渣滓洞，说不定就成了另一个蒲志高了。做英雄太难了，因为我们未必能战胜痛。

人人皆有小病，切不可酿成大痛。怎样才能做到有小病无大痛呢？

规划好自己的小病。人食五谷，事劳作，就会有这样那样的小病，有的人多一些，有的人少一些；有的重一点，有的浅一点。有控制，无关性命。我已过不惑，有小病者四。一者血压高，吃药控制，目前药仍调得不理想；二者偏头痛，偶有发作，一日之后自然退去；三者牙龈炎，连吃苹果都出血，口里干、苦；四者鼻窦炎，秋冬夜间发作，鼻腔水肿不能呼吸。每次鼻子都不通畅，要一点一点把空气咽下，还要张大嘴巴，常常不能熟睡。

现在，这四小病有二者已完全控制：鼻窦炎可物理治疗——清水消炎法，鼻腔要经常在水中浸泡。我坚持游泳已有六七年了，基本没有发作过，效果较好。

偏头痛有原因，不能尽吹冷风，不能白天看电视，不能降温剪短发。对照改过，头脑清晰。高血压，一是药物控制，一天三片药，已近小半年，降压仍不达标，药物正在调试。坚持游泳、跑步、打球，运动使血管有弹性。牙龈出血已有七八年了，只觉着口里苦，有时一觉醒来，口里有血腥味，也勤于洗刷，可基本没什么效果。多年前洗过一次牙，这又过了几年，妻总是催着去治疗。这段时间去了口腔医院，说实在的，我有些受不了小电钻似的洁牙器吱吱的声音，就像咬在玻璃上，又像指甲被翻卷，酸痛，无止无休。那满口血水就堵在嗓子眼儿，口被各种金属工具绷着拉扯着，根本无法也不能咽下血水，只是要不断地吐出，用清水漱尽。这种感觉真不好，比冬泳还难受。这个月受了两次罪，第一次清牙石，我还忍着；第二清深度刮治，几乎每条牙缝都被利器穿透，刮牙釉面时，“咯吱咯吱”的声音铿铿锵锵，挫钝有力，仿佛关羽刮骨疗毒。这次明显比上次下得深，又酸又痛，回来后血仍在某几颗牙龈处渗出。饭在口里不能咀嚼，就像骨折不能下地一样。半夜醒来发现枕头有流出来的口水血迹，斑斑点点。嘴唇边的血迹凝固成一条线，黏黏糊糊地粘住了双唇，夜里起来两次，漱口时都有血块。早知这样，就不熬着了，喝点“笑水”或打点麻药。医生说下周还要刮治一次，有点恐惧。但一定要坚持做完，治疗的效果很好，现在不出血了，牙也像别人一样光洁清新了。

生理上的痛大多是心理上的痛造成的，整理好心理的痛才是根本。

控制好心理的痛。我的心里有三座山——年迈的父母、成长的孩子、整班的学生。三座山三处风景，父母如远山，暮色兮葱茏；子如敬亭山，相看两不闲；学生如峻岭，蓬勃有生气。活好自己让父母静；他们没有痛，我就没有痛；做好榜样让孩子学，他能坐得住，我才能坐住；制定计划让学生忙，他们积累得好，我就更轻松。这样的山不会成为痛。如果父母病了，孩子坏了，学生劣了，三座山就是三种痛。管理好心里的痛靠的是孝顺、陪伴、责任，我想自己应该能做得好。

规划好了小病就无大痛，控制好了心理的痛就能享受平静。为了一直走向惬意、舒适、安详、自然，有时无痛还得找痛，痛是好事，如冬泳的刺痛、跑步时的赘痛、打球时的酸痛、钓鱼时的坐痛……这都是找来的痛，痛是为了快乐。刺痛后是三春暖阳，赘痛后是轻松有力，酸痛后是精神抖擞，坐痛后是惬意收获……

有了痛，不抗拒，要应对；无痛了，要找痛，痛并快乐！

找一个理由

放学的人潮中，我隐隐约约听到祖孙俩的半截对话：“他考试用计算器的！”小姑娘仰着脸气咻咻地说。我猜想爷爷一定是问成绩了，一定是她没考过他。小姑娘毫不犹豫地找了一个理由，这个理由能让她减轻责罚或免于责罚。微风细雨中，粉红的海棠正在绽放，小姑娘的话语也似乎有些香味了，我听着不禁莞尔——看来，找理由是一个人的本能。

找理由也可以叫找原因，“理由”这个词往往是贬义的，“原因”这个词往往是褒义的。找“理由”一般有两种情况：找客观理由，为过去开脱；找主观原因，为日后改过。这个世界上，找“理由”者众，找“原因”者寡。不同年岁的人会找不同的理由。孩子找理由大多是学习与交往，成人找理由往往是工作与人事，老人找理由则往往是习惯与固执。找“原因”是帮人成长，小时候大人帮着找“原因”，成长全靠他律；长大了，制度帮着找“原因”，发展全靠自律；年老了，身体帮着找原因，逍遥全在心境。

不同身份的人也会找不同的“理由”。

治国者找理由则误国，从古而今，概莫能过。隋炀帝劳民伤财修建大运河便于游玩，这是为浪漫找理由；贞观之治后有安史大乱是为了女人，这是为爱情找理由；唐后主国灭身亡是为了文学，这是为高雅找理由；嘉靖数十年不临朝是为了长生，这是为健康找理由。为政者找着理由则国不像国。

齐家者找理由则乱家。现在的社会宗族观念越来越淡薄，家分得越来越小，齐家就是管理三口之家。家长总是忙，不管小孩，则子不器；丈夫日久生嫌不疼爱人，则妻不贤；老婆总盯缺点，慢怠男人，则夫不勤；子不器，齐家没有未来；妻不贤，齐家没有情感；夫不勤，齐家没有力量。家庭成员找着理由则家不像家。

修身者找理由则浅薄。修身是为了立人，必定要做好四件事：幼年养好习惯，少年专注学业，成年投入事业，老年守住成业。做好这四件事都很难，人生所能达到的高度其实就是四件事完成的深度。现在人们总觉得修身耗时过长，离目标太远，大多不谈修身，谈的是另外四件事——数分高、工作闲、回报厚、退得早。现在的年轻人来不及准备，便早早进入人生的下一场，少了一些胸怀，多了一份急躁或者无奈。现在的教育也乱象丛生。幼年时希望孩子日后有修养，不管孩子愿不愿，琴棋书画学个遍，专注力止步于浅尝辄止，为你好就是理由；青少年整日作业，谈不上学业，作业是压迫，学业是兴趣。无法专注只能应付，应付好的苦尽甘来，应付糟的苦尽苦又来，为你好总是理由；日后谈不上事业，只有平淡的工作，根本就不会投入，做不来就是理由。这样从成年倏忽到了老年，也就谈不上守成业，只能是空空无所得，聊以慰藉的是岁月毕竟是公平的，富有的与浅薄的都会发苍苍、齿摇摇、眼茫茫。以前总比不过你，年老了咱终于一样了，找心安是理由。

无论是治国、齐家、修身，找一个理由似乎成了平庸的座右铭。想想我们，工作、生活中不也是这样吗？升不了职的，冷言他人有背景；教不好书的，抱怨班级基础差；管不好孩子的，叹息孩子不争气；受闲“气”的，指责同事没人情；效率低的，生气工资不够高；处不好关系的，认为别人在算计。

经常为工作找理由的人往往把重心放在了家庭生活中，他们只是把工作当作谋生的职业。这种人不爱工作，不敬领导，不睦同事，找理由成了一种手段，别人和自己分得很清楚，在单位里他们朋友少，但有自己的小圈子，他们想至少还有亲人和家人。

经常在生活中找理由的人少为家人想，自己是中心。女人与姑婆敌对、妯娌反目。男人重本家，轻妻家。生活本是三口之事，却变成了“三国”之事。婚姻本是夫妻之事，却变成了家族之事。他们的理由就是强求，与生俱来，根深蒂固，着实可怕。这样的人没有亲人、家人，只有自己。他们认为即使没有全世界，至少还有儿女，其实不然。“我是为了这个家”，这是他（她）们的理由。

找一个理由为过去、为错误埋单不是积极的心态，而为了将来找一个理由去坚持则让人折服，这时理由应该叫信念。

大禹治水十三年，三过家门而不入，为天下苍生不受水患是他的理由；越王勾践卧薪尝胆，复国复仇是他的理由；司马迁发奋写《史记》，秉承父志是他的理由；李时珍弃儒从医，二十七载终成《本草》，医世救人是他的理由；谈迁历经艰辛，历时卅年两编《国榷》，为“本”朝立言是他的理由；

红军历经千难万险走完二万五千里长征，建立新世界是共产党人的理由；乔安山终生为雷锋守墓，陪伴战友是他的理由；暴走妈妈陈玉蓉每天快走十公里，割肝救子是她的理由……古今中外的历史长河中还有许多人像他们一样，几十年坚守一件事情，为国、为民、为家、为后世、为亲人，为了一个理由。我们身边也有许多普通百姓都在坚持做一件事情——锻炼身体。公园、河堤、绿地、草坪，打拳的、跳舞的、练剑的、跑步的、游泳的、打球的、玩斗嗡的，起得早早的，都是老人。在冬泳的几年里我结识了十几个老者，他们的精神非一般人可比，无论风浪、无论严寒，清晨的湖边总能看到他们的身影，总能听到他们的谈笑。有几个天不亮就下水了，常年如此，日日不断。活得快乐是他们的理由。

总是找理由推卸责任着实令人生厌，这是一种态度，更是一种德行。而会找理由、会在关键时候找到最合适的理由，那一定是智者、辩者、外交家。春秋战国时期这样的人物最多：什么“吕相绝秦”“宫之奇谏假道”“展喜犒师”“烛之武退秦师”……这些都是找理由的高手，所谓不战而屈人之兵，一条舌头抵得上千军万马。

到大难时，我们要成为最会找理由的人，因为理由会让自己活下去，只有坚强是不够的。二战冲绳战役中的军医道斯赤手空拳救下了 75 位战友，他的理由是“让我再救一个”。92 岁的杨绛所著《我们仨》中回忆先她而去的丈夫和女儿爱与痛的日子，她的理由是“家庭是人生最好的庇护所”。我的父亲六年前一场大病，回家后节饮食、勤锻炼、控心情，日日早睡早起，走河堤两小时，一年四季风雪无阻，仿佛用生命和时间赛跑。现在父亲上五楼都不大喘，他一定是把病魔远远抛在身后，“我要好好地活着减轻子女的负担”是他的理由。

遇到困难时，到了不能坚持时，我们总是想找个理由让自己松下来。松下来容易，可再拾起来就难上加难。所以这时一定要行动起来，“一直在路上”是最好的办法。

铃声定在六点，音乐一起，我立即翻身下床，开门出发，下湖游泳。走在路上时，那些理由就烟消云散了，你就成功了一半。每周要求自己写一点东西，无论什么，只要落字成文就行。往往一坐就是七八个小时，除了吃饭，送孩子上课，我与电脑待在一起的时间最长。写着写着就会困顿，不敢睡着，站起来做点事——扫个地、洗个碗、叠个被、晾个衣、倒口水、擦个桌什么的；坐着坐着就会生凉，膝上总要覆上一件衣服；敲着敲着就会乱了，要时不时地查阅资料、斟酌字句、构思篇章，还有那些打不出的汉字，得先在手机上查，然后再敲到文字中去。我庆幸每个周六都坐下来了，没有找理由放弃。到了夜间，整篇文字出来，心里就特别踏实。其实我很期待自己的文字，总在没事的时候温习，好像在和另一个自己谈话。

认真做事时，莫找理由惯坏自己；遇到困难时，莫想理由说服自己；遇到大难时，找个理由活好自己。

理由，照耀内心的一面镜子！

漫话“兴趣”

这个世界上，不同的职业有不同的“老师”：为政者说“历史是最好的老师——资治通鉴”，学医者说“病人是最好的老师——临床积累”，做警察的说“案件是最好的老师——抽丝剥茧”，务农者说“大自然是最好的老师——四季有时”，航行者说“星星是最好的老师——光明使者”……在人生的不同时期也有不同的老师：初学时“兴趣是最好的老师”，社会上“生活是最好的老师”，前进中“磨难是最好的老师”，顿悟后“自己是最好的老师”……这些“老师”引我们入门，教我们成长，推我们前行，启我们思索：求学时，从兴趣中找到学习的动力；工作了，从生活中积攒幸福的秘方；困顿时，从磨难中吸取失败的教训；苍颜时，从岁月中悟得生命的意义。

人一生不同阶段有不同的老师，同一阶段不同的境遇也会有不同的老师。俗话说“师父领进门，修行在个人”，可惜大多数人不懂得发现身边的“老师”，更不懂得向他们学习。幼时有读书的兴趣，却不知如何将兴趣变成爱好，将爱好变成习惯。读书不仅有“三变”，还有“四里”——读到眼里、讲在口里、化在心里、写在手里，这其中的道理不是简单的“兴趣”二字所能达到的，所以许多人小时候往往兴趣广泛，日后却无一专注，终究一无所获。

学习兴趣不易持久，即便兴趣成了习惯，可这样的兴趣带不到日后的工作与生活中，书本与现实就是南北两极，书本是知识，现实是能力。生活中的兴趣（或叫情趣）大多自小形成，有人对静心垂钓感兴趣，有人对速度与激情很痴迷，有人对美味佳肴爱不释口，有人对纵情歌唱有共鸣，有人对养花种草太专心，甚至有人对南腔北调很偏好……而这些只是生活的附属，工作才是生活的主旋律，才是一个人安身立命之本，而这些口袋里的兴趣只是生活的小调调、奔跑中的润滑剂。在现实生活中，绝大多数人是做着与兴趣爱好无关的事情。爱唱的朱之文是个地道的农民，爱拉小提琴的袁隆平成了科学家，研究虾虎鱼的权威明仁成了天皇，爱好马拉松的村上春树成了大作家，无线电信的专家海蒂成了好莱坞巨星……他们的成功在于不仅做好了感兴趣的事情，更了不起的是他们做优了不感兴趣的事情。由此可见，兴趣永远不是专业，更不是能力。相反，那些有了事业却不认真做事的人大都成了失败者。为君的，兴趣用事，成了国家的罪人。最可怜的还得算三个败家的皇帝，“垂泪对宫娥”的唐后主李煜，因爱好文学丢了国家；书画双绝的宋徽宗，因倾情丹青，被俘受尽折磨而亡；服仙药早亡的明熹宗，因勤于木工为大明的覆灭种下了祸根的朱由俭。为民的，兴趣用事，注定成为平庸的人。他们总是念念不忘感兴趣的事情，只愿做熟悉的事情，不愿尝试改变。其实，这是一种逃避，一种怯懦。

做家长的放弃自我成长，不勤、不专于引领提升，在教育上束手无策。一个成功的孩子背后注定有一对成功的父母，他们把孩子的成长当作最大的事业来做——合理规划三级目标，辛苦地深入孩子学业，细心地洞察内外变化，巧妙地调整学习状态。有不少家长认为课堂是学校的事，课后是机构的事，反正没自己什么事。忙中偷闲或自主闲暇时，就忙着自己感兴趣的事。钓鱼的以水为乐，赌博的以牌为乐，下棋的以棋为乐，爱玩的以动为乐，爱购的以淘为乐，爱看的以网为乐……他们提前享受着退休后的生活，让兴趣绑架了教育，放弃了教育成长。所谓的“管”往往是孩子有问题的时候，其实更多的“管理”应该深入孩子的每一天，而不是间歇性、断崖式的。

做老师的疏于教学规范，不严守、不坚守高位均衡，在管理上得过且过。一群成功的学生背后一定有几个智慧的老师，他们把学生的成长当作重要的事业来做：科学规划阶段目标，精批细改作业反馈，早查晚清任务达成，营造强化学习氛围。好的老师属于自己的少，属于学生的多。师生的教学相长不仅在课堂，大量的时间应在课后。正常的教学思考是必要的，但我们反对课后“两耳不闻事，关门做科研”；正常的怡情养性是必要的，但我们反对以趣害事，利用学生时间思谋自己的爱好。

人，有了兴趣，才有了生活的情趣。有了职业，才有生活的事业。我们要正确处理好事业与兴趣的关系，两者互不相害，相佐相成。既不要兴趣用事，也不要因趣碍事，更不要因趣害事，管理好自己的兴趣，做一个有事业、有情趣的健康人。

明天的我们

如果人生是赛场，那么上半场就是求学，自己跟自己比赛，是储备知识的时间；下半场就是工作，自己跟社会比赛，是运用能力的时间。退休以后是遗忘的时间，大部分厌恶工作的人得以解脱，转从生活中找到兴趣；少部分喜爱工作的人品尝失落，只从健康中找到兴趣；极个别热爱工作的人超期“服役”，仍从工作找到兴趣。厌恶工作的人，用兴趣来打发时间；喜爱工作的人，用兴趣来延长寿命；热爱工作的人，用兴趣创造价值。我工作二十多年了，自问不是一个热爱工作的人，只是喜欢三尺讲台，喜欢把自己知道的讲给孩子们听。但教育没有那么简单，除了课上的生龙活虎外，更多的是课后的默默坚守。事情纷繁时总是羡慕退休后的悠闲自在——没有课堂、没有作业、没有论文、没有检查、没有补差，仿佛一个童话世界，这就是我们的明天，想想都觉得很快乐，这也是中年人的幸福，卸下了工作的责任，完成了养子的重担。他们想象明天，就是想象着孩子的未来，也想象着自己的未来。

我今年四十岁有五，儿子在长大，比想象中要快。他的鞋子我能穿，他的衣服我能穿，初一的年纪身高已超过我。有时看着他稚嫩高挑的身影，总是不经意地想象明天他的模样、我的模样：明天的我们需要什么样的生活？

明天的我们需要集体生活。老人慎独，一定要过像模像样的集体生活。现在的家庭中，老太太过得充实，因为她们有熟练的家务能力，还有火热的广场舞。还有一部分老太太有点信仰，每周都要去基督教会参加活动，生活状态很积极。而老头们则显得木讷多了，不是聚在一起抽烟打牌，就是东扯西拉侃大山，但能称得上像模像样的集体生活的不多。有一部分有专业技术的老人退休不离岗，仍在单位中有位置，有价值。我们做老师的在校园里生活了一辈子，与外面的生活隔阂太久，与社会其他人没有共同的话题，聊起来很尴尬。我希望自己退休后能过上单位的生活，为学校发展做一些贡献。退休老师大多有丰富的教学或管理经验，对于学校而言不用真是可惜，对于个人而言不用就是浪费。我对延迟退休的政策不排斥——这样能多过上几年单位的生活，何乐而不为呢？如果体制不允许，那我们可以自己去安排类似单位的工作，做老师的去教育机构或社区服务站，认真去做自己熟悉的事。

有人做了一辈子老师，没有从中体会到快乐，已经厌倦这样的枯燥，退休后还做老师，万万做不来的，也做不得的，他们的退休生活很快淹没在世俗的洪流之中，看不出职业的优势与特点，体现不出职业的价值。

退休了把工作当主业的，一定身心充实而健康；退休了把琐事当主业的，一定会劳力又劳心。无论是充实的工作还是琐细的事情带给你什么样感受，有一点是要培养或要坚持的——健康身体。“生命在于运动”这句话很有道理，乐跑团、广场舞、石锁会、冬游队、单车行、登山队、太极拳、平衡带……从事这些运动的，除了专业的体育团体，队员大多是老人。我所在的百家湖冬泳队也是这样，几十人中只有三两个年轻人。团队的作用不是能帮助你解决技术的难题，而是有潜在的约束力和督促力。几年前开始冬泳时遇到了一群老人，他们每天清晨都会准时来到湖边，风雪无阻。每次天寒地冻不想去时就会想到有一群老人在湖边谈笑风生，互相鼓励着一个一个跳入水中，心里就有了力量。几年过去了，还是经常想放弃，门前的银杏树叶落光后，煎熬就开始了。那两三个月的每一天都会让人铭心刻骨。柳树新绿、梅花绽放时，大伙又看到了希望，为自己能够挺过严寒感到庆幸和骄傲。

参加一项运动入门容易，但坚持是一个难题。大凡运动都会劳人筋骨，很多人兴致勃勃地加入，腰酸背痛后无法继续通过运动将其变成舒适甚至享受，很快就会放弃。记得几年前第一次打羽毛球比赛时，双腿整整酸痛了四五天，走路时恨不得抬着它们，后来坚持下来了，现在一场球后，最多半天就恢复了。长年坚持专项锻炼的，一场半程马拉松比赛下来，怎么也得大半周才能恢复。

运动不是生活的全部，运动只能保持你肢体的机能不至于过早衰退，能治其表不能净其里，真正滋养内心的是有价值的工作和倾心的投入。爱因斯坦死前几小时还在学习，阿基米德死前一分钟还在研究沙盘，朱德临终时说“我还能做事”，国学大师季羡林病痛中还坚持完成《病榻杂记》，中国第一位女指挥家郑小瑛身患癌症还坚持讲学……他们的字典中没有“退休”二字，只有“生命不止，奋斗不息”的信念，这是值得普通人学习的。

明天的我们需要事务性的生活。退休后，家庭生活成了全部，我们都需要有事情做，无所事事不是享受而是折磨。对于大多数人来说，退休以后，几乎所有的人都全面投入到了健康的伟业中。许多老人特别注意保健养生，不断被各种讲座洗脑，被各种产品迷惑，宁信其有，不信其无，受骗上当也屡见不鲜。其实，食补药补只是一个方面，更重要的是在日常生活中动起来，家务劳动是随时随地的。买菜做饭、洗锅刷碗、铺床叠被、擦桌拖地、浣衣晒霉、煮水烹茶……要想把家务事做细做好，运动量不小。平时，女同志做得多一些，但退休后，这些看似琐碎的事情不再是生活中的烦忧，而是健康的抓手。既整洁了环境，又和睦了家庭，还拥有了健康，何乐而不为呢？以前，多少大男人扫帚倒了都不会扶一下，可到了这时，日日抢着“劳动改造”，可能连他自己也有些意外吧！父亲七十多了，经常抢着做家务。闲时义务清扫楼道，一至六楼，木头扶手一尘不染，水泥台阶干干净净。母亲赞许地对我说“这都是你爸做的”。其实，他们不全是真的喜欢做事，而是从中找到了乐趣，找到了健康。

明天的我们需要独立的生活。因为儿女终会离开你的身边，我们要慢慢习惯想念的酸楚、时有时无的阵痛、来时有去时无的平淡。我的父母单独住，离我们二十分钟的车程，因为忙，有时一两周才通一次电话，一两个月才去看一次。没有事他们也从不打电话给我，说怕打扰我工作。我和妻也觉得心安理得，没有多为老人想过。父母一定也想儿孙，但总是忍住。母亲参加了教会，父亲坚持行走，他们开始创造自己的独立生活，慢慢习惯儿孙不在身边的日子。我是三口之家，儿子上初中，妻子也在县城上班，日日相见，不觉珍贵。我们与孩子日日相处的时间还有几年，现在没有觉着他在身边很幸福，只是担心他的学业，操心他的未来。如果他大了，飞走了，我们一定会很空的。两个老人四目相对，从清晨到黄昏，了无生趣，所以，我们这一代中年人也要常常想想自己的明天，慢慢营造属于自己独立的二人世界。

明天的我们需要孤独的生活。年岁老时，享受生活已不重要，享受生命才是本能。热闹于生命无益，繁华有时会变成一种伤害。儿女远行后，有两个人共同守护，当另一半先你而去时，那才是真的考验。人生就要到站了，我们要学会孤独的生活。每当想到这里的时候，脑海中常常会浮现出杨绛先生和她的《我们仨》。那样孤独，还笔耕不辍，她把他们仨已经说过的话又说了一遍，把他们仨已经做过的事又做了一遍，都在字里行间。静静想一想，生与死在先生的世界该是什么样一种境界啊！想想明天的我们，耄耋之年能守住孤独吗？能学会孤独地生活吗？最起码现在的我，不能。

当我们还是壮年时，想想自己的明天，会更加活出自己的今天，努力工作；会更加珍惜自己的今天，和谐生活。为我们的明天积攒灿烂的记忆。

空巢老师

孩子的岁月是秒针，生长如春笋，光阴跑得很快；成人的岁月是分针，忙碌如陀螺，时间赶得很紧；老人的岁月是时针，绵长如古道，日子过得很静。当孩子长成大人，忙碌成了借口，于是，屋子成了空巢，父母也成了空巢老人。空巢老人大多是优秀的家长——儿女有出息，寻找更高的发展；空巢老人大多是坚忍的家长——儿女有闯劲，谋求更好的生活。

我的孩子还在读中学，离理论上的空巢还有时日，而空巢老师的感觉却时不时地搅扰我的生活。

毕业班的空巢老师是酸楚的。

我是一名小学老师，与这班朝气蓬勃的学生在一起四年了。栀子花开，孩子们就要离开。算算日子，差不多还有一个半月，想象着他们离开后的情景，心里一下子被掏空了。孩子们走了，再也不会整整齐齐回到这里。那几个书写不认真的、那几个背课慢的、那几个考试漏题的、那几个总是开溜的、那几个上课常有小动作的、那几个上课从不举手的、那几个最会玩的、那几个作文特别好的、那一个总是为我拷课件的、那几个天天收发作业的、那几个经常被批还黏着我的、那几个一有时间就提前背书的……那么多的“那几个”我都会记得清清楚楚。会有很长一段时间，我的脑海里、我的睡梦里都会有他们的故事，他们的模样。这一段时间我的胃里都是酸，这是思念的味道。每到毕业季，做老师的都要难受一阵子，不为别的，只为离开。直到接手新的班级，忙碌模糊了他们离开的模样。工作二十几年，毕业班带了六七届，有人说孩子毕业就如流水，送走了就轻松了，哪里会心痛。这于我则做不到，虽然这些孩子在校时有那么多的不如意，虽然他们毕业后大都不曾回来过，日后也许我们在哪里不期而遇，我一定不能认出他的模样了，我们会像所有的陌生人一样在人海中擦肩而过，但那一届届十三岁的青春少年的模样一直在我心里存着，不管他们工作如何，境遇怎样，只要有人提起他们，我的心里就会涌起一股暖流，就像孩子失散多年突然有了消息。

假日里的空巢老师是忙碌的。

毕业班了，孩子面临升学，面临择校，学习尤其紧张，要求尤其严格。大家都非常忙碌，家长忙着看学校，孩子忙着多做题，老师忙着抢空闲。我与孩子们相处的时间更多了。课文、古诗、阅读、习作、练习，每一项每一次都要一个一个地过，每一项每一次都要一个一个地查。往往是左右两条队伍同时背，教室里充满着嘈杂，两只耳朵有些应接不暇，很多时候只能听个大概便签字了。课间、午间、放学后，我的办公室里也是人来人往、热热闹闹的。从早读七点半前进班到放学五点半补差结束，算起来，一天有近十个小时与学生待在一起，教与学都紧紧张张，走起路来都是一阵小跑。到了双休，哪儿也不想去，经常到学校里走走，有时在办公室里坐坐。看着校园里那一排排的樟树弥散着幽香，眼前会隐约出现孩子们奔跑的身影。想想这一年如此忙碌，在孩子们面前我几乎失去了自己，还有一个多月，他们就要毕业，好的不好的都要离开。我有些难过，难过的不是离开，而是我不能让更多的孩子优秀起来，我只能尽自己所能让他们对语文还存有一些兴趣，而不只是应对考试。回头想想自己如此地投入却收效甚微，连补救的时间也没有了，心中那股冲劲一下子全部泄了，空空如也。看着堆积如山的作业、资料，已批和未批的，心里有些怀疑这样到底值不值。在讲台上站了二十多年，这样的疑惑依然还是会搅乱人心。不过，这只是一瞬间的念头，是胡思乱想，静下心来，自己仍有一定之规。节假日里，我不能管理孩子们在家的学习，我只能要求自己不离开学生的课业。一个人在办公室备下周的新课，一本本批阅他们的习作。我只有做好这样的准备，心里才会踏实，心里才不会空荡荡的，才会从容不迫地迎接周一的到来。空巢老人盼着自己的孩子能常伴左右，可空巢的我从心里不是太盼着学生们能常伴左右，因为顽劣与喧嚣是令人烦躁的，而事实上离开了学校、离开了学生我又是笨拙的，只有与学生在一起，我才是幽默的、智慧的，倾听与安静是令人享受的。外面的世界很精彩，但不是我想要的，却是孩子们向往的。我守住他们的课业，他们却去追逐外面的精彩。空巢的老师因为害怕孤独而安静地忙着，无聊的孩子因为不想做作业麻木地玩着。这是假日里空巢的校园、空巢的老师，用不曾离开来守候归来。

退休后的空巢老师是无序的。

退休后，与三尺讲台彻底告别，与灿烂笑容彻底告别，与活力校园彻底告别。没有教学，没有教研，没有学生，从早到晚都是安静的，从年头到年尾都是安静的。那往日孩子们的吵闹恐怕是最动听的声音了。退休了，没有地方让你发挥专长，没有地方让你继续工作，再也没有学生来敲你的门。逢年过节，不会有学生来登门陪伴，教过了，就失去了。如今我年近半百，也有很多年没有去看望自己的小学老师了，有的恐怕早就不在了。退休了，与教育再也没有半点关系，这种现状我是很不适应、很不喜欢的。退休后的老师不应该是无序的，也不应该是空巢的，工作才是最好的休闲，辛苦教了一辈子，幸福写了一辈子，那些宝贵的经验就这样无序的休置、荒废，实在是可惜，这就需要政府把无序变成有序，让他们为教师的培养、学校的发展发挥自己的力量，真正把空巢老师用起来。

过上集体的生活对一个老师来说是熟悉的，是向往的。在所有专业技术的行业中，退休老师这种资源的闲置是最多的，有效利用是最少的。许多有经验的医生开始在各公立医院坐诊，一些有头衔的名师悄悄地出现在各民办学校的课堂上，许多科研专家越来越多地成为民企的顾问，做起了技术指导。但大多数退休人员仍做着空巢医生、空巢专家……这既是资源的浪费，也是对人才的不尊重。

空巢老师，依恋自己的学生，热爱自己的职业，相信自己的技能。毕业时，不要太难过；节假时，不要太忙碌；退休时，不要太麻木。

愿未来的我们不做空巢老师，让自己的职业更有尊严，让自己的职业照亮整个生命！

真实的自己

一个人感觉最安全的时候，才会做回最真实的自己。最安全的时候只有两种情况：与自己最信赖的人在一起或一个人独处。生活顺利时，真实的自己是最放松、最随意的；生活不顺时，真实的自己是最抱怨、最愤怒的。无论是顺利还是不顺，真实的自己都毫无掩饰。

在我们看到的这个世界上，只有两种人最真实：孩子和傻子。孩子懵懂，看到什么说什么，眼里只有自己；傻子无谓，想到哪儿说到哪儿，心里只有执念。在成人的世界里，真实就是幼稚。对社会不满，处处流言，一点就着，不仅有言而且有行；对教育现状不满，自己教，不去学校；对环境现状不满，戴口罩，不出大门；对社会治安不满，防心重，不信他人。

有时，成长的过程就是隐藏真实的过程，就是寻找真实的过程。对个人而言，把简单变成复杂，就叫成熟；对别人而言，把复杂变成简单，也叫成熟。年幼时真实是可爱，所谓童言无忌；年长时真实叫可叹，所谓书生之气。由简单到复杂是个自然的过程，也是个被动的过程。幼年时只知道事，不了解人；成年时先了解人，再分析事。这样的变化不用教也不用学，生在其中耳濡目染，无法逃避，所以是个自然的过程；这样的变化是一定要教一定要学的，生在其中却熟视无睹，吾行吾素，所以是个被动的过程。

我是个被动的人，有三样东西不愿学——酒肉文化、官样文章、糊模处事。

办事先喝酒，酒后好办事。给人办事如此，求人办事更是如此。在我们的周围，有些时候不是按章办事，而是酌情处理。就连林冲这样的英雄好汉，刺配沧州时也要使钱用人。使钱——有银子免了一百杀威棒，有了看草料厂的好差事；用人——有柴进的打点，才会寒冬无忧、平安无扰。酒桌上的话都是满的，甚至过的，是不可信的。但交往多了，酒桌上的话又是实的，甚至动人的（被兄弟情感动着），是可以信的。我不能成为酒徒，故没有这样的感动与向往，亦没有酒肉文化的许多乐趣。每逢有酒，我必能推则推，不能推则拖，不能拖则熬，我没有酒友，我不羡慕也不后悔，因为“不愿”是真实的。

古人佳作多出于美酒，今人文章多缘于生活。我不善饮酒，但于文字有感情，于生活有感恩。喜欢自作自画，用文字表达自己的真实内心，表达对这个世界的感受。喜也罢、愁也罢，深也罢、浅也罢，有理也罢、无理也罢，有人读也罢、无人看也罢，我都把穿行在时间里的一切整理在文字里，一页一页的，一年一年的，存着，有闲时做菜根，慢慢咀嚼，细细品尝，可充“饥”，可解“渴”。喜欢文字，却写不好文章，特别是科研文章。要了解编者的喜好、要把脉流行的要旨、要斟酌语言的装饰、要丰富前人的说法，像一场高尚的文字游戏，披着研究外衣的游戏。我学不来这样的理性文章，从心底里抗拒这种官样文章。有时自己很困惑，特别是教师这样的职业，我们领着学生行走在母语的广阔世界里，难道我们的文字不应该表达自己的真情，而一路奔向冰冷的分析？我们的文字不应该百花齐放、充满活力，而是千人一面、中规中矩？写到这，我似乎有些理解中国古人读书屡试不第的痛苦了，感佩吴敬梓、蒲松龄这些文人的无言呐喊了，他们为时代所不容，是那个时代的损失，亦是中华文化的损失，但他们为后世所景仰，他们的文字是真实的，是超越时代的，他们当时的寂寞与清寒又有谁能体会？想想自己，无论自己的文字能不能带来收获，我会写下去，因为“喜欢”是真实的。

郑板桥的难得糊涂是一种人生哲学，也是刚正不阿之外的又一层境界。正如他所说“聪明难，糊涂尤难，由聪明而转入糊涂更难”。这也成了一些人犯错自慰的一个理由。对于行事有原则的人来说，糊涂处理很难。难在那种巧劲上，既要能说得过去，又不能说破。人们常说“不知者不怪”，如果揣着明白装糊涂那就是存心了。这样的人不是阴险就是智慧。赵高对秦王驾崩之事密不发丧，揽大权，弑二世，终致秦亡；“口有蜜，腹有剑”的李林甫唯庸才是用，终酿“安史之乱”；奸相秦桧杀岳飞，陷忠良，极力破坏朝纲，致使中兴破灭。这是只能自己明白而怕别人明白，此为阴险；三迁中的孟子当时一定不太明白一次一次的搬家与求学有什么关系，好学的王献之不明白练字的秘诀与八缸水有什么关系，晚清曾纪泽遵父训学几何、练英文也不知与治世有何关系，这是自己早已明白让孩子慢慢明白，此为智慧。

于己，我是做不来这种事情的，学生的作业本少一本也不行，课上得不好的要一一指出来才行，文字用得不合适的要一一改过来才行，工作没有做完的非加班一一完成才行，不糊涂处事，这是责任心。于人，我也做不来此事，自己的主张一定要让孩子明白，书写不工整一定要立即一一改过不可，发言不积极一定要一一说完才能坐下，进班即静一定要一一端坐不可，习作立意一定要一一合乎规范不可……不糊涂行事，这是急躁心。不糊涂处理也要分对象，教育要律己宽人，因为“关爱”是真实的。

生活中，真实的自己有时是可怕的。

孩子初一，数学较强，有两次却因过程不详被扣了许多分。我心里很是着急，终于没有忍住，昨天晚上大发雷霆，孩子一言不发，有些委屈。我的声音很大，甚至有些歇斯底里，晚上十点钟了，夜很静，恐怕楼下的邻居也听到了。这是真实的自我吗？想想别人看到了一定很惊讶，魏老师总是微笑着工作、上课，从来没有看到他发火，这是认识我的人这么看的，这不是真实的自己，是外在的自我，而那种宣泄才是真实的我，真可怕。想着孩子原可能得满分，学得也不错，整天学习作业考试，连去老人家吃个饭、散个步、打个球都没时间，我的心里也挺后悔的。妻夜班挺累的，最近身体不太好，我没有把这件事告诉她，自己几乎一夜没睡好。这是“你才是最棒的”励志语的牺牲品，通常“你就是最普通的”。

巡课时，偶尔会看到一些老师批评学生，声音尖锐、面色铁青，与往日的温柔娴静、端庄秀丽判若两人，这才是真实的他们？也偶尔会看到家长流着泪拼命地抽打自己不争气的孩子，怎么劝也劝不住，这才是真实的他们？这是“办法总比困难多”励志语的牺牲品，通常“困难总比办法多”。

真实的自己有时是自然的，那是守住自己的内心，享受自己。

真实的自己有时是可怕的，那是守不住自己的内心，痛苦别人的同时也伤了自己。

做真实的自己，对耶？错耶？

……

敢想敢为

这个世界上有两种人，一种人靠惯性生活，一种人靠目标生活。如果没有了惯性也失去了目标，那只能靠本能活着。靠惯性生活的人成败都赖于家庭环境，所谓耕读传家，善于把握机会。靠目标生活的人成败全赖于社会环境，所谓草莽英雄，善于创造机会。没有了家庭环境的福荫，没有了社会环境帮助，就会走投无路，只能靠本能活着，所谓行尸走肉，善于麻痹自己。我年过四旬，谈不上失败更谈不上成功。说做官，我不能，自己是三无（无资源、无能力、无官商），几辈子可能都与仕途无缘；说家财，我没有，租过房，投过亲，靠工资度日，几辈子可能都与富贵无缘。大多数人和我一样普普通通地活着，靠惯性生活，这也算是和平时期的幸福生活——不求得到什么，但求不失去什么。如果在乱世，我们这样的普通人不仅“什么都得不到”，也许还会“什么都失去”。

《水浒传》中在沧州城外开小酒馆的李小二就是几百年前一个普通人，在东京做学徒时被诬陷偷陈年老酒，幸得林冲帮助赔偿了三两银子，又受资助去投亲，谁知李小二的亲戚早已搬到南京。李小二举目无亲，不知道该往哪里走，天下之大，没有一席容身之地，实在可悲。那样天地不应的境地真让人不寒而栗，如果是我们，也一样的伤心绝望。但无论世道如何，只有一种人能很好地掌控自己的命运，活出自己的一片天地，那就是有目标的人。

实现目标，敢为比敢想更重要。

目标人人有，短有小目标，长有大目标。腹有口舌之享，衣有貂裘之乐，这些大小内外的目标都是物质的，而只有强大的精神目标才会成就自己，甚至改变时代，造富后世。孔子立志以礼化万民，广收弟子，奔走诸侯发扬了儒家学说；张居正立志解民于倒悬，肃朝纲、治边患、盈国库，管出了明朝的中兴；李时珍立志解民于病痛，尝百草、著《本草纲目》，丰厚了中医学。看看这些历史先贤哪一个不是实干家，哪一个不是为了遥远的目标耗尽了毕生的心血，受尽了各种磨难、屈辱，甚至献出性命？所以说敢想的人首先要有一颗敢为的心、一颗装满天下的心。在浩浩的历史长河中，又有多少曾经胸怀大志却在前行的途中临阵变节者：认贼作父的石敬瑭、叛国投敌的钱谦益，沦为汉奸的汪精卫。敢为需要有面对失败的孤独、超乎寻常的耐力、淡泊名利的定力。实现任何一个目标都会困难重重，大多数人多会因为各种原因半途而废，甚至只有豪情没有行动。在前行当中失败是在所难免的，小失败有小成功，大失败有大成功，没有失败就没有成功。如果没有一千多次寻找的失败，哪有电灯的发明；如果没有烟熏火燎熬炼的艰辛失望，哪有一克镭的诞生；如果没有一次次战斗的经验，那有红军长征的胜利……

最痛苦的是：在不断的失败中，似乎永远无法看到成功，周围的人都会离你而去，是越走越远还是越走越近，有时甚至自己都会怀疑自己，这时一个人要忍受多么深的孤独，这是难以想象的。有时成功者就是一个伟大的孤独者，就是一个不管不顾的行者。实现目标，难的不是坚持，而是失败之后的坚持。

在日常生活中，我们坚持各种体育锻炼，这是克服了前期的劳累与枯燥，不久尝到运动的乐趣才会走下去，大汗之后整个人觉得特别精神，舒适是我们坚持下去的理由；我坚持冬泳有好几个年头了，无论寒暑，无论晨昏，身边的同行者都离开了，有时不免有些孤单，而我尝到了鱼儿之乐，上岸后整个人神清气爽，节奏是我爱上游泳的理由。这些坚持还不能称之为人生目标，这只是战胜了体力、战胜了温度、战胜了疲劳，这是有回报的坚持，这是没有失败的坚持。

在现实生活中，有几件事我是无法坚持下去的，每每想到这些都有不少遗憾。

我是一名小学语文老师，四年前接手现在这个班级时，也曾经为孩子们写过人物传记，当初对学生、对家长、对老师，在不同的场合表达过这样的豪言——成册后装帧成本，在毕业时送给孩子们，这是多么有意义的事情啊！可四年过去了，五十六篇文章成了一条永远也无法修完的断头路，忙碌的现实、不安的内心、疲惫的身体让我无法静心动笔，没有督促、没有激励，我无法内省，无法获得超乎寻常的耐力。想想太史公在受辱之后，是什么力量能让他坚持完成这 130 篇“史家之绝唱”的？想想谈迁，怀揣国破家亡之痛，是什么力量能让他历时 29 载完成煌煌《国榷》？真想和这些先贤面对面地交谈，了解他们内心的痛苦与挣扎、徘徊与坚持，他们如何从一个平常的人变成了一个非同平常的人？想想现在，高速的节奏、快餐的文化、物质的诱惑，人心都乱了，高度文明下的环境利于创新，但不利于坚守，而持续发展的内驱力一定是缘于传承和接受、缘于积累与学习。我是一个平凡人，一个在现实中不敢为、无所为的人，心也乱过，无法平静。

我是一个孩子的父亲，曾经为孩子的到来欣喜不已，每天写孩子的成长日记，用完了八个笔记本。一天一天，一年一年，本打算录成电子稿，汇编成册，等孩子长大后或成家立业时，送给他或他的爱人。可许多年过去了，我总也不能完成这件事。曾经让上小学的孩子看过他的故事，他也惊异那个年幼的孩子就是他自己，可随着学业的加重，他连自己蹒跚的孩提时光也无暇顾及、无暇静心重温那些点点滴滴。在他的记忆里也许这些都是模糊的，可在我的心里那是真真切切的，我把那些真切实实在在地告诉他。也曾经坐下来敲过这些文字，但总也静不下心来，似乎每天都有做不完的事，每天都有不得不享受的闲暇，于是这样一个美好的目标看来也只能成为美好，那些文字也只能躺在故纸堆里，慢慢地泛黄，直至消失。

试想，有多少人和我一样，曾经怀揣着梦想，结果都停留在痛苦的现实中，留下许多遗憾。其实，即使再活一回，我们还是简单地重复，梦想依然会有，目标依然无法实现。

拥有目标，敢想比不想更重要。

敢想似乎是年轻人的专利，人到中年的我是个诸事都迟到的人。当初月工资几百，看房价几万，不敢想，最终还是成了房奴；当初不写文章，看带头人评选，不敢想，最终还是老骨干；当初不会上课，看别人获奖，不敢想，最终临近不惑才不得不赛；当初资历尚浅，看别人入党，不敢想，最终年近五十才新进入党。当初的不敢想似乎是平静的、心安理得的，可结果是工作、生活处处受牵累，时间长了心中难免不平。不敢想与其说是一种与世无争，不如说是一种懦弱与退却。与世无争，不是与己无争，我们用这种虚无的高尚做不为的借口，心中还隐约存有不为人知的酸楚，那是做出牺牲时聊以自慰的幸福，说穿了就是不要轰轰烈烈地付出。当初月工资虽几百，亦可咬咬牙买房；当初精力旺盛，足以磨笔成文；当初热爱课堂，早当挥洒展示；当初质朴上进，早应入党有为。这一退却就是一辈子，无法重来。看到现在的年轻老师有组织、有团队、有师傅、有机会……真让人羡慕。可他们有许多人也和我当年一样，忍受不了工作的繁重，忍受不了生活的利诱。岁月蹉跎后和我一样遗憾，正如《阿房宫赋》中所言“秦人不暇自哀而后人哀之，后人哀之而不鉴之，亦使后人而复哀后人也”。而我们身边那些成功的人，无一不是敢想的人。反复磨炼课堂，成了名师；反复磨炼文笔，成了名家；反复磨炼人事，成了名人。我也在自己的文字道路上前行着，希望有一天能串篇成书，与大家见面，希望我的文字、我的思考对世人有所启发、有所触动，如果有那么一天的话，我希望书的名字叫《我的世界》。文字无所谓早晚，无所谓贵贱，作文如做人，表达自己，这是值得倾其一生去做的事。

有目标，敢想人所不敢想，这是行前的规划；有目标，敢为人所不敢为，这是现实的磨难。想法比别人少，吃苦比别人多，就一定会走在别人的前面，走在时间的前面。在时间面前人人平等，大家都会老去，但敢想敢为的老去一定是老有所得，会福荫子孙；而平庸平淡的老去一定是怅有所失，愧对儿孙。

敢想敢为！为了自己，也为后人。

向你致敬

冠军向国旗敬礼，泪水中流淌着幸福与艰辛；战士向逝者敬礼，眼睛里回放着冲锋与倒下。每当看到那庄严的军礼，我都会情不自禁地流下眼泪；胜利者向对手致敬，那是尊重与胸怀；前行者向目标致敬，那是攀登与挑战。每当听到那坚实的足音，我的心中总会鼓起信念与勇气。生命向阳光致敬，那是感恩与依靠；文明向历史致敬，那是滋养与超越。每当感受到自然的蓬勃、社会的发展，我总是庆幸身在其中的美好。

今天，我要向你致敬——我的爱人。

向你致敬，就是向逝去的青春致敬！

妻子，一名普通的农家女子，直爽能干，长相良好，身材高挑。初中毕业后进入南京金陵皮鞋厂，那应该是她最青春貌美的时候，长发、素颜、清秀、匀称，真正是“陈家有女初长成”，可惜这样的豆蔻年华我只能从1992年初夏的一张工厂老照片中隐约见到：18岁的她站在厂区一丛修剪整齐的冬青后面，端端正正，面带微笑，手里还拿着饭盒，似乎刚从食堂出来。那时我还在南京读大学，充满了对未来的畅想，根本不知道我的命运会和一个制鞋的先进生产者联系在一起。妻22岁时的五月，我第一次见到了她，她自然大方，似乎觉得我瘦小，直言不讳地说笑“我俩差不多高”。她长发、清丽、纯朴、简单。要外人看来，她比我高，所以许多年她不曾穿过高跟鞋，她是制鞋的，为我这个矮个放弃了女子足下铿锵之美，这是她的一个好。我一直都承认她高，但从来不承认自己矮。不过那一次我不得不承认自己低人一等：拍结婚照时，怎么坐都觉得不协调，妻“扑哧”一声乐了，悄悄拿了三本书给我，示意我垫在屁股下。

现在看看那时的照片，108斤清瘦的身板、2尺2寸的腰围、笔直了腰杆才与如花的妻子一般高。可她倒没觉得有什么不好，一直把我当作一个读书人。家里单位，行事风风火火，倒从来不曾听她抱怨过。女人总是会问，我老了吗？我丑了吗？这是对容颜的眷念，我总是对她说：在最美的时候遇见你，这就足够了。记忆就像美酒，最陈最香，越沉越有味道。记忆会在岁月里褪色，但逝去的青春永远不会褪色。

向你致敬，就是向一路同行致敬！

同学一路同行，是共同成长；战友一路同行，是祸福共当；西游一路同行，历难成佛；夫妻一路同行，爱成亲情。一路同行，就要一路到头，不许歧路分道；一路同行，就要遵守同行契约，包容帮扶，不许耿耿于怀、心有不甘；一路同行，就要先对方之忧而忧，后对方之乐而乐，不许自得其乐、自饮其苦。

生活的大课堂，我们就像孩子，谁也没有预习过，都是摸着石头过河。在处事、处人时完全是两个不同的世界，要变成大一统真的不容易，因为一路同行的还有两个不同的家庭，不可能事事同、时时同。每有大事不决、意见不一就会生变故，变故生不幸，不幸难和谐。和谐家庭一般有四种方式：男权、女权、男女分权、民主用权。我家是第三种，我指方向，她管实施。一路同行，一个声音，那一定是天堂的声音，那是难得的和谐。很多事情，没有对错，只有选择——购房置业、择校就医、管家理财、饮食爱好、教育信仰，只有尊重与尝试，存在与改变。

家庭和谐，我做到了“三从”。

对方擅长的要“盲从”。家里的“鞋事”我从来不说话，对老人的孝敬我永远让她拿主意，柜里的衣物、床上的用品她永远是主人，家里的钱粮进出我从不过问，这是信任也是劳碌，是她的所长。对我好的要听从。2008 年因胃出血强行戒烟，多少次香烟被藏起或扔掉。2012 年血压升高，餐桌上少有油腻，菜里总是低盐。少年家贫，条件好了，烟有瘾，喜油荤、好口咸。对我好的，我戒我忍我改。

原则内的小野蛮我顺从。担心手粗糙，凉水里我刷碗盘。早起伤精神，早餐我来忙。管生不管教，我是老师我全程。没有微信微博支付宝，只盯手机 pad 和电脑，夜深人静我不劝，只管塞上耳机、戴上眼罩。

对方的缺点我教从。普通话半拉子，吃“鱼”永远是吃“姨”。每次纠正她都会嗔怒。辨不清形近字，“买”与“卖”总也分不明，每次都会教她，上面有东西才能卖，然后小声骂笨。拼音写不全，“原来如此”一定会拼成“云来如尺”，时间长了，儿子嫌烦。我就有一搭无一搭地拼给她听。我是老师，在学文化时她很听话，从不说不。

一路同行，是你改变了我，还是我改变了你，说不清道不明，但你的改变我记得清：多么偏酸爱辣，因我的胃病近十年没闻其味；多么喜欢和家人住在一起，为了我的工作八年前来到了陌生的住所；多么会做鞋制样，为了我的全心投入放弃了所长与升迁；多么看重为人的忠厚，白手起家买房还款心甘情愿；多么能言善说，可到哪儿总满心自豪说起“家里的”说过，就像语录；多么有主见，可每逢大事总是我的忠实粉丝。在她心中，疼人胜过爱己。多少年了，家里只为我和孩子订了牛奶，妻总是说自己身体健康；在她心中，爱人胜过爱财。

我的家一穷二白，婚后还是租房住。工作五年的我月工资还不到六百，妻当时是鞋厂的技术能手，月收入是我的二倍。可在我面前从没有提过钱的事。这都是她的好，我一笔一笔都记得清清楚楚，对于这类事情她总是只做不说，或选择性失忆。她不会吵架，在言辞激烈、倍受委屈时也不会历数苦难与功绩，这一点真的令人欣慰，我庆幸自己没有遇到那些美丽的“一哭二闹三上吊”的同伴，否则恋爱时甜如蜜，生活时却苦如连。

为家人的改变是优点，可敬；为自己的不变是缺点，可爱。

在她的面前有两点永远不要提。一“高”，单位有人叫她大个子，她总会阴沉着脸，不搭理别人，在她心中，长得高不是漂亮女人，而在我眼里，这是个长处。二“重”，因为身高所以体重。在家里我从来不过秤，因为我的体重是她的目标。

生活中有三个小习惯和我相反：恨碗、赖床、熬夜。

吃完饭后要远离油腻与冷水，避之如虎。一个人一只碗永远泡在水池里，冬天里碗盘里的残羹冷炙已结成了块，看了以后人的心里都冰凉冰凉的，脑子里也会升起一丝怒火。有时炒菜的锅架在水池上，堆着碗碟，乱七八糟。下班后的心情越发郁闷了，她恨碗，我洗了；如果逢第二天休息，那她非得把时间用得紧紧的，就怕一觉把这么好的时光浪费了。我是早睡早起，是太阳，她是迟睡迟起，像月亮。经常是一觉醒来，她还窝着看小说。她熬夜，我睡了；她的工作是白天晚上两班倒，一个早班一个夜班。逢到节假日做活动，商品打折，顾客抢购，常常忙到凌晨两三点钟才拖着满身的疲惫回到家，我也偶尔会被拉壮丁帮忙搬货干活，一个晚上下来，双腿沉重如铅，不想动弹，她何尝不是如此，这样的累得在睡中补。一年当中有近一半的时间她是看不到早晨的太阳的，因为她正在和床打拼。时近中午，接电话时，总是迷迷糊糊，似乎还在睡梦中。赖床，我认了。

人靠优点立着，靠缺点活着。优点是大节，缺点是趣味。妻就是这样一个有八个优点、三个缺点的重量级的高人。

向你致敬！我的爱人……

最难的事

【题记】此文计划是本学期的最后一篇文字，给学生的，更是给自己的。从上周日到这周五，整整七天，写得有些辛苦。有时，真的不想写了，历史上的江郎才尽会是这样吗？我真的有些怀疑自己能不能完成这最后一篇文字，2017 年 6 月 16 日晚 23：45 初稿终于完成，我那牵挂一周的心终于有了安放的地方。

世上的事，有难有易。享乐易，攻坚难，守成更难；阅读易，写作难，评析更难；生长易，养成难，成长更难；动时易，静时难，持久更难；为人子易，为人父难，为君父更难。同样的事，有难有易。开始易，做久难；会做易，做好难。入学了，所有的孩子都在接受同样的教育，随着学业深入，差距却日趋明显；入职了，所有的学生选择了不同的工作，随着事业深入，发展却千差万别；退休了，所有的老人都重新规划了生活，随着单调往复，苦乐却大相径庭。究其原委，只因没有做到“坚守”两字。

人的一生一般有三段旅程——求学、就业、养老，相互关联又相互独立。我们身边的许多人把这三段分得很清——求学不问世事，闭门只读“圣贤书”；工作不再学习，职业就是谋生；退休忘了工作，化经验为腐朽。一段旅程都有一个新的起点与一个新的终点，出发时都曾经信心满满，可一路行来，却少有人好好地走到终点，究其原委，只因没有做到“坚守”两字。

可见“坚守”才是人世间最难的事。

夫子说“少成若天性，习惯成自然”，其实，习惯的养成很难，多少年的习惯一朝土崩瓦解的不在少数。长年行善，却生活窘迫，善心还能成为习惯吗？刚正不阿，却屡遭打击，真理还能永驻心中吗？谨言慎行，却不为人知，孤独的心还能耐住寂寞吗？你倾心付出，可到头来还是收效甚微，你还会做下去吗？看来，习惯应该是没有目的性、自然而然的，如果你觉得行善一定得好报、正直一定得传颂、谨慎一定要为人知、付出一定有回报的话，这些行为一定不能形成终生的习惯。其实，美德与恶习也不是一成不变的，浪子回头还金不换呢！有时，善、恶就存乎一念之间。没有所谓无可救药的恶习，也没有所谓纤尘不染的美德。好习惯只是做得久而已，需要拼尽全力去坚守；坏习惯只是陷得深而已，需要拼尽全力去挣脱。一个人难有终生不变的习惯，即使有，还是用尽人生所有时间去“坚守”，一日三省吾身，做好坚守可不那么容易，必须要克服“三重”困厄。

坚守需要战胜温度。

习惯是靠千锤百炼得来的，所谓“冬练三九，夏练三伏”，除了要承受肢体上的酸痛，更重要的是忍受温度带来的不适。极寒与极热本身就是对身体的一种考验，要想练就强健的体魄，适应冷热是第一关。冰天雪地里的坚守是抗美援朝胜利的法宝，天寒地冻时的坚守是列宁格勒人民的光荣。我参加冬泳已有六七个年头了，一入水，十指都有针刺般的痛，继而是硬邦邦的麻，几根手指如胡萝卜一般。每一年、每一次都是咬紧牙关坚守下来的。我想，以后的每一年、每一天也需要这样的坚守。到目前为止，我还不敢说自己已经有了冬泳的习惯，我就怕什么时候生个病、出个差，十天八天不能下水，重新下水可就难了。寒冷难熬，炎热更难熬。如果说寒冷锻炼人的毅力，炎热则是考验人的体力。冷到一定程度只要稍加活动，身体回暖，整个人特别轻松，而高温伤的是脑，特别影响人的情绪。

运动如此，学习亦如此。二十七年前农村那个溽热的七月，阳光下就如火烤一般，室内犹如蒸笼。一个人紧闭门窗复习迎接高考，切肤的灼热和内心的焦虑可想而知，那种高温高压的摧残，如今回想起来还对年少的自己心生怜悯与悲壮。教书已有二十多年了，每到六月期末考的那段时间，作业的密度、强度、难度都较平时增加了许多，越来越多的孩子耐不住高温与作业，反抗的情绪越来越高。所谓的习惯已荡然无存，更谈不上什么坚守。优秀已经太遥远了，难受已经无法抗拒。这就是孩子，他们在温度面前是脆弱的，能守住的，又能坚持的，少之又少。

坚守需要战胜声音。

冷热的煎熬固然难忍，声音的嘈杂则更令人心神不宁。要做成一件事，需要有一个相对安宁的环境，一个思考的空间，而无孔不入的嘈杂让你无处藏身。作为一个小学老师，在这种嘈杂的环境中工作几十年了，按说已经习惯，可我还是无法容忍。节假里，妻子加班、儿子作业，我常常独自一个人行走在校园里，看着满园苍翠，听着间关鸟鸣，满心欢喜。在外人眼里，孩子的声音稚嫩纯真，应该是悦耳动听才是，但他们同时又是学生，有大大小小的学习任务，更多的时间需要静下心来做，而不是一味地说。老师无法忍受是因为无法融入他们的世界，孩子能够习惯是因为这是他们自己的世界。下午二模结束，数学成绩下来，几家欢乐几家愁，孩子们沉浸在一片喧嚣之中。喧嚣是自己的，能忍受；喧嚣是别人的，无法忍受。看来，战胜声音，一定要融入声音。想想也是，自己日复一日地爬格子，沉浸在自己的思绪当中，享受在自己的静谧当中，如果换作喜欢热闹的人或小孩子，可能是受不住的。

正是因为喜欢各种声音，所以要战胜声音，减少声音对思考的干扰，减少声音对专注的干扰。课堂上的有效时间被各种声音干扰着，课上的小话、课间的喧闹、洪亮的铃声、锵锵的鼓号、广播的通知甚至迟到的报告。孩子们的时间被分割成零零散散的小块，这对于孩子缜密思维的形成不无害处，这种伤害有时恰恰被所谓的儿童认识规律所贻误。为了提高课堂兴趣，小学老师会每隔十几二十分钟设计游戏、互动、视频、表演等环节，学生根本静不下来。课的容量较小，思维的容量较小，学习的单位质量较低，兴趣是有了，深度却没了。我们要引导学生战胜声音的干扰，培养学生静心思考，越来越长时间的思考，而不是为了所谓的兴趣削弱学生的专注，说到底，教育的价值就是培养思考深度，这种深度无疑取决于专注度。

坚守需要战胜疲劳。疲劳不一定要休息才能消弭，有时它就是一种惰性，是可以战胜的。各种技能的获得，如登山、打球、练武、长跑……就是战胜一个又一个的疲劳期再一次一次地提升体能，不断地超越过去，让不可能变成了可能，此所谓“用疲劳战胜疲劳”；坚持冬泳，跳进冰冷刺骨的湖水里，严寒会让你的躯体到达一个可能忍受的极限，如果你挺住了，就会通体清明干爽，适度的温暖将源源不断地流淌，似不能枯竭，这是冬天里的阳春，此所谓“用寒冷战胜寒冷”。学习习惯的养成也是如此，练习构思一篇文章、计划完成一天“越”读、独自尝试一次实践、反复练习一场讲演……完成地认真，疲劳自然就会产生，浅尝辄止疲劳是会消失，但能力永远也得不到提升。如果你挺过了疲劳期，自然就到了一个更高的境界，你的能力一定会得到相应地提高。游泳时，一个来回 800 米自自然然，如果过了，会有些疲劳。

如果游两倍的水路也自自然然，这一定是坚持战胜了疲劳。

好习惯的养成只有坚守，坚守必须战胜温度、战胜声音、战胜疲劳，让能力在不断的超越中有了一次又一次的提高。只有这样，好习惯才能养得成、守得住、行得久。

最难的事，坚守！为了一生的好，值得！

和时间赛跑

【题记】对大多数人来说，时间是敌人；对少数人来说，时间是师长。把时间当敌人的人往往会轻贱它，视时间为粪土；把时间当师长的往往是敬畏它，视时间为珍宝。把时间当师长的人会获得时间的馈赠，生命无限量；把时间当敌人的人会失去人生的财富，生命一线天。在中国第33个教师节来临之际，与所有同事、家长、同学以及关心教育的同志们共勉。

世上最难的事不是战胜自己，而是战胜时间。因为过去的永远也不会回来，所以我们要努力学会和时间赛跑，时时、事事赶在它的前面。唯有如此，你才会领略到不一样的风景，才会体验到不一样的心境，才会收获到不一样的喜悦。和时间赛跑，可能做的事很多。

抢早，走在太阳前面。刚刚过去的这个夏天，高温，持续的高温。气象站几乎天天在发布高温橙色甚至红色警报。早晨室内气温都不低于35摄氏度，楼层高一些的都在37摄氏度左右，这是几十年来没有的持续高温。儿子卧室里的空调全天候地工作，我把小餐桌索性搬了进去，一天三顿都离不开冷气。就连平时节约的父母也不例外，只是心里总是心疼着蹭蹭上升的电费。在这样的日子里，每一丝空气每一时每一刻都是热的，无处躲藏。

最烦心的事就是一日三餐。菜市场成了最纠心的地方，人头攒动、声音嘈杂，地上不时会有摊主把烂菜叶、淋巴肉随手扔在过道里，黑乎乎的地面从来都没有干过。我的凉拖前面大脚趾处不知何时有了一个小小的裂缝，不时会感到脚底有水浸入，每走一步脚与鞋都不在一个节奏上，特别是卖鱼虾的地方，像被泼了脏水或掉进了粪池，别提多不自在了，所以只能踮着脚一路小心地跳过。地面上到处是水渍和杂乱的脚印，空气中夹杂着豆制品绵绵的乳味、鱼虾扑鼻的腥味、猪肉隐约的腻味、蔬菜憔悴的水味，最霸道的是市场角落里刺人的酸菜味，更多的是来来往往的人味……卖的、买的都汗湿衣襟，大家都一脸无奈地走进去，又迫不及待地快步走出来，每个人都一脸汗水，就像刚跑完了 800 米，又像刚从浴室里出来。许多人家都过上了馒头稀饭的生活。

六七点钟的光景，阳光已经无遮无挡地照亮了每个角落。此时“阳光普照”这个词是多么让人生气，而“秋高气爽”，甚至“寒风凛冽”这样的话是多么让人欢喜。我也怕这样的日子，但今年这个夏天我却过得有滋有味、有凉意，因为我努力跑在了太阳的前面。当太阳刚从地平线上露出脸的时候，我已从水中上来，带着一身水珠，站在岸边大柳树下，湖面不时有丝丝的凉意吹来，即便没有一丝风，那满湖的水气和细细的荷香也足以让人心静。六点多钟的光景我已经完成了每天一练——游泳。夏天多睡是件难受的事情，不是睡不着，而是醒来之后满帘红通通的世界、阳光灿烂的世界，让你无法睁眼，让你没有勇气走出去。只有经历了凌晨的清凉，而且是日日经历，你才会在炎热如火的日子里找到让你静心的地方。所谓心有凉意，酷热何惧。

我要求自己凌晨四点半起床，五点下水，游两个来回约 1.4 公里。南京城南的花神湖毗邻南京南站，离家 15 分钟的车程，水质四类，清晰见指。大伙儿在水里游动时划动的手脚看得清清楚楚，像快乐的鱼儿一样。在那样的日子里，那平均四五米深的水经过一天的暴晒一夜的安静，还是温温的，不似秋日的清凉、冬日的刺骨，估计要超过 30 摄氏度。今年的水比往年要热，在这样的湖水里游两个来回，速度一定不能太快，否则很累，上岸后也会浑身燥热，擦拭完身上的水珠后，还要出一身细细的汗水。我到湖边的时候已经有三五个老人了，还有那更早的——几个夜班出租车司机，四点左右生意最淡的时候结伴到湖里凉快凉快。天还没亮，他们裸泳。每天我到的时候，不过五点左右，天还有些隐隐的黑，他们都穿着裤衩赤着上身，腆着大肚皮，肩上搭着 T 恤，一路说着话，迎面走来了。戴上潜水镜眼前就更模糊了，只能隐隐看见近处曲曲折折的湖岸和不远处玉兰路上闪闪烁烁的灯火。我是自由泳，向前游时只能看到右边的景物，看不到前方的东西。以前特别担心会碰到什么东西，或和其他人撞在一起，小心翼翼地，游一会儿，还得抬头看看到哪儿了？有没有游偏？对岸插在水里的红旗有没有到？那面旗子是目的地。这样的担心总会让人不能顺畅，后来索性就不看了。好在三百多米的水程十多分钟就到了，好在大多数人是蛙泳，在水中遇着了会主动避让。湖中东边的石墩、近对岸浅水处亭亭的荷花，以及荷叶中间一条两三米的水道豁口，还有那抬头就能看见的多孔石桥、桥下水中那面艳艳的国旗，都是一路的指引。也会因为一不小心，游到了荷花丛中去，那莲梗儿有刺，扎人怪疼的，心里一惊，赶紧回转。回程的时候，看西岸坡地上那两棵突兀的柏树，个儿挺高。出了荷花丛，看见第一棵；离岸边不远处，会看到第二棵，这是回程的指引。我计算过，一个单程 350 米，大约需要游动 200 次，回程时看到第二棵树，最多再游 50 下就到岸边了。

早起游泳大多是退休的老人们，不紧不慢，穿着朴素，有的顺带遛狗。下水前，把宝贝随意拴在柳树下或干脆把绳压在电瓶车的支架下；有的老人带着收音机，放在“跟屁虫”里，游到哪儿听到哪儿；也有的带来网厢，装上饵，投在近水处，游泳捕虾两不误；有那会乐器的，带把二胡或锃亮的萨克斯，先咿咿呀呀地拉上一会儿或富丽堂皇地吹上一会儿；还有那出声的，什么也不做，只放开嗓子大声地叫喊，回声响亮。更多的，几个老人围在一起打扑克，看的比玩的多。有那赖在水里不上来的，也不想再游的，就三两个泡在水里侃大山，什么样的蛐蛐好斗，哪种瓷盆最好，哪时的牛肉汤最有味，哪里的水最干净……南京电视台《听我韶韶》主持人老吴也来游泳，也会和老人们亲热地聊着那些过去的岁月，满脸的幸福。

游泳的舒适不在水中，而是在岸上。不在乎游多长时间，而在于享受着来回路上迎风时的惬意，来时进入双龙街地下隧道时突然的清凉，回家时玉兰路那一条百米的清凉。总想起老舍先生初入草原时的那句“总想高歌一曲，表示我满心的愉快”，我也是，只是不好意思唱，在没人的时候悄悄地叫几声。这是还在睡梦中的人没有体会到的，他们的心中只有火一样的炎热和无休止的抱怨，而我的心中凉过、静过，虽然仍会大汗淋淋。我不会抱怨，因为这是热情的夏天给我的真实感受，努力学会享受这个季节的美好。有人怀念春天，想往秋天，甚至冬天，你想过没有，过去的那些季节你都是满心欢喜？春寒料峭、霜寒露冷、寒风刺骨……果真到了那时，你可能会想：还不如过夏天呢！每个季节都有美好，春秋的美好在色彩，冬夏的美好在心里，要用心去寻找。

四点半起床，六点半回到家，弄早点，做家务，督促妻儿上班作业，这一切都在七点半之前完成，这个点，许多人还在沉睡，即使大人可能才睁开双眼，迷迷糊糊地下楼，手里拎着早点，匆匆忙忙地走在上班的路上。而我的这三个小时已经有了清凉，有了悠闲。这一天还有那么多时间，我可以不慌不忙地做其他事情，一天的时间变长了，一天的心情变好了，走在太阳前面，真好！

赶闲，走在他人前面。假期里和太阳赛跑，自己很适应上班的节奏，开学初，很多人会得上班综合征，我没有；每周有两天假期，有些人会得周一综合征，我也有一点。这学期我想把双休这个“闲”给利用好，暗下决心，每天早起去操场跑步。五点半起床，绕学校操场跑十五圈，半个小时左右，出一身大汗，回家洗个澡，吃早饭，开始一天的生活。这两天是别人休息的时间，是一个人“闲”的时间，但闲不是挥霍，也不是破坏，更不是毁灭。吃、睡、玩……大人这样，许多孩子也这样。这是对习惯的践踏，对养成的破坏，对未来的毁灭。这两天几公里的晨跑仅仅用了一天的三十分钟，这点时间在一些人那里是睡、玩、吃。想想看，前者是把闲用得恰到好处，锻炼了体质磨炼了意志；后者是把闲耗得彻彻底底，消耗了身体消磨了意志。工作日，孩子去上学，我也就到学校。抽二十分钟跑十圈，当初中部晨扫的同学到了操场，我也快跑完全程了。双腿是累着，身体是汗着，但心里却已经安静了。一天的工作开始之前，我已经完成这样的奔跑，自己觉得走在了别人前面，心里会慢慢升腾着必胜的信念。

守常，走在变化前面。有了好的方法和习惯，就要默默地做下去。在坚持不下去的时候不要怀疑自己的选择，不要轻易改变自己的想法，不要忙着选择下一个所谓正确的方向。中国革命 28 年，曾经有过无数次的失败，许多人为此迷失了方向，只有中国共产党坚持走联合抗战的道路，坚持农村包围城市的策略，最终赢得了人民战争的全面胜利；新中国成立后坚持走改革开放道路，最终赢得了跨越式的大发展。中国的胜利，是选择的胜利，是坚守的胜利。国事如此，家事、私事莫不如是。父母是农民，不懂什么叫人生规划。姐从小身体不好，父母说学门手艺养活自己；我听话好学，父母说即使砸锅卖铁也要供我上学。于是初中毕业后，姐学裁缝，为了给姐买台缝纫机，父母不知借了多少家，也不知到师傅家帮了多少次工。为了供我上学，母亲多少年如一日，早起晚睡，陪伴督促，直到我上了大学。这是家的方向，从来未曾变过。毕业后，按部就班，没有目标，没有方向，迷失在成家、生子、成长诸多事物中，不善读书、不善写作、不善交流，不善研究，所有的事都走在了别人的后面。结婚迟、育子迟、升职迟、入党迟、买房迟、买车迟、评职称迟……我没有自己正确的方向，更谈不上坚守，只是不断在生活中变化摇摆，如风中絮 、水中萍，所到至今虽已至望五之年却仍一事无成，我比不上我的父亲。近年来，自己开始写作、思考，做一两件有意义的事，且不断地告诫自己要坚持几年以上，不可松懈。希望自己行事的意志品质能给正在读书的儿子一个榜样 。

有常，不易；守常，更不易。变化是逃避，做深才是成功。

世人总是说“万事开头难”，言下之意，有了开始就会有结果，其实恰恰相反，我倒觉得“凡事开头易，保持难”，许多事情是没有结果的。大凡这样的人，对时间没有敬畏，总是会输给时间，输了人生。其实要想战胜时间，学会坚持，也是有些诀窍的。

莫要总看眼前，有时更要关注身后。

目标是压力，进步是关键。人们总是说，要心中有目标，紧盯不放松。其实这句话对人是有害的，并不实用。暑期体检，医生说我有脂肪肝的倾向，我准备尝试跑跑步，增加一点运动量。开学前，我带着孩子开始晨练，每次坚持跑十圈，大约三公里。开始几天挺累的，两腿特别沉重。为了给孩子打气，我还煞有介事地总结跑步经验。要想轻松，要做到眼中有景、脚下有路、心中有情。操场周围遍植樟树，枝叶繁盛，满目翠绿。抬睛看着这些茁壮的生命，心中有了绿色，有了些许的愉悦，脚步似乎不那么沉重了。不要盯着脚下，不要总想着目标，三千米的尽头，太遥远。每想一遍，就会增加无形的压迫感。只想着脚下有一条长长的路，注意两只脚一不要“打架”，二不要“拖地”。时时感受身后所经过的目标一点一点向后退去，自己在不断地前进，你会为所取得的小小成绩感到自豪，你的脚步会变得轻松许多。做老师的更要如此，要善于发现孩子的进步，不断地给他们信心，他们会感到其中的乐趣，会慢慢地坚持下去，越学越好。

莫要总想英雄，有时也要想着狗熊；英雄是压力，“狗熊”是信心。学校的操场一圈大约 300 米，长距离跑时每圈大约用时 125 秒左右，冲刺跑大约 95 秒。在十三届全运会上郭钟泽 400 夺冠的成绩是 45 秒 01，太快了。全动会 1500 米游泳比赛，孙杨以 15 分 5 秒夺冠。我长年在百家湖游泳，1500 最快时间 25 分钟以上。这些真是英雄，在运动时心中总想着他们，那对自己是不利的，无论怎么练，我们都不会达到那么高的水平，越比越灰心。但如果我们和游泳水平一般的人比，自己还是有优势的。看看身边的许多人，有钱了，有权了，可根本就跑不动，满身的赘肉晃得痛。说游泳，那不会水的成年人就更多了，坚持冬泳的就更少了。所以坚持有时还是需要有点比“下”的精神，给自己找动力，总比越跑越没有信心强吧！

莫要总想时空，重要的是安静内心。时空乱人心，专注是永恒。我选择在学校一个人安静地跑，中学王主任选择在小区跑，门卫刘师傅选择在河堤上跑，这是对地点的要求，跑步要一个自己喜欢的环境；我选择早上饭前跑，王主任选择下班后跑，门卫选择一早一晚天黑跑，这是一个人对时间的要求。不管是哪一种选择，适应就好，不要强求大家统一，也不是哪一种最科学，重要的是心要静。在操场跑，不拥挤不嘈杂，最简单，初级阶段；在小区跑，偶有车辆和行人，有声有色，有定力，舒适阶段；在河堤上跑，同行者众多，运动者众多，行色匆匆，嗡嗡嘤嘤，有魄力，享受阶段。不管什么阶段，起初是辛苦的，这个阶段要维持很久。身累带来心累，才跑了几圈，就想借个凳子坐下来。只有把内心跑得安静了，腿脚身体就会协调了，有了节奏，呼吸也就顺畅了。

莫要总想热闹，有时要学会品尝孤独。热闹是他人的，孤独是常态。白天上课有学生，忙碌，但心里所想学生总不能明白；晚上回到家，有家人，真实，但你的爱好，家人不一定能懂。很多时候我们的心还是孤独的，需要有自己喜欢的文字与运动。当你一个人静静奔跑时，内心是很充实的。就像阿甘，一个人跑遍了全国，他是在享受孤独时的幸福。我在校园里奔跑时，内心也是愉悦的。孤独让你学会思考，孤独让你享受真实，那时我们仿佛就是儿时的孩童，仿佛就是以前的自己。

和时间赛跑，要早、要先。跑赢了，是收获、是享受。但愿你我能永远跑在时间的前面，直到跑不动的那一刻，更希望我的学生、我的孩子能传承、能接力……

2017 年 9 月 10 日

惯性的力量

【题记】我们生活在一个惯性的世界里。好的习惯先苦后甜，坏的习惯先甜后苦。好的习惯开始需要坚持，形成后需要坚守；坏习惯开始需要警觉，形成后需要痛改。坚守与痛改都需要非凡的力量。惯性分为生活习惯和工作习惯。好的生活习惯关乎体力，越久越难，每次的享受一定要经历痛苦的累积，如长跑；好的工作习惯关乎脑力，越久越易，每次的享受只是生活与经验的讲述，如写作。亲爱的同学们、家长们、老师们，无论我们处在什么样的环境与心境中，都需要提醒自己积累习惯的力量，让自己高效、轻松地生活与工作。

惯性，物理学概念。对于人来说，就是习惯。好的习惯是养成的，大多与约束有关，古人说“没有规矩不成方圆”；坏的习惯是形成的，大多与放任有关，常言道“树大自然直，人大自然长”。惯性的力量不容小觑，对于一个人的塑造是潜移默化的，如冰冻千尺、水滴石穿。游泳的惯性让人如鱼得水，跑动的惯性让人步履轻盈，懒惰的惯性让人一事无成，贪婪的惯性让人欲壑难填。惯性关乎生活的质量，可谓“难也惯性，易也惯性”。惯性也关乎着命运的起伏，可谓“成也惯性，败也惯性”。听友人说起他的生活，每日走一万步，经常骑车远行百里，负重登山——有车基本不发动，闲暇基本在路上，以前“六超”的身体指标在行走间烟消云散。他笑得坦然，说得轻松，真让人羡慕。这么大的运动量对常人来说很难，对于现在的他来说不难。这是运动的惯性，提升了生活质量。以前一邻居的孩子，好面子讲义气，爱交朋友，一次为道上的大哥藏毒，被判 16 年，让人痛心，刑满已到中年，这一辈子算白过了。这么大的错让人难以置信，对他来说就像藏着一本书或随手摘了一朵花，这是恶习的魔爪，将他锁进了黑暗的深渊；这是恶习的惯性，颠覆了生活的全部。

既然惯性如此重要，为什么成功者少，庸碌者众，失败者继呢？

在日常生活中，陋习更有吸引力。亲近它，让人舒适、自由、享受。小孩子衣来伸手，饭来张口，有人伺候着多舒服。现在有些大孩子也是这样的，我这样的人是不好意思被人伺候的。十年前胃出血住在医院，妻端茶送饭陪了我几天，那种感觉真好。有人伺候着虽然舒服，但不快乐。舒服只是暂时的，一旦成了理所当然，快乐就没有了。只是在别人眼里，你仍是快乐的。如果粮食是自己种的，那一定有稼穑的快乐；如果饭菜是自己做的，那一定有庖厨的快乐。劳作是辛苦的，大多数人不愿做，所以其中的快乐也是人们不能体会的。

公共场合大声喧哗，果壳纸袋随手丢弃，想做什么就做什么，随心所欲多自由。有人管这叫“绿色生活”，听了都汗颜。自由是自己的，却干扰了别人的生活。从来，自由与法制都是天秤的两端，没有绝对的自由，也没有绝对的法制。

许多人享受这种陋习带来的舒服、自由，殊不知这种安乐的生活不会长久。靠人伺候的不能真正独立，生活紊乱无序，曾经的舒适变成了难受。随心所欲的无法容忍别人这样，只想逃离这样的自由。我家楼下有个步行街，买个菜、理个发、吃个饭挺方便的。临近几个小区的都会到这里来，每天早上人头攒动，热热闹闹。方便只是生活的一部分，住家一定要有个安静优美的环境，而步行街这样的方便就是一种混乱。进出人员复杂，百米长的小街一路的南腔北调，卫生差了，声音杂了，设施坏了。小区物业换了又走，走了又换，人心浮动。因为这样的自由，小区声誉不美，房价低迷。

在日常生活中，陋习无师自通，无成本、低成本。行人闯红灯、随意践踏草坪，这样的行为没有受到劝阻或惩罚，让人们把第一次变成了常态，于是，一种习惯形成了。政府也想制定法规增加犯法的成本，行人闯红灯罚款50元，受罚者却百般阻挠，直至交通阻塞。这样的习惯形成容易，改变很难。

享受、自由久了，就会让人自私、狭隘，让集体变得软弱、无力，从而产生巨大的破坏力，麻痹了自己、肢解了集体，最终让人成为一个平庸的人，甚至失败的人。不仅害了自己，拖累他人，还会贻害子孙，这就是惯性的力量。

还有一种更可怕的惯性——恶习。阴险、奸诈、仇视、毁灭。如果陋习给人带来的是润滑油一样的便利，恶习给人带来的则是赤裸裸的利益——权利与金钱。长平之战，赵王弃廉颇而用赵括，是有奸臣收了秦人贿赂。吴会稽败于越后，是有奸臣收了越国贿赂，后来才致使吴国灭亡。日本的侵华战争，是为了中国肥沃的土地。这是一个人的恶习，一个民族的恶习，它会先毁了别人、他国，最终毁灭的是自己。

既然人们都知道惯性的力量，为什么不择善而从之，择不善而改之？

好习惯的养成是痛苦的——学得苦、练得苦。人们大多只顾眼前，不思长远。而好习惯没有现报，不似陋习，加个塞就能快点上车，随手扔个袋子手上就轻松了。好习惯的回报要很长一段时间才有效果，练习书法、弹奏钢琴、学习素描……就算小有领悟，还要“拳不离手，曲不离口”才能熟练，日后勤练才能成为习惯，才能享受熟能生巧带来的魅力。好习惯是后天养成的，非借助外力不可，要痛苦很长时间，直到把痛苦转化为成果，才会有质的飞跃。爱文字的人文章发表了、爱光明的人找到钨丝了、把自己搞得像个疯子一样的人发明相对论了……这时的好习惯才有了存在的价值，一切都成了美好。在现实生活中，很多人终生坚持，但不一定有回报，所以很少有人坚持下去，能坚持的就成了感动中国人物。

好习惯的毁掉是轻松的——扔得容易，拾起来难。人的一生有两个重要的习惯，生活习惯和工作习惯。最让人看重的是工作习惯，大凡事业上有成就的人都有优秀的工作习惯，而不一定有优秀的生活习惯。科学家爱钻研、文学家爱思考、画家爱山水，他们会用自己毕生的精力去诠释什么叫热爱，这是强大的惯性力量，这种习惯的养成是艰苦卓绝的。如我这样的普通人，好的工作习惯早已忘却，读书研究已成了过往，偶尔感怀，没读几页书就犯困，没写几行字就卡壳，读书倒成了催眠。我内心深知只有专业的精神才是不老的良药，但有心而力不从。人到中年，生活慢慢有规律，打球、游泳坚持了几年，身体状况有了好转。就是这样坚持了几年的生活习惯，我也时时担心会在一朝之间前功尽弃。就说冬泳，一个人的冬天很孤单，每到秋风起，天气转凉时，就要咬牙坚持。天寒地冻，那一定是蚀骨的寒冷。虽然年年挺着，但真不确定哪一年的冬天，自己就悄悄退却了，于是一切就成了过去。好的生活习惯要用一辈子去坚持，扔了容易，再拾起来一切得从头再来，而且随着年岁的增加，精力将大不如前，只能恢复，很难超越。

好的工作习惯是内化于心，越积累越丰富，积累到一定程度就一直在释放，一生在享受。这是知识和技术的特点，随着年岁的增长，实践经验越加成熟，它就像埋藏在深山里的宝藏，取之不尽，用之不竭，会让你的生命光彩熠熠。

惯性的力量是巨大的，坏习惯容易形成，难以根治，伤人于无形；好习惯难以养成，却容易毁弃，育人于无声。我们每个人无时无刻不在习惯的养成与毁弃的道路上行走着，愿我们择正途、莫回首，早日找到那股强大的力量，活出生命的光彩。

难得！糊涂……

【题记】郑燮说“难得糊涂”是说处世的态度，有的时候不如糊涂一点好。我说“难得！糊涂……”是说生活的态度，许多时候必须要学会糊涂，专注一门，这样才会学得专深，活得轻松。

运动带给人的是累并快乐的享受，而大部分人参加运动目的性较强，不是为了减肥，就是身体健康出了状况。一旦目的达到或指标正常，就没了动力，坚持也就成了肥皂泡，吹弹即破。

在我们身边，运动与健康仿佛只是老年人的生活，早起晨练的、晚上跳舞的，年轻人很少。究其原因，还是干扰多。不是外界环境的干扰，而是内在心境的干扰。心里不安静，知道得太清楚。已跑多少圈、还剩多少圈、每圈多少米、每圈多少步、内圈多少米、外圈多少米、一圈消耗多少大卡热量、每圈多长时间……这些都在心里盘算着。跑步之前，要准备手机、手表、水杯、毛巾、钥匙……这一切与跑步本身没有直接关系，但都会成为跑步的牵挂甚至牵累。正因为你对这些无关紧要的东西太清楚，所以在长距离的奔跑中才更容易焦躁、疲惫。看来，清醒是有害的。

孩子初二，上课很早，他走了，我就到学校的操场跑上一会儿。六点二十分左右，学生还没有到校，只有三两个早到的初中生在门口徘徊。跑上十圈，大约二十分钟。每次都满脸大汗，每次都和双腿、杂念做着密密麻麻的斗争。学校操场跑道有六圈，每次都从外道向内跑，然后折回向外跑。从外六向内再折回外五时刚好十圈。对于一个爱好运动的人来说，三公里不算长。可这每天的三公里起初跑得并不简单，身体劳累，双腿酸痛自不必说，就说这内心生出的杂念，足以让人不得安宁。刚到起点，就算着终点。眼睛会自然地瞟着内侧接下去要跑的一圈又一圈，盘算着还有几圈结束。放眼观景、抬头看路、低头看脚，都试过，不知道眼睛放在哪儿最舒适。放眼观景，疏懒的云朵、密集的房屋、茂盛的银杏都在随着脚步的一起一伏晃动，有些乱心。抬头看路，那长长的跑道长得一模一样，一圈一圈，单调往复，似乎没有尽头，有些灰心。低头看脚，那交错的步伐不断把眼前变成了身后，就如海上劈波斩浪，路上风驰电掣，总是盯着，有些分心。脑袋里不时会出现满脸乱须的阿甘坚定地跑在遥远的乡间小路上，也许他的内心深处一直有珍妮的影子。他简单得就像一个傻子——糊里糊涂，只是想跑，没有任何理由。三年时间，他跑遍了美国的大江南北，成为美国长跑的领军人物，也许这就是执着。看来，糊涂是有益的。

我的晨跑，时间是固定的，里程是固定的，就连每圈用时基本也是固定的，一切明明白白，糊涂不来。不过目标无法糊涂，过程可以糊涂。通过近一个月的晨跑，我慢慢地找到了控制干扰、管理双腿的“糊涂法宝”——莫问前路，只想节奏。从起点到终点，这一路上只在寻找一种舒适、轻松的节奏，有时候跑出了节奏，大部分时间是没达到。节奏这种东西很精细，就像高空走钢丝，身体各部分不够协调，就不能有好的节奏。节奏是腿和脑完美结合的产物。当然，跑步要有一定量的积累，对一个从未长跑过的人谈如何控制想法轻松跑完全程，那一定是不可能的事。在起点，从左脚落地那一瞬间，脑袋要十分专注：命令左腿承重，身体稍向左倾，右腿腾空并放松。在左臂带动下，半边身体自然略向前倾斜。当右腿落下承重，左腿腾空并放松，半边身体在右臂带动下，自然略向前倾斜。这样的动作要一成不变地反复使用，每秒大约做两到三次，频率还是相当快的。而习惯是不好改变的，当左腿落地承重时肌肉是紧绷着的，要在大约半秒钟不到的时间立即放松，又要在不到半秒的时间里迅速落地承重，紧绷、放松、紧绷……且要快、准、久，不容易。每天跑起来时，强迫自己目不见景、耳不辨声，脑子里只有一上一下的两条腿。命令抬起放松、落地紧绷、抬起放松……脑子里只有腿，不能有终点、不能有汗水、不能有学生、不能有作业、不能有上课、不能有老师、不能有妻子、不能有儿子以及那几个拖着笤帚晨扫的初中生……每次跑完全程，都不能很好地做到自由控制，也很难跑出舒适的节奏，看来，还要强制自己糊涂一段时间，糊涂真的好难！

诸葛一生唯谨慎，吕端大事不糊涂。现实生活中，诸葛、吕端一样的人不少，若以“糊涂”为标准，世上的人大至可分为四种。小事精明，大事糊涂，这是真糊涂；诸事通达，从容应对，这是大智慧；诸事清明，有心无力，这是大痛苦；诸事不明，事事从心，这是真巧拙。所谓小事，即眼前事，如买与卖、支与收；所谓大事即长远事，如立言与立德、传承与成长。真糊涂的人争的是一时长短，输的是一世前程。拥有大智慧的人内外兼修，度人看事皆通透，这样的人太完美，可敬但不可爱。最痛苦的莫过于事事都明白，就是做不到；最简单的就是事事糊涂却一帆风顺，傻人有傻福。

细细想来，糊涂其实就是一种生活态度。在人生的某一个比较长的时期，选择了一个正确的方向，付诸行动，并真心地做深，让它成为生活乃至生命的一部分，天地才会辽阔，心地才会宁静

我只想写，没有任何理由。我是语文老师，从教二十多年了，爱好文字但不擅长。四十以后才开始用文字整理生活。曾经为教学研究写过一些干巴巴的文字，结果是“草盛豆苗稀”。也曾经为孩子写过一些活脱脱的文字，结果是“热脸贴了冷屁股”。许多年了，职称与“帽子”都卡在了文章上。后来明白了，我压根就不喜欢没有生活的文字，甚至有些抵触。明知有方向，从来也不屑为所谓的“帽子”宵衣旰食，因为那不是我喜欢的方式，对于表达我是有“洁癖”的——我的文字与他们的文字是不同的，我的文字是自由的，只要手能动，文字就会流动；只要我还活着，文字就一定活着。

在别人眼里，我喜欢文字，勤于文字，却不走“正途”，真是可惜了。我却乐此不疲，没有任何理由，只是想写，没有任何的功利，只是我手写我心。这些文字，是没有多少人看到的，多年以后，亦不会流传于世的，但这已经不重要了。我想：当年梭罗隐世山林而有《瓦尔登湖》、蒲松龄阅尽鬼道人间而有《聊斋志异》、吴敬梓历难科举而成《儒林外史》……当时，他们也有这样的感慨吧！

古话说“穷愁著书”，事业上的穷愁让我在不惑之年找到了心灵的皈依，喜欢上了文字，我庆幸：自己有了二十年的阅历作底，还有三四十年的时间可以去写。夜深人静，用文字解剖自己，心里的喜怒哀乐愁变成了密密麻麻的阡陌纵横，满世界的心旷神怡，文字让人宁静！

万事糊涂，与文字相约不糊涂！

我只想教，没有任何理由。做了几十年的孩子王，我还没有厌倦。与孩子们在一起，总觉得自己是孩子。学生工作后来看我，一个个成稳健谈，我倒成了一个只会倾听的老孩子。在我这个年纪还有如此感受的人是不多的。

我做老师已经很习惯了，从来没有想过离开三尺讲台，还有什么地方合适自己；从来没有想过离开懵懂孩童，还有什么人包容自己。当年选择做老师，没有想到过成长，什么三年规划、十年规划。同龄人、同辈人，还有一些小辈人，做校长多年了，级别上去了多年，孩子毕业了多年，于此我是大大地落后的，甚至糊涂地不愿追赶。入职时那铿锵的誓言一直在脑海中，老老实实地做着。默默耕耘，不求显达让我感到满足，只要有学生就好。孩子们的纯真、善良，似一条清澈的河流，时时浇灌着我的心田。学校让人宁静。

万事糊涂，陪孩子成长不糊涂。

明白难，模糊亦难，由明白而糊涂更难。真正明白生活不易，想在复杂的生活中模糊也难，由明明白白到诸事糊涂，唯一事明白更难！

难得！

糊涂……

“好问”的启示

【题记】班级中有一个男孩子问题特别多，小手不停地举着，所有问题他都要回答，答案有对有错。开始我还能耐心听他说，慢慢地就少了耐心，多了焦躁，有时就任他急着，不搭理他。现在想起来，因课堂进度而冷落他，这也不是长久之计，最终会让他失去学习热情。如何适度地引导学生“好问”还真是一门学问，值得深思。

孩子好问，大人好做，老人好说。孩子对世界有太多的未知，迫不及待想弄明白，所以要问。大人对社会有太多的责任，辛辛苦苦要按时完成，所以要做。老人对儿女有太多的牵挂，反反复复要交代清楚，所以要说。

我是一名小学老师，时时淹没在孩子的“好问”中。孩子们的“好问”包含三个层次：不知道就问、不会就问、不懂就问。不知道就问，大多是生活习惯。往往是要求没听清、题目没看全、位置没找对，这些所谓“不知道”的问题往往只要问问同学就会一清二楚。这样的“好问”，不是孩子获得知识的途径有问题，而是表现知识的途径有问题。不会就问，大多是学习习惯。往往是他们态度不端正、方法不灵活、意志不坚定，这些所谓“不会”的问题往往只要稍加思考就能迎刃而解，这样的“好问”，不是孩子解决问题的智力欠缺，而是解决问题的勇气欠缺。不懂就问，大多是思考习惯。往往是他们要答得更好、学得更深、想得更多，这些所谓“不懂”的问题往往使他们变得更有高度、更有深度、更有广度，这样的“好问”，不是孩子的学习能力强，而是孩子的学习品质好。在没有记忆的幼年时期，我们喜欢不知道就问的孩子，那是对未知的探索，是可爱的。在记忆荒芜的垂暮之年，我们心疼不会就问的老人，那是步履蹒跚对时代的追赶，是可敬的。对于精力旺盛的学生来说，“不知道就问”一定要改，“不会就问”一定要控。作为师长，我们要时时警惕“好问”现象的泛滥，帮助那些“好问”的孩子，既不能打消他们学习的热情，又要培养他们“不懂就问”的良好品质。

“好问”首先是一种天性，想问就说无拘无束。天性是生命之初的样子，原始状态本是兽性，作为高等动物的我们则需要人性，即规则之内的天性。“好问”于成长有益，小孩子用眼看世界，用嘴认世界，那时的“好问”是无序的。

一旦入园开始了集体生活，生活有了节奏，“好问”也就有序了。不过，家长叮嘱最多的是“好好的，听老师的话”，这一时期主要适应如何相处，交流、争论和报告多于“好问”。孩子往往把父母当作伙伴，不停地问。孩子们把老师当作先生，不敢多问。家长对保护孩子“好问”的兴趣做得还不够，勉强应付、敷衍塞责甚至不胜其烦，我们的态度深深地影响着孩子。慢慢地，“好问”变成了“不问”，“不问”硬化为“不会问”甚至“不想问”，他们的世界怎么会开满智慧之花而五彩斑斓呢？“好问”的起步先天不足。

一旦入校开始了学习生活，学习有了系统，能问也就有限了。我们现在的教育是画地移山，不出校园，推动书山。疑问是越来越少，压力是越来越大。和父母待在一起的时间越来越少，和书本待在一起的时间越来越长。有时，孩子虽然在你身边，但他们已经和你处在两个不同的世界里。用餐时间看到孩子从书房里走出来，木木的表情、疲惫的神情，看着一桌子丰盛的菜肴索然无味的眼神，一种陌生的感觉油然而生，既心疼又无奈。我们在学校看到孩子们动静不一，认为安静就是专注，认为好动就是分心。特别是在课堂上，老师是“好问”的，学生只是“听说读写”被动接受，没有时间也没有习惯有自己的疑问，保持安静要自律，完成作业是铁律，“好问”无形中受到了限制甚至被放逐，有的公开课“设疑环节”只是走过场，不是常态。“学贵有疑”的古训也只是试卷中的一道题目而已，在现实中是没有多少启示作用。许多大孩子语重心长地教导学弟学妹：好问有什么用，好学才有效，能考才是硬道理。我们的老师、家长不也是这样想的吗？“好问”的路上困难重重。

“好问”一定伴着思考和追寻。“好问”多来于自然，来源于生活，而非课本。课本上所有的难题，老师都有答案。“好问”没有好好地引导，甚至有意无意地冷落、打压，在课堂上几乎见不到有思考的质疑了。少数茁壮的“好问”之苗显得有些异样、另类，要不了多长时间就会成为老师眼中的问题生。因为没有师长的疏导，孩子对那些大大小小的疑惑一定是无法甄别，不知道“能看到”的不问、“能找到”的不问、“能合作”的不问、“别人问过”的不问，剩下的一定是有价值的，这些都要经过思考才行。现在的大孩子很机械，竟找不出一个有价值的问题。自己思考后产生的问题，印象一定很深刻，但如果没有长时间对问题关注与追寻，问题始终是个问题，不会有什么结果。如果法布尔只是对小虫子好奇，而没有终生观察与研究，哪有《昆虫记》的美丽世界？如果瓦特只是对顶起的茶壶好奇，而没有长年的研究与积累，哪有改良蒸汽机的问世？许多神童长大后泯然众人矣，大多是对有价值的问题没有长年追寻的结果。

“好问”一定是成功的必由之路。对于孩子来说“好问”就是“好说”；对于成人来说“好问”就是“好钻”；对于成功者来说，“好问”是一种精神，是不断经历失败的崛起，是越挫越勇。国家要振兴，社会要发展，“好问”精神少不得。鼓励、引导、提升有价值的“好问”精神是家长、学校、社会共同的责任。韩愈说“师者，所以传道授业解惑”，按现代社会发展的要求应是“解惑、授业、传道”。解的不仅是学业、做人方面的“惑”，更多的是自然、生活的“惑”。授业是死板的知识，通过记忆、训练是能达到的；“传道”要落实在交往处事中，空讲大道理总让人昏昏欲睡；唯有“解惑”“引惑”“留惑”才会充分激发学生的主动性，葆有高度的思考热情。中国传统文化最致命的弱点就是缺乏“好问”精神，自古而今我们不乏文学家、理学家、纵横家、政治家、革命家、思想家，就是缺乏科学家。因为我们重好学而轻好问，重传授而轻体验，重理论而轻实践，重眼前小业而不顾千秋大业。有一段子，说人生由三种符号完成，幼年时期是“？”，渴望认识世界；学生时代是“《 》”，总是被书困住；成年时期是“！”，充满喜怒与哀乐。随着时间的流逝，那些随生命而来的问号很快被现实冲得无影无踪。“上课要专心听，不需多问；工作要踏实干，不需多问。考试成绩好的，是做出来的，与好问没关系；工作业绩出色的，是干出来的，与好问没有关系；文章写得锦绣的，是练出来的，与好问没有关系。”这些话听起来有些道理，其实，这些行业的佼佼者，能考的、能干的、能写的……哪一个不是好问、善思、爱钻研的人？人前有一分荣耀，人后一定有十分辛劳，这荣耀的源头不是一条名叫“好问”的长河吗？

好问者，问人，大多在成长阶段，主要是经验的获得；究问者，问书，大多在成熟时，主要是规律的找寻；善问者，问己，大多在成功阶段，主要是发展的超越。像我们这样的普通人，好问尚显羞赧，读书也没有方向，更谈不上善问，但这样的道理却也明明白白，谨以这点文字来劝诫世人，启示来者。

收获的味道

【题记】这篇文字用时过长，整整一周，有时一天也写不上一小段。它缘于晨跑，在我跑不下去的时候，脑海中不知不觉出现鱼儿上钩、鱼线紧绷的场景，跑步的过程变成了和鱼儿斗智的快乐，于是乎有了一些断断续续的想法，今日有闲，遂连缀成文，权当消磨时光。

只有倾心付出，才懂来之不易，明白“珍惜”的分量；只有亲历磨难，才懂失去之痛，明白“拥有”的可贵。

我生于七十年代初期的中国农村，小时候经常吃不饱饭，因为懂得粮食来之不易，所以现在经常吃撑着。现在的年轻人，加班熬夜网购是他们的标签，太多的欲望太多的忙碌太多的透支，因为不懂失去之痛，所以各种病痛会不期而至，蚕食健康，吞噬生命。工作后我学会了抽烟，抽了十五年，肺熏坏了，十年前戒了。因为我经历过血的教训，所以心生敬畏，坚决不吸。饥饿也不完全是噩梦，它让我们学会了珍惜，这就是收获；病痛也不完全是折磨，它让我们学会了善待自己，这就是收获；不过，这些收获都是有代价的。饥饿的代价影响了我们行事的方式，似乎一切都可以在饭桌上解决，吃喝则是一切病痛的根源。病痛的代价则似乎令我们失去了记忆，人们总是认为立竿能见影，药到病能除，所以年轻时总用命来换钱，年老时总是用钱来换命。人们潜意识里总是相信道法自然，一切不需要刻意雕琢，时间到了自然会有收获，一如草木的春生夏长，人类的生老病死。这种“树大自然直”的观念深深影响着我们。其实，古人无意间模糊了生长与成长的区别，生存与生活的区别；无限扩大了自然的力量，无限缩小人为的力量，让我们为碌碌无为找到了一个玄而又玄的理由。这种来自历史深处的声音已淹没在高速发展的滚滚洪流中，事实告诉我们——收获是要付出代价的，小收获小代价，大收获大代价。也有两种特殊情况，不付出也有收获，那是不劳而获，不是啃老就是诡道。另外一种是付出了却没有收获，那是劳而无获，不是庸碌就是埋没。其实对于自己来说，只要付出了，一定有收获，但不一定是成功，因为成功需要有大众的认同，有传播的范围。如果没有司马迁外孙杨恽的努力，《史记》哪会被世人所知，完成此书就是收获，流传开去就是成功。有时收获是内心的，而成功却是身外的。中国传统古典巨著无不如此，作者写尽世态，刺贪刺墨，针砭时弊。有那《红楼》一把辛酸泪道尽了浮华与衰亡，有那《三国》满耳铿锵干戈声道不尽合合与分分，还有那《水浒》可惜了一百单八将皆化为尘尘与土土，更有那《西游》可叹一个通天灵猴却脱不了佛掌与金箍。谁人不说他们收获了一个文人的拳拳良知，至于能不能千载留传、功成名就则不是他们创作的初衷。这是文字的成功，更是文人巨大的收获。有时收获的是良知，而非功利，收获良知才是天下正道。

文以载道，文人收获的是责任。民以食为天，农家的收获是土地。小时候家里有七八亩田，祖父视之如命，认真分给三个孩子。父亲差点当了兵，于地心不在焉，收割时劳累甚于喜悦。我和姐姐烧茶送水忙不停，奔跑代替了玩乐，我们不喜欢秋天，甚至有些畏惧秋天。倒是下河摸鱼捉虾的夏天、围坐灶台享受咸鹅煮青菜的冬天更让人向往。电影或文学作品中那些描写丰收时欢腾喜悦的场景我是很少看到的，心里有些不解——这些文人一定是没有下田劳动过，真好笑！所以努力读书就成了心中的唯一，母亲总是心疼地说，不好好读书就回来种田，苦死你！上大学是唯一能离开土地的途径。如今，离开土地二十多年了，悠然又想起了土地的厚实与香甜，原野的宽广与静谧。我很庆幸自己在农村长大，我爱的不全是供家人生活的土地，我爱的是那种与土地亲近的经历，爱那种朴朴实实的劳作的磨砺。如果没有这样的底色，我就不会安逸现在的生活，我就不会甘心窝在一个小学里，在阳光灿烂的日子里安静地敲击出这些文字。所以，有时收获并不在眼前，而在长远。长远的收获更加甘醇。

如果在农村看到一个大叔穿着运动装早起跑步，那一定是不合时宜的。现在的我，是一个大叔，也有小朋友叫我爷爷，每天早晨是这样出现在操场的。一段时间跑下来，每次都是挺着的，一上场就想着快下场，但收获不小。收获记忆，我觉得所有运动，身体都是有记忆的。每一天双腿的酸胀都在记忆里，每一次跑完后身心皆净的舒服都在记忆里。时间越是长久，酸胀的感觉越浅淡，舒适的记忆越深厚，渴望的心情越迫切。这就是运动的魄力，它给你的是千山万水后的柳暗花明，汗水里煮过、冷水里泡过的涅槃重生。

在跑不动的时候就会胡思乱想，会“分心”。会想阿甘，满脸胡须的阿甘就在我身边，不说话，陪着我跑，不知不觉跑到了终点，会想鱼儿，鱼儿咬钩，鱼竿拉成弓形的情景总会出现在脑海中。跑步的过程成了和鱼儿游戏的过程，特别是鱼儿出水的一刹那，那一颗收获的心融化了，就像第一次与爱人月下相拥，第一眼看到呱呱坠地的小生命。特别是大鱼，恨不得狠狠地亲上一口。在所有劳作中，钓鱼的收获是最有现场感的，渔者付出的心力是最多的。从某种程度上来说钓鱼拼的是了解与等待。人对鱼的了解，鱼对吃的了解。主动权在鱼儿，有时，等待是漫长的，令人心急的，渔人的精神是最集中的。善钓者不一定喜欢食鱼，只是喜欢捕鱼，喜欢用一线一钩的方式逗鱼，喜欢做乐水的智者，有一句话说得好，“傻子与智者只是一线之差”。所以，有时收获不是占有，而是斗智，智斗后的胜利才更完美。

生活中，我们做好本职工作就有收获，求学时分数是收获，工作了成熟是收获，退休后平静是收获。于不同的人看到的收获是不同的，看对手收获，是酸楚；看别人收获，是羡慕；看孩子收获，是欣慰；看自己收获，是满足。

所有的奋斗与努力最终的结果是找到自己，可很多人总是把别人当成自己未来的方向，时朝秦时暮楚，时清醒时糊涂。有收获不满足，有目标不坚持，有成果不纵深，大多数在生活的磨难中走失了自己。

找到自己，就是最大的收获！

那些不能承受之重

【题记】生活常有些事无法做好，有些情无法释怀，有些人无法改变。做老师的无法让孩子更优秀，做父亲的无法让儿女更卓越，做儿女的无法让父母更幸福，这些情愫常萦萦于怀，挥之不去。

对于普通人来说，生活中最难的不是创造，而是承受。承受成功的喜悦，承受失败的打击，承受平庸的寡淡，承受伤病的折磨。悲喜于人无外乎分为两类，一类源于自身，一类源于亲朋。源于自身则悲不能禁，喜不能言；源于亲朋，悲则肝肠寸断，喜则心旷神怡。无论是源于何因，不能承受悲喜者则一定不会有好结果，悲则心力交瘁，喜则乐极生悲。如何处理悲喜的心境，古人对此早有良方，范仲淹的“不以物喜，不以己悲”是把悲喜的胸怀提到了“以天下为己任”的高度，忘却了个人荣辱；“塞翁失马”的故事则把悲喜的认知转化为哲学的思辨，改变了对得失的看法。

中国人行事低调，恐人说其张狂，对于欢喜之事，一般会深藏内心，独自享受；中国人极有自尊，恐人侧目嘲讽，对于痛苦之事亦深藏内心，独自吞咽。欢喜之事独自享受如细水长流，丝丝缕缕，绵绵不绝，有益身心健康；而独自吞咽苦果则如丹砂沉腹，团团块块，淤积成疾，有百害而无一益。苦乐自知，坚如磐石，这是中国人的性情。这种处事的态度本身没什么好坏之分，而对于苦乐的处理却有优劣之别，特别是面对痛苦的来临。许多人既没有文正公的情怀，也没有边塞翁的心境，大多身陷泥淖，无法自拔。年轻人情场失意，割腕跳桥，其情悲壮；生意人投资失算，众叛亲离，其形枯槁；中年人丧女失子，一夜白头，其景凄凉。可以说一个人的伟大与渺小就是看他面对困难的态度，有什么样的心境，有什么样的行动。司马迁之所以为后世景仰，不仅因为有《史记》，更因为太史公宫刑受辱仍发愤创作；谈迁著《国榷》的故事激励着莘莘学子，不仅因为这是一部翔实的明史，更因为那厄运打不垮的信念。

战争年代，国难大如天，只要活着就好，必须承受苦难的煎熬；和平年代，大人忙事业孩子忙学业，为了活得更好，学着承受心痛与身痛。这些痛主要来自三个方面：工作、孩子、病痛，一般会经历三个阶段：忍受、接受、承受。

我是一个老师，喜欢在三尺讲台上滔滔不绝，但缺少如火如荼的热情。喜欢与孩子相处，却不能改变他们。相反，看到他们杂乱无章地奔跑，听着他们肆无忌惮地喧嚣，我常沉声厉色，孩子们有些惧怕。古人常说“一日为师，终身为父”，而那些曾经坐在课堂里的孩子们，一茬茬地长大，一茬茬地走出校园，也一茬茬成了陌路。想到这里，心里不免有些遗憾，也有些伤痛。伤痛的不是离开，而是无奈。明知孩子差在哪儿、错在何处，往往无法改变他们。也曾努力过，也曾等待过，但最终也只能看着他们带着一身的毛病嘻嘻哈哈奔向未知。有时，在路上遇到这些孩子，看着他们青春的脸庞，心中竟有些愧疚。曾几何时，我大声斥责过他们；曾几何时，我奚落过他们；曾几何时，我惩罚过他们。他们在这样的教育中得到了什么？我的易怒与厉声一定影响了他们，也许在他们心中落地生根。每每想到这些，愧疚感与无助感油然而生。日久天长，它便结成了工作中的一种痛。无法改变时，我便要去忍受。忍受的日子很难受，有的孩子识字量小，语言表达千疮百孔，不断地更正，几年后却依然如故。上课爱插话，家校沟通，软硬兼施，风雨雷电都试过，问问现在的初中老师，他还是这样。在学校的日子就是与他们“斗争”的日子，就是云淡风轻到风云突变的日子。面对这些不可改变，心中不免生出一些臆断：难道这些本来就不可改变？甚至会生出一些幻想：要不要好好读读《钢铁是怎样炼成的》？时间长了，慢慢地接受了这样的事实。接受了便没有了当初的心急火燎，明白了什么是个体的差异，明白了那些在优秀教师案例中出现的所谓学困生转变的光辉，在现实中如冬雷夏雪，绝无仅有。在这样的心境和现实中生活着，那些活生生的不可改变像梦魇，如影随形，始终让人不能忘却。且时时有这样的担心，他们不能变好，可不能变坏呀！

接受了难以改变这个现实，可心中仍有美好的想法，做自己应该做的事情，把一切交给时间，就像把顽石交给水滴，如果有水滴石穿的那一刻，就应该有孩子变好的那一天，可作为老师也许看不到孩子们的未来，只有默默地为他们的成长奠基。付出了，看不到结果，这是一个教师不能承受之重。我不是一个优秀的教师。

我是一个父亲，对儿子的柔情大多在心里不在脸上。孩子本应该是自己最得意的学生，他能感受到大人对学业的在乎，必须稳定在前列。也能感受到大人对习惯的监督，只能在可控范围内自由。孩子反应灵敏，却性急浮躁。顺风顺水时凯旋高歌，逆水行舟时则沉沉浮浮。这让人的心总悬在半空，落不到实处。孩子上初中了，到了一个更优秀的集体，竞争自然更激烈了，学校的管理也更加严格，而他走得是深一脚浅一脚，我们看得是一阵喜一阵忧。作业忘交了，记名通报；上课说话了，电话通知；推搡同学了，到校谈话；有游戏倾向了，电话长谈；成绩下滑了，回家反省……从去年夏天入学到今秋期中联考，小毛小病没有断过，排名时上时下没有稳过。这一年多来，我落下一病——怕老师。一怕老师电话，二怕考试排名。接电话时战战兢兢，如履薄冰，心提到嗓子眼儿，气冲到脑天门。老师的电话好比寒冰利剑，把人的心割得一块一块的；老师的讲述简直就是激荡的洪荒，瞬间没过树梢屋脊。有时电话来在夜间，从睡梦中惊醒，那是老师监测到孩子在邀人夜战；有时电话来在会中，从工作中抽身，那是老师说孩子上课太碎嘴，晚自习回家两周；有时电话来在途中，于车流中倾听，那是孩子语文不理想，要求家长想办法。电话中话语铿锵不乏关切之情，斩钉截铁不乏熬鹰之意。作为父亲，我特别感谢这样的师长，能时时刻刻到点到面，细致周到，把孩子的对与错，现在与未来明明白白地放在你的面前。我很愧疚，自己是语文老师，却不能引导孩子学好语文；我很愧疚，自己负责教学管理，却在孩子的问题上少有良策。到了初中，测试是家常便饭，排名随之而来。看到群里图片出现，那一定是成绩出来了。表格一串一串，各项得分清清楚楚，总分名次赫然在目。于分数是又恨又想，考完几乎不敢多问孩子。看成绩前总得先长吁一口，平静一下气息，方可经得住可能出现的打击。眼睛热辣辣地在数据里搜寻，那个属于孩子的编号。做父母的眼里只有孩子的编号，那编号仿佛是最硕大的，一眼就能从细密数列里寻出来。扫一眼，如果编号在前列，立着的心会一下子落了地，再细细地看每科成绩，细细地数每科排名；如查编号在后半，立着的心一下子悬到了半空，呼吸都有些急促了，抬起头，闭着眼，满心的恨不能说出口，慢慢地沤在腹中，冲进颅内，那滋味酸溜溜、苦叽叽、辣乎乎，硬硬地忍受着。见着孩子绷着脸，冷如霜雪。回到家，关上门，少不了一顿责问甚至训斥，孩子木木的，有时委屈了（期末测试数学多扣了7分，很委屈）

会“吧嗒吧嗒”掉眼泪。

路走多了，知道沟坎少不了，再看分数时能接受了。没有问题多鼓励，出了问题讲道理。看似平淡，却是无奈，更是做父亲的无能。看得见，抓不住，这是一个父亲不能承受之重。我不是一个优秀的父亲。

我是一个儿子，从小就惧怕父亲，如今虽到中年，在父亲面前仍不敢出言轻慢。我虽是教师，在孩子和众人面前满面春风，沉稳和气，但骨子里和父亲一样，易怒，时常会冒出灼人的小火星。不过父亲伤的是别人，而我伤的是自己。父亲有大男子主义，而我天生性情温和。小时候父亲动辄打骂，在我心中是“恶人”；长大了父亲做得多说得少，在我心中变为善人；成年了父亲只做不说，在我心中就是老人。“恶人”是年轻时的父亲，为生活迫；好人是中年时的父亲，为儿女做；老人是现在的父亲，为家人活。不知为何，我与父亲之间不太亲近。没有特别的想念，工作忙碌时更无暇顾及，每次回家探望前也大多与母亲通电话，坐在一起吃饭与父亲说不上三两句话。他总是不停地端菜、盛饭、倒水、收拾，倒是让一辈子忙碌的母亲轻闲了许多。自己和父亲虽然交流少了些，但随着年岁增长，父亲对儿子的好在心中越来越清晰。静下心想想，父亲为我做过许多。二十多年前戒了烟，彻彻底底，那时我就要成家；十七年前我买房，父亲拿出了所有的积蓄；七年前父亲大病，我借了外债，父亲用省下的生活费帮我还了一半。月前我又去看望父母，父亲却把存折的密码告诉我，说得云淡风轻。想想，我已近耳顺之年，扳扳指头数数，为父母做过几件事？父母总是说：吃穿都有不要买，花钱不多不要给，工作忙别惦记，小毛小病别担心……在他们心里，我和姐的安稳胜过一切。

我虽读过书，心却不细，不似女儿家，会嘘寒问暖体贴人。婚后和父母分着住，算算已近二十年了，却极少为父母购买什么物件，没买过一双鞋，没陪老人出远门走山看水，甚至没有没带他们到饭店吃一顿像样的大餐，只顾过着自己的小日子。老人特别省心，能不麻烦就不麻烦。家里铺地板找邻近的堂弟，空调坏了找街面上的熟人，改造浴室装找同村的子侄们，家里冰箱不能用了，自己到五星电器选购……从来不说钱的事，从来不诉恼人的事，特别独立，特别省事。母亲信教，父亲心宽。早睡早起，晨走暮行，安安静静地过着自己的日子。在我心里，这种太平的日子会一直过下去，从来没有想过岁月的无情。时间在流逝，只见儿辈壮、不觉吾辈老、不料父辈苍，没有人能永远沐浴着和风暖阳，就在未来的某一天，苍颜双亲会悄然而逝。心如明镜，无法阻拦，这是所有儿女无法承受之重。我们要做最优秀的儿女。

生活中常有一些无法承受之重，让我们无法改变、无法释怀，但也警示我们：要智慧地活着。做老师的，学习做孩子，一定不会遗憾；做父亲的，谋划应变胜于言传身教，一定不会忙乱；做儿子的，安稳自己平静老人，一定不会伤痛。每个行业、每个角色、每个年岁，都会遇到这样那样的难事，遇到了，不逃避、不畏惧，有勇气、有策略，一定会举重若轻，成为生活的强者！

守住！常态

【题记】人人都要成功，时时都要超越，很难，也很让人着急，如果每每揣着这样的心态工作、学习，心就不会静下来，就会在纷乱的世事中迷失自己。其实，成功、胜利这些所谓的荣耀都离不开生活的常态，只有把常态做得充实、饱满，人生的下一步才会春风拂面，风景独好。

人之所以超越常人，是因为有享受快乐时的平静，还因为有面对困苦时的勇气，更因为有行走常态时的坚定。在人的一生中，苦乐两极仅十之一二，而简单常态却十之七八。年轻时很想过得精彩，中年时总想过得简单，年老时只想过得安静。每个阶段都有特别痛苦的事，也少不了特别快乐的事，余下的大部分是容易忘却的事。考试落榜、恋爱失败、遭遇灾祸、工作失业、中年失子、老来失伴……这算得上人生中铭心刻骨的痛；金榜题名、创业有成、仕途高升、彩票中奖、老当益壮……这算得上人生中心花怒放的喜。这样的痛、这样的喜，有的也许会擦肩而过，有的可能会亲身经历，这都不是人生常有的事，能遇上一两件，就会叫人欣喜若狂或者死去活来。就我个人而言，所谓的大喜大悲到目前为止一次也没遇到。二十岁时考了一个极普通的师范学校，恋爱成家按部就班、三尺讲台风平浪静、没灾没祸身体康健、妻贤子孝老人听话、升官发财成了故事，这也是许多人真实的生活、常态的生活。能把这种常态生活过得专注的人不是专家就是大家，最起码是赢家；相反，把这种常态生活过得随意的人不是亡国之君，就是败家之子，要么就是庸碌之辈。

亡国之君的非常态生活。纵观中国几千年的封建王朝，历朝历代都少不了亡国之君。这些亡国之君一般可分为三种，令人痛恨的是残暴皇帝，如夏桀、商汤、胡亥、杨广之流，都是重佞臣、远贤良，且奢侈淫逸，因沉迷个人享乐而弃天下苍生，终致国破家亡。令人叹惜的是文艺皇帝，如好词人南唐后主李煜、好书家宋徽宗赵佶、好木匠明熹宗朱由校，因沉浸于个人喜好而荒于朝政，终致国破家亡。令人怜悯的是苦勤皇帝，如汉献帝刘协、明思宗朱由检，因国是病入膏肓，虽挽狂澜而力不逮，终随国破家亡。作为君王他们应该常疾民苦、每思己过、日勤国政，这才是他们的常态生活。而非视民如草芥，刚愎自用、国政荒芜，这就成了非常态生活。俗话说态度决定一切，这些君王们过着非常态的生活，就一定有非常态的结果。不过，帝王的常态生活可不寻常，那许许多多的少年皇帝，还有一些孩子皇帝，本应是偷采白莲、乘风扯鸢、溪边剥莲、攀枝捕蝉的年龄，却禁锢在龙椅上，听着千里万里的边关奏报，说着憋腔憋调的无聊套话，看着一排一排的唯唯诺诺，熬着永无止境的早朝午朝。试想，哪个孩子、哪个少年能受得了！想想现在的孩子们肩不能扛、手不能提，个个是家里的“小皇帝”，可比那些深宫里的小皇帝轻松多了。这种帝王之家的生活颠倒了生活的常态，爱玩的年龄被禁锢，亲政的岁月好放纵。多少个朝代在畸形的生长中走到了历史的尽头，多少个君王在畸形的成长中走到了生命的尽头。究其原因，每个人都不愿常态地活着，常态意味着约束，权力多大，约束就有多大，活得很辛苦，便有成就。按性情活着随心所欲，虽享口舌之美、体肤之欢、耳目之娱，但终必浑浑噩噩，心无所依、行无所获。亡国之君的非常态生活是物质的，是虚幻的。

败家子的非常态生活。古语有云老子英雄儿好汉，如孙坚和孙策，周勃和周亚夫、刘统勋和刘墉、施琅和施士伦。但同时也出现了许多老子英雄儿混蛋的家伙，唐代名相首推房玄龄，这个十八学士之首的儿子房遗爱却荒诞率性，后参与谋反被诛。唐另一位名相杜如晦死时年仅四十六岁，太宗每忆起，无不怆然泪下，儿子杜荷性情残暴，不守法度，后参与李承乾谋反被杀。公元 700 年，狄仁杰病故，武后哭泣着说“朝堂空也”，而其子狄景晖却颇为贪暴，为人所恶。这些可谓是有名的败家子，有辱家风，害国伤民。他们的生活一定与其父不同，他们追求的一定与其父相去甚远。他们从心里痛恨家风的约束，一旦独立就原形毕露。败家之子的非常态生活是对权力的贪婪、性情的放纵。市井小民眼里的败家是没落了家业、不管不顾地花光了钱财，人们口头上的败家则是对没有节制或非理性消费的一种心痛。好好的家业没有理由败光，不需要的物件没有理由购买。可败家子的习惯已不是这样，败家子的生活已不是常态。从内心而言他们不想挥霍财物，他们也觉得消费过于随意。一定有什么理由让他们抛家毁业，让他们过度消费。自古而今，有“吃、喝、嫖、赌、吸”五毒。过度消费则是一种病态，不失业不毁家，但生活会乱如丝麻。败家的第二个特点是耗家财、不进财，所谓坐吃山空。如果收支平衡或收支顺差，那败家的帽子是戴不到他们头上的。现在，我们身边仍有一些这样的败家子，或因玩乱心，外出躲债的、急着卖房的。或因情乱心，离异再次嫁娶的、拈花惹草糗事缠身的。或因物乱心，钞票，花的比挣的多；商品，喜欢的比刚需的多。看来，败家子也是有基础的，最起码达到三个条件——会玩、多情、善淘。会玩牌，因赌乱心。“博爱”胸怀，因情乱心。占有欲强，因物乱心。我自问还没有达到这样的条件。自己恨赌不会玩，养个花种个草，尽蔫；钓个鱼捉个鳖，尽等；玩个牌掷个色，尽输。至于斗虫、观星之类的，不会；野游、收藏之类的，不想。再说了，自己没有败家的资格。父母整日与土地打交道，没有家财。自己刻板情商低，骨子里传统，娶一而终是做人的责任。少年夫妻过到年老相伴，少了男女之情多了兄妹之义。多情于我无碍，道德的警钟来自远古，振聋发聩。自己于物无过高要求，食不喜精，有味道能饱腹即可；衣不喜新，少年常穿中年衣，中年喜穿老年衣。现在我常不自觉把这些习惯传给了上初中的儿子。冬天穿我的棉衣，长坐保暖。饭食两菜一汤，简简单单。孩子于吃、穿也没有过多要求，日后一定不会品美食、不能穿得体，这也许是做父亲的错吧！

花开两枝，话分两头。非常态生活会产生败家之人，常态生活很可能造成无趣之人。很难平衡，生活就是选择——看你是更多关注别人的眼神，还是更多在乎自己的内心。

庸碌之辈的非常态生活。“庸碌”在词典上的意思是没有志气，没有作为。按这个解释，那天下大半之人都属于这个范畴，都是平常人。只有那十之一二的是伟人，是名人。历代圣君、行业宗师大多是伟人，这样的人物屈指可数。在一定范围内有响亮的名声，那是名人；在全区有影响，就是区内名人；在全省有影响，就是省内名人。范围越大，级别越高。名人里，影视歌明星排在第一位，这些人在全国甚至国际都有影响，媒体曝光率很高。为官从政的紧随其后，这是中老年男人挂在嘴边的谈资，所谓的参政议政，显得很有见识。各行业的精英是靠业务能力让人们称道的，如各大医院的专家门诊、教育队伍里的特级教师、各个企业的生产标兵、隐于民间的能工巧匠。我是一名教师，做事虽算勤恳，但课不出区、文不见报、评不见奖，始终默默无闻。上班的前十年外没人拉、内没有力，一晃而过；后面的十年惯性而为，斗志消磨，慢慢地变成了一个平庸忙碌的人。年过不惑，做不出成绩，显得平庸。家里学校、儿子学生、杂务课务，心不再专注，显得忙碌。好在四十岁后，我发现自己有丁点儿写作的爱好，便悄悄玩起了“文字游戏”。我喜欢读自己写过的文字，真实、亲切，源于生活，发自肺腑。多少个宁静的夜晚，多少个温暖的假日，一坐在电脑旁，我的心就安静下来了。我在开发这一座宝藏，记忆的年轮、岁月的痕迹，都在文字中鲜活了、清晰了、有序了，我仿佛在生命的回程中找到了自己。文字丝丝缕缕、绵绵不绝，我心中的积累、脑中的牵挂，一时一刻被文字清理得干干净净，整个人显得特别轻松，有如登泰山之巅俯视齐鲁、临万顷碧波荡涤心胸。可这些文字于教育于教师好比庶出子孙，是不务正业，是吃了自家的饭种了人家的田，吃苦受累无人问津。这也算一个教师的非常态生活。庸碌之辈的非常态生活是正确的时间做了错误的事情。

长长短短，说来道去，做老师的要做好本职。

一个教师的常态生活就是努力成长，尽心上好课、潜心写好文、精心备好“考”，做一个事事早、时时早的人。其他行业也是如此，如果你不想成为一个庸碌之人，就努力规划，沉心专业，日积月累地做好自己的常态工作，过好自己的常态生活。

守住常态，心如止水，身如磐石！

君行早

【题记】做老师的有两种人，一是身安，因为名利成就了自己，别人看得见；一是心安，因为学生成就了自己，自己看得见。我是个后知后行的人，身安已不可能，心安犹可追。努力让学生转变，让平庸者优秀，让优秀者卓越。说得彩虹般美丽，做来可比理乱麻还难。可这是我，一个中年人的理想！

东方欲晓，莫道君行早！

人的一生，平静时少，着急时多。平静是暂时的，着急是永恒的。事情完成了，心中坦然，而生活中总有未完成的事，有的事永远不可能完成。少年时，学业如山，急！成年后，工作如麻，急！老年景，病痛如影，急！于是，人们便总想着“翻篇”。孩子总想着长大，不用上学；大人总想着退休，不用上班；老人总羡慕孩子，朝气蓬勃。人生最漫长的是岁月，结果只在不经意之间。

我有段时间特别向往退休生活——不用走进喧嚣的课堂、不用埋头批改作业、不用应付迎来送往、不用苦于论文课题、不用营营于学校事务、不用奔波早送晚接，那是一种怎样的安逸？这样的日子还得等十五年，想想就觉着特别漫长。在晨起暮归中揣着这样沉重的等待，在日常工作中难免有些着急，有些暗火。遇到的人和事都似乎成了丝丝缕缕的牵绊，碰着班里几个不求上进的孩子总会生出些闲气。整日忙着教学、忙着教务，难得有时间做自己想做的事。只得清晨早餐前匆匆忙忙地到操场跑上几圈，只得午间省去休息匆匆忙忙地到百家湖游上一会儿，只得大课间匆匆忙忙地到书法室写上几笔，只得见缝插针地在电脑上敲些零零散散的文字。这样的匆匆忙忙总有偷偷摸摸的嫌疑，心里不安。所幸，晨跑时天气微明，学校很安静；所幸，午间游泳时独来独往，只有岸柳依；所幸，书法室门窗紧闭，只闻翰墨香；所幸，所思所感的文字只属于自己，旁人不知晓。这样的“偷偷摸摸”让每日的忙忙碌碌少了些急躁，多了些沉稳。有时往深里想：如果在忙忙碌碌中“偷偷摸摸”地坚持做自己的事，做上十五年退休时，忙碌戛然而止时，我的那些“偷偷摸摸”一定有不小的成绩——脚力过人，步履轻盈；笔力过人，游龙走凤；文字过人，篇章锦绣……想到这里，心里不免向往。

骨子里，我是性急之人，尤其对自己的学生和上初中的儿子。一群是最近的人，一个是最亲的人。所谓爱之深、责之切。学生犯错会发火——不交作业、书写潦草、上课不听、胡乱插嘴；儿子马虎会发火——书写简便、课堂小话、考试粗心、屡教不改。有时气急败坏，竟有些歇斯底里，学生们噤若寒蝉、儿子会默默流泪。做老师二十多年了，真正转化过来的学生不多；做父亲十四年了，真正的教子智慧也不多。

人生不易，何来纷乱急事。一言以蔽之，惰性使然。也就是说，生活的急事大多是人为的，许多事情都能从中找到原因。封建末世的穷途一定是前世朝政腐败的积重，这是国家的急事，因为懒政；不幸家庭的败儿一定是父母溺爱的必然，这是家庭的急事，因为懒教；未老先衰的病体一定是及时享乐的产物，这是身体的急事，因为懒做；前途无“亮”的未来一定是不思进取的后果，因为懒学。人生众事中，孩子的教育是最大的急事。有人养无人管，自然是典型的懒教，他们或多或少受到了“树大自然直”的误导，孩子的成长完全是“人与自然”。而大多数家庭在这个问题上则是非典型性懒教，我也如此。

管之有法，但无定法；行之有效，但无长效。

管理有一定方法，但如果不能因人而异、因时而异，而是“一招鲜，吃遍天”，一旦被管理者有了“免疫力”，则会管得了一时，管不了一世。通常管理课堂靠“赏”和“罚”。赏，表扬优秀，不打击后进；罚，杀鸡儆猴。这种方法用了许多年，教学一个班级几乎天天用，效果可想而知。仿佛故事“狼来了”一样，学生们听着连眼都不眨一下。有时，看着孩子们乱糟糟的，也懒得费工夫想办法，只好高声叫喊。他们暂时被吓住了，看起来立竿见影。方法简单了，人也舒服了。像这样的简单日常还有许多，眼下流行的教学“四项基本原则”很能说明这样的懒教育：上课基本靠讲，管理基本靠喊，作业基本靠赶，示范基本靠放。我教书二十多年，对课堂的管理基本上套用“赏”“罚”“喊”三招。三年级的小孩子们天真顽皮，半年了，一丁点儿改变也没有。上课插嘴的还是杰，上课开小差的还是文，上课爱睡觉的还是涵，上课抢发言的还是军。这些孩子不知被眼神和动作警示过多少回了，也不知看着别的人“赏”教育过多少遍了，被QQ告知家长多少次了。有些无奈，更恨自己无能。曾经反反复复地追问自己：“能不能改变他们？”这是心态失衡。我们总是把孩子的问题看得太简单，以为说上几次孩子就会改变，没有做好打持久战的准备，所以一旦孩子我行我素，我们往往不能接受，生气、动怒、责备，甚至放弃。很少静下心来精心谋划，细心观察，用心研究，耐心实施，做一些实实在在的个例研究，争取一人一策、一时一策，建立学科班级特殊学生学情观察档案。针对孩子的突出问题，坚持观察、记录、分析、研究，力求让孩子有所改变。其实孩子的问题大都是习惯的问题，好习惯的养成关乎孩子一生。想得好不如做得好，想了很多年，却一直不能做下去。相同的问题总是存在，相同的问题总是没什么改变，面对学生，老师着急，未能早治、长治，哪来心安、久安？管理学生，急因懒教。

言传身教是教育，不是最好的教育。

如今的社会只把孩子当学生，没把孩子当孩子。学生优秀的标准九成是分数，甚至十成是分数也不为过，所以最受好评的教育就是提高分数的教育。言传身教对孩子有潜移默化的影响，而对孩子学习成绩的提高没有太大作用。

父亲年轻时爱打牌，隔三岔五和母亲发生口角，幼年的我记忆深刻，所以成年后我坚决不碰赌具，这也许就是“身教”的反向作用。孩子出生起有了我为他写的成长日记，整整八大本；孩子四岁时我戒了烟；孩子七岁时我开始冬游；孩子三年级我戒了看电视；孩子十一岁时我开始积累自己的个人文集；孩子十三岁时我开始跑步……能为孩子做的、为自己做的、为家庭做的几乎都在坚持、都在尽力，按理说孩子在许多方面应该很优秀，可现实不然。儿子十三岁的那个夏天才勉强学会游泳。我日日在文字里寻找真实的自己，儿子在语文里却走失了自己。我做得多说得少，儿子却是做得多说得也多，屡次因小毛小病被罚。我对错误很敏感，儿子对错误很坦然。父子两代人，成长的经历完全不同，由此形成的生活与学习的品质有不小差异，即使是言传身教，也不可能复制给下一代。

在儿子的教育问题上，我也经常遇着急事，心理上没有做好准备，总有落差。遇着成绩有波动，严厉指责多、传统说教多、前途忧患多，没有和孩子一道去面对困难，帮他去解决困难、走出困境。我想自己在讲台上也站了二十多年了，可现在面对孩子的问题竟束手无策。痛定思痛，我似乎想明白了：要改变观念，接受已发生的：做好自己是修身，不是教育。不要总想着自己已经做了什么，而是要不断警醒自己还有什么没做。要转化策略，改变已发生的：吃饱穿暖是生活，无关进步。不要总陷入已犯的错误，而是要不断地提醒自己下一次少犯。

最好的教育是让平庸的人优秀，让优秀的人更优秀。让平庸的人优秀是困难的，让优秀的人更优秀难上加难。孩子如此，家长更是如此。总是说该放手时要放手，这样的话主要说的是生活上的磨砺，而学习、事业的卓越是永远也少不了那些辛劳的幕后人。教育儿子，急因懒教！

人到中年，平静时增，着急时减。平静时多，是因为儿女已大，父母或老或去，两头的心都不用操了，急也就去了七分，剩着一份工作，一群学生，急不在心。这是大多人的心态，我亦如此，活着活着，把他人都活丢了，只剩下自己。这是一种积极的生活心态，却是一种懒惰的工作心态，这不是一个好老师应有的样子。好的老师是最辛苦的人、最有耐心的人、最有责任心的人。他要为每个孩子不断尝试更有效的教育，一直要找到触及心灵的妙药。在这过程中，有多少次的反复和失败，磨刀石一样把心磨得韧韧的。把学生当作一件活的艺术品，用一生去“雕琢”，不允许失败。只有这样，学生这群迷途的羔羊才能走上康庄大道，寻到青青草原。

行得早，走得安。行得早，走得远！

天欲晓，莫道君行早！

心中有晴天

【题记】冬天里严寒是平凡人的苦难，我试着把它们变成朗朗晴天。冬季晨跑暖足，天寒游泳暖心。身体跑暖后，心也就暖了。身体变僵后，意志如铁了。冬天里最难的事我做了，还有什么不能做的？无论何样天气，在我的心里满是晴天，温暖如春。

自然界有风雨冷暖，人世间亦有风雨冷暖。自然的风雨冷暖是天定的，生活的中风雨冷暖是人为的。辛苦遭逢乱世哀，国富民安盛世欢，这是国势的冷暖；族有不肖和吞血，家出贤良浩气存，这是家事的冷暖；良言一句三春暖，恶语伤人六月寒，这是人世的冷暖。无论是国势、家事的冷暖，还是人世的冷暖，这些都是外界环境对人的影响，如风起浪涌无法控制。每逢冷暖，心中必有阴晴。内心的富足与焦虑时时刻刻左右一个人的生活，心定则万事顺，心燥则百事哀。因此，无论境遇如何，面对冷暖的心态就显得尤为重要。即便生活中出现风雨波澜，甚至天塌地陷之事，也不会身临绝境，无法可想。我们的先祖早有铮铮良言、谆谆告诫："山重水复疑无路，柳暗花明又一村"，虽前程未卜，却双脚不停；"塞翁失马，焉知非福"，虽面对困境，却信心不泯；"东边日出西边雨，道是无情却有情"，相信关闭一扇门，必打开一扇窗；"回首向来萧瑟处，也无风雨也无晴"，虽经历险难，却心中坦然。可谓事在人为！

事在人为，其实天下最容易办的就是人为之事，天下最难办的也是人为之事。正如"你看着办"或"吃什么随便"也是如此。你看着办真是不好办，吃什么随便真是不能随便。这需要面对人世间的风雨冷暖有一颗千锤百炼的心。

对于普通人来说，和平年代的生活大多安安稳稳，经营一个家庭，打理一份工作，享受一份满足，没有天大的喜，也没有地大的悲。而现实生活中，人的心情却不如从前——敏感了、焦躁了、激进了、易怒了、会装了……

我是一名小学老师，刚工作时月工资不过几百，心却安得很。现在的工资几千了，心虽稍安但起了波澜。日日与孩子们在一起，只觉少有可爱之人，却多有可气之事。越来越不想遇着熟人，只愿陪着亲人，更愿一人独处梳理内心。经常爬格子，弄文字。写多了却养成一个毛病，不吐不快，不吐积郁。心中有所思，必要丝丝缕缕地倾吐，似乎变成了作茧自缚的蚕。虽久久枯坐，搜肠刮肚，却也思绪纷涌，常常不觉从黎明到日中、由天明到日暮。看着纷乱的内心慢慢变成了有序的文字，看着文字慢慢铺满在眼前，心田满是播种的快乐。我深深地知道自己的这种快乐来之不易，要倍加珍惜。在人生的中年阶段，好在父母康泰，为子心暖；好在儿子成长，为父心安；好在妻子朴实，为夫心静。他们就像我心中的三座大山，只有青山葱茏，方能绿水长流。古人说“国家不幸诗家幸，赋到沧桑句便工”，诗人留下的是栩栩如生的灾难，以警后人，对我而言“没有家安就没有诗句”，因为自己的文字是为了记录活灵活现的幸福，以飨后人。有时想想“好男儿志在四方”的豪言，而自己却蜗居在家校这眼井中，似乎目光短浅了些，但我愿意做这样一只守护的青蛙。

享受文字纯属个人爱好，而战胜温度则应该是每个人应具备的意志品质。南京这座城市，四时分明。夏天闷热，冬天湿寒。在冷热两季，大多数人是裹足不出，浸在与室外迥然不同的非正常温度里，夏天不热，冬天不冷。而非常态的温度一定会产生非常态的感受或病痛，只有多处在常态，战高温、斗严寒，身体才会长久舒适和健康。

南京的夏天像桑拿，高温持续的时间长。嬉水贪凉、空调开足、冷饮不断，只能解一时之痛，唯有运动才能真正地找到清凉，神清气爽、身轻体健。羽毛球场上调搓劈杀，动辄大汗淋漓。湿了头发，湿了衣裤。坐在长凳上休息，一起就是沾湿的屁股印子，如果是快干衣裤，则会滴滴答答地淋下水珠，一会儿就湿了一小片。室内场馆更加闷热，平时能打四局不休息，这样的温度下只能打一局。明显喘不上气，身体异常沉重。立在场馆门口，如果偶尔等到路过的一阵风，就觉沁人心脾，身上的每个毛孔都贪婪地呼吸着，彼时才能真切地感受到大汗淋漓后的惬意与放松。这是躲在空调房所不能体会到的快乐。盛夏找清凉，用汗水带走燥热。

相对于炎热，冬日的严寒则更让人心生畏惧。南京的冷很毒，空气是湿湿的，寒气直往身体里钻，砭人肌骨。南京地处长江以南，冬天的温度不是很低，室内大多没有安装暖气，平常百姓家没有开空调取暖的习惯，以为熬熬就过去了，晚上早早地就上床捂被窝。

这段时间南京的气温持续走低，三九四九的低温。家里仍没有开空调，睡觉时把两肩都捂得严严实实的，只露两只眼睛在外面。身体蜷缩在被卷里，轻易不动弹。有几日，妻去医院照看老人，我一人在家，天明起床，被窝只是半边有人印儿，另半边平整如新。儿子拱在被窝里，非得把脚头的被子倒卷起来，就像包春卷一样，不透一丝空隙方才放心。白天在单位，办公室里是不敢久待的，就像影城里，暖气太足，空气是烘热的，全身被燥热包裹着，两颊发热，头脑发晕，我极不舒服。这是一个不真实的环境，不消一会儿，就得外出透透气，抑或把头伸出窗外，清醒清醒。冬日里，室内的暖气让人贪恋，午间大伙门窗紧闭，或伏或躺，一个多小时的休息成了习惯。我却是不能有丝毫动摇，收拾装备，起身下楼，目标百家湖，下水游泳。这样的天气，午间也冷。戴一层棉手套难抵严寒，嘴唇冻得干裂，硬硬的起了壳。两个膝盖也冰凉冰凉的，两只手交替搓揉着。每到十字路口红绿灯处，都要站在原地跺脚蹦跳。每次到湖滨路小金陵路口我都要下车步行，以增加身体的热量。中午时分，无论阴晴，湖边是不会有路人的，偶尔遇到的一定是和我一样下水的“游友”—— 一位六十多岁、行动缓慢的老人。大多数时候偌大的湖边就我一个人，心里很安静。知道水里的温度，双手的刺痛最大。这两天，湖边的浅水处都冻得硬邦邦的，冰碴支棱着，就连藏在石块空隙处的塑料拖鞋也是铁板一块。我的左手关节处都被冰冷的湖水拉出了口子，水中百米左右的蓝色铁牌是用来警示人们——“水情复杂，禁止游泳”，它孤零零地立在水中，水位或涨或落，蓝牌也或出或没，牌子上有深深浅浅的水迹。夏天的时候常有大型水鸟憩息，它们有时单脚独立，缩着脖子，眼睛微闭，大概在闭目养神吧。我们在水里游着，它很淡定，爱看不看，等你游近了，扑棱棱飞走了，很是从容。冬天里，这铁牌子就是终点，能在严寒里游到这里的都是耐力很强的人。我每次都咬着牙游到那里，但很少冒进多游上一段，那是非常危险的。

去年的初四，气温 12 度，水温 4 度。阳光灿烂，风平浪静，我一时兴起，游着游着竟到了对岸。回程 400 米的路程，咬牙熬着，手越来越僵了，几乎成了铁板一块。腰也有些发硬，好不容易上岸，顿觉头晕目眩，眼睛不能睁开，脑里木木的。我立着不敢动，过了好几分钟，症状没有减轻。身体开始解冻，得跑步。恍惚中穿上衣服，在广场慢跑，找回热量。跑完足足十圈，症状稍减，但仍然严重，这是几年间从来没有的情况。身边没有游友，我不禁有些后怕，自己会不会倒在这儿？学校家里还有一大堆事等着我做，真是后悔不迭啊。若在平时，游完后是最幸福的时候，心里满是阳光，仿佛身在童话世界。冰天雪地，水淋淋的丝毫不感到冷，看着裹着棉衣瑟瑟的旁观者，我们却谈笑风生。游后跑步也是幸福的事，一点儿都不累，也不会喘。跑上两三公里也不觉得燥热，全身解冻回暖，春天的感觉。有时雨天来，就穿着雨衣跑；有时雪天来，就戴着帽子跑；有时阴天来，就迎着寒风跑；有时晚上来，就伴着灯光跑……

地有南北东西，天有阴晴雨雪。无论何样天气，在冬泳人的眼里满是晴天，温暖如春。

你的样子

【**题记**】每次听到罗大佑《你的样子》，心中便生出许多感慨。感叹岁月无痕，越发怀念过去亲人的模样。父母的样子时有时无，满是尘埃；爱人的样子时断时续，满是生活；孩子的样子满满当当，满是笑意。孩子长大了，笑容少了，父母也就永远失去了那个充满欢笑的纯真年代，每想到此，竟满眼泪光。

经常想想你在别人心目中的样子，与人相交就会平和许多；总是不在乎自己在别人心中的样子，与人相交就会武断许多。在不同的角色里要扮演好自己的样子是需要生活阅历和人生智慧的。与老人相处，努力建设他们需要的样子，多报喜，少报忧，让他们放心；与爱人相伴，努力保持曾经美好的样子，多干活，少说话，让对方舒心；与孩子相长，努力营造亦师亦友的氛围，多商讨，少打击，让他们有信心。顺着老人、疼着爱人、帮着孩子，在他们眼中，你的样子一定最好。孩子不会记得我们青春时的容颜，就如我们不会记得父母年轻时的模样，甚至就连我们也会慢慢模糊了自己曾经的样子、爱人曾经的样子。

父母现在的模样已是老态，面如布袋，行如老鼋。他们以前的样子就像陈年的老照片，斑斑驳驳，无法辨认，只有几帧模模糊糊的画面在脑海里忽隐忽现。农忙时节父亲挑着重担“哎哟哎哟”地唱着号子往来田间的身影，母亲田间归来忙活一大家人饭食的身影，父亲为了几元钱的学费雪夜奔走归来的样子，母亲焦急等候点灯留门不敢睡去的样子，双抢时节打谷场灯光下满脸谷屑的面容，高中每次返校时结结实实地绑好粮食衣被父亲沉默的样子，母亲把我送到村口久久站立的身影……那会儿的高中离家足有三十多里地，我一个人骑自行车得用一个小时。孩子的心啊真是单纯，每次都是铆足了劲往前赶，母亲站在路口的样子我从来未曾回头看过，现在已无法想起那时的场景。母亲一定心疼自己的儿子独自一人走那么远的路。几十年过去了，看着父母老去的样子，竟也觉得十分自然，即使哪一天他们真的离去了，也没有过多的感伤，因为儿子在陪着他们慢慢老去。

我与妻相识二十一年了，现在只记得第一次与她见面的样子。芙蓉长裙，身材高挑，落落大方，没有城市女子的柔美，只有农家姑娘的干练和清秀。这是记忆的起点，也是我心里的底色。这最初的样子会慢慢褪色，但永远不会忘却——在最美的时节遇着她。几十年的相濡以沫，用不着想念，也就没有收藏，更不会珍藏。这二十一年每一年她是什么模样，何时变成如今这般肌肤松弛、体型走样、眼神平淡的样子？骤然问起，竟惶惶然无法名状。每次对镜梳妆，妻子总是认为她一直会是这个样子，其实她离开青春足有二十年了。近年来，我偶尔会发现她行走的姿势、脸部的轮廓越来越有准老太的雏形。对于这样的变化，我们无法察觉，偶尔感叹，但没有遗憾和伤感，因为有人会陪她一同到老。

为人子，对父母不愿多看他们木讷的脸，看一次老一回，有些不忍心，只间或能听到他们的声音就安心，没有《老父亲》里唱得那么动情。为人夫（妻），于爱人不想多看她（他）那熟透的脸，见她（他）如见己，有些疲劳症，只经常能听到她（他）的声音就安心，没有恋爱时的一日不见如隔三秋之感，现在是三秋不见恍如一日，有时他（她）一两日不在家反而觉得特别清静，特别舒服。

我们的记忆都去哪儿呢？都给了儿女。

为人父母，于儿女则一刻不愿移开自己的视线，怎么也看不够。孩子小的时候，玩累了，不定什么时候就睡沉了，那一张安静的小脸像在思考着什么，可爱至极。醒了、睡了，睡了、醒了……牵肠挂肚。等孩子长高、长大了，看着他睡着时的样子少了。孩子功课多，有时我们睡了，他还在挑灯夜战。孩子大了，也不愿意父母经常到他的身边，如果让他醒来看到父亲坐在床前的样子，一定会不高兴，觉得大人无聊。

孩子初二了，身高过我，有自己喜欢的中分发型，唇边隐隐有浅浅的胡须。夜间落雨时偶尔进屋锁窗、生病咳嗽时常为孩子端水送药，不经意间发现他真的不再是十多年前那个不足两尺的婴儿，也不是那个二年级开始独自睡觉的小男孩，而是如今腿长身长、面有髭须的青葱少年。看着他那曾经童稚而今有些陌生的脸庞，心中不知是高兴还是感叹，看着看着竟有些感伤。日出天明，还有那一堂堂新课、一场场测试在等着去完成。我是一个父亲也是一个老师，有时竟不知孩子是长大好，还是永远长不大好？近期把孩子所有的照片整理出来，刚出生时闭着眼睛抓哭的样子、刚学走时手舞足蹈的样子、会玩时咧嘴流涎的样子、不愿午睡时睁眼偷窥的样子、生病时脸色恹恹的样子、小学时一年年懂事的样子……准备为整理他的成长日记做一些插图。现在的儿子似乎少有他幼年影子，没有了过去在雪地里打滚的天真，也没有了在广场追逐风筝的自在。上初中了，从学校归来，大多数时间脸色多云到阴，偶有天真自在的时刻。

作为一个父亲，我有时特别怀念儿子无拘无束的幼年时光，脸上绽放的笑容没有一丝丝的杂质，如流云一样纯净、如天空一样湛蓝。而作为老师的我深知——没有哪一个人能随随便便成功。对孩子时时刻刻严格要求，不容学业上有些许的懈怠。努力进入他的功课与他共喜悦同追悔，默默地为他打气，静静地为他分析。幼年的儿子天真无邪，敢哭敢笑、敢奔敢跑，现在的儿子肩在重负，不能痛哭不能大笑、不能狂奔不能疯跑，老师要求“入室即静、惜时如金”。

定定地看着儿子幼时的照片，似乎回到了从前。不知为何，鼻子发酸、眼眶湿润，那时的样子永远也不会再回来了，恍惚中自己仿佛永远失去了一个天真可爱的孩子，难道真的如长者所言，“长大意味着失去”吗？

岁月啊！就是一杯忘情水。能抹去许多的希望与等待、快乐与哀愁，欣喜若狂或撕心裂肺在它面前都会化为乌有。

我听到传来的谁的声音，像那梦里呜咽的小河……

不明白的是你为何情愿，让风尘刻画你的样子……

耳边隐隐响起罗大佑的歌声。

找到自己

【题记】在人生的不同阶段，我们会完成许多任务，生活的、工作的，但我们大多数人并不知道自己最喜欢什么，什么才能让自己的心灵永久的宁静，而不是世俗上的暂时的欢愉。学生的成长、教学的成就、管理的贡献，只是身外的、他人的，而非自己的、内心的。文字是我追寻半生的东西，真正属于自己的东西。

在没有镜子的时代，最陌生的是自己的容颜。在满是诱惑的时代，最守不住的是自己的内心。

校园里草木茂盛，静如深海。校门口车来人往，笑语晏晏。早晨在单位门口值班，看着父母送孩子那殷切的目光，如读童话，让人心暖。一对母女立在人群中，妈妈一脸严肃，孩子一脸惺忪，记读着手机里的单词。妈妈严格，孩子可爱，让人怜爱。我每天跑步、经常游泳、双休打球，在别人眼里我总是不知疲倦。其实我每天都在吃药，孩子学习让人忧虑，老人身体日渐西山，白天只要独处就会睡意弥漫。我内心深处总有许多烦忧。在我眼里，别人满是幸福的模样，孩子有成绩、大人有事业、老人有身体。其实那些幸福的模样也一定失去过许多，有些永远成为遗憾。我们总想成为别人的模样，认为那就是人生的方向。爱唱的想成为歌星，爱演的想成为影星，爱文字的想成为作家，爱行走的想成为旅行家，爱吃喝的想成为美食家，爱家国的想成为军事家，爱和平的想成为政治家，爱工作的想成为专家……往往是有心无力，就不爱成为自己。学习了勤奋不够，工作了热情不够，爱好了坚持不够，困难了韧性不够……往往知难而退。羡慕别人却不努力追赶，嫌弃自己却不决心改变。岁月流逝人亦蹉跎，他还是他，我还是我。

志大才疏是一种痛。

我是语文老师，总想着发挥专长让文字留住自己的思想，写写文章。起初立志一周一篇，不到三年变成了两周一篇，现在越发不想动笔，几乎一月一篇。这一篇还未成行的文字离上一篇文章已相隔近二十天了。总是羡慕孩子初中的语文老师，每天千字文，或记事或思考或感怀，真实鲜活，短短年余累至文字三十多万。妻子的中学班主任痴于翰墨，几十年如一日，如今已臻化境。我暗下决心，也购置笔墨纸砚，从头练习。半年不到，竟笔墨蒙尘，无心进入，只是春节时能端端正正写上两幅春联。学生时代，古文不好，如今孩子也上了初中，学文言一知半解。我下定决心通读《古文观止》为孩子解惑，认字、识文、赏析，硬着头皮抄写。曾经想做一个爱读书的好老师，买了一些书，如《苏霍姆林斯基全集》《瓦尔登湖》《红与黑》等，可一天的劳碌后，静下来就有了倦意，没看几页就觉索然无味，丢下了。一段时间后，想起来又读上几页，还是眼皮打架，味同嚼蜡，又放下了。就这样，书就是书，我就是我，成不了爱读书的老师，倒成了手机的奴隶。那种一盏茶一本书的快乐我再也无法体味，真是羡慕那些沉醉书香中的人。在日常教学中有许多感悟总想连缀成文，平时也记下了星星点点的文字，最起码也立了标题，一学期少说也有十几篇，可成文的少之又少，精品就更少了。总是羡慕那些有理论有想法有文字的老师，他们的文章屡屡获奖或刊出发表。日子久了，这些不能改变的慢慢发酵成了一种恨、一种痛、一种病，萦萦于胸，耿耿于怀。不甘心就这么丢弃，时时想从头再来，却如烈火煎熬、寒冰浸泡，实在无法挺住。就如学生宁愿辍学打工也不愿读书应试、老人宁愿舍弃生命也不愿受病痛折磨。我的孩子也是一身小毛病，重理轻文、重结果轻过程、重趣味轻正统，胸无大志，常有抱怨，所以学习中常有忘却、考试时常有失败、学科中常有不均。孩子也知道，就是不能警觉，更无法改变。

想成为一名能写的语文老师，四十有三方动笔，常有笔涩才尽之痛楚。想成为一名能谙熟古文学的博学先生，几十年陷于杂务，每有力不从心的倦怠。想成为一个能教能管的父亲，一年年忧心忡忡，每有教育无用的叹息。理想被现实绞杀，我希望有人指引，在我写不下去时给我思路，在我读不进去时给我剖析，在我管不了的时候给我智慧。而身边的人大多被生活裹挟着，被享乐诱惑着，忙忙碌碌，当初的梦想早已恍若隔世。

不能取舍是一种累。

工作了二十多年没有一个明确的目标，大学时被潮流所左右，学笛吹箫弄吉他、交友读书看世界。工作了被环境桎梏，工作的前五年陷在山里的一所职业高中。师不过十，生不过百。缺少交流，少有进取，心里很是迷茫。没想着要怎样做丰富自己，就想着如何能逃出闭塞。二十年前从撤并的中学来到现在的小学，战战兢兢地适应又几年，才算真正确定下自己的位置，可十年的光阴如水一样流逝了。我仍然不知做怎样的自己，只是随着时势的风向抓分数、学教改，忙碌但不清醒。其间成家、生子、入仕、搬家，倏忽间四十过半，身边许多同龄人或后来者能主管一校或教有所长，而我仍然不明自己最在意什么，直到四年前我开始用文字记录自己的所思所想，才似乎找到了方向。回忆过去、记录现在、思考未来、审视生活，在平凡中常有所悟，看着一篇篇文字如泠泉涓涓而来，我的心是那样的滋润、那样的平静，原来自己心底一直有一颗文学的种子，深埋在土里，不曾抽枝发芽。

从教、从政、荣誉、地位……这一切都会随着生命而消逝，唯有文字能永世流传，见文如见人。我庆幸在人到中年时找到了自己，找到了自由，有了它，一切世俗的东西不会再让人烦忧、不会再让人左右，这是我以后不能舍的东西，有所得有所舍。

世上大多数人是被生活，而不是会生活。我是一名普通的老师，我的心是四十多岁才明亮起来的，我觉得自己会生活了。

找到自己，其实不简单！

超越梦想

【题记】梦想是人生的珠峰，可望而不可即。许多人不敢有梦想，有了梦想也是被折磨得满是伤痕。实现梦想，就是拿奥运金牌，普通人无法企及。超越梦想，那就是创造奇迹，普通人望而生畏。过去几十年，不知道梦想和我有什么干系，如今近知天命，似乎才有小小的梦想——作词，让自己的文字变成旋律唱起来。

“超越梦想，一起飞”唱得动听，做来不易。梦想，离自己太遥远，自己无法完成。心里对不可能实现的事情有许多恐惧，它控制了人的斗志，无法激发出自身的潜能。李宁说一切皆有可能，对大多数人来说就是一个意外。不能激发潜能，就一定不能超越。有时，连自己都不相信，却做到了。其实，超越是一件很不容易的事情，但成功的经验告诉我们，这不是不可能的事。

进入之时，摒弃杂念，专注事情本身，不要让蔓生的恐惧侵占你的内心。有时，灵感就在一瞬间闪现而来，智慧一定会出现在特别安静的内心，从这个角度说创新突破就是一个修心的过程，什么时候你变得专注于内心了，什么时候你就会超越自己。每天晨跑，我会试着闭上眼睛跑一段，尽量忘了眼前的绿树红花、房舍围栏，甚至偶尔出现的一两个清扫的学生或是路边急驰而过的车辆，丢掉眼前的牵累，内心只有笔直的跑道，此时双腿不再那么疲惫，奔跑起来格外轻松。当演员上台献歌，唱到动情时大都闭上双眼，那不是陶醉，而是专注，忘掉台上台下的眼神、期待、呐喊、欢呼，表演会达到最佳状态。

孩子年前西交大少年班之旅就是一次超越的尝试，校内选拔，前 32 名，孩子觉得不可能，可孩子过了。西交大预赛 3000 取 500，孩子觉得不可能，可孩子以全国第 185 名过得漂亮。虽没有走过决赛，但他收获了信心。眼下南师附中本部特长生加试，孩子也觉得不可能，树人中学、玄外附中……高手如云，孩子有些胆怯，连名都不敢报，只想守住现在的成绩，安安稳稳地参加中考，在分校这个熟悉的环境中读完高中，他说自己不是特别聪明的人，许多难题他一定做不出来。

超越梦想，首先要有梦想。梦想不是阶段目标，它是一生的事业，它不会一下子就清晰地出现，许多人是自然地活着，不是特别清楚自己将来要干什么，一生也不会有梦想。囿于现实环境，大多数人安守本分，不敢有超越现实的想法。有作为才会有梦想，坚持做一件事是很重要的。我也是一个没有梦想只有现实的人，上学、工作、成家、变老，自然地活着，没有什么有意义的事我能坚持做许多年，也没想过，一直在为生存、生活、享受努力奋斗，从未停止，我也不知道自己一个普通的小学老师还有什么更高尚的追求，直到几年前开始尝试用文字表达，看似沉闷单调的生活才有了条理、有了意义、有了方向，原来生活可以过得平平淡淡，但一定有一些深刻的东西在文字中慢慢浮现，这是一种顿悟，站在生活的高度，总结归纳普通人一生中一些津津有味的规则或者哲思，那是一种月朗星稀的高远、那是一种满眼林壑的深远，那是心旷神怡。看着孩子的成长似乎看到了自己的成长，一样的眼神、一样的骄傲。看着老师的白发和蹒跚似乎看到了自己的将来，一样的寒来暑往、一样的谆谆教诲。由今视昔，似乎在看童话故事，故事里没有冷热、没有饥饿、没有烦忧、没有病痛，觉得那是一个贫乏且快乐的世界，但旧时的我一定没有现在的我想象中快乐。捉鱼、掏虾、放牛、戏水……那是多么无忧无虑，而彼时的我一定疲劳在捉鱼的奔跑中、抓虾的紧张中、放牛的蚊叮虫咬中、戏水的慌乱中。真正用文字记录和再现自己的以前、现在，畅想自己的将来和可能，才发现曾经的生活有那么多有价值的事、那么多快乐的事，而生活中的我们却总是说人生不如意者十之八九。人们对现实总是要求太多，而对过往却满心慈悲。想想现在的不如意，经过时间的沉淀，在多年以后一定会变得清冽甘甜。现在的忙碌一定会成为将来的自豪，现在的文字跋涉一定会成为将来的不朽鸿篇，现在的清贫自守一定会让你的人生永恒永生，因为你不曾强求就不会丢失。这样去看世事，谁又能说现在的艰辛、泪水、劳碌、枯燥不是将来的伟大、感动、欣喜、自豪呢？

超越梦想，重要的是大道至简。生活越复杂的人得到的越少，生活至简的人得到的往往是意外之喜，完成的几乎是完全不可能的事。大道至简就是学会专注，学会遗忘。做到专注真的不容易，眼见大千世界，不解色也空也。耳闻万籁有声，不解无声胜有声。口尝百般滋味，不解平淡即味。色彩、声响、味道、感觉，少了会觉得单调、死寂、乏味，甚至麻木，多了又会觉得眩目、撕裂、错乱、遥远。于你选择的事业而言，这些都是你的牵累，只有学着把它们放在低处，看不见、摸不到、听不清，才能将自己变得更专注。日日晨跑，当不停地被跑动本身影响着，觉得劳累；当心中只有跑道时，觉得轻松。专注真的不容易，长时间专注更是难上加难。清晨，我在学校操场跑步，总是无法割舍眼之所见——那十几棵风中的银杏、那几个晨扫的学生；我总是无法拒绝耳之所闻—— 一声犬吠或一片人言，围墙边那只圈着的银狐；我也总是无法控制心之所想——数着距离盼着终点，似乎遥不可及。有时尝试闭着眼睛跑步，心里的跑道没有暗淡反而更加清晰，跑起来竟轻松了许多。上学时戴着耳机背课文，隔绝了外界的杂音，只听见自己朗朗的声响，就如听诊器里的心跳，一点儿也没有被其他声响过滤，入脑入心，记得越发牢靠。做到专注，只有学会忘掉。不迷恋缤纷色彩、不侧耳世间万籁。忘记其他，留下纯粹。

超越梦想，要时时忘了梦想，脚踏实地地做自己该做的事，做到精致。不要时时都想着那个目标，只有忘了你要想的执念，才能让坎坷的途中一路花香。有时，追寻的过程比实现梦想更有魅力。解题时巧妙的思路令人茅塞顿开，这远比得出答案更有获得感。演唱时沉浸在自己的体验里歌声动人，这远比得到名次更令人陶醉。所以走得对了，走得久了，走得好了，自然会有深刻的人生体验或者阅历。时间够长，一定会化为一种精神、一种独特的信仰。与文字为伍，能不能将其传之四方已不重要，重要的是这种细腻思考的倾诉方式让人着迷。随着文字一行行一页页的产生，我纷乱的思想越发澄明，就像杂乱的旧物整理得焕然一新，蒙了灰的镜子擦拭后光彩照人。纵然迟迟不能实现梦想，这未尝不是一种收获。

怀揣梦想，值得尊敬。实现梦想不简单，值得敬畏。超越梦想更不简单，值得膜拜。在追寻、实现、超越梦想的道路上必须有忘记所有的勇气，必须有耐住寂寞的定力，还必须有打破常规的潜能。有舍才有得，能守才能成、能破才能立。

我有自己的梦想——做个词人。让自己的文字变成旋律变成音乐，传唱开来：

超越梦想一起飞，
你我需要真心面对，
让生命回味这一刻，
让岁月铭记这一回。
……

2019年5月7日于办公室

离开时的美丽

【题记】生活中的平淡远不及文字那么感性，那么让人喜怒哀乐，而这就是真实的样子。日日与熟知的人和事相处着、相守着，离着近了，觉不出他们的好来，也觉不出他们的坏来。生活本身都是平淡的，而有时候“丰富”就是换一个看问题的角度——适当地离开、适当地比较，找出他们的好来，生活会另有一番风景、另有一种美丽。

生活中感人至深的不是现世的模样而是时间沉淀后的遗憾与追悔。在一天天的生活中很少有人感到特别的快乐或伤悲，比如对老人有多么的孝顺、对爱人有多么的依恋、对孩子有多么的牵挂、对工作有多么的热爱、对同事有多么的友爱……一切似乎都那么平淡。如果让人说出那些信誓旦旦的表白，你一定觉得像在演戏，很不真实：爹妈我一定孝顺你们、老婆（公）我真的爱你、孩子我们爱你、我热爱自己的工作、我与同事和睦相处……说不出口，听着肉麻。

同事五十多岁了，爱人名字里有个“慧”字，每当来电出现“慧慧”的字样，我们看了会哈哈大笑。老婆在我的手机里叫“爱人”，偶有同事看到也会揶揄：“爱人来电话啦！爱人来电话啦！哈哈哈……”也许我们对造作的老人有责备，也许我们对粗心的爱人有抱怨，也许我们对不够优秀的孩子有不满，我们会让对方有压力、生反感，到头来我们自己还是不明白——这都是为你好！怎么就不能改变呢？有时会有些心酸、默默流泪。于是乎，生活中会出现越来越多的倔强老人、越来越多的辛苦父母、越来越多的叛逆孩子。

在家庭生活中，你总是不能感觉到身边人的好，身边的人也感受不到你的好，都觉得对方有这样那样的不是。原则之内的说着忍着，违犯原则的相互折磨，这是为什么？原因很复杂，但也很简单，那就是只有现世的纠缠，没有离开的美丽。老人的好多在去世之后的无限怀念，爱人的好多在遇事之后的善解人意，孩子的好大多在成人之后的远走高飞。

最近热播的电视剧《都挺好》中苏大强是个很作的老人，即便如此，儿女们还是在他得了老年痴呆症后体会到了他的好，活着就是家。父母住在十几里外的一个拆迁安置小区，现在的衣食无忧让他们特别知足。在物质生活上，他们不能让儿女得到什么，也不会让儿女失去什么。父母越老迈似乎离儿女越遥远，他们的存在就是让我们这些中年人也有孩子般的宠爱。父母忙碌着幸福，儿女享受着安闲。

妻是个地道的农家儿女，性情率真——人不犯我，我不犯人。同时也有一般女人的狭隘和八卦、购物与减肥。结婚二十年了也没觉着有多好、也没觉着有多坏。可看多了别家的女人的相貌，觉得她还算中等，觉得自己运气不坏；看多了其他女人的消费，觉得她还算节俭，连支付宝都不愿有；看多了许多的孩子不争气，觉得她还算不呆，儿子挺灵光的；看多人其他女人的做作与跋扈，觉得她还算听话，家里购房买车那些大事从来都是言听计从。她的好就是越来知道我的好，越来越珍惜生活的好。

儿子随娘，眉清目秀。从小嘴碎，有个性有能力。学业如行舟，起伏不定，小毛病不断。任务渐重，起五更睡半夜，不后退，是可造之才。比起那习惯不良的、能力不够的、相貌不堪的、性情不稳的，十五岁大男孩子现在的样子是值得期待的。孩子的好就是可控的时间在延时、可激发的潜能在积聚、有期待的目标在清晰。

与人相处中，自己有些不喜欢见面时无话找话的搭讪、无趣的笑意，很是享受一个人独处的自由。在大多数人眼中，老师只是职业，不是自己的全部。无法尽心地扑在班级中，吃不了无休无止喧嚣的苦，特别耗心费神，觉得身体比赞誉重要。无法掏心掏肺地与同事相处，特别是自己的痛处、短处，觉得面子比友谊重要。为什么干了这么多年仍没有热度？为什么相处的这么多年仍如过客？原因很复杂，但也很简单。因为没有找到自信，因为没有离开时的美丽。工作的美妙多产生在退休之后的孤单落寞时。忙碌，不仅仅有劳累，也有随之而来的收获。没有工作时身体是放松了，但随之而来的空虚感让人觉着生活没有了意义。同事的情谊涌现在不能相见的突然想起中。日日相见总是一笑而过，都衣着鲜亮、眉眼精神，日日不见总想念那曾经的衣着鲜亮、眉眼精神。

人，日日相处总让人记住了不好，若日日不见倒记得起好来。事，日日经历总让人记住了烦琐，若远离日久便体会到它的趣来。人和事如此，文化也是如此。尤其是唐诗，语言清丽、文辞典雅、意境优美。李白的明月蜀道，王维的桃源空山，岑参的瀚海阑干，白乐天的琵琶青衫……但，这都是对唐诗的评价，于普通人而言，又有多少人能会其意？我也是个普通人。

上语文课时，老师经常会说，让我们来美美地读一读："离离原上草，一岁一枯荣""飞流直下三千尺，疑是银河落九天""宁可枝头抱香死，何曾吹落北风中""狂风落尽深红色，绿叶成荫子满枝"……当时的我们只是觉得句子整齐，读起来有节奏感。对于草青、急流、落花、绿荫也没有特别真实的感受，只有配合老师读出所谓的抑扬顿挫。以后的生活中如果没有相同的情景出现，也许一辈子也不会有诗中的场景或感受。这些传诵至今的诗句都是作者生活的体验和感悟，没有相同经历的人很难有同感，何况是时隔百年甚至千年。学生们读不出美不奇怪，作为老师也未必就能理解作者彼时的内心世界。书包里揣着《必背古诗》，墙上贴着《必背古诗》，就连校园内的行道树上都悬挂着《必背古诗》。我是从来不说"美美地读一读"这样的朗读要求的，连自己也无法做到的事是不好让学生去做的，自己无法面对虚假的感受。

那么古诗到底美在何处？如何才能看见她的美丽？客观地说唐诗的繁荣原因很多，有六朝绮靡文风的转变、有国家强盛的背景、有文化繁荣的必然……而对于后世的我们来说，大可不必被评论家的高谈阔论所左右。唐诗再美，也不过是一种文学的表达形式，和先秦策、六朝文、宋代词、元代曲、明清小说一样，都是我国古代文学百花园的一朵奇葩，它的成就不会高出其他多少，各有千秋。作为普通的读者，只有先通文字，之后离开文字，在存在与离开之间产生对比，或许你会发现诗歌的美。唐诗中的落日壮阔：大漠孤烟直，长河落日圆；白日依山尽，黄河入海流。宋词中的落日惆怅：夕阳西下几时回？无可奈何花落去，似曾相识燕归来。元曲中的落日感伤：夕阳西下，断肠人在天涯。离开了唐诗走进了宋词元曲，同样的一种景物却呈现不同的模样，唐诗周正而雄奇，气势磅礴，词曲委婉而细腻，景随人心。只有离开了唐诗走近另一段历史，才能真切地体会到它的非凡气势。国外的文章写落日是描摹，像油画像雕塑，有立体感直观感。不看看外国文字，便读不出唐诗中那安静的美、朴素的美、没有压迫感的美。外国人想家不会说"每逢佳节倍思亲”，每到中秋月圆想念亲人，外国人不会有中国式的表达“但愿人长久，千里共婵娟”；每当看到有人浪费粮食，外国人不会有中国式的规劝“谁知盘中餐，粒粒皆辛苦”；每当看到有人不珍惜时间，外国人不会有中国式的语重心长“少壮不努力，老大徒伤悲”；每当离别，外国人不会有中国式的多情表达，或洒脱如“海内存知己，天涯若比邻”，或明志似“洛阳亲友如相问，一片冰心在玉壶”，或不舍像“劝君更尽一杯酒，西出阳关无故人”……只有离开唐诗走近其他国度，你才会真正地感受到唐诗的清丽自然。

走出那个时代，唐诗的美才真切；走出那个国度，唐诗的美才精当。

有时，离开才是最美的。

论持久战

【题记】有时在心里问自己：做了二十多年的老师你成功吗？我只能说不成功。没有造就成功的学生，没有造就成功的事业。为什么会这样？原因只有一个——没有坚持。中年以后开始坚持锻炼身体、坚持积累文章，才几年时间，可我总有炼不下去、写不下去的压力。锻炼的过程是疲惫的找不到快乐、写作的过程是煎熬的找不到灵感。坚持的路上困难太多、诱惑太多，容易走失或放弃。我特别想全身心投入工作，可做不到。我多想一直炼下去、写下去，可我担心什么时间会突然停止。坚持难，持久太难。

夏初的五月末，阳光灼热，没有勇气去游泳。儿子的五月末，二模在即，没有心情去游泳。当初下过决心，无论如何要坚持游泳，如今因为温度因为孩子，游泳变得有些不合常理，有些不合时宜。看来，“无论如何”这样的话是说不得的，“无论如何”这样的事是做不到的。这些年来我能坚持冬泳也是有诸多原因的，有一件达不到就会半途而止。相对于重要的事来说，冬泳就显得可有可无、无关紧要。工作已完成、父母还健康、孩子成绩稳、妻子通情理……在这些诸多事情都顺顺当当的情况下才能做下去。游泳第九年了，不是我有毅力，只能说我的生活相对平稳。孩子从一年级到九年级，总体来说是优秀的，虽有起伏，但仍向前。父母从花甲到古稀，总体来说是健康的，虽历病痛，但仍活着。妻子从青年到中年，总体来说是明理的，虽有冷暖，但仍相随。有时，总希望时间能够停留在目前还算平稳的样子。不敢想象，在光阴的催促下，自己能否忍受父母离去的痛、孩子离开的想、妻子衰老的样。更不敢想象现在坚持的几件事——打球、跑步、写作，到彼时是否已成往事；工作稍忙就不能去打球，于工作而言打球是可有可无的事情；身体稍累就不想去跑步，于身体而言跑步是可有可无的事情；心情稍差就无法去写作，于心情而言，写作是可有可无的事情。常想起夫子所言“人不知而不愠”这句话，也深有感触。冬天能下水、常年能写作，同事亲友都说我有毅力有才气，其实人们看到的不完全是真实的我。我能坚持下去的原因除了对病痛的恐惧（父亲的大病警醒着我），更多的是别人的认可和褒扬。扪心自问，我做不到“人不知而不愠”。如果没有人对冬泳说了不起，如果没有人读着我写的文字，我会心灰意懒，慢慢地做不下去。养成一个好习惯很难，而毁掉一个好习惯很快。我已经坚持晨跑两三年了，可仍然双腿酸胀，更谈不上享受。温度的冷热、心情的好坏让每一次跑动都经受着不同程度的折磨。特别是心情不好时，会突然觉得做什么都失去了意义，哪里还管得了“坚持”二字。如果我的家人出现重大变故，我是断然无法写出一个字的。英雄的故事里都有青春和泪水，甚至热血和牺牲。他们用殚精竭虑诠释了什么才叫“持久”，民族和大义是那个年代的他们心中不灭的火焰。我常问内心如果自己生在那个年代，心中是否也会有天下、有国家，答案不得而知。而生于和平年代的我们为什么坚持着？我没有认真思考过。人到中年所坚持的几件事情大都为了强健体魄、记录内心，只是为了自己能更舒适地活着、有价值地活着。这些坚持，大都是为己，是小我。持久的动力明显不足，容易受工作、家庭的影响。由此而知，只有为别人活着、为事业活着、为国家活着，你所坚持的事才能历久弥新。古今中外，那么熠熠生辉的名字无不是坚持不懈的勇者、无不是为民想为国强的行者、无不是推动了历史和文明进程的强者。

作为一个职业人，最应该坚持下去的就是自己所从事的工作。敬畏自己的工作、做行业的佼佼者，这是能带给人终生幸福的事业。和我一样，有许多人忙碌地工作着，却只是品尝着工作的苦与累，很少体会到工作带来的满足与快乐。许多人一辈子只能成为平庸者，很难找到职业的幸福感。这是为什么呢？主要原因有两个，一是不求上进，二是不知如何上进。许多人在不同年龄、人生的不同阶段对这两个问题有不同的理解和态度。进入职场想进步不是一个容易的事，有时候你付出了不一定得到回报。做老师的没有三年或六年的教学循环，很难有所感悟。工作不是生活的全部，有些年轻人吃不了这样默默打拼的苦，很容易陷入生活的泥淖里。成家立业、生儿育女、应付工作、孝敬双亲，生活丰富而炫目、忙乱而疲惫，一旦老人或孩子出了变故，生活的平稳就将被打破。进步也无从谈起，进步也无法坚持。人的精力有限，一旦给了工作，孩子和老人就会缺少。要求进步一定要消费大量的时间。一节好课，准备的时间至少也得两三个小时。一周上一节让自己满意的课，那三两个小时让人的进步是最快的。难得上一次教研课，好的建议总得消化一阵子，一时也很难转化为自己的能力。大多数年轻的语文老师会陷入纷乱的课文中，不能敏锐地捕捉到语言文字背面隐含的能力提升点，没有这样独立理解教材的能力，就不能算真正成长，也就不能顺利地参加各种教学竞赛并从中脱颖而出。一般只要有一两次这样冲出去的机会，你的教学能力就会稳定在一个比较高的水平，而且慢慢有了自信、有了想法，会逐渐形成自己的风格。有些老师把班级管理、应付迎来送往作为成长的标准，把机械提高学科成绩作为好老师的标准，从而忽视了备课能力、课堂能力的钻研与思考，这种想法不可取。一个老师一旦过了成长关键期就会被遗忘或被边缘，大多数老师会主动退出那个让自己能够永葆"青春"的圈子。这样，无论过多少年你只会成为一个有经验的老师，而永远成不了教学能力专深的名师。大多数人认为成长只是年轻人的事或一个时期的事，很少有人持久地行走在成长的道路上。成长不仅需要精通，更需要突破。年轻时照着别人的样子上课，成长后让课照着自己的路子去呈现。

我是一个喜欢课堂和学生的人，只是喜欢安静的课堂和安静的学生，只是喜欢滔滔不绝地讲或听学生有条不紊地答。不太适应过于热闹的学生或死寂沉闷的课堂。钻研教学甚于了解学生，所以常有自己满意的课而少有自己得意的人。曾经带着学生练字，因效果不明显而放弃。曾经为学生写过"传记"，因工作量太多而放弃。曾为学生出版优秀文集，因选文烦琐而放弃。曾下定决心让大部分的学生成绩提高，可因付出得不到回报而放弃。曾设想与每个家庭深入沟通，因难度太大而放弃……做一个老师因没了坚持，所以是失败的。

世上有太多的遗憾，都是因为没有坚持。坚持的路太漫长、太枯燥、太劳累、太伤身，所以容易放弃。坚持的路上太多诱惑、太多的理由、太多的失败、太多的消耗，所以容易放弃。坚持不仅需要充沛精力，更需要学习能力、耐挫能力、协调能力、分析能力。坚持不一定就能成功，但一定会获得成长，孩子与你的共同成长。

2019 年 5 月 26 日于家中

麻烦如障

【题记】人生的不同阶段有着不同的主旋律，少年求学、成人求职、老人求静，这需要付出巨大的努力才能得其所求，如若不然，在人生的某一处就会遇见大麻烦，大多是心境不平或行事无法所致，非常伤身。除此之外，生活中还有一些零零碎碎的小麻烦，大多是意外发生或粗心所致，十分乱心。这些大大小小的麻烦如障附心，想得越多，伤得越深。麻烦来了莫怕，认真面对有新得。预防麻烦有法，放宽心态，行事得法。

生活中难免遇到一些自己没时间解决或没能力解决的小事情，人们称之为麻烦。临时出差了，麻烦邻居照看小狗；孩子不太舒服，麻烦老师关照；拍线断了，麻烦同事带去店里；老家空调坏了，麻烦好友帮忙处理；公交太挤了，麻烦乘客代为刷卡……这些事一定要麻烦别人的。

“麻烦了，麻烦了！”

“不麻烦，不麻烦！”

手机落家里了，是一定要回去拿的；开车不专心追尾了，是一定要耐心处理的；清风笑掀门自讨闭门羹，锁是一定要换的；忘关水淹了家，地板是一定要换的；到了影院发现票买错了，是一定要赶去另外一家的。这些事大多是丢三落四造成的，只有麻烦自己了。

“真倒霉”“真麻烦”，我们习惯把工作中或事业中遇到的阻碍叫困难，把生活中出现的意外叫麻烦。工作中遇到困难大多时候是因为压力，一般会尽力解决；事业中遇到挑战大多时候是为了理想，一定会激发斗志；而生活中遇到的麻烦多是意外发生或粗心所致，事虽不大，但足以搅乱人心。

我们生活在同一片天空下，享受着相同的社会资源，接受着近乎相同的学校教育，承受着普通人几乎都有的生活压力，令人不解的是有人总是麻烦不断，有人却鲜有麻烦。这个叫“麻小姐”的人似乎住在每个人的心里，只要情绪不稳、虑事不周、专注不够、牵累过多、年岁渐老，它就会悄然出现在生活中，随影如形，让人没有察觉。她像一个恶作剧者，总让你的生活出现一丝涟漪甚至一片波澜。如果出现在别人身上，只觉着那个倒霉蛋囧得好笑。一朝落在自身，只觉得非常懊恼。和“麻小姐”纠缠不清的人一般是那些专注力较弱的人，于学业、事业不利；和“麻小姐”非常陌生的人一般是那些精神富有的人，虑事周全的人。人的专注力是一定的，而人面临的社会生活是方方面面的，每个人都不可能面面俱到，那就看你能不能把更多的专注力分配到人生阶段的重点事情上。每个年龄段都有不同的人生目标，孩子专注学业、成人专注工作、老人专注平和。每个职业都有自己的专业操守和行业标准，教师专注于未来、医生专注于仁心、记者专注于真实、军人专注于平安、大家专注于寻找、科研专注于突破……在现实生活中，许多人做得都不够好。在不同的年龄阶段活得不够精神，在不同的工作岗位干得不够精深，于是“麻小姐”就会不断地缠来绕去。孩子耽于玩乐、大人陷于平庸、老人困于僵化。教师受不了喧嚣、医生受不了生死、工人受不了劳碌、农民受不了四季……这样的人生必定有不好的结局、较多的麻烦，也许这就叫态度决定一切。耽于玩乐学业无成未来注定平淡，陷于平庸事业无成注定遗憾，困于僵化无法包容注定孤独。受不了喧嚣的老师一定不能进入孩子的心灵，受不了生死的医者一定不能体会胜造浮屠的幸福，受不了劳碌的工人一定不能理解汗水的价值，受不了四季的农民一定不能领略收获的富足……这是一生的麻烦。麻烦首先是习惯，继而是麻木，最后才是疼痛。坏习惯是很舒服的，最初也是很养人的。学生不静心遨于书海而关注视听错入世俗，什么都懂一点像个小大人，久了就会失去是非的判断变得没有知觉，随着一年年学业低迷的持续，终端显示时带来的结果是痛苦的。大人不专心工作得过且过或错入旁门，精于世故或安于现状，久了便会失去曾经的初心，变得势利或者沉沦。一直以为，获名得利特别有存在感、安于现状特别有轻松感。不曾想，一日名利消退，岁月沧桑，才发现所谓名利其实牵累、所谓轻闲其实浪费，到头来，落差和空虚会油然而生。

麻烦不是不可料，从古到今，从生到死，从身边到远方，有多少鲜活的例子可以给人借鉴，但我们总怀有侥幸心理，认为麻烦不会这么快到来，到来了也不会降临在自己身上。更重要的是人们无法想象或者低估麻烦带来的忧伤。落榜者不知道那三分的差距也许就是曾经不以为然的粗心，疾患者不知道那胃口的疼痛也许就是曾经热爱的火锅，肇祸者不知道生命的消逝也许就是平时不以为然的一口酒。名落孙山多想耐住寂寞、疼痛难忍多想管住口舌、罹难而去多想不曾癫狂。每个人都要为曾经的错误付账，不过花了钱应该是有收获的，及时警醒尤为难得。可惜现实中的大多数好了伤疤忘了痛，心中只有悔意，但绝没有顿悟。

我也是这样的人，于戒烟我没有顿悟，虽十年不闻烟味，但仍有好感，因为不相信胃是烟熏坏的。于文字我没有顿悟，虽数年砚穿笔秃，但仍有不达，因为总也走不出周遭和故交。于事业我没有顿悟，虽廿载醉心讲台，但无法投入所有，因为不能突破故不能坚守。

一生的麻烦像一部长篇小说，故事的结局似乎是注定的，但不到最后谁也无法断定。相对而言，一时的麻烦就像一部微型小说，事端立见结果立现。

麻烦出现了，不是加快脚步逃离，而是放慢脚步弥补。因为你要相信任何的重来绝不会是一成不变的重复，一定有重来的意义。手机落家里了，一定要安排好时间回去一趟，大雨将至顺便关了窗。误了一个电话，不要担心是骚扰一定要尽快回一下，家长有重要信息正焦急无法。收拾衣服时打碎花瓶，小心清理，你一定发现这块地板被擦得格外干净……这些小麻烦就像生活长河里的一朵朵小小的浪花，出现了不一定会有激流，有时还是一种点缀，一种平凡中的补充。大多数人遇到这样的麻烦会有些担心但不愿花时间去补救，总觉得这是倒退，于前进格格不入，既不能解决，又纠心不过，这是进退两难。这时候，最好的方法是立即弥补，不要给自己过多的时间去空想。其实，事情并不复杂，忘了再做，错了就改。我也经常会遇到这样的麻烦。想到操场跑步，发现运动装忘在家里。立即回去取，虽误了一点时间，但大汗之后清爽的感觉重又出现。大雪天想去游泳，发现车坏了，立即去补胎，虽误了一点时间，但极寒之后回暖的舒适真是难得。不远千里带孩子参加竞赛，却忘了带计算器，大清早跑得满身大汗到处去买，虽误了一点时间，但终究在答题前送了进去。清晨出门忘了外套，抱臂暖足就是不愿回去拿，结果喷嚏打得眼泪汪汪。练习跨栏不愿热身，抬腿投足想学刘翔，结果跟腱断裂伤病数月。挥舞尺子你追我打，不听教导不以为然，伤人眼睛，终生遗憾。这些生活中的麻烦都是人为的，只要我们不畏难、能思变，坏事也能变好事。

生活中的有些麻烦是意外发生的，是不可测的，是自然的原因或突发的原因造成的天灾人祸，这是对一个人心理承受能力的极大考验。友人上中学的孩子车祸离世，这对于中年夫妻来说是多大的打击。多年后再看到他们时，后来的孩子也已经是青春少年了。所有的伤痛在时间里平复了，在后续的生命中得以补偿。但难以想象巨大的悲痛他们是如何渡过的，他们一定找到了生命的本质：其实孩子一直没离开，只是好好地在一个叫天堂的地方等着，也看得见现世中的爸爸妈妈和所有亲人。我身边的同事有罹患重病的，有已然病故的，我们曾经多么不能接受，春来秋去，现在的我们仍在忙碌着他们曾经做着的工作，对于他们的病痛已坦然接受。在这样的遭遇中，人到中年的我们理解了生命对于教师的意义。有些意外的发生虽不可测，但一定可防。一防成绩，二防认可。工作同样多，有想法的去做，会把应付做成舒服，压力慢慢成了动力。如果只有学着去做，你只能成为匠人，不能成为主人。再者，要调理心境。“人不知而不愠”，能做到不简单。存在感虽是别人给的，更是自己攒的。要得到认可，要耐得住时间的磨洗。当今世界提倡的是可持续发展，教育也是如此，不能急功近利。教师更是如此，多做少想甚至不想，呆一点。只问付出，少问收获，傻一点。在岁月的旅途中，麻烦大概就不会经常来找你了！

无论是一世的麻烦还是一时的麻烦，出现了一定逃不掉，不如认真面对。无论是一世的麻烦还是一时的麻烦，凡事多想一秒，开门迟走一步，也许就会绕过。生活虽不容易，但过得要简单，不必多想。工作虽有压力，但做得有方法，不必多想。许多大麻烦也会绕过。

麻烦如障，心境如仙。

2019 年 4 月 20 日于办公室

平凡的日子

【题记】平凡的日子里，人们选择了不同的生活方式。选择有价值的生活能把自己留给世界、留给未来。我选择的是写作，写出一个普通人和光阴争渡的所有生活、苦苦思索的所有纠结、所见所感的缤纷色彩、所行所止的成功与失败……这样的文字是大众的，是大多数人平凡生活的缩影，是大多数人爱看的。我熟知的、我陌生的人啊，希望这些文字能让你认识一个普通的我、真实的我。

人的一生大悲大喜的时候并不多，概十之一二：生命的来与去、金榜题名与名落孙山、洞房花烛与孤苦终老、事业辉煌与身败名裂、意外之财与飞来横祸……余下的大多是平凡的日子。人到中年，我越发喜欢这种日子。一边享受着生活的宁静，一边思考着生命的意义——是为了来过？还是为了留下？大多数人活着只是证明已经来过，能为后世留下些什么的都是大家。为官者留下政声、为匠者留下器物、为民者留下清誉、为医者留下仁心。我是一个平凡的人，不甘心平庸，总想着积攒些、留下些什么。于是，我选择了文字。百年之后，当别人看到我留下的文字，我就一定在他的眼里活着。每每读到《出师表》时，我一定是满眼泪水，为汉室夙兴夜寐的武侯活在了我的心中；每每读《长相思·山一程》时，我一定是满腹惆怅，为故园情彻夜不眠的纳兰活在了我的心中；每每读《面朝大海》时，我一定特别温暖，为幸福追求简单朴实的海子活在了我的心中。我的文字不如武侯的至情，鞠躬尽瘁，死而后已，所以感人；我的文字也不如纳兰的至性，厌于扈从，情感真切，所以怜人；我的文字更不如海子那般至真，思考生命，崇尚自然，所以迷人。当了一辈子老师，我的文字里不会有深沉的家国情怀，只有来来回回地絮叨日日重复的生活；走了一辈子两点一线的路，我的文字里不会有缠绵的故园之思，只是零零散散地捕捉光阴留下的痕迹；织了一辈子物质的网，我的文字里不会有纯粹的精神之痛，只是舒舒服服地享受间或顿悟到的生活本真。这就是一个普通人的生活，一个有些追求的普通人的生活——可以用文字记录生活，可以站在生活之上审视生活。

在大多数人眼里，平凡的日子就是平淡的，像一潭生不了春草、吹不起涟漪的死水。苦度光阴，许多人会迷惘想改变却不能，继而在周而复始中麻木，麻木日久会生出些厌倦。这样的日子似乎多是忙碌与忧虑，少有成功与喜悦。其实生活给予我们的是相同的内容、相同的岁月，因为我们处理生活的方法不同，所以在相同的岁月里才会有万千的差别。所有的变化根源于每个人对平凡的感知。所有人起初都不会相信生活首先是平淡的，而这既是生活的起点，也是生活的终点。身在平凡却不平庸的人是最幸福的人，因为他们找到了生活的本质——做有意义的事，让生命能够流传。

什么是有意义的事？有意义的事一定是有价值的事。它一般是在工作中产生的，把工作做到极致那一定是有价值的事。无论你是维系国家命运的，还是维护街道卫生的，都会感受到价值的存在。把默默为己立、殷殷为人谋、耿耿为国忠之事做得长久，那不仅是有价值的事，更是伟大的事。无论是用文字留下一个普通人的全部给后世，无论是用行动留下一种真善美给后代，还是把一种奉献一种属于你的技能变成永恒交给未来，都将是生命的最好呈现。多么令人向往，想想就心潮澎湃。这是第一种人的生活，守住孤独，平凡中做有价值的事。

什么是有意义的事？有意义的事可能是有乐趣的事，它一般存于自然中、群体中。于是许多人一次次地离开故地背包远足感受陌生，这是穷了眼见之远；于是许多人一次次地走出居所纵情聚会感受热情，这是随了世俗之流。把时间多用在对自然的深入、对友情的维系上不是坏事，它丰富了阅历、调剂了生活，这也是一种健康的生活方式，也是所有人需要的。但如果你所有时间里只有行走和温情，而没有一项能让你静下来且真正属于自己的事情，那么无论你走得多远、活得多“水”，你终将走进心灵的沙漠，一无所有。这样的事，有意义但无价值。工作之余，我也长年游泳，坚持跑步，爱好打球。而我明白，这只是为了自身、为了家人，是私利。所有物质的存在都挣不脱岁月的魔法，随着时间的流逝，什么也不会留下。这是另一种人的生活，充实内心，平凡中做有品质的私事。

什么是有意义的事？有意义的事也许是娱乐的事、放纵的事，它一般存乎茶楼酒肆、歌馆赌档之中。于是许多人呼朋唤友、沉迷输赢活在虚假之中；于是许多人蝇营狗苟、唯利是图活在关系之中。我不会赌、不能饮，有人说失去了许多乐趣；我不经营、不结党，有人说失去了许多机会。这样的事我做不来，曾经遗憾，但不后悔，因为我在看护光阴。我做的事别人做不来，暗自庆幸，没被同化，因为他们在放纵光阴。这样的事，既无意义，更无价值。选择这种生活方式的人一般有两类，要么有事、要么有闲。有事的人忙碌劳累，想到有限的空闲充分利用，于是一刻不停地消耗。熬夜到眼盲，不想睡，怕虚度光阴。假日不见光，不想起，怕见到太阳。有闲的人曾经忙碌劳累，急着赶着，总觉得光阴似箭。老了退了，总觉得日长懒困，于是长期有计划地消磨。这是又一种人或又一个阶段人的生活，平凡中做消耗生命的错事。

写作，于我而言就是生命中最有价值的事，在生命已经过半的时间里我找到了她，用心守护着她。这将是我余生的事业，可以壮志。其间点缀着可以做一些有品质的私事，可以养性。甚至偶尔试着做一点消耗生命的错事，可以怡情。做有价值的事，寻找难，坚持更难。一生坚持有大成，一段坚持有小成，不坚持将一事无成。

坚持写作不简单，得投入真情。想穷尽所有的语言写出生活的色彩与深浅、现在与未来，积累与思索，因为我热爱脚下的土地。想倾尽所有的智慧去描绘寒来与暑往、风过树梢与鸟儿鸣叫、来时的喧嚣去时的寂寥、入学的欢笑毕业的离歌，因为我热爱身边的所有。

坚持写作不简单，可享受寂寞。形单影只为孤独，那是世俗里的孤独。而我在写作的时候需要的就是寂寞，在这样的境界里，我的思路才会清晰而流畅，我的内心才会澄澈而明朗，没有郁塞、没有杂念，只有淙淙水声，那境界是美妙的。节假日里，一个人在文字里徜徉，一个人在享受寂寞。

平凡的生活，可以过得不平庸，做有价值的事。坚守内心，成就自己！

2019 年 3 月 30 日 于办公室

人言

【题记】人们对世界的判断标准除了书本知识和社会规则，大部分是受言语的影响，或者潜言语的影响。人言有时可贵，能让人找到自信；人言有时亦可畏，能让人失去方向。那么我们应该如何面对无处不在的人言呢？学会享受孤独，遇事长于思考是重要的，学会应对世俗，强大自身则更重要。

生活在有声有色的世界里，外因对人的影响很大。近墨者黑、近朱者赤，这是环境对人的影响。人言可贵，人言亦可畏，这是言语对人的影响。人的出生无法改变，这是大环境，但成长的土壤可以改良，这是小环境。虽然少数人能做到“出淤泥而不染”或在逆境中成功，但大多数人还是逃脱不掉环境和人言的影响，特别是成长环境相近时，人言的影响就尤为重要。

人言可贵。对明君来说，忠谏之言最可贵；对朋友来说，坦诚之言最可贵；对夫妻而言，朴实之言最可贵。可贵之言有建议、有批评、有指责，往往有些刺耳。真正的忠臣不一定是知心至交，但一定会鞠躬尽瘁；真正的朋友不一定有福同享，但一定会有难同当；模范夫妻不一定朝朝暮暮，但一定会相敬如宾。大多数人活在顺耳之言中，听不得逆耳之言。听顺了好话会活得很顺心但不真实，日子久了会越来越平庸。想想自己年近五十却毫无建树，可能自己很少听到有帮助、能警醒，足以触及灵魂的可贵之言。求学时，师长的要求严苛。引领和矫正是教育生活的全部，可惜我们几乎都把它们当作了委屈和伤害。奇怪的是，师长的谆谆教诲算得上是可贵之言，而却成为学生想逃离的理由。这些可贵之言非得加上生活阅历的淬炼才能豁然开朗。当我们到了职场，很少遇到能吐露真言的人，只能靠自己的专业和眼光在实践中试错然后成长、再试错再提升。在迷茫和平淡中是看不到前途的，会停下甚至堕落，这时多么需要一个人生导师能在你左右。大多数成功者都不是一个人走过来的，后面有一个或一群良师益友以及追随者。上至古代帝王、学术巨擘、行业魁首，下到普通民众，他们常能听到可贵之言，转变和前行就从来没有停止过。由此说来，从业后寻找、遇到自己的人生导师或建设行业团队真的很重要，早遇到会年少得志、迟遇到则可大器晚成、没遇到只能英雄迟暮。甘罗因遇吕不韦方能少年拜相，刘备因得孔明方能中年为王。而大多数有才志的人因没有寻到或遇到对的人，只有困于一隅，不为人知，埋没一生。

现实中可贵之言也有泛滥的时候。现代社会非常重视人才的培养，许多单位或集体都建立了导师制或师徒结对的形式，把后备力量的成长作为定期规划，为年轻人找到了一个或一群能说真话会说真话的人。那么有了可贵的诤言，年轻人就一定能很快地获得成长吗？答案无疑是否定的。一个人的成长更重要的是内因，而现实的状况却有些变样。社会和单位大都要求新人速成，什么三年规划、五年职考。职业之初就给了年轻人所有的工作、所有的压力，这是不可取的。就教育行业而言，第一年工作的教师就开始了忙碌，带班、教学、积累、写作、培训、教研……几周忙下来，喉咙会哑、精神会乏，整个人的身体状况会下降。校内校外的所有前辈、名师、名家都会给你成长建议，金玉良言是可贵但更“可怕”。人的成长不是缺少这样的心灵鸡汤，缺少的是实实在在的实践，缺少的是一点一滴的感悟，而这一切都需要时间、需要反复磨砺、需要消化、需要熟练、需要变成经验。现在这种对所谓人才的培养有些操之过急、压迫性强，不考虑实际情况。我们吃了多少冒进运动的苦，可我们总是在犯同样的错误。都说教育是“慢”的艺术，难道到了现实就成了“快”的艺术？都说教育要有耐心——静等花开，难道到了现实就要速成——拔苗助长？

我的职初是二十五年前，一路上没有遇到所谓的引路人或点灯人。默默无闻不被人知晓，很多时间里都是独自在实践中前行。没有过多的迫不及待，没有被成长的不自在甚至厌恶，每一点感悟与获得都特别真切，在别人看来是虚度了光阴，如今自己回头看看倒觉得一切都是值得的。当初被分到偏僻的乡村中学，在我的心中，如何生活和真心陪伴远比精彩的课堂来得实在、来的有意义。后来到了小学，在我的心中，如何让孩子喜爱语文热爱表达远比漂亮的分数更有趣味、更有力量。如果我的职初是现在，也许自己被推着赶着成长，或许会成功，有声名、有荣誉、有头衔、有话语权，但我觉得那不是真实的自己，那一定不是自己喜欢的自我。我总是觉得一切的本原应该是真实，教育也不例外。我们教给学生的不仅仅是书本上那些固化的知识和所谓的学科素养，更重要的应该是对真实的感知、生命的感悟。我现在能坚持用文字来表达生活、追求真实，这是水到渠成的事情。作为一个普通的教师，我的阅历、我的知识、我的功底，只能到了人生的中年才会有足够的积累，在文字中才会有直击人心的表达，童年发生的一切贫困、劳作、逃离、奔跑、欢笑、顽劣在时间的沉积中发酵，都成了美好。每次读自己的文字都会有深深的眷念和满满的幸福。

这个世界的言语大致分为两种，一种是帮人的，一种是伤人的。帮人的可贵，伤人的可畏。伤人的言语一旦成了气候，不出口也会有破坏力；伤人的言语一旦成了流俗，就成了话中有话、弦外有音。真是人言可畏！

两年前我开始跑步。大雪中、大雨中、大风中跑过，年初、节假、岁末跑过，心中有事、心中有喜时跑过，身体沉重、身体轻松时跑过。清晨跑过、傍晚跑过、夜间跑过，两年来经历了所有的天气、冷热的温度、悲欢的情绪、不同的日子，跑步给我带来的不仅是身体的强健，更可贵的是思考和领悟。我之前写过的许多文章和现在写着的许多文章有很多是在跑道上完成构思的。最近我发现一个变化，即跑步的两种心态，一种是享受，一种是劳累。奔跑时眼中无物、耳中无声、身边无人，人一直在节奏里，会很享受；奔跑时背后有眼、路边有物、耳有杂音，人一直在节奏外，会很劳累。这段时间有几种人和一处景会干扰我，让人不能专心。虽然他们或它们没有说话，但眼神里都是话语。

晨跑时经常会遇着几个学生，初中部有三两个学生晨扫时经常会快跑几圈，三下两下就跑远了，我这个中年大叔是追不上的。有两三次，我听到背后有脚步声，自己就加速奔跑，一两圈过后背后声音远了或没了，他们的脚步里似是有潜台词“比比谁跑得快”。这样的跑打乱了节奏，大口喘息、大汗淋淋、大脑里升起了蘑菇云。这样看来，有人追着跑时特别累。

放学时跑遇着许多家长，候着孩子足球训练。我一圈一圈地跑过，会引来一些眼神，像是在对我的考核。场上也有我的学生，发现了会不管不顾地大声叫喊，像是在鼓励。每每这时，我都比平时辛苦一些，尽量跑出一定的速度，显出姿势；尽量跑出更远的距离，显示耐力。他们的眼神里似乎有潜台词“看你能跑多远？”这样的跑变了节奏，心跳加剧、咬牙甩臂、苦撑苦熬。这样看来，有人看着跑时特别累。

晚跑时经常被两块牌子惊着。校园里很安静，没有一个人。跑道东侧竖着两块写着避难所的铁牌子，一人多高，还有那些树木、器械、楼宇都在朦胧夜色中一大块一大块，有时像人，有时像物，影影绰绰。一个人在这样的黑影中奔跑，偶尔也会有一点害怕。而那两块铁牌子，每次经过时，它的影子会一下子逼到你的眼前，让你吃了一惊，说不定还会让你出一身冷汗。这两块铁牌子不知是什么时候有的，紧挨着两丛灌木，白天经过时不太容易注意，夜色里就像一个鬼鬼祟祟的人躲在黑暗里窥视，让人很不自在。它们的眼神里似乎有潜台词“看你做什么，我会盯着你”。这样的跑乱了节奏，提心吊胆、或紧或松、一惊一乍。这样看来，疑神疑鬼时跑特别累。

就跑步而言，一个人的世界并不孤单。

生活在有声有色的世界里，人言对一个的成长有着不小的影响，有的人因为鼓励和鞭策找对了人生的方向，活的有价值；有的人因为冷言和嘲讽失去了人生的方向，活的有迷茫。人言或可贵、人言或可畏，但无论人言如何，只要自身有专业、心中有主见、判断有标准、行事能持久，那么，现实环境中铺天盖地的可贵之言你会有选择地吸收，不会盲目自大；现实环境那些听到的听不到的可畏之言你也会视之无物，不会受到伤害。

善听人言，助力成长；善辩人言，规避伤害。

人言可贵？人言可畏？

2019 年 6 月 15 日于岔路学校

谨以此篇献给中考语文

如何去爱

【题记】这个世界充满爱，看不见、摸不着，只能细心去感受。被爱时的舒适，施爱时的欣慰，都让人觉得生活是多姿多彩的、生气勃勃的。同样是爱，被爱包裹、用爱包围别人的，其感受或给别人的感受却千差万别。有泛滥成灾的溺爱，有严厉过度的“酷”爱，有爱满人间的错爱……看来，爱并不是一件简单的事。

世界上大多数的幸福和苦难其实只缘于一个字，那就是“爱”。它能让你哭让你笑、能让你幸福也能让你堕落，甚至让你生让你死。因为爱国，所以不惜抛头颅洒热血，鞠躬尽瘁，死而后已。只是享太平日久，大多数人不需为国赴死，爱国只是国歌响起时那一瞬间的感动。因为爱家，所以不惜起三更睡半夜，宵衣旰食，甘之如饴。只是享丰足日长，大多数人不需为家苦熬，爱家只是羁旅中的那一缕乡愁。因为爱情，所以不惜抛家庭舍功业，海枯石烂，矢志不渝。只恨诱惑太多，越来越多的人不再为爱痴狂，爱情只是受伤后那一曲忧伤的歌。

每个人都因爱而来，为爱而去，而来去之间酿造爱的味道却千差万别。

不是所有的人付出爱就能得到回报，因为我们总是认为爱就是这么简单。给予了就坦然了，就安心，就一定有好结果。对于如何爱极少思量，不能站在对方的角度选择表达爱的方式，难免爱过了，成了溺爱，变相地耽误了对方，有时造成无法挽回的苦痛的。难免爱严了，成了伤害，总是想着“教不严师之惰”“严师出高徒”的古训。师道尊严，“严”字当头，有时让不少受不了如此严苛教管的孩子心生恐惧，战战兢兢，即使千难万难熬出了头也不会真正地喜欢，而且还会把所谓“不吃苦中苦，难为人上人”的育人方法施之后人，代代遗恨无穷。难免爱多了，成了“糊涂的爱”，很难把握分寸，找到合适的方式表达爱。于是就有了“慈母多败儿”的遗憾，于是就有了“宽是害，严是爱”的古训，于是就有了没有立场的错爱。

不是所有的人享受爱就知道感恩，因为我们总是认为爱就是理所当然。孩童时，从来不曾细心地体会过爱，更不曾失去过爱，所以不知什么是爱，这叫纯真。但也是在孩童时代，最容易种下扭曲的种子。爱得过于放纵，孩子没有了是非，日后难以融洽于社会规则，心中有落差。爱得过于苛求，孩子没有了快乐，日后便不会快乐地给予别人爱，心中有阴影。我身边有成百上千的孩子，大部分时间被学校课程和校外课程所占据，缺少必要的家庭生活和社会生活的补充。学校教育不能完全代替家庭教育与社会生活。家庭教育中行止坐卧的常态、喜怒哀乐的表达、为人处事的方法都是活生生的例子，有什么样的家庭就有什么样的孩子，家庭教育是孩子成长的第一关，真的是必不可少。司马迁承父志方有《史记》、李时珍世代良医方有《本草》、钱穆诗文传家方成国学大师、钱学森家学深厚方有两弹元勋……当然这些大家也许是少数出类拔萃者，大多数普通家庭的教育起点较低，往往对于孩子的未来没有过高奢望，即便哪一天孩子长大后能成就一番功业也是上天眷顾或祖上荫庇。这一类人潜意识中"树大自然直"的观念根深蒂固，心中总有"要成才自成才"的侥幸心理，这样的观点和心理也成为他们疏于管理的借口。教育中成功的例子个个不同，那就是家庭教育的濡染、温情、帮扶、纠偏与激励，一个优秀的孩子背后一定有一个优秀或者高品质的家庭。不成功的例子个个相同，那就是家庭教育的争吵甚至离散、简单甚至粗暴、误导甚至激化、浸染甚至扭曲，一个失败孩子的背后一定有一个问题家庭。

无论什么家庭，舐犊之情是相同的，可为什么满满付出都是爱，而得到的多寡却大相径庭？美满者十之一二，十之六七都留有遗憾，少数的家庭酿成了不大不小的祸患甚至引发了灾难。因为，爱，不仅是一种温情，更是一种能力。爱的付出不是那么简单的事，是有原则的甚至有规划的。不仅仅是照顾、陪伴、供养、教导、指引，更多的是示范、控制、选择、协同、隐忍、磨炼甚至谋略。一个优秀的家长需要具备三种能力：养品性、用学识、善取势。

品性是必备的能力，能让孩子走得正。品性大半靠传承，家族先辈的濡染，自然而然的。由先天的自然到后天的涵养，形成了好的品性。好的品性包括是非观念、责任意识、耐挫能力、专注精神。一个责任感较强的人一定会有既定的目标，为了达到这个目标一定会经历许多磨炼和失败，只有不断地提升不达目标誓不罢手的专注力，才不会受外界太多干扰半途而废，最终留下遗憾。我年过三十写日记、年近四十学冬泳、已过不惑事文字，这一桩一桩的事一直在坚持着，不唯名不图利，一来修身养品，而更多的还是为了有能力做一个好家长。

学识是专业的能力，能让孩子走得远。学识根基靠传承，根基固才能走得快走得远。学识不仅仅是让家长介入孩子的学业，更多的是帮助孩子养成学习的品质，不畏难、不妥协、不退缩。家长阅历丰富，深知学业的甘苦，深知途中的险阻，在关键处为孩子做专业提醒、梯度铺垫，孩子要少走一些弯路。学识越丰厚的陪伴孩子的时间越长，最终由家长而成朋友。家长的学识一定有不够用的时候，更多的时候是孩子的人生导师、精神导师。我是一名小学老师，孩子初中我就无能为力了，与大多数的普通家长一样只能在生活上贴身照顾。因为学科上不能给孩子帮助，所以心理上离孩子越来越远。孩子在黄金年段得不到长足的进步，专业能力缺乏的我是有一定责任的。孩子从我身上看不到专业的精深，所有超越学科的兴趣与探索会因得不到帮助而很快夭折。有时，我也会怨自己，怨自己跟不上初中知识的步伐。当年曾经辛辛苦苦学会的知识现如今却是那么陌生，重新拾起来也没有勇气。对孩子受挫时的宽慰显得那么苍白，没有说服力，连我自己也不能确定这样做或那么做对不对。道理都会说，一条条、一款款，就是不能深入到知识本身，只能隔靴搔痒，难以对孩子有启发、更难以让孩子有顿悟。“打铁还须自身硬”这是颠扑不破的道理。人到中年，实在无力重拾，更无法提升自己的知识水平，只有做一个忧心忡忡、战战兢兢的家长了。

取势是关键的能力，能让孩子走得顺。取势就是以人为本，能够根据孩子的年龄特点、情绪变化灵活有效设施教育，能有效调节孩子的心态，纠正他对人对事的错误看法，帮孩子平稳度过这个易躁、易逆、易散的求学时期。善于取势是一种极其难得的能力，做得好的，孩子发展，家庭受益；做得好的，就是家庭教育专家。善于取势更是一种境界，这样的家长首先有强大的心理承受能力，在孩子起起落落的学业路上、在孩子磕磕绊绊的成长路上要稳住阵脚，不能被情绪左右。胜利容易让人迷失方向，失败容易让人坠落志向。青春年少，情绪就如风向，说变就变。初中三年，孩子长高了，我也成长了。孩子更加自主了，我更加拘束了。小学一直优秀，家长的心情也一直晴朗。初中优良中差五味杂陈，没有主色调，也少了主旋律，家长的心情也恍恍惚惚惚，水煮火烤。这样的家长还要有因势利导的谈话技巧。考试的科目多，每一次测试全面开花的可能性几乎为零，都会不同程度地出现学科短路的现象。要如何去鼓励保持优势学科、如何去纠错提升短板学科都是一件不容易的事。有时我们忍不住着急，在孩子面前也会语无伦次。孩子在这样的压力下先是委屈，然后是沮丧，认为这门学科没有办法提高了。很无助——曾经那么努力想学好这门学科，答案也写得和老师讲得差不多，为什么还扣那么多分，几次政治测试都有些绝望了。那种心情我们也能理解，我也努力地写着文章，但能发出去的几乎没有。早就心灰意冷了，只是还有写的冲动，所以一直没有停止。也想做一个有智慧的家长，可总也无法帮助孩子顺利渡过一个又一个重要关口。孩子是有能力更上一层楼的，但我无法深深影响孩子对学业的态度，对偏科的扭转。因为不够专业，所以没有可信度。越跑越偏的失控感让人无助，也让人悲凉。

努力涵养自己的品性，做一个行事坦荡的人，身教大于言传，教育孩子求学先做人。努力进入孩子的学业，做一个专业精深的人，探讨好于说教，陪伴孩子同悲喜共进退。努力深入孩子的内心，做一个以人为本的人，成长重于学业，引领孩子克难求进平和心智。

爱是本能，如何去爱是能力。努力做一个会爱的家长，在喜怒哀乐中体验两度人生的斑斓色彩。

2019 年 4 月 15 日于办公室

印证

人的一生都是在印证，印证先人世代相传的金玉良言或躺在故纸中的那些陈年旧话，做人的、行事的。说的人一脸虔诚，听的人满心不屑。写的人铭心刻骨，看的人过眼云烟。因各人的境遇不同，领悟的程度亦不同。说得多做得少，总是执迷不悟。边干边说，自然渐行渐悟。做的多说的少，方能大彻大悟。陆放翁所言“纸上得来终觉浅，绝知此事要躬行”深得精要。

一件事做得久了，会真真切切地体会到某一句话的可贵之处，这就是阅历，阅历深了，能力自然就强了。爱好垂钓的人就特别能体会“智者乐水”中的快乐，于是乎善钓。潜心书法的人一定深知“字为心画”的气象，于是乎善书。再看看那些推动科技进步的人、善于创造财富的人、练就精湛技艺的人……莫过于用一生印证着某一句话。瓦特于“蒸汽时代”、安培于“电气时代”印证了“发现”对于社会发展的巨大力量；袁隆平之于“高产水稻”印证了“改变”对于中国的巨大意义；盖茨的成功印证了“时机”与“进取”的活力；马云的成功印证了“把失败当人生，不把失败当过程”的成长。不过，这些伟大传奇的人物少之又少，他们的成绩、成功无法复制，积累的经验、教训无法习得，只能放在书本里励志，不能放在身边陪伴。

一件事做得久了，慢慢控制了杂念变得更加专注，慢慢控制了焦躁变得更具耐力。杂念是心魔，无处不在。磨难越大，杂念越烈。害怕危险的心理比危险本身可怕一万倍，这是开始前的杂念。刚离开起点，就迫切渴望达到终点，这是过程中的杂念。经历了一次磨难或一次失败，似乎没有勇气经历第二次，这是结束后的杂念。冬泳已近十年，但杂念无时不在，自己也不知能到何时哪岁。

回忆美好点赞自己，遏制无端的杂念，这样你就会迈出坚实的脚步。每天清晨当家人还在温暖的被窝里，天气微明，寒气逼人，我便毫不犹豫地穿戴整齐，开门出发，反复告诫自己“赶紧在路上”。特别担心稍一犹豫就会迈不开脚步。一旦走进了寒冷，还是特为自己骄傲的：“耶！真了不起！”

脑子里也努力地回想着每次上岸后暖足的舒适——身体似乎被点燃，每一寸肌肤都在喷薄着热量。身体和衣服之间似乎多了一道温热的夹层，仿佛待在阳光房里欣赏北国风光，童话一般美妙。从头到脚，没有一处不轻松，像林间奔跑的小鹿；从内而外，没有一处不熨帖，心宇澄明一时不知人间天上。

保持节奏自然呼吸，丰富有效的想象，这样你就会熬住水中的寒冷。有人经常问：冬游的人应该不怕冷吧？其实，冬游没有那么神奇的功效，不过就是老百姓说的洗澡。我们也怕冷，但和常人稍有不同的是我们能耐寒。常人冬天落水会落病，我们下水会治病。严冬里土都冻得硬邦邦的，水也冻透了，像藏了千万根刺针，不似雪粒打在脸上般的痛痒，而是先冷后麻，慢慢失去知觉。这时双手与双脚似乎是假肢，不属于身体。保持游动的节奏，一起一伏。自然的呼吸，莫急莫乱。麻的感觉仍在加剧，似乎到了极限，不知道自己还能不能游回去。这时我的想象就丰富，就如望梅止渴、画饼充饥，努力地想象着热水泡脚的情景。水热时，烫得嗷嗷大叫，仿佛受了酷刑。暗自庆幸自己不在那样的烫水里，否则一定会像林冲在野猪林一样双脚被烫得红肿难当。想着想着，似乎那水就成了室内的泳池了；想着想着，就到了岸边了。

收藏痛苦，为了下次能熬住痛苦；升级快乐，为了下次能延续快乐。每次熬过严寒都不敢肯定明天会不会再来。虽收获了快乐，但远不及痛的深邃。如果打分的话，痛是六十分，乐是四十分，所以就要让快乐升级。冬泳虽是极寒，但它治好了鼻炎、控制了血压、强健了体质。冬泳成了我的骄傲，我比别人更坚忍。冬泳也成了我的追赶，生活和事业上我是个落后者，冬泳的精神让我在别人休息的时候追赶，缩小了差距，年轻了岁月。年近五十的我对工作仍保有足够的热情，总想为学校、为学生做一些事情，而不是“充耳不闻身外事，哪管闲坐话短长”。

事事不同，但理却相通。就如卖油翁一句“无他，但手熟尔”，让善射的陈康肃明白了许多。能吃得了冬游的苦，为什么不能吃得教育的苦？为什么不能吃得终生学习的苦？工作几十年了，没有什么值得说起的事。做班主任，没有培育出一个好班；教语文，没有让成绩出类拔萃；做行政，没有让管理开花结果；做父亲，没有让孩子心无旁骛。回想起来真是失败，可能是因为没有品尝过教育的成功，没有体会到终生学习的荣耀，所以才做不好教育，停滞了学习。写文章希望有读者，若没有，我有些写不下去了；读有用的书籍希望有快乐，若没体会，我常常走走停停；写有见地的教学文字希望被承认，若没有，我常心灰意懒。尝试多读古典文学希望能够博学，却不曾读通《诗经》《论语》，我常捧书而眠，不得其法，很是痛苦。有些苦是比较复杂的事，与冬泳的苦不同，不是想吃就能吃得下的。理虽通，却需要帮助；理虽同，却缺乏专注；理虽懂，更需要协作。大多数人无法超越。

一件事做得久了，有时会怀疑某些话语的真伪，从而怀疑自己坚持的对错。

坚持就能胜利。82 岁高中的梁灏， 70 岁拜相的姜子牙、62 岁才创立了肯德基的桑德斯……他们大器晚成，可以想象，他们一定比别人受到的打击更大，努力更多。他们在应该成功的年代没有成功，当同龄人解甲归田时他还在孜孜以求。世人的眼神、世事的难料足可以摧毁人一百次，几乎所有人都觉得这样的生命没有意义，但这些人在人生的中年或晚年成功了，这不值得尊敬吗？历史记住了他们，但许多坚持了而没有晚成的人却淹没在岁月的长河里，没泛起一点浪花。那些没有青史留名的人难道就没有胜利吗？有时，坚持久了，就成了信仰，无法轻易改变。我想坚持一定会让他们有或大或小的收获，他们对得起自己当初的选择，坚持成就了自己。生命得以充实，这不也是一种胜利吗？

不幸是一所好大学，能进入这所大学的人在别人眼中都是不幸的。左丘明、司马迁、夏洛蒂、海伦·凯勒、霍金、林肯……他们都是这所大学的优秀学生。如果说逆境成就了他们有点牵强附会，只能说他们在困难中坚持了自己的信念并取得了成绩。如果把他们转入一所叫“顺境”的大学，谁也不能否认他们中有些人也许会取得更加辉煌的成就。

许多名言的产生有其特定的历史背景和人生经历，不可能放之四海皆准，不一定适用于每个人。如果你没有到达那个境界，可能一生也无法理解这样的话语。爱因斯坦说：“教育就是当一个人把在学校所学全部忘了之后剩下的东西。”它强调的是灵活运用，不是死啃书本，如果你是做科研的也许认同性高一些。“没有教不好的学生，只有不会教的老师。”它强调的是教育的力量，如果你是做教育的一定会知道其中的艰难。

名言、哲语、铮语……这些都是先贤或社会发展历程中积累下的宝贵财富，每一句都应该有一个发人深省的故事、每一句都会有一股引发社会发展的力量。这句句话语引导文明进步、教导人们成长，需要我们一代一代用行动去实践其中的道理，去理解先人的智慧。我们要做的不只是接受，而是用一生去印证，在印证中寻找自己有意义的人生。

一件事做久了，就会有许多感悟。一件事做久了而且做成了，就会产生一种信仰。信仰需要被反复印证才能成为颠扑不破的真理。

早安！朋友

【题记】“早安！中国”是一个大国的醒来，即将远航，让人心情激荡。“早安！朋友”是一个灵魂的苏醒，即将前行，让人满怀希望。画面中的“早安！朋友”多么美好、多么响亮；而现实中的清晨，有些人是“不安”的。前日的烦忧醒来就有，无法驱赶。大多数人现实中的日子是平淡的，清晨醒来，只有隔夜的倦态与慵懒。亲爱的人儿，无论你是烦忧还是平淡，晨起请收起所有，认真地对自己说一声“朋友，早安！”

清晨，无论在何处遇见总会浅浅地道一声“早安！”说的人带着笑、听的人抬起手，这是一天的开始，宁静而平和。然而，这只是想象中的画面。现实中很少有人能真正做到“早安”的，大多数人脑袋里装满了事务或烦忧。夫妻拌嘴的，不知如何弥合当初你侬我侬的甜蜜；借酒买醉的，不知如何面对清醒后阳光普照下的生活；考试失利的，不知能否沉下心来苦练苦熬；养家糊口的，不知如何在平凡的工作中找到价值。早晨不再是美好的开始，而是如何逃避的开始，哪来的早安？

今天是周六，应该是自然醒、葛优躺，一日三餐，清闲自在。但绝大多数人不能这样，我便是如此。我的周六仍是工作日，有自己的事——清早送孩子上学、然后“爬格子”到晚、抽时间去看老人；有学校的事——帮一个老师磨区赛的说课、陪一组师生排练片赛的话剧。我相信，许多人和我一样，在这个理论上应该休息的时间仍在忙碌着。孩子疲惫在上课的路上，家长奔跑在接送的路上，老人蹒跚在三餐的路上。

其实，无所事事也是一种累，适当的忙碌会有益身心健康。给人带来伤害的往往并不是忙碌本身，而是忙碌的结果——有些忙碌短时间内是看不到结果的，煎熬着等待。生儿育女，上了大学才是结果，十五年的忙碌与等待，难怪引无数人感叹“时间都去哪儿了？”从小学的牵手、到中学的放手、到大学的放飞……父母与孩子相处的时间越来越少，父母为孩子操的心却越来越多。父母为孩子选择求学成长的道路都是一样的，而过程是个变数、孩子也是一个变数，大人的态度决定了孩子的态度，教育的细节决定着孩子前进的速度与方向。五千多天的日子，这绝对是一个漫长的投入与期盼。小学、初中、高中，每个阶段孩子从身体与心理上都在发生很大的变化，父母每经历一个阶段衰老就会增加几分，叹息就会增加几分，无助就会增加几分。大人们只管按照自己的方式教育着孩子，用自己的言行自觉不自觉地影响孩子。谁也不能断定自己的教育方式是否适合孩子，一旦短时间内没有见效，大人们便开始怀疑自己的管理是否出了问题，有的父母便改弦更张，另辟蹊径。我也是一个容易忐忑的人，孩子自从上了初中， 有些偏理，语文成绩一直在低谷徘徊。初一下就一直在补习语文，可两年多了，孩子的分数虽有些变化，仍很不稳定。同行的几个孩子有几个补数理化去了，我的心里也一直打着鼓——到底要不要补下去？要不要补见效快的学科？刚过去的几次中考适应性测试，连续两次语文考砸了，孩子学习语文的自信心又跌到谷底，孩子一边流泪一边痛斥失分最多的阅读题。我试着读完，做了做后面的四个题目，竟然错了大半，而答案的要点却又如此简单，孩子和我就是想不到、想不全，我似乎理解了儿子连续失败后的无助。六月一日，离中考还有两周，上完了最后一节校外语文课，这种补课到底有没有作用的想法依然存在，现在只能暗自祈祷补课的效果能在中考中显现。

在忙碌的过程中控制和策略是最重要的，说教和急躁是最致命的。父母对孩子的期望很高，往往超出孩子的能力，同样为孩子忙碌着，但结果却大相径庭，这是为何？优秀的父母懂得控制自己的情绪，懂得引导孩子的情绪。在纠正孩子错误的过程中讲究策略，在孩子失败的时候找优势，为孩子找信心，培养孩子败不馁的韧劲。在孩子成功的时候找不足，为孩子找目标，培养孩子胜不骄的雄心，及时把孩子带出负面的情绪影响之外，努力平衡孩子因成功或失败而左右摇摆的心态。懂得策略的父母在处理孩子问题时大多采取延缓的方法。在孩子情绪起伏时静静地倾听或陪伴，什么也不要说。让他们自己释放或宣泄情绪，等他们的情绪平复下来再去交流。第二种策略是内紧外松，父母往往把问题看得比事实严重许多，但在孩子面前却不可夸大其词，而是家校联合切实行动，改变或扫除孩子错误蔓延的环境或土壤。优秀的学生也会遇到早恋问题，优秀的家长是这样做的：细心观察，偶然发现孩子有三两次夜间蒙在被窝里 QQ 聊天。向老师反映发起男女交往过密的调查，证实了事实。采取行动，老师帮助调开了座位。双方家长达成共识，严控监控孩子使用手机的频率，错开上晚自习的时间，减少接触的时间。这些都是在两个孩子不知道的情况之下进行的，随着两个孩子正面接触的时间减少或没有了，他们的精力也很快回到学习上去了，成绩也都稳定在班级前列。其实两个孩子开始互相仰慕对方的某一门学科的优秀，接触讨论学习，日久生情，这是一种纯洁的友谊，朦朦胧胧，十分美好。过去了也就过去了，像一阵风，但如果发现不及时，或处理不当，那就是另外一种结局。

另一个家庭也遇到了孩子早恋的情况，因为发现迟，两个孩子已发展到外出约会的程度了。在学校，小男孩在大庭广众之下为小女孩弯腰系鞋带。孩子初三了，两次模拟的成绩不理想，而且有下降的趋势，很快就要中考了，家长茫然不知所措。也许会严厉地责骂孩子，做父亲的着急了也可能会打孩子，这样的做法已经没有什么效果了。在这样的关键时刻，谁也没有好方法，只能果断采取措施，把损失降低到最低程度。严格禁止孩子使用手机，严格监控孩子自由支配的时间，尽量减少或严禁孩子互相接触的时间，双方家长和老师严密配合，把孩子的精力尽量引到紧张的备考中去。这样的措施看起来好像对待犯人，但也是权宜之计，希望两个孩子能尽快从不正常的交往中清醒过来，树立崇高的人生目标。不知道这些经历早恋的孩子们能不能及时走出来，作为成人我们站在人生的前方关注着迷途中的他们，真心希望孩子们能走好人生的每一步。一步错，后悔几年；几步错，后悔一生。

孩子的问题无小事，在处理这些问题时，要慎之又慎。不说教，失败时和强者比伤害越深，成功了盲目自信失败越快。不急躁，父母的情绪就是孩子的情绪。孩子的急躁就是浮躁，就是面对困难慌乱的表现，就是缺乏战胜困难的毅力。这些情绪往往来自家长或老师以及孩子经常接触到的人群。行事急躁，一般表现在践踏规则。其实最先反思的应该是我们做父母的，想想有没有当着孩子的面做过这样的事。前两天我就做了这样一件事，途中加油，因停在了自助加油的位置，工作人员要求重新排队，到另外一台加油机前人工加油。无卡不能在自助机上加油，这是公司规定。我认为她不够灵活，有些报怨。此时孩子和妻子坐在车子里，事后想想真的不应该。行事急躁，一定表现为恶性循环。孩子小的时候犯了错误，偶尔我也会歇斯底里，甚至动手打人，事后回忆孩子满眼泪水、战战兢兢的样子实在有些后悔。虽然当时孩子深刻认识到了自己的错误，但他的小脑袋里一定会留下父亲当年暴怒的影子，而且不会忘记。我骨子里是个急性子，容易动怒，追根溯源还是父亲的影响。直到现在，已过古稀的父亲一变脸，家里人还是害怕的。

有些忙碌从一开始就知道是没有结果的，徒劳还要做。有那不幸的，遇到了病残或变故，顶着巨大的压力活在世俗里，那种劳碌是常人无法想象的，几乎是没有结果的，这样的事给人带来的痛无异于烈火焚身。社会上有这样一个群体，家有病残儿童。一位妈妈为了自闭症的儿子毅然辞去了工作，坚持陪读，栀子花就要第六次绽放了，曾经神采奕奕的妈妈如今已经两鬓灰白。如今孩子已超过妈妈半个头，依然如六年前一样平静，妈妈牵着他的手。偶尔校园里遇见，妈妈眼神里满是谦卑。有时，远远地遇见了母子俩，怕见了尴尬，我会悄悄地避开。暗地里感叹这位母亲的坚强。回到家中，总是对已届中年的妻子心存感激，有时埋怨妻子的小懒却听之任之。

清晨是一天情绪的开始。前日的胜利和喜悦会让人渴望黎明，渴望有人分享你的快乐，此时你多想对别人说一声：早安！朋友。前日的失败和不堪会让人拒绝光明，希望无人打扰你的颓丧，此时你多么不想听到别人对你说：早安！朋友。大多数的清晨，没有喜悦也没有悲哀，平平淡淡，身体里流淌着无休止的倦态和慵懒，满脑子都是即将面对人心的烦和面对事务的难。都说一天之计在于晨，无论你曾经喜悦还是悲伤，抑或是平平淡淡，请你不要回想，面对天空轻轻地说一声：朋友！早安！

2019 年 6 月 2 日于家中

最好的教育

【题记】世界上最复杂的事莫过于教育，每个人来到这个世上一模一样，可有了教育的存在，我们千差万别——杰出、平庸、堕落、罪恶……普通的家庭该如何理解教育、如何践行教育，这是一个特别深远且重大的课题。自由教育、模式教育、从众教育、个性教育……如何选择，我们都很茫然。不知最好的教育是什么？我们又该正确地做什么？

这个世界上最复杂的事不是文明进程，也不是科技创新，而是教育树人。那什么才是最好的教育呢？成功的例子个个不同，失败的例子个个相同，真的看不懂。大家对教育的理解各不相同，有的人尊重自然，坚信树大自然直，只是看着孩子成长，参与得浅。有的人尊重经验，书上怎么说就怎么教，让孩子按自己的设计长大，日日带着孩子成长，参与得深。更多的人是从众，大家怎么做我就怎么做，流行什么就干什么。用心陪着孩子成长，参与得广。我基本属于第三种人，从小让孩子下围棋、学钢琴、上奥数，孩子“充实”，自由的时间却支离破碎。初中了，节假寒暑几乎都在上课，孩子忙碌，自由的时间只能见缝插针。

什么是最好的教育，高考说了算，这是最实在的标准。什么是最好的教育，孩子说了算，这是最民主的标准。什么是最好的教育，未来说了算，这是最高的标准。高考改变了许多人的生活，绝大多数人都把高考作为教育的终极目标，我也不例外。

教育是一项复杂的工程，即便同一个人，在不同阶段，教育观念也是不一样的。相信“要成人自成人”的家长熬不了几年就会怀疑自己的想法。当看到孩子慢慢落后了，便再也不能淡定了，开始急急忙忙地补救。他们认为孩子仅仅是成绩要补，其实要补的首先是学习习惯。许多孩子的坏习惯严重影响了家庭生活。沉迷网络，与家长关系淡化；劝说无果，与老师关系僵化；错误不断，与同学关系恶化。这些都是所谓的“自成人”带来的后遗症。变得特别坏的孩子也很少，而更多的孩子面临的困境是学习没有自信，成绩一直低迷无法摆脱。主要原因无外乎两点——积重难返，基础不牢地动山摇。再者，靠自己那个小毅力，孩子吃不了追赶的苦，只好随波逐流。有些孩子偏科，也会造成整体下滑，影响士气。家长头脑里有些想不通——为什么他家的能自成人，我家的不行？其实别人家的孩子可能只是不上补习班，但那些家人一定是在认真地管理。也许家庭的教育不完全是在学业上的，但一定有持续不断的表扬、提示、批评、鼓励……让孩子一直在一条正确的路上走着。有什么样的学生，就有什么样的家长。他们也像长不大的孩子，和学校沟通少，真正关心孩子学习的不多，不能够帮助自己的孩子走出生活和学习中的困境，只是简单粗暴地指责，孩子在内心其实是比较鄙薄这样的父母的。这时便会出现一些大大小小的冲突，久了就会变成冷战。此时，孩子离你就越来越远了，遗憾的是家长们还茫然无知——最佳挽救时机正在慢慢失去。到了中学，家长对孩子学业上的指导会越来越少，对孩子情绪上引导将越来越多。不断地和老师沟通，配合老师均衡学科发展、配合老师巩固优势学科成绩。抓准时机鼓励孩子对弱势学科的兴趣，还有成长过程中的诸多小烦恼——作业书写马虎、计算过程简略、课堂讨论影响纪律、追根溯源挖得过深、惺惺相惜交往过密、运动过多耽搁学习等等，都要策略地处理。不能蜻蜓点水，也不能挖地三尺，深浅刚好到达警示，但又没有伤其自尊的程度。

人无完人，金无足赤。无论孩子多么优秀，在父母眼中总有这样或那样的不好。在艰苦的求学过程中，也允许孩子有一点儿自己的小缺点。孩子们长年穿校服，对鞋子饶有兴趣，偶尔也抢限量版的，同学有什么新鞋，一定会成为热议话题。习惯蓄发，理发如割首。喜欢开夜车，白天蒙头睡。不热心集体活动，常不吃晚饭打篮球。饮食挑口难伺候，鱼虾水果兴趣淡。做家长的有时会生气，也会夸大影响。穿鞋讲牌子，怕以后会过度消费成了败家子。不喜短发，怕以后会发型怪异成了小流氓。总是熬夜，怕以后会黑白颠倒身体亏。不爱集体，怕以后会特立独行偏主流。其实也没有必要那么担心，在师长正确的引导下，班级良好环境的熏陶下，孩子一些阶段性的小嗜好一定会在学习的大河急流里被淘沥得干净有致。过去的一年孩子有了四双喜欢的鞋，有两双是长辈送的。在全力冲刺中考的紧张中已忘了鞋子。一模、体育、口语已过，可以心安地理发了。每晚不断地提醒，现已能在晚上十一点之前入睡了。所有的集体事务都变成了一条，中考每分必争。

按成长教科书教育孩子看似精细，但不一定就能如法炮制。就像按食谱做菜一样，你终究成不了优秀的厨师。教育不是流水线，每一个孩子都是独一无二的，都应该有不同的教育方法。在漫长多变的成长途中，正确的积累、良好的氛围、成败的引导、智力的发展、学科的理解等，每一步都很微妙，书中是无法提供完美的教育方法的。许多年轻老师下定决心和孩子交朋友，努力创造民主和谐的管理氛围，可一入职一接班，三天不到，满腔的理想只剩下满脑的轰响。只有忘了所谓的教育理论，静下心来思考对策才会有所改观。教育自己的孩子没有现成的经验可以简单借鉴，你只有忘了所谓的经验，认真思考孩子的需求和困难。在求之不能时帮他度过、在趾高气扬时激发斗志、在努力前行时保驾护航、在懒惰停滞时善意鞭策、在放松玩耍时允许呼朋唤友……

在常年的学习生活中，你一定非常了解孩子的长短。努力让孩子保持优势，其实能做到也不简单。儿子数学强，总想考第一，但因一些非智力因素影响经常不能如愿，此时家长的作用就非常重要。不要过分指责孩子，把你的不良情绪传染给他，而是和他共同寻找失分的原因，清晰失败的地点。给孩子打气，相信他的实力下一次有机会超越。如果相反，语言相激，孩子的自信心会受到打击，便会开始怀疑自己的能力。儿子有几次总也考不好，有一两道题就是没有想到，便开始质疑自己的智商。这时家长的鼓励和分析能让孩子走出迷雾，也许就差那么一步他就能找到解题的方法，一旦理清，寰宇清明。

大多数人不太懂教育、也不太懂孩子，很茫然，只能跟着潮流走。两周岁开始上小托班，幼儿园中班开始学习艺术课或早期英语课，大班暑假开始上幼小衔接，小学课余时间开始上学科提高班，六年级开始冲刺名校，初中……一言难尽。从大人到孩子、从家里到家外，为了教育几乎做了所有该做的事情。至于付出有没有结果，无法奢求。孩子牺牲了自由、大人耗尽了精力，结果却不尽人意。原因有三：机构不如意、孩子不喜欢、家长不知晓。校外的教育机构水平低下，多是机械重复，孩子大多不喜欢甚至很厌恶。家长没精力管理，花钱求个省心，顾不了成绩。这是一种付出，同样也是一种逃避。家长要时刻关注学校教育、时刻监督校外补充、严格规范家庭教育。

孩子的学习习惯决定了他们的进步，坏习惯的孩子最重要的不是补知识，而是补认识。聆听、专注、扎实、思考，这些好习惯在校外机构无法纠正，只有规范的家教才能塑造。许多孩子在十岁之前被娇惯、溺爱，养成了懒惰、吵闹、散漫、随意等不良习惯，到了小学中高年段已逐渐固化，很难改变。近几年来小学的班级里不断出现特别难管教的孩子，上课乱跑、随意讲话、暴力倾向、意识混乱……让老师们心力交瘁。有的孩子行为乖张，已经严重影响教育教学，家庭实在没办法，只能办理退学，把他们送到了行走学校或少年武校，用硬管理来改变他们。

任其自由的教育不适合所有孩子，教科书的教育不可以一成不变，从众的教育不要放弃管理，最好的教育是不存在的。我们的学校要认真思考给家长以指导，我们的政府要认真监管给教育营造一个良好的环境，我们的家长要配合学校在教育关键点做精做好，我们的媒体要为未来着想给教育一个良好的导向。教育是一个非常复杂的工程，也是一项千秋万代的事业，是人类社会文明发展的强大核心。

最好的教育不是无畏攀比，而是专心做自己。在现实的教育环境下，抓实过程，冲击学科最佳状态才是最重要的。每一阶段的测试就会找出学科的不足，定期高质量的训练会不断检验学科的不足，直至调整到最精准的状态。

最好的教育是一个美好的梦，我们都是筑梦人。

2019 年 4 月 28 日 于岔路学校

追寻

【题记】自2018年9月起，我就很少写文章，那半年只写了两篇。直到2019年3月，我发现自己"病"了——文章忧郁症。我一直以为写文章是显示才气、博得名气，甚至能赚得财气，因为文章鲜有人看，所以少了坚持。如今有些明白：写文章是为了在心中找个地方安放自己，这个地方是最终的皈依之所，是最美的精神家园，而能找到自己精神家园的人少之又少。

2019年的春天注定不安宁。天不宁——淫雨霏霏，连月不开；人不宁——孩子落榜我落病。

眼前的烦忧。孩子冲击少年班落榜了，心中郁塞，潜意识中似乎能云中折桂，凯歌高奏。心底隐忧，多日不曾有只字片语，潜意识中似能成锦绣文章，如花绽放。孩子有学业，父亲有文章，那才是真的好。总想着如果孩子再好一点，就能实现梦想，就不会有失望的痛。离开了孩子的成长，忙碌似乎成了辛酸。总想着如果自己再多写一点，就能把平凡的日子变得安静而绮丽。离开了文字的倾诉，生活似乎成了沙漠。坚持多写文章，这是我最初的誓言。我以为可以百折不挠，可什么都逃不脱时间的拷问。

许多人怕文字，一写就痛。我不怕文字，能写但不善写，就像一个酒徒，好酒但不善饮，因此很少获得认可。我爱文字但我不是离不开文字。于是，我离开了，和许多人一样徜徉流连在深深浅浅的花花世界里，游离着，应对着。

我也是平凡中的一个，除了应对工作，业余时间大多用在了打球、游泳、跑步上，可不知为何，我的体质增强了，心里却像少了什么，似乎落了病。每每此时，当初的誓言会在心底响起。写作的笔哟，似摇曳的水草，总是在不经意间拂过心田。行进中偶尔停滞。不是不想，只是觉得该写的都写完了，没什么可写了，难道真是江郎才尽？我的老师、我的学生、我的家人、我的学校、我的童年、我的感悟……还有什么没有写呢？大概，许久没有新的体验了，许久没有认真读书了，许久没有新的尝试了，所以，许久没有新的文章了！

为什么总要写新的文章？为留其名？为获其利？不，不完全是，但一定是为了追寻。

人的精神世界有三重：一重安放亲情，一重安放道德，一重安放追寻。

亲情是风，一有风吹草动，天地为之变色。道德是景，一路植树种花，人生风光无限。追寻是根，感悟生活，思索生命。我写过的所有文字——对人、对事、对景、对来路、对去处…… 无一处不是追寻。日常生活中，眼之所见、耳之所闻、体之所察、心之所感，大多是表面现象，也是碎片化的，不易找到联系、寻得规律。于我而言，只有通过双手敲出来的文字才是对生活的整理和思考，那些一行行、一页页呈现在你眼前的文字震撼着你、感慨着你、灼烧着你，即使它们安放在书本里许多年，那些力量亦会随时点燃。《我的老师》中的班主任话语铿锵，现在的他白发苍苍，两个他在时间里流转，读着这些文字竟让人不由地眼眶湿润，真是师恩难忘！《我那遥远的长新河》中童年有河有田有村庄，炊烟袅袅、鸡犬相闻，放牛、割草、采莲、捉蜂、赶鹅、掏虾……读着这些文字会笑得痴痴傻傻，童年宛如童话！《人与自然》中的学生走过许多城市，胸中千山万壑，那是他的大好时光。现在的他已长高长大，一心“圣贤书”，懒得依春光。两个他似乎在交谈，一个说爱自然，一个说要自觉。读着这些文字就像拨动了我的心弦，回想全是爱，惜过往不重来。人到中年以后，感悟最多的是生命的意义，所以也就写的多了些。《蜡的味道》是对节日文化没落的痛心与复兴，《走出来》讨论的是如何从亲情俗事中找到自己，《我的未来不是梦》分析的是在繁杂的生活中如何祛除浮躁安静自己。时光通过文字的过滤变得清晰有序了，文字能让人不忘来路，看到前程，而不是活在现实的一维时光里。整理过去时，文字让时光变得可爱，每一分每一秒都在思考中，而不是虚度。这时，时光才变得有意义，生命才会变得很充实。在别人看来枯坐写作是一种煎熬，于我而言则是一种幸福。这种感觉是我生活的最佳状态，跟着文字的感觉走，心里越来越亮越来越轻松。日日不敢懈怠，每每失去就有一种深深的内疚。

于我而言，文字关乎着过去、现在和未来。

文字追寻着过去，我们感恩生活，珍惜现在。我的老师会故去，我的学生会长大，我的童年会掩埋，但文中的恩师永远青春，文中的学生永远童真，文中的童年永远鲜活。看来文字能让时光停留。

文字可以记录着现在，我们发现生活，改善生活。四季变迁、人事消磨都在发生着，我们用文字记录下了冷暖、色彩、情绪、进退……我们会发现生活的美好、多样、可控、方向……进而学会欣赏、享受多样、减少伤害、清晰目标，最终改善生活。记录栾树《最美的遇见》，记录樱花《风雨花事》，不仅是为了留住美，更是敬畏美，也是追寻自然中生命的美。写打球的热、冬泳的冷，不仅是为了记录日常生活，更是追寻一种让身体自由绽放的方式。由此而言，记录也是一种追寻。

文字可探寻着未来，体验生活，感悟生命。坚持打球、跑步、冬泳，日子久了，就能从中悟出一些生活的道理。游泳的自由靠的是呼吸，跑步的自在靠的是节奏。冬日在冰冷里失去多少温度，上岸暖足后就能得到数倍热量。游泳久了，就能体会到鱼儿的快乐。庄子总是说“子非鱼，焉知鱼之乐”，如果你能像鱼儿一样常年在水里游动，你一定能体会到鱼儿的快乐。九年了，我渐渐能感受到在水中的轻松自在，温度适宜、距离适中、动作适合，游动起来毫不费力，甚至比在岸上走路自在。初夏、仲秋时节，距离千米左右，风平浪静之时，那是最惬意的时候，我似乎感受到了“水阔凭鱼跃”的快乐。这些快乐与思考都记录在文字里——《我的冬泳日志》《又是一年春水绿》《温暖的冬眠》《花神湖游记》。

我的所有，都在文字里了。这里面的世界属于我一个人，与他人无关，写得越多，越是富有。心之所思，笔之所录。每篇文章都是唯一的，不同的时间相同的内容，绝写不出第二篇。这些文字中最让人留恋的是童年的回忆，最值得回味的是人生感悟的文字，最值得珍藏的是为学生写的文字，最具有范文性质的是教师的习作“下水文”。

在俗事缠身时总觉心烦意乱，不知如何安排自己的内心。记录生活、思索生命是最好的方式。而这需要的不仅是热情、敏感、细腻、才情，更重要的是旷日持久的定力。过去的半年，我曾守不住自己的心情而疏离了文字，原以为自己保护了眼睛、健康了身体，会无事一身轻，却不曾想心里一直有隐隐的痛。今天我又回到文字里，端端正正地坐了五个小时，细细地回看这段时间的迷途，彻彻底底地说出了心中的困惑，才真真切切的踏实了。原来文字才是我的精神家园，这里才能安放不同年龄、不同境遇、不同情绪中所有的自己。如何才能达到彼岸，别无他法，只有虔诚地追寻，用文字追寻，经年累月地追寻。无论何种职业，文字的记载、总结、分析、表达、归纳、抒发将是文明的最高境界。

文字，最好的精神家园。

2019 年 3 月 17 于岔路